인간에 대한 따뜻한 애정과 현실에 대한 씁쓸하고도 냉정한 시선…

Le Petit Chose: Histoire D'Un Enfant

Alphonse Daudet

"저녁 느지막이 플로베르의 집에 가니 알퐁스 도데가 와 있었다.
…… 그때 그는 채 열두 살도 되지 않았는데도
엄청나게 많은 책과 시집에 파묻혀 있었다.
그 덕분에 그의 머릿속은 갖가지 상상력으로 가득 채워졌다고 한다.
그리고 종종 도데는 집에 있는 포도주를 몰래 마셔
술에 취한 채 책을 읽었다고 한다.
산책을 하면서도 손에서 책을 놓지 않았는데,
심지어 부두에 정박한 배 위에서도 책을 읽었다는 것이다.
눈부시게 반짝이는 론강 가에 앉아 그는 책과 포도주에 취해
현실과는 완전히 동떨어진 채 꿈과 환상 속에서만 살았다고 한다."

– 에드몽 드 공쿠르

나는 침대에 누운 채 한숨을 내쉬며
이제는 지나가버린 지난날의 행복했던 순간들을 떠올렸다.
그녀가 더 이상 나를 사랑하지 않고 나를 멀리하고 있다는 건 분명해 보였다.
나는 서글펐다.
하지만 일을 이 지경으로 만든 것은 바로 나 자신이었다.
내게는 불평할 권리가 없었다.
그렇게 깊은 슬픔과 비탄에 잠긴 생활 가운데에서도
마음을 푸근하게 해주는 사랑을 조금이나마 간직하고 있다는 설렘은
내게 얼마나 신선한 행복감을 주었던가!
외로울 때 기대어 울 수 있는 다정한 사람이 있다는 것이
내게 얼마나 많은 위안이 되었던가!

-본문 중에서

꼬마 철학자

꼬마 철학자

초판 1쇄 발행 | 2003년 3월 15일
개정판 1쇄 발행 | 2017년 9월 15일

지은이 | 알퐁스 도데
옮긴이 | 이재형
드로잉 | 정택영
펴낸이 | 이춘원
펴낸곳 | 책이있는마을
기 획 | 강영길
편 집 | 이경미
디자인 | 고니
마케팅 | 강영길

주 소 | 경기도 고양시 일산동구 무궁화로120번길 40-14(정발산동)
전 화 | (031) 911-8017
팩 스 | (031) 911-8018
이메일 | bookvillagekr@hanmail.net
등록일 | 1997년 12월 26일
등록번호 | 제10-1532호

ISBN 978-89-5639-285-1 (03860)

이 도서의 국립중앙도서관 출판예정도서목록(CIP)은 서지정보유통지원시스템
홈페이지(http://seoji.nl.go.kr)와 국가자료공동목록시스템(http://www.nl.go.
kr/kolisnet)에서 이용하실 수 있습니다.(CIP제어번호: CIP2017017672)

꼬마 철학자

어느 한 아이의 이야기 Histoire d'un enfant

알퐁스 도데 지음 ㅣ 이재형 옮김 ㅣ 정택영 드로잉

le Petit Chose

책이있는마을

옮긴이의 글

알퐁스 도데는 프랑스 남부의 님이라는 도시에서 1840년에 태어나 1897년 파리에서 세상을 떠난 작가다. 오늘날의 대부분의 독자에게 그는 『월요 이야기』라든지 『풍차방앗간의 편지』 같은 작품의 작가로만 알려져 있지만, 사실 그는 19세기 말에 프랑스에서 큰 성공을 거둔 작가였으며 문단의 중요 인물이었다. 그는 자기 작품의 주제를 주로 현실에서, 즉 무엇보다도 자기 자신의 삶에서 얻어냈으나, 그러면서도 거기에다가 남프랑스 특유의 정취를, 즉 환상과 경이로움을 가미할 줄도 알았다.

이 소설에 나오는 꼬마 철학자 다니엘처럼 도데도 1840년 5월 13일 님에서 태어났다. 그의 아버지 뱅상 도데는 비단 장사를 했지만 혁명기를 거치면서 점차 몰락의 길을 걷다 마침내 파산해버렸다. 어머니 아드린느 레이노는 문학적 감수성이 뛰어난 여인이었다. 도데의 문학적 재질은 어머니로부터 그대로 물려받은 것이었다.

갓 태어난 아기에게 젖을 먹일 수 없을 정도로 어머니의 건강이 좋지 않아 알퐁스 도데는 프로방스에 있는 작은 마을 베조스로 보내져 그곳에서 6년 동안 트랭기에 유모와 그 여자의 남편 장 마마르 밑에서 자랐다. 도데의 아버지는 너그럽기는 했지만 변덕이 심하고 화를 잘 내는 다혈질인 사람이었다. 그는 어려운 상황 속에서도 끈기 있게 버티면서 비단 공장을 운영했으나 끝내 파산하는 바람에 1848년에 모든 식구가 님을 떠나 리옹으로 이사할 수밖에 없게 되었다.

도데와 함께 작가 활동을 했던 에드몽 드 공쿠르는 1874년 2월 16일 일기에 이렇게 적고 있다.

"저녁 느지막이 플로베르의 집에 가니 알퐁스 도데가 와 있었다. 그는 자기의 어린 시절에 대해 조용한 어조로 말하고 있었다.

어렸을 때부터 아주 조숙했던 그는 어린 시절을 온통 눈물로 얼룩진 채 보냈다. 태양을 끔찍이 사랑하는 이 젊은이는 늘 사람의 목을 조를 듯이 몰려드는 리옹의 안개 속에서 하루가 멀다하고 공장을 차렸다, 장사를 했다 하며 변덕을 부리는 아버지와 함께 돈 한 푼 없는 집에서 우울하게 어린 시절을 보냈다. 그때 그는 채 열두 살도 되지 않았는데도 엄청나게 많은 책과 시집에 파묻혀 있었다. 그 덕분에 그의 머릿속은 갖가지 상상력으로 가득 채워졌다고 한다. 그리고 종종 도데는 집에 있는 포도주를 몰래 마셔 술에 취한 채 책을 읽었다고 한다. 산책을 하면서도 손에서 책을 놓지 않았는데, 심지어 부두에 정박한 배 위에서도 책을 읽었다는 것이다. 눈부시게 반짝이는 론 강가에 앉아 그는 책과 포도주에 취해 현실과는 완전히 동떨어진 채 꿈과 환상 속에서만 살았다고 한다."

이처럼 도데에게 리옹은 자유스러운 분위기 속에서 문학 수업을 할 수 있는 도시였고, 실제로 처음으로 시를 쓰기도 하였다. 우울하고 호기심 많고 자유분방한 이 이방인은 작가로서의 문학적 감수성의 토대를 리옹에서 획득했다. 하지만 이 리옹이라는 대도시는 또한 그에게 인생의 쓴맛을 보여주기도 하였다. 그들은 바퀴벌레가 들끓는 더러운 아파트에서 살아야만 했으며, 급우들은 그와 그의 형이 유행에 지난 옷을 입고 사투리를 쓴다는 이유로 노골적으로 경멸했다.

밥벌이를 위해서 그는 1857년 알레스 중학교에서 자습감독 자리를 얻었다. 그리고 썰렁한 교실과 음침한 복도로 된 이 학교의 세속적이고도 억압적인 분위기 속에서 삶의 우울함과 쓰디쓴 현실을 비로소 본격적으로 깨우치게 되었다. 도데에게 그 시절은 분명 절망을 통해 세상을 배워나가던 시기였다.

"그렇다. 꼬마였던 나는 열여섯의 나이에 궁벽한 지방에서 자습감독 교사를 하면서 먹고살아야 했다. 그곳 산악지방의 거칠기만 한 아이들은 세벤느 지방의 무뚝뚝하고 노골적인 사투리를 내뱉으며 나를 멸시했다. 나를 업신여기는 위선자들과 유식꾼들한테 둘러싸여 그 유령만큼이나 끔찍한 아이들의 시달림에 내맡겨진 채 나는 그곳에서 가난한 사람들이 겪어야만 하는 저열한 굴종을 생생하게 체험할 수 있었다.

그 감옥 같은 곳을 떠나온 뒤에도 오랫동안 나는 한밤중에 눈물에 젖어 소스라치게 놀라 깨어나는 일이 많았다. 나는 아직도 자습감독 교사로 박해를 받는 악몽을 꾸곤 한다.

도데에게 참으로 헌신적인 애정을 쏟았던 형 에르느스트는 외롭게 자습감독을 하며 살아가던 그를 파리로 불렀다. 마침내 도데는 1857년 알레스를 떠나 파리행 3등 열차에 몸을 실었다. 철로 위를 구르며 울리는 바퀴 소리, 삐걱대는 성문의 찬란하고 거대한 유리 천장, 덜컹대며 거리를 달리는 짐마차들, 불안하고 바쁜 표정의 시민들, 눈초리가 사나운 세관원들이 뒤섞인 파리에 그렇게 해서 도착했다.

『꼬마 철학자』에 나오는 그대로 그는 보나파르트 가에 있는 형의 다락방에서 살았다. 프로방스 출신 시골뜨기였던 그가 자유분방한 파리생활을 시작하게 된 것이다. 그때는 문학적 명성에 대한 열망과 궁핍이 한데 어우러진 힘든 시기였지만 큰 욕심 없이 오직 시 쓰는 데만 몰입했던 시절이었다. 또한 젊은 혈기에 매사에 성급하게 행동하며 문학적 편력을 거치던 시절이기도 했다.

당시 라탱 가는 유명한 예술가들뿐만 아니라 거기 한몫 끼여 보려는 무명의 젊은이들로 북적거리는 예술과 야망의 거리였다. 도데는 오데옹의 회랑과 생제르맹 데 프레 광장에 자주 가서 시간을 보냈다. 1830년 혁명의 열기 속에서 낭만이 물결치던 파리는 1848년 봉기가 분쇄되자 이미 새로운 형식과 유행을 좇는 움직임이 일고 있었다. 또 다른 새로운 세대가 자리를 잡으려고 꿈틀대며 구세대와 교체되는 시점이었던 것이다.

알퐁스 도데는 글에 대한 갈망이 들끓는 젊은 시절을 끊임없이 충동질하는 파리의 문학적 풍토 속에서 보냈다. 그는 1858년 『사랑하는 여인들』이란 시집 출판을 계기로 드 모르니 공작의 비서 자리를 얻게 되었다. 1860년, 예술과 문학의 후원자였던 위제니 황후가 자신의 살롱에서 무명의 젊은 시인이었던 도데의 시 낭송을 듣고 완전히 심취하여 공작에게 소개해주었던 것이다.

1867년 파리 부르주아의 딸인 쥘리아 알라르와 결혼하면서 가난했던 도데의 젊은 시절은 서서히 막을 내리기 시작했다. 알라르는 자유분방한 젊은 '보헤미안' 도데를 단련시키려고 무척 애를 썼다. 그 여자는 남편이 꾸준히 글쓰는 습관을 갖도록 하는 데 내조를 아끼지 않았다. 그 여자가 아니었더라면 아마도 도데는 후세까지 오랫동안 이름을 전하는 위대한 작가가 되지는 못했으리라.

1859년 겨울에 그는 파리에 사는 남프랑스 출신의 작가들과 교유를 시작하는데, 특히나 프레데릭 미스트랄을 중심으로 하는 펠리브르 문학단체와 친하게 지낸다. 프로방스어 및 다른 프랑스 방언의 보존을 목표로 결성된 이 단체의 멤버들과 자주 만나면서 도데는 자신의 어린 시절에 진하게 배어 있는 이 유쾌한 언어의 억양을 되찾는다.

도데가 쓴 대부분의 작품 속에는 프랑스 남부 프로방스 지방에 대한 깊은 애착이 잘 묘사되어 있다. 『타라스콩의 타르타랭』이라든지 『풍차 방앗간의 편지』 등은 프로방스를 배경으로 한 주옥같은 서정 소설이다. 그는 프로방스를 이렇게 묘사했다.

"몇 년 동안 나는 늘 수중에 조그만 녹색수첩을 지니고 다니며 깨알 같은 글씨로 내 고향의 기후와 풍습, 기질, 악센트, 몸짓, 끔찍하게 내리쬐는 태양에 대해 끼적대곤 했다. 나는 '남부 지방'이라고 제목 붙인 그 수첩에 한껏 부푼 상상력을 펼쳐 글을 쓰고자 하는 욕구를 가득 채워 넣었다. 하지만 그러한 상상력은 북부지방의 때로 사악하고 계산된 이야기와는 질이 다른 것이었다. 『타라스콩의 타르타랭』, 『뉘마 루메스탕』, 그리고 최근의 『알프스 산맥의 타르타랭』의 힌트를 얻은 것은 바로 이 수첩에서였다."

도데의 작품에 가차없는 비평을 아끼지 않았던 아내 알라르의 내조 덕분에 그는 왕성한 창작욕을 발산할 수가 있었다. 1867년에는 『꼬마 철학자』가 신문에 연재되었고, 1869년에는 『풍차방앗간의 편지』가, 1873년에는 『월요 이야기』가 발표되었다. 또한 아카데미 프랑세즈는 그의 작품 『젊은 프로망과 맏이인 리즐레르』에 대해 상을 수여하였다. 그리하여 이때부터 그는 유명작가들의 모임인 '목요회'에도 참석할 수 있게 되었다.

"목요일마다 샹 프로세에서 하는 저녁식사는 파리에서보다 훨씬 자유롭고 개방적이었다. 무엇보다 솔직한 표현으로 진실한 대화를 나누었다. 몇 명이나 모이는지 미리 알 수 있는 경우는 드물었다. 식사 준비를 해주시던 어머니는 오늘은 여섯 명쯤 모이겠거니 짐작했는데 스무 명씩이나 몰려오는 경우도 있었다." (레옹 도데의 『죽은 자와 산 자』)

알퐁스 도데의 집은 누구에게나 개방되었기 때문에 많은 사람들이 몰려들었다. 그를 만나본 사람이면 누구나 그가 우아하고 명랑하며 익살스럽기까지 해서 사교계와는 관련이 없는 이야기도 풍부한 재치와 익살로 이끌어갔다고 입을 모았다. 그 당시의 사교계는 허식적이고 딱딱한 분위기가 지배적이었다. 대화 도중 그는 예술가나 문학가들이 조금이라도 비열함을 드러내거나 가식으로 꾸미고, 또 유명세로 거드름을 피우거나 하면 절대 용서하지 않았다.

"사람들은 알퐁스를 마치 애인처럼 좋아했다." 플로베르는 이렇게 고백했다. 어느 유파에도 참가한 적이 없었지만 호기심 많고 너그러운 도데는 자기와 입장이 다른 사람까지도 받아들였다. 탁 트인 개방적인 성격과 온후한 인품 때문에 도데의 주변에는 늘 다양하고 개성이 강한 여러 분야의 재주꾼들이 모여들었다. 그의 집은 언제나 왕당파와 파르나스파, 음악가, 비평가, 그리고 신출내기와 노장들로 붐볐다.

조금은 근엄하고 이론적인데다가 멋대가리 없는 에밀 졸라는 세련된 멋쟁이 에드몽 드 공쿠르 곁에 앉곤 했다. '파르나스파의 불량소년'이라 불렸던 인간성 좋은 파리지앵인 프랑스와 코페는 끊임없이 익살을 떨었다. 펠릭스 투르나숑은 그곳에 모인 사람들의 얼굴을 뚫어지게 쳐다보고 특징을 잡아내어 나중에 그들의 초상화를 그리곤 했다. 플로베르와 피에르 로티, 바르베 도르비아도 도데의 집을 즐겨 찾았다. 문학과 낭만이 풍미했던 19세기에, 지금은 사라져버린 위대한 유령들이 거기 모여들었던 것이다.

하지만 그는 왕성하게 작품 활동을 하면서도 늘 지병인 결핵으로 고생하였다. 의학 공부를 하던 아들 레옹으로부터 계속해서 모르핀까지 맞아가며 고통을 견뎌내던 그는 결국 손에서 펜을 놓고 1897년 12월에 세상을 하직하였다.

위에서도 보았듯이 『꼬마 철학자』의 주인공 다니엘 에세트는 바로 작가 자신이다. 바빌론으로 유배당했던 예언자 다니엘처럼 어린 감성을 지닌 시인 다니엘 에세트도 사를랑드에서 외롭고 쓸쓸한 자습감독 교사로 일한다. 예언자 다니엘은 꿈을 읽어내고 신의 모습을 볼 수 있는 능력을 가졌기 때문에 궁정에서 중요한 자리를 차지하게 된다(시인이란 바로 예언자와 다를 바 없는 존재인 것이다). 하지만 박해를 조심하라! 적들은 예언자 다니엘을 두 번씩이나 사자굴에 집어던진다. 하지만 그는 손끝 하나 다치지 않고 거기서 빠져나온다. 이 소설에 나오는 다니엘 역시 박해자들의 발톱으로부터 무사히 빠져나온다. 왜냐하면 그는 시를 썼기 때문이다.

영원한 눈물의 샘인 자크는 절대적인 선의(善意)의 상징이다. 가족이 뿔뿔이 헤어지게 되자 자크는 다니엘의 어머니 노릇을 한다. 오페라의 주인공처럼 그는 희극과 비극을 끝없이 연출하면서 동생 다니엘을 보호한다. "자크, 넌 바보야!"라는 소리를 수도 없이 들어가면서도 말이다. 어머니나 다름없는 자크는 동생 다니엘을 거짓과 허약함과 악의 힘으로부터 구해낸다. 실제로 알퐁스 도데 자신도 글의 힘을 빌려 불행의 온갖 미망(迷妄)으로부터 헤어났었다. 이 소설에서 다니엘은 시를 포기하고 피에로트 양과 결혼하여 도자기를 파는 건강한 삶의 길을 걷게 된다.

인간에 대한 따뜻한 애정과 현실에 대한 쓸쓸하고도 냉정한 인식을 보여준 이 책은 중고등학생이나 대학생처럼 이제 막 삶을 배워나가는 세대들에게는 더없이 교육적인 가르침을 제공할 수 있을 품위 있는 소설이다.

이 작품의 프랑스어판은 『Le Petit Chose』(Le Livre de Poche, 1997)를 사용했다. 사실, 이 작품은 옮긴이 자신에 의해 이미 10년도 더 전에 번역된 바 있었다. 하지만 그 당시 여러 가지 이유로 프랑스어판에 충실한 번역판을 내지 못하였기에, 그점 늘 독자들에게 죄송스럽게 생각하고 있었다. 그러던 차에 기회가 주어져서 새로운 번역판을 내게 된 것이다. 이번 번역판은 이전에 나온 번역판을 거의 대부분 다시 손질하고, 주(註)도 새로 붙였으며, 삽화도 집어넣었다.

옮긴이가 현재 살고 있는 도시에서 그다지 멀지 않은 곳에 도데가 20대 초반에 살았던 퐁비에이유라는 아주 작은 마을이 있고, 프로방스 특유의 풍경이 내려다보이는 근처 야트막한 바위산에는 알퐁스 도데의 풍차가 있다. 이 풍차에 가면 작은 알퐁스 도데 박물관도 있고, 그의

『풍차방앗간의 편지』의 한국어 번역판도 진열되어 있다. 들어가는 입구에는 긴 소나무숲이 늘어서 있는데, '세갱 씨의 어린 염소'의 흔적을 찾아 이 길을 걷노라면 진한 송진 냄새가 기분 좋게 코끝을 간지럽히던 기억이 새롭다.

남프랑스 몽펠리에에서

이재형

■ 차례

2부

1부

Le Petit Chose

공장

나는 18XX년 5월 13일 남프랑스의 모든 도시들이 그렇듯 해가 자주 나고 먼지도 많으며 카르멜 수녀원과 로마시대 유적 두세 곳이 자리 잡고 있는 랑그독 지방의 한 도시에서 태어났다.

그 당시 비단 장사를 하던 우리 아버지 에세트 씨는 이 도시의 성문 근처에 큰 공장을 갖고 있었다. 그는 이 공장의 벽면 일부를 허문 다음 플라타너스가 온통 그늘을 드리우고 공장과의 사이에 넓은 정원도 있어서 살기 편한 살림집을 지었다. 내가 태어났고, 내 삶에서 유일하게 즐거웠던 어린 시절을 보낸 곳이 바로 여기다. 그렇기 때문에 그 정원과 공장, 플라타너스는 영원히 잊을 수 없는 추억으로 내 기억 속에 남아 있으며, 아버지가 파산하여 이 모든 것들과 헤어져야만 했을 때 나는 꼭 사람들이랑 이별하는 것만큼이나 가슴 저리며 아쉬워했던 것이다.

먼저, 내가 태어나면서부터 우리 집안에 먹구름이 끼기 시작했다는 말부터 해야 할 것 같다. 우리 집 요리사였던 노처녀 안누 누나는 이따

19

금 내가 태어날 때 있었던 일을 넋두리처럼 늘어놓곤 했다. 마침 여행 중이던 아버지는 내가 태어났다는 소식과, 마르세유의 고객이 4만 프 랑이 넘는 큰돈을 가지고 오다 도중에 행방불명되었다는 소식을 동시 에 들었다고 한다. 기쁨과 절망이 한꺼번에 들이닥친 것이다. 마르세유 의 고객이 사라졌다는 소식에 울어야 할지, 아들 다니엘이 탈 없이 태 어났다는 소식에 웃어야 할지 종잡을 수 없는 심정으로 아버지는 한참 망설였다. 결국 아버지는 울지 않을 수 없었다. 그것도 두 번씩이나 울 어야만 했다.

그렇다, 나는 내 부모님들에게 불운을 안겨준 아이였다. 끔찍한 불 행이 내가 태어난 날부터 여기저기서 튀어나와 그들을 덮치기 시작했 다. 마르세유의 고객이 자취를 감춘 사건에 이어 한 해에 두 번씩이나 불이 났는가 하면 방적기에 날을 거는 여공들이 파업을 했고, 바티스트 외삼촌과도 사이가 틀어졌다. 뿐만 아니라 염료상들과 큰돈을 들여 재 판을 벌이기도 했다. 그리고 마지막으로 18XX년 혁명은 우리 집안에 결정타를 날렸다.

이때부터 공장은 더 이상 힘을 쓰지 못했다. 작업장 시설이 꼭 썰물 이 빠져나가듯 하나씩 하나씩 사라져갔다. 일주일이 멀다하고 방적기 가 한 대씩 철거되었고, 날염(捺染)판이 한 달에 한 개씩 줄어들곤 했 다. 마치 병든 육체에서 서서히 생명이 빠져나가듯 우리 집에서 생기가 사라져가는 모습을 지켜보는 건 정말 고통스러운 일이었다. 처음에는 3층에 있는 방에 들어갈 수 없게 되었으며, 다음에는 안뜰 출입이 금지 되었다. 이런 일이 두 해 동안 계속되었다. 그 동안 공장은 서서히 최후 를 맞았다. 결국 어느 날, 직공들이 더 이상 출근하지 않았고, 공장의 종소리는 더 이상 울리지 않았으며, 움직일 때마다 삐걱거리던 우물의 도르래도 멈췄다. 그 안에 옷감을 넣고 빨래하던 커다란 못의 물도 더이상 흐르지 않고 고여 있게 되었다. 얼마 지나지 않아 공장에는 아버지와 어머니, 안누 누나, 자크 형과 나, 그리고 안쪽에는 공장을 지키는 수위 콜롱브 씨와 그의 아들인 꼬마 루제만이 남게 되었다.

다 끝났다. 우리 집안은 파산한 것이다.

내가 여섯 살인가 일곱 살인가 되던 해였다. 유난히 허약 체질이어서 잦은 병치레를 하던 나를 부모님은 학교에 보내려 하지 않았다. 어머니는 내게 읽기와 쓰기, 그리고 스페인어 몇 마디와 기타곡 두세 개만 가르쳐주었으며, 그 덕분에 나는 가족들에게 신동(神童)이라는 소리를 듣기도 했다. 이런 식으로 교육을 받았던 탓에 우리 집에서 벗어날 기회를 전혀 가져보지 못했기 때문에 나는 우리 집안의 최후를 낱낱이 목격할 수 있었다.

고백하건대 나는 집안의 불행을 지켜보면서도 전혀 슬퍼하지 않았다. 그러기는커녕 이젠 온 공장 안을 내 마음대로 뛰어다닐 수 있겠구나, 생각하며 은근히 우리 집이 망한 사실을 기뻐했을 정도였다. 직공들이 일을 할 때는 오직 일요일에만 공장에 들어가 놀 수 있었기 때문이다. 나는 엄숙한 표정을 지으며 루제에게 이렇게 말하곤 했다.

"이제 이 공장은 내 거야. 맘대로 뛰어놀라고 우리 부모님이 나한테 주신 거라니까."

그러면 꼬마 루제는 내 말을 그대로 믿었다. 얼간이 같은 그 애는 내 말이라면 뭐든지 곧이곧대로 믿었던 것이다.

하지만 모든 사람들이 다 우리 집의 파산을 나처럼 즐거워하지는 않는 것 같았다. 아버지는 갑자기 무서운 사람으로 돌변했다. 원래 아버지는 다혈질에 화 잘 내고 허풍이 심한 성격으로 툭하면 우레 같은 목소리로 소리지르고 깨부수기 일쑤였다. 하지만 걸핏하면 손이 올라가고, 툭하면 언성을 높이고, 주변의 모든 것들을 부들부들 떨게 만들어야 직성이 풀리는 바로 그 성질만 빼놓으면 아버지는 평상시에는 정말이지 좋은 사람이었다.

삽시간에 몰아쳐 온 불행의 회오리 속에서 그는 기가 꺾이기는커녕 성격이 오히려 더 과격해졌다. 모두 잠든 밤에도 그는 도대체 자신에게 닥친 불행이 누구 탓인지도 모른 채 불같이 화를 내며 눈에 보이는 모든 것을 공격했다. 태양, 미스트랄, 자크 형, 안누 누나, 혁명……. 그렇다! 특히 그 혁명……!

우리 아버지 말만 들어보면 누구든지 그 18XX년의 혁명이 유독 우리 집안에만 들이닥쳐 우리를 불행의 골짜기에 빠뜨렸다고 믿게 될 것이다. 그러므로 혁명가들이 우리 집안에서 좋은 평판을 얻으려야 얻을 수가 없었던 것은 당연한 일이었는지 모른다. 그 당시 우리가 이 혁명가들에 대해 어떻게 얘기했는지, 그건 잘 모르겠다. 어쨌거나, 연로하신 우리 아버지 에세트 씨(신이여, 그분을 지켜주소서!)께선 신경통이 도질 때면 기다란 의자 위에 힘들게 몸을 눕히시며 이렇게 투덜거리곤 한다.

"아, 그 빌어먹을 혁명가놈들!"

아버지는 그 당시만 해도 신경통을 앓지 않으셨는데, 공장이 망해가는 것을 무기력하게 지켜만 보아야 하는 고통 때문에 감히 누구도 가까이 갈 엄두를 못 내는 무서운 사람으로 변해갔다. 그는 보름 사이에 두 번씩이나 피를 뽑아야만 했다. 주위 사람들은 모두 입을 다물고 있었다. 두려웠던 것이다. 우리는 식탁에서도 소곤거리듯 낮은 목소리로 빵을 건네달라고 말했으며, 아버지 앞에서는 감히 눈물을 보이지도 못했다.

그래서 어쩌다 아버지가 잠시라도 안 보이게 되면 온 집안 식구들은 흑흑 흐느껴 울곤 했던 것이다. 어머니와 안누 누나, 자크 형, 그리고 신부(神父)로서 우리를 만나러 온 큰형과 나, 이렇게 모든 사람이 울음바다를 이루곤 했다. 어머니가 불쌍한 아버지를 생각하며 눈물을 흘리는 거야 이해가 가는 일이다. 그러면 큰형과 안누 누나는 서럽게 울고 있는 어머니를 보며 울었다. 그리고 우리 집안에 밀어닥친 불행을 이해하기에는 너무 어린 나이였던 자크 형(그는 나보다 겨우 두 살 위였다)으로 말하자면 그냥 울고 싶어서, 그냥 재미로 울어댔다.

자크 형은 정말 이상한 아이였다. 그야말로 타고난 울보였던 것이다. 지금도 자크 형을 생각하면 퉁퉁 부어오른 충혈된 눈과 눈물이 주르르 흘러내리던 뺨이 눈앞에 떠오른다. 형은 밤이건 낮이건, 아침이건 저녁이건, 교실에서건 집에서건, 시간과 장소를 가리지 않고 울었다. 누가 "도대체 무슨 일이니?" 하고 물으면 그는 엉엉 소리내 울면서 "아무 일도 아녜요."라고 대꾸하곤 했다. 신기한 건, 정말 그가 아무 일도 아닌데 울어댄다는 사실이었다. 꼭 코를 풀 듯 울어대는데 정작 이유는 없었다. 이따금 아버지는 짜증을 내면서 어머니한테 말했다.

"저 아인 정말 우습군. 저 앨 좀 봐요……. 눈물이 꼭 강물처럼 철철 흘러내리잖아."

그러면 어머니는 걱정스러운 목소리로 이렇게 대답했다.

"전들 어떡하겠어요? 커가면서 나아지겠지요. 저도 저 아이 나이 땐 그랬다니까요."

그러거나 말거나, 자크 형은 무럭무럭 자라났다. 하지만 하염없이 눈물을 흘리는 버릇은 여전했다. 오히려 아무런 이유도 없이 눈물을 펑

24

평 쏟아내는 기묘한 습관은 날이 갈수록 점점 더 심각해졌다. 그래서 부모님은 한층 더 골치를 썩을 수밖에 없었다. 그러다 보니 이제는 아예 "도대체 왜 그러는 거니?"라고 묻는 사람조차 없어져서 형은 하루 종일 마음 놓고 목놓아 울 수 있게 되었다.

나와 자크 형의 입장에서 보면 우리 집이 파산한 이후로 재미있는 일들이 오히려 더 많이 벌어졌다.

나로 말하자면, 무척이나 기뻤다. 일일이 간섭하며 귀찮게 구는 사람이 없어진 것이다. 그래서 나는 온종일 루제와 함께 마치 교회에서처럼 걸어다니면 울리는 텅 빈 공장과, 벌써 잡초가 듬성듬성 돋아나기 시작하는 허허로운 넓은 뜰을 온통 휘젓고 다니며 놀았다. 수위인 콜롱브 씨의 아들 루제는 열두어 살쯤 되어 보이는 뚱보인데, 황소처럼 힘이 세고 개처럼 헌신적이고 거위만큼이나 멍청했으며, 특히 붉은 머리칼 때문에 금방 눈에 띄었다. '불그스름한'이란 뜻의 루제라는 별명으로 불리게 된 것도 다 이 붉은 머리칼 때문이었다.

다만 한 가지 말해둘 게 있다. 내게 있어 루제는 루제가 아니었다는 것이다. 그는 내가 원하는 대로 로빈슨 크루소의 하인이었던 방드르디가 되기도 하고, 원시인이나 반란군이 되기도 했다. 그러면 나 역시 더이상 다니엘 에세트라는 이름으로 불리지 않았다. 짐승 가죽을 걸친 그기이한 로빈슨 크루소가 되어 모험을 시작하는 것이었다. 정말 터무니없는 짓이었다! 그러다가 저녁이 되면 밥을 먹고 난 다음 곧바로 『로빈슨 크루소』를 다시 읽으며 암기하곤 했다. 그리고 동이 터오면 열심히 로빈슨 크루소 역할을 하면서 내 주변에 널린 모든 것들을 내가 공연하는 극(劇) 속으로 끌어들였다. 공장은 더 이상 공장이 아니었다. 그것은 나의 무인도, 개미 새끼 한 마리 살지 않는 무인도였다. 못은 대서양 역할을 했다. 그리고 정원은 원시림이 되었다. 플라타너스 속의 매미 떼들도 내 연극에서 역할을 해냈지만 정작 본인들은 그 사실을 알지 못했다.

루제 역시 매미들과 다를 바가 없어서 자기 역할이 얼마나 중요한지 전혀 모르고 있었다. 혹시 누군가 로빈슨이 누구냐고 물었다면 그는 뭐라고 대답할지 몰라서 허둥댔을 것이다. 하지만 고백하건대, 그는 확신을 갖고 자기가 맡은 역할을 충실하게 해냈으며, 특히 원시인들이 울부짖는 소리를 흉내내는 데는 그를 따를 만한 아이가 없었다. 어디서 배운 것일까? 모르겠다……. 어쨌든 그가 까치집처럼 헝클어진 빨간 머리칼을 흔들어대면서 목구멍에서 토해내는 그 우렁찬 포효(咆哮)를 들으면 제아무리 용감한 사람이라도 간담이 서늘해질 정도였다. 로빈슨 역을 맡은 나까지도 가슴이 떨려 나지막한 목소리로 이렇게 말하지 않으면 안 될 정도였으니까.

"너무 크게 소리치지 마. 루제. 무섭단 말야."

유감스러운 것은, 물론 루제가 원시인의 고함소리를 잘 흉내내기도 했지만 그보다는 부랑아들이나 쓰는 상소리를 배워 와서 써먹는가 하면, 하느님의 이름을 더럽히는 욕지거리도 서슴지 않았다는 점이다. 함께 놀다 보니 나도 자연스럽게 그런 욕을 배우게 되었고, 어느 날 온 식구가 모여 식사하고 있을 때 차마 입에 담을 수 없는 상소리를 나도 모르게 내뱉고 말았다. 그러자 식구들은 모두들 아연실색한 표정들을 지었다.

"너 그런 욕 어디서 배웠니, 응? 어디서 들었냔 말야?"

그것은 일대 사건이었다. 아버지는 당장 소년원에 처넣어야 한다며 노발대발했고, 신부인 큰형은 내가 어쨌든 철이 들 아이이니 우선 고해를 시켜야 하겠다고 말했다. 결국 나는 고해실로 끌려가게 되었다. 그건 정말 악몽이었다! 나는 내 양심의 구석구석을 돌아다니며 7년 전부터 거기 굴러다니던 옛 원죄들을 긁어모아야만 했다. 그러느라 이틀 밤을 꼬박 새웠다. 그 동안 저지른 죄가 바구니 하나를 가득 채울 만큼 많았던 것이다. 작은 죄로 맨 위를 슬그머니 덮어놓았지만 소용없었다. 또 다른 원죄가 슬금슬금 모습을 드러내는가 하면, 자그마한 떡갈나무 옷장처럼 생긴 고해실에 무릎을 꿇고 앉은 채 이 모든 걸 레콜레 주임 신부에게 다 보여줘야만 했을 때는 두려움과 수치심 때문에 금방이라도 죽어버릴 것만 같았다.

고해와 더불어 모든 게 끝났다. 루제와는 더 이상 놀고 싶지 않았다. 악마가 마치 사자처럼 우리 주위를 영원히 어슬렁댄다는 레콜레 주임 신부의 말에 나는 깊은 감명을 받았다(지금 생각해보니, 이 말은 원래 사도 바울께서 하신 말씀으로서, 주임신부는 그분의 말씀을 옮긴 것에 불과했던 것이었다). 사탄이 우리를 유혹하기 위하여 갖가지 모습으로 변신한다는 것도, 아울러 사탄이 루제로 변신하여 하느님의 이름을 더럽히는 말을 내게 가르쳐주었다는 것도 나는 알게 되었다. 그리하여 집에 돌아오자마자 나는 방드르디를 찾아가서 앞으로 절대 집밖에 나와서는 안 된다고 경고했다. 불쌍한 방드르디!

그는 나의 단호한 명령에 가슴이 메었으련만, 아무 불평 없이 그 명령에 따랐다. 이따금 공장 옆에 있는 수위실 문간에 기대서서 이쪽을 바라보고 있는 그의 모습이 눈에 띄곤 했다. 그는 슬픈 표정으로 그곳에 서 있었다. 그러다가 내가 자기를 쳐다보고 있다는 걸 알아차리면 붉은 머리칼을 나부끼며 무시무시한 고함을 질러서 내 눈시울을 뜨겁게 만들곤 했다. 하지만 그가 더 크게 소리를 지르면 지를수록 나는 점

점 더 그에게서 멀어져갔다. 그가 고해실에서 신부님에게 들은 그 사자를 닮았다는 생각이 뇌리를 스치고 지나갔기 때문이었다. 나는 그를 향해 외쳤다.

"저리 가버려. 난 네가 무섭단 말야!"

루제는 그 뒤로도 며칠 동안 계속 고집스럽게 괴성을 질러댔다. 그러던 어느 날 아침, 그가 집에서 내지르는 괴성에 질린 그의 아버지는 고함을 지르려거든 도제 노릇이라도 하면서 맘대로 지르라면서 그를 어디론가 보내버렸고, 그 후로는 더 이상 그를 볼 수가 없었다.

그렇다고 해서 로빈슨 크루소 놀이에 대한 내 열정이 식은 건 아니었다. 바로 그 즈음, 바티스트 외삼촌이 갑자기 자신이 기르던 앵무새에 싫증이 났다면서 내게 주었다. 그리고 이 앵무새는 방드르디를 대신하였다. 나는 앵무새를 예쁜 새장에 넣어 내가 겨울에 거처하는 오두막 한 귀퉁이에 매달아 두고 온종일 그 흥미로운 조류와 머리를 맞댄 채 그 녀석 입에서 "로빈슨, 내 불쌍한 로빈슨!"이라는 말이 나오게 하려고 무던히도 애를 썼다. 하지만 아무 소용 없었다. 끝도 없이 수다를 떠는 게 지겨웠던 나머지 바티스트 외삼촌이 내게 넘겨준 이 앵무새는 그 뒤로는 한사코 입을 열려 하지 않았다……. '불쌍한 로빈슨'이란 말은 커녕 입도 뻥긋하지 않았던 것이다. 이 앵무새에게서는 단 한 마디의 말도 들어볼 수가 없었다. 하지만 나는 그 앵무새를 사랑했고 온 정성을 다해 보살펴주었다.

나와 앵무새가 이렇게 눈물이 날 만큼 지독한 고독 속에서 살고 있던 어느 날 아침, 참으로 묘한 사건이 일어났다. 그날 완전무장을 하고 일찌감치 오두막을 나온 내가 나의 무인도를 여기저기 둘러보고 있을 때였다. 갑자기 멀리서 서너 명쯤 되는 사람들이 요란한 손짓과 함께 큰 소리로 떠들면서 내가 있는 쪽으로 다가오는 것이었다. 아니, 이럴 수가! 내 섬에 사람들이 살고 있다니! 나는 간신히 협죽도나무 뒤로 뛰어 들어가서 엎드릴 수 있었다. 그들은 나를 보지 못한 채 그대로 내 옆을 지나쳐 갔다…… 수위인 콜롱브 씨의 목소리가 들려오자 그나마 좀 안심이 되었다. 그러다 그들이 멀어지자 나는 협죽도나무 뒤에서 나와 도대체 무슨 일인지 알아보고 싶은 호기심에 멀찌감치 그들을 따라갔다.

느닷없이 나타난 그 낯선 사람들은 오랫동안 머무르면서 내 섬을 이쪽 끝에서 저쪽 끝까지 샅샅이 살펴보았다. 그들은 내 동굴 속에 들어가보는가 하면 지팡이로 내 대양(大洋)의 깊이를 재보기도 했다. 그러다가 이따금씩 걸음을 멈추고 머리를 설레설레 흔들기도 하는 것이었다. 내 머릿속에는 오직 그들이 그러다가 결국 내 거처를 발견하게 되지는 않을까 하는 두려움뿐이었다. 그럼, 난 어떻게 되는 거지? 다행히도 그런 일은 일어나지 않았고, 30분쯤 지났을까, 그들은 그 무인도에 사람이 살고 있으리라는 상상은 아예 하지도 못했는지 그냥 떠나가버렸다. 그들이 사라지자마자 재빠르게 오두막으로 달려간 나는 그들이 어떤 사람들인지, 뭘 하러 왔는지를 골똘히 생각하다가 그날 하루를 다 보냈다.

온종일 품고 있던 의문은 그날 저녁 모두 풀렸다.

저녁식사 때였다. 아버지는 공장이 팔렸기 때문에 한 달 뒤에 모두가 리옹으로 가서 거기서 살게 될 거라고 엄숙한 목소리로 말했다.

그것은 엄청난 충격이었다. 하늘이 무너져 내리는 것 같았다. 공장이 팔리다니! 아, 그럼, 내 섬과 내 동굴, 내 거처는 어떻게 되는 거지?

세상에! 섬과 동굴, 오두막을 아버지가 모두 팔아버렸다니! 그 모든

것을 두고 떠나야만 한다니! 나는 얼마나 서럽게 울었는지 모른다…….

집안 식구들이 한 달여에 걸쳐 거울이며 식기 등의 이삿짐을 꾸리는 동안 나는 슬픔에 잠겨 공장 구석구석을 홀로 거닐었다. 놀고 싶은 생각도 들지 않았다. 그냥 이리저리 걷다가 주변에 보이는 물체를 바라보면서 꼭 사람에게 하듯이 말을 걸었다. 플라타너스나무에게는 "잘 있어, 사랑하는 친구야!"라고 말했고, 못을 향해서는 "마지막이구나. 이제 우리는 영영 못 만나게 될 거야!"라고 말했다. 뜰 한구석에는 키 큰 석류나무 한 그루가 따뜻한 햇살을 받아 아름다운 빨간 꽃을 활짝 피우고 서 있었다. 나는 눈물을 흘리며 읊조렸다. "석류나무야, 네 꽃송이를 하나만 주겠니?" 그러자 석류나무는 내게 꽃 한 송이를 주었다. 나는 석류나무에 얽힌 추억을 잊지 않으려고 그 꽃을 가슴에 달았다. 난 정말 불행했다.

그러나 그토록 심한 고통 속에서도 두 가지만 생각하면 내 입가에는 미소가 떠오르곤 했다. 하나는 리옹으로 이사 갈 때 배를 타게 된다는 사실이었고, 다른 하나는 부모님이 앵무새를 데리고 가도 좋다고 허락해주셨다는 것이다. 로빈슨 역시 나와 거의 유사한 상황에서 자신의 섬을 떠났을 거라고 생각하니 절로 용기가 솟는 것 같았다.

마침내 떠나는 날이 되었다. 아버지는 일주일 전에 부피가 크고 무거운 짐들을 챙겨서 먼저 리옹에 가 계셨다. 그래서 그날 나는 자크 형, 어머니, 안누 누나와 함께 출발하였다. 신부인 큰형은 우리와 함께 가지는 않았지만 보케르 합승마차역(驛)까지 우리를 배웅해주었고, 콜롱브 씨도 우리를 배웅했다. 콜롱브 씨는 트렁크가 실린 커다란 손수레를 밀면서 우리를 앞장서 갔다. 조금 뒤에서는 큰형이 어머니를 부축하며 걸었다.

이제 다시는 큰형을 못 보게 될지도 몰랐다!

커다란 푸른색 우산을 든 안누 누나가 그 뒤를 쫓아왔고, 자크 형은 리옹에 가는 게 내심 좋으면서도 계속 흑흑거리며 어머니와 나란히 걸었다……. 나는 앵무새 새장을 든 채 그렇게 좋아했던 공장 쪽을 한 걸음 뗄 때마다 한 번씩 돌아보면서 이 초라한 행렬의 맨 뒤에 섰다.

행렬이 공장에서 점점 멀어지자 석류나무는 한 번이라도 더 우리 모습을 지켜보고 싶었는지 뜰을 두르고 있는 담장 위로 발돋움을 하는 듯싶었다. 플라타너스는 가지를 흔들면서 작별인사를 했다……. 가슴이 미어지는 듯했던 나는 손가락을 입술에 갖다댄 채 그들 모두에게 남몰래 입맞춤을 보냈다.

18XX년 9월 30일, 나는 내 정든 섬을 떠났다.

바퀴벌레들

아, 아름다웠던 내 어린 시절이여! 그 시절은 내 마음에 결코 사라지지 않을 깊은 흔적을 남겨놓았다. 론 강을 여행했던 일이 꼭 어제 일처럼 떠오른다. 그때 탔던 배와 승객들, 선원들의 모습이 눈앞을 스쳐 지나가는 듯하다. 선륜(船輪)이 돌아가는 소리와 호루라기를 부는 것 같은 증기기관 소리가 아직도 귓가에 맴도는 것 같다. 선장의 이름은 제니에였고, 주방장 이름은 몽텔리마르였다. 나는 아직도 이 두 사람을 기억하고 있다.

사흘에 걸쳐 론 강을 거슬러 올라가는 동안 나는 객실로 내려가 먹고 잘 때를 빼놓고는 대부분 갑판 위에서 시간을 보냈다. 그 나머지 시간은 배의 맨 끝부분, 즉 닻 근처에서 보냈다. 그곳에는 항구에 들어갈 때 울리는 큼직한 종이 매달려 있었다. 나는 이 종 옆에 놓인 밧줄더미 사이에 자리를 잡고 앉았다. 앵무새 새장을 다리 사이에 내려놓은 채 하염없이 강을 바라보는 것이었다.

론 강은 어찌나 넓은지 양쪽 강가가 잘 안 보일 정도였다. 강이 조금만 더 넓었더라면 난 그걸 바다라고 불렀을 것이다. 하늘은 웃음을 머금은 듯 활짝 개어 있었고, 강물은 초록빛이었다. 커다란 배들이 물결을 따라 떠내려가고 있었다. 하천용 수송선에 사는 사람들이 노새 등에 올라탄 채 배를 타고 노래를 부르며 우리 옆을 지나쳐가기도 했다. 내가 탄 배는 가끔 골풀과 버드나무가 울창하게 우거진 섬을 스쳐 지나기도 했는데, 그럴 때마다 나는 "어? 무인도네!"라고 중얼거리면서 뚫어지듯 바라보곤 했다……

사흘째 되는 날의 저물어갈 무렵, 태풍이 불어닥칠 조짐이 보였다. 하늘이 삽시간에 어두워졌던 것이다. 짙은 안개가 강 위로 깔리기 시작했다. 뱃머리에 커다란 칸델라가 하나 켜져 있었다. 이 모든 심상찮은 징후 앞에서 나는 전율을 느꼈다. 바로 그때 내 곁에 있던 누군가가 외쳤다.

"리옹이다!"

동시에 그 큰 종이 울리기 시작했다. 드디어 리옹에 도착한 것이다.

안개 저편으로 양쪽 강변에 불빛이 희미하게 반짝이고 있었다. 우리가 탄 배는 두 개의 다리 밑을 지나갔는데, 다리 밑을 지날 때마다 거대한 굴뚝이 허리를 90도로 숙인 채 마치 기침을 하는 것처럼 검은 연기를 세차게 토해냈다. 갑판 위는 온통 시끌벅적하니 북새통이었다. 승객들은 저마다 트렁크를 찾느라 수선을 피웠고, 선원들은 어둠 속에서 통을 굴리며 욕설을 퍼부었다. 비가 내리기 시작했다……

나는 배의 반대편에 있던 어머니와 자크 형, 그리고 안누 누나에게 급히 달려갔다. 배가 부두 옆에 정박하고 하선이 시작되는 동안 우리 가족 넷은 안누 누나가 들고 있는 커다란 우산 밑에 꼭 붙어 서 있었다.

정말이지, 아버지가 우리를 마중 나오지 않았더라면 우리는 영영 거기서 빠져나오지 못했을 것이다. 그는 우리 이름을 부르며 우리 쪽으로 힘들게 다가왔다. "자크! 다니엘!" 귀에 익은 아버지 목소리가 들리자 우리는 깊은 안도의 숨을 내쉬며 동시에 "여기예요!" 하고 동시에 대답했다. 아버지는 재빨리 달려와 우리를 포옹하더니 한 손으로는 나를, 다른 손으로는 자크 형을 안고는 어머니와 안누 누나에게 말했다.

"날 따라와요."

아버지는 앞장서서 걸음을 재촉했다. 아, 그 순간 아버지가 얼마나 남자답게 보였는지!

우리는 힘들게 앞으로 나아갔다. 어느새 주위는 어두워져 있었고, 부교(浮橋)는 미끄러웠다. 한 걸음 내디딜 때마다 우리는 트렁크에 몸을 부딪치곤 했다. 그때였다. 갑자기 배 저편 끝에서 날카롭게 울부짖는 소리가 우리 귀에 들려왔다.

"로빈슨! 로빈슨!"

"아니, 이럴 수가!"

나는 아버지에게 잡혀 있던 손을 빼내려고 애썼다. 그러나 아버지는 내가 미끄러진다고 생각했는지 내 손을 더욱더 꼭 움켜쥐었다.

다시 더욱 구슬프고 날카로운 울부짖음이 내 귓속을 파고들었다.

"로빈슨! 내 불쌍한 로빈슨!"

"앵무새! 내 앵무새!"

나는 다시 아버지의 손아귀에서 벗어나려고 몸부림쳤다.

"드디어 앵무새가 말을 하는 거야?"

자크 형이 물었다.

앵무새가 말을 하는 게 틀림없었다. 앵무새 소리는 10리 밖에서도 알아들을 수 있었다. 너무 정신이 없었던 나머지 배 끝 부분의 닻 근처

에 앵무새를 두고 그냥 왔던 것이다. 그러자 앵무새가 있는 힘을 다해서 "로빈슨! 로빈슨! 내 불쌍한 로빈슨!" 하고 울부짖으며 나를 찾고 있는 것이었다.

하지만 불행하게도 나는 앵무새로부터 너무나 멀리 떨어져 있었다. 더구나 선장까지 고함을 지르고 있었다.

"여러분, 서둘러주십시오!"

"앵무새는 내일 다시 와서 찾으면 돼. 배 위에서 뭘 잃어버리는 경우는 없으니까."

아버지는 그렇게 말하며 울고 있는 나를 끌고 갔다. 다음날, 다시 앵무새를 찾으러 갔으나 앵무새는 보이지 않았다. 내가 얼마나 실망했을지 상상해보라. 방드르디도 앵무새도 모두 내 곁을 떠나버린 것이다. 이제는 더 이상 로빈슨 노릇을 할 수가 없게 된 것이다. 이제 어떻게 할 것인가. 방법이라곤 랑테른느 거리에 있는 지저분하고 습기 찬 주택의 5층에 무인도를 건설하는 것뿐이었다.

오, 그야말로 소름끼치는 집이었다! 나는 죽을 때까지 그 집을 잊을 수 없을 것이다. 층계는 끈적거렸고, 마당은 우물과 흡사했다. 게다가 관리인을 겸한 구두장이의 가게가 펌프 옆에 붙어 있어서 마당은 한층 더 비좁아졌다.

리옹에 도착하던 날 저녁, 안누 누나가 부엌에 들어서다 말고 비명을 내질렀다.

"악, 바퀴벌레다! 바퀴벌레야!"

우리는 부리나케 부엌으로 달려갔다. 아니, 세상에! 부엌은 온통 그 흉측한 벌레로 가득 차 있었다. 찬장 위뿐만 아니라 벽 가장자리, 서랍 속, 난로 위, 찬장 속 가릴 것 없이 그 고약한 녀석들이 득실대고 있었던 것이다. 우리는 이심전심, 아무 말 안 해도 마음이 통하기라도 한 듯 동시에 바퀴벌레 소탕작전에 나섰다. 안누 누나는 이미 꽤 많은 바퀴벌레를 죽였다. 하지만 죽이면 죽일수록 바퀴벌레들은 어디선가 더 많이 기어나왔다. 우리는 아예 수챗구멍을 틀어막았다. 그러나 다음날 저녁이 되자 바퀴벌레들은 또 다른 곳을 통해 기어나오는 것이었다. 그래서 바퀴벌레들을 잡으려고 고양이를 사다 놓고 저녁마다 부엌에서 대살육전을 벌여야만 했다.

바퀴벌레들 때문에 나는 첫날 저녁부터 리옹을 증오하게 되었다. 다음날에는 상황이 더 악화되었다. 리옹에 오면서부터 그 이전의 생활습관은 모조리 버려야 했다. 식사시간도 바뀌었다. 빵은 랑그독에 있던 집에서 먹던 것과는 우선 모양부터 달랐는데, 식구들은 그걸 '왕관빵'이라고 불렀다. 무슨 빵 이름이 이렇담! 안누 누나가 푸줏간에 가서 '숯불구이용 쇠고기'를 달라고 할 때마다 푸줏간 주인은 노골적으로 누나를 비웃곤 했다. 도대체 '숯불구이용 쇠고기'가 뭔지도 모르다니, 미개인 같으니! 아, 정말 지겨운 곳이었다.

우리 식구들은 일요일만 되면 분위기를 좀 바꿔보려고 양산을 받쳐들고 론 강 강둑으로 산책을 나갔다. 그리고 약속이라도 한 듯 모두들 남프랑스 방향인 프라슈 쪽을 향해 걸었다.

"이렇게 걷노라면 우리가 살던 곳에 점점 더 가까워질 것 같아."

나보다 훨씬 더 괴로워하고 있음에 틀림없을 어머니가 그렇게 말했다. 모처럼 가족끼리 나온 산책이었는데 분위기는 침통하기만 했다. 아버지는 투덜거렸고, 자크 형은 계속 눈물을 짰다. 나는 뒤에 처져서 걸었다. 길거리에 나온다는 게 왠지 창피하게 느껴졌던 것이다. 어쩌면 우리가 가난해서 그랬던 것인지도 모르겠다.

리옹에서 살기 시작한 지 달포 남짓 됐을 때 안누 누나가 병에 걸렸다. 안개 때문에 건강을 해친 것이었다. 우리 가족은 누나를 남프랑스로 다시 보내야만 했다. 어머니를 끔찍이 사랑하던 이 노처녀는 우리와 헤어져야 한다는 게 너무나 슬퍼서 차마 발걸음이 떨어지지 않는 모양이었다. 누나는 리옹에서 계속 살아도 절대 죽지 않을 테니 함께 살게 해달라고 애원했다. 그래서 누나를 강제로 배에 태워야만 했다.

남프랑스에 도착한 그녀는 자포자기 심정으로 결혼을 해버리고 말았다 한다.

안누 누나가 떠났지만, 너무나 가난했던 탓에 새로운 하녀를 구할 수가 없었다. 힘든 일만 관리인의 아내가 가끔씩 올라와서 거들어주곤 했을 뿐이었다. 내가 즐겨 입맞추곤 했던 어머니의 부드럽고 하얀 손은 화덕에 그을려 점점 검고 거칠어졌다. 시장에 가는 일은 자크 형 차지가 되었다.

"자크야, 가서 이것도 사오고 저것도 사오렴."

어머니가 커다란 바구니를 들려주며 이렇게 일러주면 자크 형은 계속 눈물을 흘리면서도 물건들은 하나도 빼먹지 않고 잘 사왔다.

불쌍한 자크 형! 형 역시 행복하지 못했다. 자크 형의 눈에서 눈물이 마르지 않는 걸 보다 못한 아버지는 더 이상 참지 못하고 자크 형을 미워하고 때리기까지 했다.

"자크, 이 바보 같은 놈! 이 얼간이!"

식구들은 이 소리를 하루 종일 들어야만 했다. 아버지가 옆에 있으면 불쌍한 자크 형은 당황해서 어쩔 줄 몰랐다. 자기도 모르게 나오는 눈물을 억지로 참으려고 애쓰는 바람에 그의 얼굴은 흉하게 일그러지곤 했다. 아버지 때문에 자크 형은 날이 갈수록 불행해져갔다.

어느 날 저녁, 식사를 하려고 모두들 식탁에 둘러앉고 나서야 집안에 물이 한 방울도 없다는 것을 알게 되었다.

"제가 가서 떠올게요."

마음씨 착한 자크 형이 이렇게 말하더니 커다란 사기 단지를 집어들었다.

아버지는 의외라는 듯 어깨를 으쓱했다.

"그래? 근데 네 녀석이 가면 틀림없이 단지를 깨고 말걸."

"자크야, 조심해야 해. 단지를 깨면 안 돼."

어머니가 차분하게 타일렀다. 그러자 아버지가 또 나섰다.

"그런 말 해봤자 아무 소용 없어. 틀림없이 깨먹을 테니까."

자크 형이 울먹이면서 말했다.

"아버지는 꼭 제가 단지를 깨버렸으면 하고 바라시는 것 같네요."

아버지는 더 이상의 말대답을 용납하지 않겠다는 듯한 단호한 어조로 이렇게 잘라 말했다.

"난 네가 단지 깨는 걸 바라지 않아. 그냥 네가 단지를 깰 거라고 말하는 것뿐이지."

자크 형은 더 이상 대꾸를 하지 않은 채 단지를 휑하니 들고 서둘러 나갔는데, 말은 하지 않았으나 얼굴에는 이렇게 쓰여 있었다.

'흥! 내가 단지를 깰 거라구? 좋아요, 어디 두고 보라구요.'

그런데 5분이 지나고 10분이 지나도 자크 형은 돌아오지 않았다. 어머니는 걱정이 되는지 안절부절못하고 있었다.

"제발 그 아이한테 아무 일 없어야 할 텐데."

"아무렴! 그놈한테 무슨 일이 일어나기야 했겠어? 단지를 깨뜨리고 집에 못 들어오는 것뿐이겠지."

이렇게 말하고 난(그 무뚝뚝한 표정! 정말 대단한 양반이다) 아버지는 벌떡 일어나더니 자크 형이 어떻게 됐는지 직접 두 눈으로 보아야겠다는 듯 현관 쪽으로 걸어갔다. 멀리 갈 필요도 없었다. 자크 형이 문 앞 층계 위에 두 손을 축 늘어뜨린 채 입을 꼭 다물고 화석처럼 서 있었던 것이다. 아버지의 모습을 보자 형은 백지장처럼 하얗게 질려서 다 기어들어가는 목소리로 들릴 듯 말 듯 말을 꺼냈다.

"단지를…… 깨뜨리고…… 말았어요."

불쌍한 형은 단지를 깨뜨리고 말았던 것이다. 우리는 그 이후로 이 일을 '단지 사건'이라고 부르게 될 것이다.

리옹으로 이사 온 지 두 달쯤 지났을 때 비로소 부모님은 우리에게 공부를 시켜야 되겠다는 생각을 하시게 되었다. 아버지와 어머니는 우리를 중학교에 보내고 싶었지만 돈이 너무 많이 들어갔다.

어머니가 말씀하셨다.

"저 애들을 성가대 학교에 보내면 어떨까요? 거기 다니는 아이들, 괜찮아 보이던데."

아버지는 어머니의 제안에 동조하는 미소를 지어 보였고, 생니지에 성당이 우리 집과 제일 가까운 거리에 있었기 때문에 나와 자크 형은 생니지에 성가대 학교에 가게 되었다.

성가대 학교에서의 생활은 정말 재미있었다. 다른 학교에 다니는 애들처럼 그리스어와 라틴어를 머릿속에 꾸역꾸역 집어넣는 대신 우리는 예배하는 법과 찬송가 부르기, 무릎을 얌전히 꿇는 법, 깔끔하게 향을 피우는 법 등을 배웠는데, 이런 학습은 몹시 까다롭고 어려웠다. 간혹 하루에 한두 시간씩 라틴어 문법과 교회사 수업을 받기도 했지만, 그건 그냥 구색 맞추기로 끼워넣은 것에 불과했다. 우리가 학교를 다니는 건 무엇보다도 종무(宗務)를 배우기 위해서였다.

미쿠 신부님은 적어도 일주일에 한 번씩 우리에게 이렇게 엄숙하게 말하곤 했다.

"여러분, 내일은 아침수업이 없다! 장례식에 참석해야 하니까."

그럼 우리는 장례식에 참석하는 것이었다. 정말 재미있었다! 그러고 나면 영세식이나 결혼식에 참석하기도 하고, 지체 높은 사람들을 만나기도 하고, 병을 앓는 사람들에게 성량(聖糧)을 주기도 하는 것이었다. 아, 신부님을 모시고 갈 때마다 얼마나 뿌듯하고 자랑스러웠는지!

성체(聖體)할 때 쓸 빵과 성유(聖油)를 두 손에 든 미쿠 신부님이 작고 빨간 비로드 닫집 아래 서면 두 아이가 그 닫집을 양쪽에서 받치고 걸어갔다. 그리고 다른 두 아이는 커다란 금빛 초롱을 들고 신부님을 수행한다. 다섯 번째 아이는 따르라기를 흔들며 맨 앞에서 걸었다. 이 일은 보통 내가 맡았다. 성량 행렬이 지나가면 남자들은 모자를 벗고, 여자들은 성호를 그었다. 행렬이 초소 앞을 지나가게 되면 흩어져 있던 군인들도 보초병의 "받들어 총!"이라는 고함소리를 듣고 달려와서는 열을 맞추곤 했다. 장교가 구령을 내질렀다.

"받들어…… 총!"

"무릎 꿇어!"

총소리가 진동하고, 북소리가 저 멀리 들판에까지 울려퍼져 나갔다. 그러다가 내가 삼성창(三聖唱)을 부를 때처럼 들고 있던 따르라기를 힘차게 세 번 연거푸 흔들면 행렬은 다시 움직인다. 성가대 학교 생활은 정말 재미있었다.

우리들은 각자 자신의 작은 사물함 속에 성직자들이 지녀야 할 장구를 완벽하게 갖추고 있었다. 긴 꼬리가 달린 검은색 법의, 장백의(長白

衣), 빳빳하게 풀 먹인 긴 소매 중백의(中白衣), 검은색 명주 양말, 순모와 비로드로 만들어진 빵모자 두 개, 가장자리에 작고 하얀 진주무늬를 수놓은 가슴 장식 등은 우리 성가대원들에게 없어서는 안 될 것들이었다.

이런 복장은 내게 아주 잘 어울리는 것 같았다.

"우리 다니엘, 그렇게 입고 있으니까 정말 멋져 보인다."

어머니는 곧잘 그렇게 말하곤 했다. 하지만 나는 늘 속상했다. 불행하게도 내 키가 너무 작았던 것이다. 조금이라도 커지고 싶어서 발돋움하며 아무리 안간힘을 써봤자 우리 성당의 예장(禮裝) 순경인 카뒤프 씨의 가슴팍에도 닿을락말락했던 것이다. 게다가 또 몸은 얼마나 약했던지!

언젠가 미사를 드릴 때였다. 복음서를 옮겨놓아야 했는데 어찌나 무거웠던지 내가 책을 들고 가는 건지, 책이 나를 들고 가는 건지 분간이 안 될 정도였다. 결국 나는 제단으로 올라가는 층계 위에서 나뒹굴고 말았다. 악보대가 넘어지고, 미사는 중단되었다. 더구나 그날은 바로 '성신강림(聖神降臨) 축일'이었다. 그러니 얼마나 창피했겠는가…….

키가 너무 작아서 당해야 하는 이런 불편만 빼놓는다면 나는 내 운명에 만족했기 때문에 밤이 되면 옆 침대에 누워 있는 자크 형에게 이렇게 속삭이곤 했다.

"형, 어쨌거나 이 성가대 학교라는 데는 정말 재미있는 곳이야."

그러나 불행하게도 우리는 이 학교에 오래 머무를 수가 없었다. 남프랑스에 있는 어떤 대학교의 총장으로 재직하는 아버지 친구가 만일 우리 두 사람 중 한 명을 리옹 중학교의 장학생으로 보내고 싶다면 자기가 주선해줄 수 있을 것 같다는 내용의 편지를 보내온 것이다.

"야! 이건 바로 다니엘을 두고 한 말이군."

아버지는 대뜸 이렇게 말했다.

"그럼 자크는요?"

어머니가 물었다.

"아, 자크 말인가? 그 애는 내가 데리고 있겠어. 쓸모가 아주 많거든. 그 애는 장사에 소질이 있는 것 같아. 그러니 그 애는 장사꾼을 시킵시다."

어떻게 해서 아버지는 자크 형이 장사에 소질이 있다는 걸 눈치챌수 있었던 것일까? 그 당시 불쌍한 형은 우는 것밖에는 소질이 없는 것 같았는데……. 그래도 본인하고 상의를 했더라면 좋았을 텐데. 하지만 아버지는 이 문제에 대해서 자크 형과도 나와도 일언반구 상의하지 않았다.

맨 처음 리옹 중학교에 등교하던 날, 오직 나만 작업복을 입었다는 사실을 깨닫고 나는 무척 놀랐다. 리옹의 부잣집 아이들은 작업복을 입지 않았다. 그걸 입은 건 '곤느'라고 불리는 거리의 불량아들뿐이었다. 내가 허름한 작업복을 입고 있어서 곤느처럼 보였던 모양이었다. 내가 교실에 들어서자 아이들이 히죽히죽 웃으며 수군거리기 시작했다.

"야, 저 애 좀 봐! 작업복을 입고 있잖아."

선생님마저 오만상을 찌푸리며 나를 징그러운 벌레 대하듯 했다. 그때부터 선생님의 태도가 부자연스럽게 변하더니 나를 경계하기 시작했다. 그 뒤로 선생님은 내 이름은 절대 부르지 않고 늘 "어이, 거기 꼬마!"라고 말하는 것이었다. 그때마다 나는 내 이름이 다니엘 에세트라고 고쳐주었다. 결국 우리 반 급우들도 나를 '꼬마'라고 불렀고, 어느새 '꼬마'는 내 별명이 되고 말았다.

내가 다른 아이들과 구별되었던 것은 항상 작업복을 입고 다녔기 때문만은 아니었다. 다른 아이들은 예쁜 노란 가죽 가방과 향긋한 냄새가 풍기는 회양목 잉크병, 하드커버로 장정된 노트, 밑에 많은 주석이 달린 새 책들을 갖고 있었다. 그러나 강둑을 따라 늘어서 있는 헌책방에서 산 내 책은 너무나 오래되어 곰팡이가 슬고, 바래고, 기름 썩은 냄새가 났다. 겉표지는 너덜너덜했고, 군데군데 없는 페이지도 많았다.

보다 못한 착한 자크 형이 끙끙대면서 풀과 판지를 이용하여 책들을 다시 제본해주었다. 그런데 자크 형이 풀을 너무 덕지덕지 바르는 바람에 내 책에서는 고약한 냄새가 좀처럼 가시질 않았다. 자크 형은 또 내게 주머니가 무지하게 많이 달린 책가방도 만들어주었는데, 편하기는 했지만 이번에도 역시 풀을 너무 많이 발라놓았다.

어쨌든 자크 형은 우는 일만큼이나 풀을 바르고 판지로 장정하는 일에 열중했다. 자크 형은 일하는 가게에서 빠져나오기만 하면 늘 자그마한 풀단지들을 불 앞에 늘어놓은 다음 열심히 풀을 바르고, 제본하고, 판지로 장정을 했다. 정말 너무 열심이었다. 그리고 그 나머지 시간에는 시내에서 짐을 나르고, 불러주는 대로 받아쓰고, 물건을 사러 가는 것이었다. 말하자면 장사를 배우는 것이었다.

장학생이기 때문에, 작업복을 입었기 때문에, '꼬마'라고 불렸기 때문에 남들보다 두 배는 더 열심히 공부를 해야만 그들과 동등해질 수가 있다는 사실을 나는 깨달았다. 그리하여 나는 열성을 다해 공부했다.

겨울에 불기 하나 없는 방에서 다리에 이불만 겨우 덮고 책상 앞에 앉아 밤낮없이 공부하던 나를 생각하면 새삼 대견스러워진다. 유리창에는 성에가 하얗게 끼어 있었다. 그렇게 공부를 하고 있노라면 가게에서 아버지가 자크 형에게 무언가를 불러주는 소리가 들려오곤 했다.

"저는 이 달 8일부로 귀하가 보내주신 서한을 잘 받아보았습니다."

그리고 나면 자크 형의 울먹이는 목소리가 들려온다.

"저는 이 달 8일부로 귀하가 보내주신 서한을 잘 받아보았습니다."

이따금 방문이 살그머니 열리곤 했다. 어머니였다. 어머니는 살금살금 내게 다가오신다. 쪼옥!

"공부하니?"

"네, 엄마."

"안 추워?"

"아…… 아니요!"

나는 몹시 추웠지만 그렇게 거짓말을 했다.

그러면 어머니는 오랫동안 내 곁에 앉아 뜨개질을 하면서 낮은 목소리로 그물코를 세기도 하고, 길게 한숨을 내쉬기도 하셨다.

불쌍한 어머니! 어머니는 다시는 돌아갈 수 없을 그 아름답고 정든 마을을 생각하고 계신 것이었다. 그러나 어머니는 우리에게 몰아닥친 또 하나의 불행, 우리 모두에게 닥친 그 불행 때문에 곧 그 마을로 되돌아가게 될 것이다…….

형의 죽음

7월의 어느 월요일이었다.

그날 학교가 파한 뒤에 정신없이 술래잡기 놀이를 하다 보니 막상 집에 돌아가려고 생각했을 때는 시간이 꽤 많이 흐른 뒤였다. 나는 책가방을 허리에 단단히 차고 모자를 입에 문 채 테로 광장에서부터 랑테른느 거리까지 쉬지 않고 단숨에 달렸다. 그렇지만 평소에 아버지를 무서워하고 어려워했던 나는 늦은 데 대한 핑계거리를 찾아내기 위해서 집으로 올라가는 층계에서 잠시 숨을 돌렸다. 그런 다음 용기를 내어 벨을 눌렀다.

문을 열어준 사람은 바로 아버지였다.

"늦었구나!"

아버지가 말했다. 나는 바들바들 떨면서 무의식중에 거짓말을 지껄이기 시작했다. 하지만 내 말이 채 끝나기도 전에 나를 끌어당기더니 오랫동안 아무 말 없이 안아주었다.

분명히 호된 꾸중을 들을 거라고 걱정했던 나는 영문을 몰라 어안이

벙벙해졌다. 내 머릿속에 처음 떠오른 생각은, 생니지에 성당의 신부님이 저녁식사에 초대되어 집에 와 계신 게 아닌가 하는 것이었다. 이런 날에는 아버지가 절대 우리들을 야단치지 않는다는 것을 나는 체험을 통해 알고 있었던 것이다. 하지만 식당에 들어서는 순간 나는 내 예상이 빗나갔다는 걸 알았다. 식탁 위에는 아버지와 내 접시만 동그마니 놓여 있었다.

"엄마는 어디 계세요? 그리고 자크 형은요?"

나는 놀라서 아버지에게 물었다.

아버지는 평상시와 달리 다정한 목소리로 대답했다.

"네 엄마랑 자크는 형에게 갔단다. 다니엘. 큰형이 몹시 아프다는구나. 그래서……"

내 얼굴이 하얗게 질리는 것을 본 아버지는 나를 안심시키려는 듯 쾌활한 말투로 덧붙였다.

"내 형이 몹시 아프다고 내가 말했니? 걱정할 것 없다. 그냥 말이 그렇다는 것뿐이니까. 실은 오늘 네 큰형이 병석에 누워 있다는 편지가 왔거든. 너도 엄마가 요즘 어떤지 잘 알지? 굳이 가보겠다고 해서 자크 형을 딸려 보낸 거야. 어쨌거나 그렇게까지 걱정할 일은 아니다……. 자, 이제 앉아서 식사를 하자꾸나. 나 배고파 죽겠다."

나는 말없이 식탁에 앉았다. 그러나 큰형이 몹시 아프다는 생각을 하니 가슴이 터질 듯 아파서 쏟아지려는 눈물을 참기가 정말 힘들었다. 우리 두 사람은 아무 말 없이 마주보고 앉아서 우울하게 식사를 했다. 아버지는 정말 배고픈 사람처럼 급하게 음식을 먹더니 갑자기 손을 멈추고 깊은 생각에 잠겼다.

충격을 받아 멍청해진 나는 식탁 끝에 꼼짝 않고 멀거니 앉아서 큰

형이 공장에 와서 들려주던 재미있는 이야기들을 생각했다. 공장의 못을 건널 때면 신부복을 서슴지 않고 걷어올리던 형의 모습이 떠올랐다. 온 가족이 다 모인 자리에서 큰형이 처음으로 미사를 올리던 때도 생각났다. 부드럽고 정감어린 목소리로 성경 구절을 읽으며 미사를 드리는 도중에 큰형이 두 팔을 벌리고 우리를 향해 돌아섰을 때, 그 멋진 모습에 어머니는 눈물을 글썽이며 감격했었다……. 그런데 그 형이 지금은 우리와 멀리 떨어진 곳에서 병에 걸린 채 혼자 누워 있다니! 가슴속에서 끊임없이 들려오는 어떤 목소리 때문에 나는 더욱 걷잡을 수 없는 슬픔에 잠겼다.

'하느님이 너를 벌하신 거야. 이건 순전히 네 잘못이라구! 정직하게 행동해야 했어. 거짓말은 절대로 하지 말았어야 했다구!'

하느님이 나를 벌하기 위해 큰형을 죽게 할지도 모른다는 무시무시한 생각에 사로잡힌 나는 고통과 절망에 빠져 이렇게 중얼거렸다.

"앞으로는 절대로 학교가 파한 뒤에 술래잡기 따위는 하지 않겠어요. 절대로요!"

식사가 끝나자 아버지는 램프에 불을 붙인 다음 일할 준비를 했다. 아버지는 먹다 남은 디저트 접시를 한쪽으로 밀쳐놓은 다음 식탁보 위에 두툼한 장부책을 올려놓고는 큰 소리로 계산을 시작했다. 바퀴벌레를 잡으라고 사들인 고양이 피네가 식탁 주위를 어슬렁거리면서 구슬프게 울었다. 나는 창문을 활짝 열어젖히고 창턱에 팔꿈치를 괴었다.

밖은 어두웠고, 공기는 무더웠다. 아래층에 사는 사람들이 자기 집 문 앞에서 이야기를 하며 웃는 소리, 멀리 로야스 요새에서 울리는 북소리가 들려왔다. 슬픈 생각을 하며 어둠 속을 멍하니 바라보고 있던 나는 갑자기 벨소리가 요란하게 울리는 바람에 불현듯 창문에서 몸을

뗐다. 그리고 깜짝 놀라서 아버지를 바라보니 방금 나를 사로잡았던 불안과 두려움의 전율이 아버지의 얼굴을 스치고 지나간 것 같았다. 아버지 역시 벨소리를 듣자 두려움을 느꼈던 것이다.

아버지가 나지막한 목소리로 말했다.

"누가 온 모양이다!"

"그냥 앉아 계세요, 아버지. 제가 나가보겠어요."

나는 문 쪽으로 뛰어나갔다.

누군가가 문턱에 서 있었다. 무언가를 내게 내미는 그 사람의 모습이 어둠 속에 힐끗 보였으나, 나는 그걸 받기가 망설여졌다. 그 사람이 말했다.

"전봅니다."

"전보라고요? 무슨 일이죠?"

나는 떨리는 손으로 전보를 받아 쥐고 다시 문을 닫으려 했다. 그러자 그 남자는 문이 안 닫히도록 발을 갖다댄 채 쌀쌀맞게 말했다.

"서명을 해야지."

서명을 해야 한다고? 나는 전보를 처음 받아봤기 때문에 그런 사실은 아예 모르고 있었다.

"누구냐, 다니엘?"

아버지가 큰 소리로 외쳤다. 떨리는 목소리였다.

"아무것도 아니에요, 아버지! 그냥 불쌍한 사람이에요……."

나는 전보를 전하러 온 사람에게 잠깐 기다리라고 손짓하고 아버지가 눈치채지 못하게 내 방으로 몰래 들어가서 급히 펜을 찾아 대충 잉크에 적신 다음 다시 나왔다.

"여기다 서명을 해라."

그 남자가 무뚝뚝하게 말했다. 나는 층계를 밝히고 있는 희미한 램프 불빛을 받으며 떨리는 손으로 서명했다. 그러고는 문을 닫은 뒤 전보를 작업복 속에 감추고 다시 돌아왔다.

아! 그렇다. 나는 불행을 알리는 전보를 셔츠 속에 감춰두고 있었다. 아버지에게 전보를 보이고 싶지 않았던 것이다. 직감적으로 그 전보가 무섭고 끔찍한 일을 우리에게 전해줄 것 같은 불길한 예감이 들었던 것이다. 전보에는 과연 무슨 내용이 쓰여 있을까? 내가 짐작하고 있는 내용이 적혀 있을까?

"거지라고?"

아버지가 나를 쳐다보며 물었다.

"예, 거지였어요."

나는 얼굴색 하나 변하지 않고 태연하게 대답했다. 그리고 아버지가 이상하게 여길까봐 다시 창가로 가서 팔꿈치를 괴었다.

나는 나를 괴롭히는 그 전보를 가슴에 꼭 껴안은 채 아무 말 없이 꼼짝 않고 얼마 동안 거기 그대로 머물러 있었다.

그러면서 나는 이치를 좇아 생각하려고, 용기를 가지려고 애쓰면서 이렇게 생각했다.

'네가 뭘 안다고 이 야단이야? 좋은 소식일지도 모르잖아. 큰형이 다 나았다는 반가운 소식인지도…….'

그러나 결국 나는 내 생각이 틀렸다는 것을, 내가 나 자신에게 거짓 말을 하고 있다는 것을, 전보에 큰형이 나았다고 쓰여 있지 않다는 것을 너무 잘 알고 있었다.

드디어 나는 용기를 내서 전보 내용을 확인하기로 했다. 그래서 무표정하게 느릿느릿 걸음을 옮기며 식당을 빠져나왔다. 그리고 내 방에

들어서자마자 손을 덜덜 떨면서 서둘러 램프에 불을 붙였다. 그리고 그 죽음의 전보를 펼치는 순간, 내 손은 얼마나 바들바들 떨렸던가! 그리고 전보를 펼치는 순간, 내 눈에서는 얼마나 뜨거운 눈물이 쏟아졌던가! 나는 전보 내용이 사실이 아니기를 바라면서 읽고 또 읽어보았다. 하지만 아무리 읽고 또 읽고, 심지어 이리저리 뒤집어 읽어보아도 소용없었다. 전보에 쓰인 말은 도저히 다른 말로 바뀌지 않았다.

장남 사망. 조의를 표합니다.

그렇게 펼쳐진 전보를 앞에 놓고 울면서 얼마나 오랫동안 그러고 있었는지, 나는 잘 모르겠다. 생각나는 건 오직 눈이 너무 많이 부어올라서 얼굴을 오랫동안 물에 담그고 있었다는 사실뿐이다. 그러고 나서 나는 그 저주스러운 전보를 떨리는 손에 든 채 식당으로 갔다.

자, 이젠 어떻게 해야 할 것인가? 도대체 무슨 수를 써서 이 끔찍한 소식을 아버지에게 알릴 것인가? 이 전보 내용을 혼자만 알고 있으려고 했다니, 난 정말 얼마나 우습고 유치한 인간인가? 어차피 아버지는 이 사실을 알게 될 텐데! 난 정말 미친 짓을 한 것이었다. 차라리 전보가 왔을 때 직접 아버지에게 갖다드렸다면 함께 전보를 읽었을 것이고, 지금쯤은 아버지도 다 알고 계셨을 텐데.

그런데 이렇게 혼자 이 생각 저 생각 하다 보니 나는 어느덧 식탁에 다가가서 아버지 바로 옆자리에 앉아 있는 게 아닌가. 아무것도 모르는 아버지는 정리하던 장부를 덮고 펜의 깃털 끝으로 피네의 흰 주둥이를 간질이며 재미있다는 듯 키득거리고 있었다. 아버지가 그렇게 즐거워하는 것을 보자 내 가슴은 더욱 미어졌다. 아버지는 얼굴에 생기를 띠

며 간간이 웃었다. 정말이지, 나는 '아버지, 웃지 마세요. 제발요.'라고
말하고 싶었다.

내가 아무 말도 못하고 슬픈 표정을 지은 채 손에 전보를 들고 그냥
자기를 쳐다보기만 하자 아버지가 고개를 들었다. 나와 아버지의 눈이
마주쳤다. 아버지가 내 눈에서 뭘 보았는지 그건 모르겠다. 내가 아는
건, 아버지 얼굴이 갑자기 심하게 일그러지더니 그가 가슴이 터져나갈
듯한 목소리로 이렇게 말했다는 것뿐이다.

"형이 죽었구나. 그렇지?"

전보가 내 손가락에서 미끄러져 내렸고, 나는 엉엉 울면서 아버지
가슴에 쓰러졌다. 그리고 우리는 함께 얼싸안고 한참을 울었다. 그 동
안 피네는 우리를 울게 만든 그 끔찍한 죽음의 전보를 갖고 장난을 치
며 우리 발치에서 놀고 있었다.

이 일이 일어난 지도, 내가 그토록 사랑했던 큰형이 땅속에 잠든 지
도 꽤 오래되었다. 하지만 지금도 나는 전보를 받으면 '장남 사망. 조의
를 표합니다.'라는 글을 또다시 읽게 될 것 같아 무서워 덜덜 떨면서 전
보를 펴곤 한다.

58

빨간 수첩

오래된 미사경본을 보면 양 볼에 깊은 주름이 팬 성모 마리아를 그려놓은 소박한 채색삽화가 나와 있는데, 화가는 그녀가 얼마나 많은 눈물을 흘렸는지 우리에게 보여주기 위해 이 성스러운 상처를 거기다 그려놓았다. 그런데 맹세컨대, 나는 큰형을 땅속에 묻고 리옹으로 돌아온 어머니의 야윈 얼굴에서 바로 그 주름을, 그 눈물의 주름을 보았다.

그날 이후, 가엾은 어머니의 얼굴에서는 웃음이 완전히 사라졌다. 어머니는 언제나 검은색 옷을 입고 있었고, 얼굴은 늘 비탄에 잠겨 있었다. 상(喪)을 당한 슬픔이 어머니의 가슴속에도, 어머니의 옷 속에도 영원히 자리잡았다. 설상가상으로, 우리 에세트 집안의 형편은 조금도 나아지지 않았다. 오히려 분위기가 더 침울하고 비통해졌다. 생니지에 성당의 신부님이 큰형의 영혼이 영면(永眠)할 수 있도록 미사를 올렸다. 어머니는 아버지의 낡은 검은색 윗도리를 잘라서 자크 형과 내 상복을 만들어주었다. 그리고 우울한 생활이 다시 시작되었다.

큰형이 죽고 얼마가 지난 어느 날 저녁이었다. 막 잠자리에 들려고 하는데 자크 형이 방문을 단단히 잠그고 문틈까지도 세심히 막은 뒤 엄숙하고 비밀스런 표정을 지으며 내게 다가오는 바람에 나는 깜짝 놀랐다.

나는 큰형의 장례식을 치르고 남프랑스에서 돌아온 뒤 자크 형의 행동에 이상한 변화가 일어났다는 말을 해야만 하겠다. 우선, 웬만한 사람들은 믿지 않으려고 하겠지만, 자크 형은 더 이상 울지 않았다. 아니, 거의 울지 않았다고 말해야 할 것이다. 게다가 그렇게나 열심히 제본을 하던 모습도 차츰 사라졌다. 가끔 불가에 놓여 있는 풀단지가 눈에 띄긴 했지만 전처럼 열의가 있어 보이지는 않았다. 그래서 이제 판지로 만든 손가방 하나를 얻으려면 무릎을 꿇고 통사정을 해야 될 판이었다. 정말 믿기지 않는 일이었다! 어머니가 모자 상자를 하나 만들어달라고 부탁한 지가 여드레가 지났지만 전혀 아무런 진척이 없었다.

아버지나 어머니는 아무 눈치도 채지 못하는 것 같았지만, 나는 자크 형에게 무슨 일인가가 일어났다는 것을 잘 알고 있었다. 가게에서 혼자 중얼거리며 이상한 몸짓을 하고 있는 자크 형을 본 적도 여러 차례였다. 형은 또 한밤중에도 자지 않고 뭐라고 중얼거리다 갑자기 침대에서 퉁겨지듯 벌떡 일어나더니 방안을 성큼성큼 걸어다니기도 했다……. 그건 정상인의 자연스러운 행동이 아니었기 때문에 그런 생각을 할 때마다 나는 무서워지곤 했다. 자크 형이 점점 미쳐가는 게 아닐까, 하는 생각이 문득문득 들곤 했던 것이다.

그날 저녁, 자크 형이 우리 방문을 단단히 잠그는 걸 보는 순간 형이 미쳤음에 틀림없다는 생각이 불현듯 뇌리를 스치면서 나는 순간적으로 두려움에 휩싸였다.

'아, 불쌍한 자크 형!'

RELIGION !

RELIGION !

Poème en douze
chants

Par EYSSETTE-JACQUES

형은 그 순간에 내가 어떤 생각을 하고 있는지도 모르면서 힘을 주어 내 손을 잡았다.

"다니엘, 너한테 할 얘기가 있어. 다른 사람한테는 절대 말하면 안 돼. 맹세할 수 있지?"

그 말을 듣고서야 형이 미치지 않았다는 것을 깨달았다.

나는 주저하지 않고 말했다.

"맹세하겠어, 형!"

"근데 너 아직 모르지? ……쉿! 내가 시를 한 편 썼어. 아주 위대한 시를 말야!"

"시를? 형이 시를 썼다구?"

자크 형은 대답 대신 윗옷에서 자기가 직접 제본한 큼지막한 빨간 수첩 한 권을 꺼냈는데, 표지에는 예쁜 글씨로 이렇게 쓰여 있었다.

믿음이여! 믿음이여!
12편(編) 시(詩)
자크 에세트 지음

제목부터가 하도 거창해서 나는 현기증이 날 뻔했다.

늘 찡찡대면서 작은 풀단지나 들고 다니던 열두 살짜리 어린아이 자크 형이 「믿음이여! 믿음이여!」라는 12편짜리 시를 쓰다니, 도대체 어떻게 상상이나 할 수 있었겠는가?

그런데도 아무도 이 사실을 눈치채지 못하고 있었던 것이다. 어머니는 계속해서 바구니를 들려 야채가게로 심부름을 보냈고, 아버지는 "자크, 이 얼간이 같은 놈!"이라고 더 크게 소리질렀던 것이다.

아, 불쌍한 자크 에세트! 정말이지, 자크 형의 목을 꼭 끌어안고 싶은 심정이 간절했다. 하지만 그럴 수가 없었다. 생각해보라. 형은 「믿음이여! 믿음이여!」라는 12편짜리 시를 쓰고 있었다. 하지만 사실을 사실대로 말하는 게 또한 나의 의무이기도 한 것이다. 사실대로 말하자면, 이 12편짜리 시가 끝나려면 아직도 하세월이었다. 그나마 제 1편도 4행에서 더 이상 나가지 못하고 있었다. 하지만 이런 작품을 술술 쓴다는 건 참으로 어려운 법이기 때문에 "아직은 4행밖에 못 썼지만 나머지도 쉽게 쓸 수 있어. 식은 죽 먹기지, 시간문제라고" 하는 자크 형의 말에 전혀 일리가 없는 건 아닌 것이다.

시간문제에 불과하다는 이 나머지 부분, 형은 결국 이 나머지 부분을 완성할 수가 없었다……. 시라는 건 자기의 운명을 안고 태어나는 모양이다. 그렇다면 「믿음이여! 믿음이여!」란 시의 운명은 12편짜리 시가 아니었던 것이다. 아무리 애를 써도 시인은 4행 이상은 쓸 수가 없었다. 그것은 운명이었다. 결국, 참다못한 이 가없은 소년은 자신의 시를 악마에게 보내버리고 시의 여신도 내쫓아버렸다. 그렇게 되자 그는 또다시 눈물을 짜기 시작했고, 풀단지를 들고 불 앞에 다시 나타났다……. 그럼, 빨간 수첩은? 빨간 수첩에게도 그 나름의 운명이 있었다.

"이거 줄게. 네가 쓰고 싶은 거 여기다 써." 그가 내게 수첩을 건네주며 말했다. 내가 거기다 뭘 썼는지 아는가? 내가 지은 시를 써넣었다! 꼬마의 시를 말이다. 빨간 수첩과 함께 자크 형의 고통도 고스란히 내게 넘어온 것이다.

자, 이렇게 꼬마가 운(韻)을 맞추고 있는 동안 우리는 그의 인생의 4, 5년 정도를 성큼 뛰어넘을 것이다. 나는 에세트 씨의 가족들이 지금까지도 잊지 못하고 있는 그 18XX년 봄으로 얼른 건너뛰려고 애쓰는 중이다.

독자 여러분, 내가 침묵 속에 그냥 흘려보내려고 하는 내 삶의 이 부분이 과연 어떤 식으로 흘러갔을까 알려고 애쓸 필요조차 없다. 눈물과 가난으로 점철된, 늘 같은 생활의 연속이었으니까. 지지부진한 사업, 한 번도 제때 내본 적이 없는 집세, 난리를 치며 소란을 피우곤 하던 빚쟁이들, 돈 때문에 팔아치워야 했던 어머니의 다이아몬드, 전당포에 잡힌 은그릇, 여기저기 구멍난 시트, 천조각을 대고 기운 바지, 온갖 종류의 궁핍, 온갖 종류의 모욕, 영원히 되풀이될 것 같던 "내일은 어떻게 하지?" 하는 걱정, 집달관이 무례하게 눌러대던 초인종 소리, 우리가 지나갈 때마다 비웃곤 하던 문지기, 빚과 어음 거절증서……. 그리고 또, 또…….

이렇게 살다 보니 18XX년이 되었다.

그리고 이 해에 나는 고등학교 철학반을 마쳤다.

그 당시의 나는 꼭 무슨 철학자나 시인이나 되는 양 잘난 체를 하며 거드름을 피우는 소년이었다. 하지만 키는 여전히 작았고 턱에는 수염 한 올 나지 않았다.

그러던 어느 날 아침, 위대한 꼬마 철학자였던 내가 막 학교에 가려고 나서는데 아버지가 나를 가게로 불렀다. 그런데 내가 가게로 들어서자마자 아버지는 거친 목소리로 이렇게 말하는 것이었다.

"다니엘, 그 책가방일랑 어디 집어던져버려라. 넌 이제 학교 같은 덴 다닐 수 없어."

이렇게 말하고 난 아버지는 아무 말 없이 가게 안을 성큼성큼 걷기 시작했다. 아버지는 몹시 격앙되어 있는 것 같았고, 나 역시 그랬다. 그렇게 한참 동안 침묵이 흐르고 난 뒤 다시 말을 꺼냈다.

"애야, 너한테 좋지 못한 소식을 알려야겠구나. 아주 나쁜 소식을 말이야……. 우리 가족 모두가 뿔뿔이 헤어질 수밖에 없게 되었다. 왜 그러냐 하면 말이다……."

그 순간, 반쯤 열린 문 뒤에서 귀청을 찢는 듯한 울음소리가 들려왔다.

"자크! 저 멍청한 놈 같으니!"

아버지는 돌아보지도 않은 채 이렇게 고함을 치더니 말을 계속했다.

"우리 집이 그 빌어먹을 혁명분자들 때문에 망해버리는 바람에 리옹으로 이사 온 뒤 6년 동안 나는 열심히 일했다. 그래도 난 열심히 일을 하다 보면 우리 재산을 되찾을 수 있으리라 생각했지. 하지만 이번에도 악마가 끼어든 것 같다. 난 식구들을 빚과 가난의 구렁텅이로 몰아넣고 말았어……. 이젠 모든 게 끝장이야. 우린 헤어나올 수 없는 진창 속에 빠져버리고 말았어……. 이 곤경에서 헤어나기 위해 취할 수 있는 방법은 오직 한 가지뿐이란다. 너희들도 이제 다 컸으니까 이제 그나마 남아 있는 재산이나마 몽땅 팔아서 각자의 삶을 찾아야겠다……."

눈에 안 보이는 자크 형의 울음소리가 다시 들려오자 아버지는 말을 중단했다. 그러나 아버지는 화를 낼 수조차 없을 만큼 마음이 어지러운 듯 보였다.

"그래서 나는 이렇게 결정을 내렸다. 상황이 호전될 때까지 네 어머닌 남프랑스에 있는 바티스트 외삼촌댁에 가 계실 게다. 자크는 그냥 리옹에 남아 있게 될 거다. 전당포에 조그만 일자리를 얻었으니까. 나는 포도주 회사의 영업사원으로 들어갈 거야……. 그리고 애야, 안됐지만 너도 네 생활비만큼은 직접 벌어야겠구나. 마침 교육감한테서 편지

가 왔는데, 자습감독 자리가 하나 났으니 생각해보라는구나. 자, 읽어
봐라!"

나는 아버지가 건네주는 편지를 받아서 읽어 내려갔다.

"아버지, 이 편지 내용으로 보아하니 생각이고 뭐고 할 시간이 없는
것 같네요."

"그럼, 내일 떠나야겠구나."

"좋아요. 떠날게요. 떠나겠어요."

이렇게 말하고 편지를 접어서 아버지에게 돌려주었지만, 그러는 내
손은 떨리지 않았다. 독자 여러분도 아시다시피 난 이제 위대한 철학자
인 것이다.

바로 그 순간, 어머니가 가게 안으로 들어오고, 자크 형도 어머니를
따라 쭈뼛쭈뼛 들어왔다. 두 사람은 내게 다가오더니 아무 말 없이 나
를 껴안았다. 나만 빼놓고 모두가 어제 저녁부터 이 일을 알고 있었던
모양이었다.

아버지가 불쑥 말을 꺼냈다.

"그 애 짐을 꾸려주구려! 내일 아침 배로 떠나야 될 거요."

아버지의 말에 어머니는 긴 한숨을 몰아쉬었고, 자크 형은 소리 죽
여 흐느꼈다. 이제 우리 가족은 뿔뿔이 흩어져 살게 된 것이다.

그 동안 겪어온 숱한 일들 때문에 우리 가족은 차차 불행에 길들여
지고 있었다.

영원히 잊지 못할 그날이 지나고 난 그 다음날 아침, 아버지와 어머
니, 그리고 자크 형은 나를 부두까지 배웅해주었다. 기묘한 우연의 일
치일까, 나는 6년 전 우리 가족을 리옹까지 태우고 왔던 바로 그 배를
타게 되었다. 선장도 그때 그 제니에 선장, 주방방도 그때 그 몽텔리마

67

르 주방장이었다! 우리 식구들은 갑자기 거의 무의식적으로 안누 누나의 우산과 로빈슨의 앵무새, 그리고 배에서 내릴 때 일어난 이런저런 일들을 떠올리고 있었다…… 그나마 그 추억은 우리 가족의 슬픔을 조금 덜어주었고, 어머니의 입가에도 미소가 살짝 떠올랐다.

별안간 출발을 알리는 종이 울렸다. 이제는 떠나야만 하는 것이다.

나는 마침내 가족들의 품에서 빠져나와 용감하게 부교(浮橋)를 건넜다.

"조심해라!"

아버지가 소리쳤다.

"몸 건강하게 잘 지내렴……"

어머니는 울먹이며 말을 잇지 못했다.

자크 형도 말을 하려고 했으나 어찌나 울었던지 그럴 수가 없었다.

나는 전혀 울지 않았다. 독자 여러분도 아시다시피 나는 위대한 철학자였으며, 결단코 철학자는 눈물 따위나 흘리는 연약한 사람이 되어서는 안 되기 때문이다.

그러나 희뿌연 안개 속에 남아 있는 저 소중한 사람들을 내가 이 세상 누구보다도 사랑하고 있다는 것을 신께서는 알고 계시리라. 그들을 위한 일이라면 내 몸과 마음을 바칠 각오가 되어 있다는 것을 신께서는 알고 계시리라. 다만 나는 론 강의 부두 위에서 눈물 흘리고 있는 그 소중한 세 사람을 생각했어야 하는데도, 리옹을 떠난다는 기쁨과 배의 움직임, 여행의 흥분, 내가 남자라는(혼자 여행도 하고 자기 밥벌이 정도는 하는 자유롭고 원숙한 남자라는) 자부심에 도취되는 바람에 그렇게 하지 못했던 것이다.

하지만 그 세 사람은 철학자가 아니었다. 그들은 불안하면서도 애정

어린 시선으로 마치 천식을 앓듯 캑캑거리며 떠나가는 배를 계속 바라보면서, 배의 굴뚝에서 솟아 나오는 시커먼 연기가 수평선 위를 나는 제비만큼이나 작아 보일 때까지 "안녕! 잘가렴!"이라고 소리쳤다.

하지만 이 철학자 선생께서는 그들과 달리 호주머니에 손을 찔러 넣고 머리카락을 바람에 나부끼면서 갑판 위를 여기저기 돌아다니고 있었다. 나는 휘파람을 불기도 하고, 멀리 침을 뱉기도 하고, 여자들을 힐끗거리기도 하고, 배를 조종하는 모습을 지켜보기도 하고, 덩치 좋은 어른들처럼 어깨를 으스대며 걷기도 하는 등 제멋에 겨워 우쭐거리고 다녔다. 비엔느에 거의 도착했을 즈음 나는 몽텔리마르 주방장과 그의 설거지꾼 두 사람에게 내가 중학교 교사로 근무하게 되었는데 월급을 꽤 많이 받는다고 떠벌렸다. 그 사람들은 내게 찬사를 아끼지 않았다. 그러자 나는 나 자신이 너무나 자랑스럽게 느껴졌다.

한번은 배 위를 이리저리 걷다가 실수로 뱃머리 쪽의 종(鐘) 옆에 있는 밧줄더미에 발부리를 부딪치고 말았는데, 그건 바로 로빈슨 크루소 흉내를 내던 내가 6년 전 두 다리 사이에 앵무새가 든 새장을 내려놓은 채 오랫동안 앉아 있던 바로 그 밧줄더미였다. 그걸 보는 순간 나는 웃음을 터뜨리며 얼굴을 붉혔다.

'큼지막한 파란색 새장에 희한하게 생긴 앵무새를 넣고 어딜 가나 들고 다녔으니 그때의 내 모습이 얼마나 우스꽝스러웠을까……'

그때만 해도 이 불쌍한 꼬마 철학자는 환상의 색깔인 파란색이 칠해진 새장과 희망의 색깔인 초록색 앵무새를 이렇게 우습게 평생 끌고 다녀야 하는 운명을 타고났다는 사실을 전혀 눈치채지 못했다.

이 글을 쓰고 있는 지금도 나는 커다란 파란색 새장을 가지고 다닌다. 다만, 시간이 흐르면서 새장 창살의 파란색은 벗겨졌고, 초록색 앵무새는 가엾게도 털의 4분의 3이 뽑혀져 나갔을 뿐이다.

고향에 도착하자마자 나는 곧바로 교육감이 머무르고 있는 교육청을 찾아갔다.

아버지의 친구인 교육감은 야윈 체격에 키가 커서 민첩해 보이고 얼굴도 잘생긴 분이지만, 선생님 같은 분위기는 전혀 느껴지지 않았다. 그는 자기 친구의 아들을 몹시 반갑게 맞아주었다. 그렇지만 내가 안내를 받아 교육감실에 들어섰을 때 이 친절한 교육감은 놀라움을 금할 수가 없었던지 이렇게 말하는 것이었다.

"아이고, 세상에! 너, 정말 작구나!"

사실이지 나는 우스꽝스러울 정도로 키가 작은데다가 어려 보이고 체격도 빈약했던 것이다.

교육감의 말에 나는 큰 충격을 받았다. '안 된다고 하면…… 어떡하지?' 이런 생각이 퍼뜩 머리를 스치자 내 온몸은 두려움으로 덜덜 떨리기 시작했다.

교육감은 나의 그런 모습을 보고 내가 무슨 생각을 했는지 눈치챈 듯 말을 이었다.

"자, 이리 와보렴! 그러니까…… 우린 너한테 자습감독 일을 맡기려고 하는데…… 네 나이에 키랑 체격이 이렇게 작아서는 감독 일을 하는 게 힘들 게다……. 하지만 넌 지금 생활비를 벌어야 할 형편이니 우리도 최선을 다해서 널 도와주마. 그래도 처음부터 널 큰 학교에 보낼 수는 없을 것 같다……. 여기서 한 4, 50리 정도 떨어진 산골에 사를랑드라는 마을이 있거든. 거기 공립중학교가 하나 있는데, 우선은 거기로 보내주마. 거기서 일하면서 인생 체험도 쌓고 경력도 쌓도록 해라. 그러다 보면 키도 크고 수염도 나겠지. 그러면서 기회를 보자꾸나."

이렇게 얘기하면서 교육감은 사를랑드 중학교 교장에게 나를 소개하는 내용의 편지를 썼다. 편지를 다 쓰자 그는 그걸 내게 건네주면서 바로 그날 떠나라고 말했다. 교육감은 내게 몇 마디 충고를 해주더니 날 계속 지켜보겠다고 말하며 내 뺨을 몇 번 다정하게 토닥거리는 것이었다.

나는 너무나 만족스러웠다. 몇백 년은 되었음직한 교육청의 낡은 층계를 단숨에 뛰어내려온 나는 사를랑드로 가는 합승마차를 예약하려고 헐레벌떡 달려갔다.

그런데 정작 합승마차는 오후나 되어야 출발한다는 것이었다. 아직도 네 시간이나 더 기다려야만 했다. 나는 그 틈을 이용하여 햇볕도 좀 쬐고 아는 사람이 있으면 인사도 나누려고 광장으로 갔다. 이 첫 번째 임무를 완수하고 나니 뭘 좀 먹어야겠다는 생각이 들어 내 주머니 사정에 맞는 싼 음식점을 찾았다. 군부대(軍部隊) 바로 앞에 '전국 편력 직공 식당'[옮긴이 주 – 이 당시 숙련공들은 프랑스 전국을 돌면서 명인(名人)들로부터 기술을 배우는 것이 관례로 되어 있었다]이라는 새 간판이 산뜻하게 붙어 있는 깨끗한 음식점이 눈에 띄었다. 나는 생각했다.

'저 정도면 괜찮을 것 같은데.'

잠시 망설이던(혼자서 식당에 들어가보기는 처음이어서) 나는 용기를 내서 문을 밀고 들어갔다.

손님은 아무도 없었다. 벽에는 석회 칠을 했고, 참나무 식탁이 몇 개 놓여 있고, 한쪽 구석에는 구리 손잡이에 알록달록한 리본을 매단 긴 지팡이들이 놓여 있었다. 카운터에서는 살찐 남자가 신문지에다 코를 박고 드르렁 드르렁 코를 골며 자고 있었다.

"이봐요! 아무도 없어요?"

나는 꼭 술집에 출근 도장을 찍는 술꾼처럼 주먹으로 식탁을 탕탕 치며 소리질렀다.

뚱보 주인은 여전히 코를 골며 잠에서 깨어나지 않았고, 대신 뒷방에 있던 여주인이 급히 달려나왔다. 우연의 천사가 보내준 이 새 손님을 보는 순간 그녀는 고함을 내질렀다.

"하느님 맙소사! 너, 다니엘 아니냐!"

"아…… 안누 누나!"

아, 하느님! 뜻밖에도 그녀는 안누 누나였다. 우리는 서로 얼싸안았다.

우리 집안일을 도맡아 하던 안누 누나는 카운터에서 코를 골며 자고 있는 뚱보 장 페이롤 씨와 결혼하여 음식점 여주인이 된 것이다. 항상 다정하기만 한 안누 누나는 나를 만난 게 너무나 반가운 나머지 어찌나 힘껏 껴안았는지 하마터면 숨이 막혀 죽을 뻔했다.

그때 장 페이롤 씨가 부스스 잠에서 깨어났다.

그는 자기 아내가 낯선 젊은이를 그처럼 반갑게 맞이하는 것을 보자 처음에는 무슨 일인가 싶어 의아한 표정을 지었다. 하지만 처음 보는 이 청년이 다니엘이라는 사실을 알게 되자 그는 얘기로만 듣던 나를 만나게 된 것이 기뻤는지 얼굴에 화색을 띠면서 서둘러 내 옆으로 왔다.

"점심식사는 했나, 다니엘 군?"

"아직 못했습니다, 페이롤 씨……. 그렇잖아도 식사를 하려고 여기 들어왔다가……."

맙소사, 다니엘이 여태껏 식사를 안 했다니! 안누 누나는 깜짝 놀라서 부리나케 부엌으로 달려가고, 페이롤 씨도 벌떡 일어나더니 그가 자랑스럽게 생각하는 지하실로 무언가를 가지러 내려갔다.

눈 깜짝할 사이에 식탁이 차려져서 나는 앉아서 먹기만 하면 되었다. 안누 누나는 왼쪽에 앉아서 그날 아침에 삶아놓은 계란에 곁들여 먹을 수 있도록 빵을 가느다랗게 잘라주었고, 페이롤 씨는 오른쪽에 앉아서 잔에다 오래 묵은 샤토뇌프 뒤 파프산(産) 포도주를 따라주었는데, 꼭 술잔 밑바닥에 홍옥(紅玉)을 한줌 뿌려놓은 것처럼 보였다. 너무너무 행복했던 나머지 꼭 성당 기사들처럼 마시고 자선(慈善) 수도사들처럼 먹다 보니 나는 내가 얼마 전에 중학교 교사로 임용되었으며, 그 덕분에 이제는 웬만큼 먹고 살 수도 있게 되었다는 말까지 하게 되었다. 그러자 안누 누나는 내가 너무나 대견스러운 듯 감탄하며 어쩔 줄 몰랐다.

페이롤 씨는 자기 아내만큼 열광하지는 않았다. 왜냐하면 그는 지금의 다니엘보다 네댓 살쯤 어린 나이 때부터 벌써 세상에 발을 들여놓고 자기 밥벌이를 했기 때문에 다니엘이 직접 생활비를 벌게 되었다는 얘기를 듣자 그냥 그럴 수도 있겠거니 생각했던 것이다.

물론 이 존경할 만한 식당 주인은 속으로만 그런 생각을 할 뿐 내색을 하지는 않았다. 어떻게 자신을 에세트 집안의 아드님과 견줄 수 있단 말인가! 만일 페이롤 씨가 그런 기미를 보였다면 안누 누나는 결코 용서하지 않았을 것이다.

그 동안에도 나는 계속해서 말하고, 마시고, 먹고, 흥분했다. 내 두 눈은 반짝거렸고, 양 볼은 환하게 빛났다. 자, 여보, 가서 잔 좀 가져오세요! 페이롤 씨가 잔을 가져와서 우리는 건배를 했다. 먼저 에세트 부인을 위해서, 그리고 에세트 씨를 위해서, 그러고 나서는 자크와 다니엘, 안누, 안누의 남편, 교육감, 내가 근무하게 될 중학교를 위해서 건배! 그리고 또…… 누굴 위해서 건배를 하지?

이렇게 실컷 마시며 수다를 떨다 보니 두 시간이 흘러갔다. 우리는 슬픔의 색깔을 띠었던 과거와 희망의 색깔을 띠게 될 미래에 대해서 얘기했다. 그리고 공장과 리옹, 랑테른느 거리, 우리 모두가 그토록 사랑했던 그 불쌍한 큰형을 떠올렸다.

나는 문득 떠나야 한다는 게 생각나서 자리에서 일어났다.

"아니, 왜? 벌써 가려고?"

안누 누나가 슬픈 표정으로 물었다.

나는 사를랑드로 떠나기 전에 꼭 만나야 할 사람이 있는데 아주 중요한 일이라 부득이 일어나야겠다고 말하며 두 사람에게 양해를 구했다. 정말 유감이었다. 분위기도 너무나 좋았고, 아직도 나눌 얘기가 산더미처럼 쌓여 있었지만 어쩔 도리가 없었다. 결국 안누 누나와 페이롤 씨는 그렇게 중요한 일이라면 어쩔 수 없다며 더 이상은 붙잡으려고 하지 않았다.

"잘 가렴, 다니엘! 하느님께서 항상 널 인도해주실 거야."

안누 누나와 페이롤 씨는 길 한가운데까지 나를 배웅하며 내게 신의 은총이 내리기를 빌었다.

그런데 독자 여러분께서는 내가 떠나기 전에 꼭 만나려고 했던 사람이 누군지 아시겠는가?

그건 바로 내가 그토록 사랑하였고 그토록 애도해마지 않았던 공장이었다. 나는 어린 시절의 친구였으며 어린 시절의 즐거움이었던 뜰이며 작업장이며 하늘 높이 치솟은 플라타너스를 만나고 싶었던 것이다.

인간의 마음은 이렇게 약한 면을 가지고 있는 법이다. 그렇기 때문에 나무도 좋아할 수 있는 것이고, 돌도 좋아할 수 있는 것이고, 공장도 좋아할 수 있는 것이다. 그래서 인간 세상으로 돌아갔던 로빈슨 크루소

75

도 훗날 자기가 살던 무인도를 찾아보기 위해 수천 리가 넘는 바닷길을 항해하지 않았던가?

그러니 내가 나의 무인도를 다시 만나기 위해 발걸음을 재촉한 건 놀라운 일이 아닌 것이다.

머리에 깃털 장식을 달고 담 너머를 바라보고 있던 플라타너스들은 자기들을 향해 부리나케 달려오고 있는 옛 친구 다니엘을 알아본 듯했다. 그들은 멀리서 내게 손짓을 하더니 서로를 향해 이렇게 말하는 듯하였다.

'저기 다니엘 에세트가 온다! 다니엘이 돌아오고 있어!'

나는 더욱더 마음이 다급해졌다. 하지만 공장 앞에 다다른 순간, 나는 망연자실 그 자리에 우뚝 서버리고 말았다.

협죽도도, 삐죽 솟은 석류나무도 없이 높은 회색 담뿐이었다. 창문도 보이지 않고, 천창(天窓)도 보이지 않았다. 작업장도, 예배당도 사라져버렸다. 정문 위쪽으로 라틴어가 몇 마디 쓰인 커다란 십자가만 솟아 있을 뿐이었다.

세상에 이럴 수가! 공장은 이제 더 이상 공장이 아니었다. 남자들은 절대 들어갈 수 없는 카르멜 수녀원으로 바뀌어버린 것이다.

네 법벌이를 해라

사를랑드는 세벤느 지방의 한 작은 도시로서, 마치 병풍처럼 온통 산으로 둘러싸인 좁다란 골짜기 안에 자리잡고 있다. 그곳의 날씨는 변덕이 심해서 해가 내리비칠 때면 푹푹 찌는 무더위로 숨통이 막힐 듯했고, 북풍이 몰아치면 매서운 추위가 살을 에는 듯한 곳이었다.

내가 도착한 날 저녁에는 아침부터 몰아치기 시작한 북서풍이 여전히 맹위를 떨치고 있었다. 사를랑드로 들어가는 순간, 합승마차 윗좌석에 앉은 나는 비록 봄철이기는 하지만 냉기가 가슴속까지 파고드는 것을 느꼈다.

길거리는 어둡고 인적도 끊겨 쥐새끼 한 마리 보이지 않았다. 연병장으로 쓰이는 광장 한켠에 있는, 윤곽만 어슴푸레 보이는 사무실 앞에서 몇 사람이 발을 동동 구르며 마차를 기다리고 있을 뿐이었다.

마차 지붕에서 내려오자마자 나는 즉시 안내를 받아 내가 근무하게 될 학교로 향했다. 한시 바삐 일을 시작하고 싶었던 것이다.

학교는 광장에서 그다지 멀리 떨어져 있지 않았다. 정적만 감도는

거리를 두세 번 꺾어들자 내 트렁크를 들고 가던 짐꾼은 오래 전부터 버려져 있는 듯한 커다란 건물 앞에서 걸음을 멈췄다.

"다 왔습니다. 여기예요."

그는 문에 달린 큼지막한 쇠고리를 들어올리며 말했다.

쇠고리가 육중한 소리를 내며 밑으로 떨어지자 문이 스르르 열렸다. 나는 짐꾼을 따라 안으로 들어가 어둠에 잠긴 현관문 아래서 잠시 기다렸다. 바닥에 트렁크를 내려놓은 짐꾼은 내게서 돈을 받자 유령처럼 어디론가 사라졌다. 곧이어 문이 다시 닫히는 소리가 무겁게 들려왔다. 잠시 뒤, 손에 큼직한 등을 든 수위가 졸린 표정을 지으며 다가왔다.

"새로 온 학생이우?"

내가 학생으로 보이는 모양이었다.

"전 학생이 아니고 자습감독 교사로 여기 온 겁니다. 교장실까지 절 좀 안내해주시겠어요?"

수위는 내 말에 놀라는 눈치였다. 그는 모자를 벗더니 나더러 수위실 안에 잠시 들어가서 기다리는 게 좋겠다고 말했다. 지금은 교장이 학생들과 함께 교회에 가 있기 때문에 저녁 기도가 끝나는 대로 교장실로 안내해주겠다는 것이었다.

수위실 안에서는 방금 저녁식사를 끝낸 모양이었다. 다부진 체격에 금발 수염을 기른 키 크고 잘생긴 남자가 브랜디를 마시고 있었고, 그 곁에는 마르멜로 열매처럼 노란색 피부에 바짝 마르고 병약해 보이는 여자가 허름한 숄을 귀까지 덮어쓴 채 앉아 있었다.

"이분은 누구신가요, 카사뉴 씨?"

수염 난 남자가 나를 보며 수위에게 물었다.

"새로 오신 자습감독 선생님이신데……, 키가 너무 작아서 처음엔 학생인 줄 알았답니다."

수위가 나를 가리키며 대답했다. 그러자 수염 난 남자가 술잔 너머로 나를 쳐다보며 대꾸했다.

"사실 이 학교에는 선생님보다 키도 크고 나이도 많은 학생들도 더러 있어요. 음, 누구더라? 베이용도 그렇고……."

수위가 덧붙였다.

"크루자도 그렇지요."

이번에는 여자가 거들었다.

"수베이롤도 있잖아요."

그렇게 한마디씩 하고 난 뒤 그들은 브랜디 잔에 코를 박은 채 나를 곁눈질하며 자기들끼리 낮은 소리로 뭐라고 지껄였다. 밖에서는 매서운 북풍이 몰아치는 섬뜩한 소리와 성당에서 목청껏 기도문을 외우는 학생들의 목소리가 들려왔다.

갑자기 종이 울렸다. 그러자 이번에는 현관 쪽에서 쿵쿵거리는 발자국 소리가 들렸다. 카사뉴 씨가 자리에서 일어나면서 말했다.

"기도가 끝난 모양입니다. 교장실로 올라가시죠."

그가 램프를 집어들더니 앞장서서 수위실을 나갔다.

학교는 굉장히 넓어 보였다. 끝없이 이어지는 복도, 높다란 현관, 정교하게 세공된 쇠난간이 달린 넓은 층계……. 이 모든 것이 세월이 흐르면서 검게 변했다. 수위는 1789년까지만 해도 이곳은 귀족계급 출신의 학생만 입학할 수 있는 해군학교로서 한창 때는 8백 명에 이르는 학생들을 수용했다고 내게 알려주었다.

수위의 얘기가 끝나갈 무렵 우리는 교장실 앞에 다다랐다. 카사뉴 씨는 쿠션을 넣은 이중문을 조심스럽게 밀면서 가볍게 두 번 두드렸다.

81

안에서 목소리가 흘러나왔다.

"들어오시오!"

우리는 교장실로 들어갔다.

아주 널찍한 교장실은 벽이 온통 초록색 벽지로 도배되어 있었다. 교장은 방 안쪽에 놓인 긴 책상 앞에 앉아서 갓이 완전히 내려진 램프의 희미한 불빛을 받으며 무언가를 쓰고 있었다.

"교장선생님! 세리에르 씨의 후임 선생님이 도착하셨습니다."

수위가 내 등을 앞으로 슬며시 떠밀면서 말했다.

"아!, 그래요?"

교장은 여전히 글을 쓰는 데 몰두하며 말했다.

수위는 꾸벅 인사를 하더니 교장실에서 나갔다. 나는 초초해진 나머지 모자를 손가락으로 만지작거리면서 교장실 한가운데 우두커니 서 있었다.

쓰던 걸 다 쓴 듯 교장이 내게로 몸을 돌렸고, 나도 창백하고 마른 얼굴에 차갑고 색깔 없는 두 눈만이 빛나고 있는 교장의 자그마한 얼굴을 여유 있게 관찰할 수가 있었다. 그는 나를 좀더 자세히 보려고 램프 갓을 위로 끌어올리더니 코안경을 바짝 치켜올렸다.

"아니, 어린애 아냐!"

교장이 의자에서 펄쩍 뛰어오르더니 소리쳤다.

"어린애를 데리고 뭘 어떡하라는 거야!"

교장의 푸념을 듣자 나는 몹시 두려워졌다. 순간, 돈 한푼 없이 길거리로 내쫓긴 초라한 내 모습이 머릿속에 떠올랐다. 간신히 두세 마디 더듬거리고 난 나는 교육감이 써준 소개장을 머뭇거리며 교장에게 내밀었다.

편지를 받아든 그는 읽고 또 읽고 접었다가 다시 펴서 또 읽더니 결국 교육감이 특별히 추천하기도 했고 또 우리 가족들의 명예를 존중해야 한다는 의미도 있으니, 너무 어려서 걱정되기는 하지만 자습감독 교사로 받아들이겠노라고 마지못해 허락했다. 그는 이어 내가 해야 할 일의 중요성에 대해서 일장 연설을 늘어놓았다. 그러나 내 귀에는 그의 말이 한마디도 들어오지 않았다. 내게 있어 무엇보다 중요한 건 해고를 당하지 않았다는 사실이었다. 내 가슴은 터질 듯 기뻤다. 설사 교장의 손이 천 개였더라도 난 그 천 개의 손 전부에 입을 맞추었으리라.

그렇게 한동안 얼이 빠져 서 있던 나는 요란한 쇳소리에 정신이 번쩍 들었다. 놀라서 돌아보니 붉은 구레나룻을 기른 껑충하게 키가 큰 남자가 소리 없이 교장실로 들어와서는 내 앞에 우뚝 서 있는 것이었다. 바로 자습감독 주임교사였다.

그 남자는 머리를 옆으로 약간 기울인 채 크고 작은 열쇠들을 검지에 꿰고 흔들면서 입가에 부드러운 미소를 띠며 나를 바라보았다. 그 미소를 보니 그에게 호의가 느껴지기는 했지만, 열쇠들이 부딪치면서 내는 그 끔찍한 짤랑! 짤랑! 짤랑! 소리 때문에 여전히 나는 두렵기만 했다.

"비오 선생, 이번에 세리에르 선생 후임으로 오신 분입니다."

비오 씨는 고개를 숙이면서 내게 예의 그 다정다감한 미소를 지었다. 하지만 그가 들고 있는 열쇠는 '이 꼬마가 세리에르 선생 후임이란 말이지? 꺼져라, 꺼져! 웃기지 말라고!' 하며 빈정거리는 듯 더욱 요란하게 흔들거렸다.

교장도 주임교사가 무슨 뜻으로 그렇게 열쇠들을 흔들어대는지를 알아차린 듯 한숨을 길게 내쉬면서 덧붙였다.

"나도 세리에르 선생이 떠남으로 해서 우리가 회복하기 힘든 손실을 입었다는 사실은 알고 있어요(이 대목에서 주임교사가 또 열쇠꾸러미를 흔들어댔다). 하지만 비오 선생께서 새로 오신 선생님에게 특별히 관심을 가지고 감싸주시면서 학생들을 가르치는 데 주의해야 할 사항을 설명해주신다면 세리에르 선생이 떠났다고 해서 학교 질서나 규율이 엉망으로 흐트러지지 않으리라는 확신이 서는군요."

비오 씨는 여전히 미소를 지으면서 나를 진심으로 환영하며 성심껏 조언하겠다고 대답했다. 그런데 열쇠들이 부딪치는 소리는 그다지 관대하게 느껴지지가 않았다. 내 귀에는 그 소리가 꼭 '난쟁이 꼬마야, 조심해라' 하고 경고하는 듯한 소리로 들렸던 것이다.

"에세트 선생, 이제 가보셔도 좋습니다. 오늘 저녁은 호텔에 가서 주무셔야 되겠군요. 내일 아침 8시까지 출근하셔야 합니다. 그럼……."

교장이 내게 점잖은 미소를 지어 보이며 말했다.

비오 씨는 조금 전보다 더욱 다정한 미소를 지으며 나를 현관까지 배웅해주었다. 그리고 내가 돌아서려 하자 내 손에 조그만 수첩 한 권을 쥐어주었다.

"학교 규칙이 써 있소. 읽어보시고 앞으로 어떻게 해야 하는지 여러 가지 잘 생각해보시오."

말을 마친 그는 내게 문을 열어주더니 열쇠를 흔들면서 문을 닫았다. 짤랑! 짤랑! 짤랑!

그 사람이 불 켜주는 것을 잊어버리는 바람에 나는 어두운 복도에 남아 길을 찾으려고 벽을 더듬거리며 한동안 헤매야만 했다. 어스름한 달빛이 높이 나 있는 창문의 창살을 통해 새어 들어왔기 때문에 그나마 방향을 가늠할 수가 있었다. 바로 그 순간, 복도의 어둠 속에서 별안간 불빛 하나가 흔들거리며 내게로 다가왔다. 나는 몇 발자국 앞으로 나갔다. 불빛은 점점 커지면서 내게로 다가오더니 내 옆을 그냥 지나쳐 사라져버렸다. 환영을 본 것 같았다. 하지만 비록 그 환영이 순식간에 스쳐 지나가긴 했어도 나는 그 환영을 세세하게 볼 수가 있었다.

두 여자, 아니 두 그림자가 바로 그 환영의 실체였다. 한 사람은 쭈글쭈글한 주름투성이 얼굴의 반을 차지할 만큼 큼지막한 안경을 쓰고 허리가 완전히 구부러진 노파였고, 또 한 사람은 날씬한 몸매에 마치 유령처럼 홀쭉하기는 했지만 분명히 아주 크고 새까만 두 눈을 가진(유령들에게는 대부분 눈이 없는데 말이다) 젊은 여자였다. 노파의 손에는 조그만 구리 램프가 들려 있었고, 검은 눈동자의 여인은 아무것도 들고 있지 않았다. 두 그림자는 나를 보지 못한 듯 소리도 없이 순식간에 내 옆을 스쳐 지나갔다. 나는 두 사람이 사라지고 난 뒤에도 한참 동안 무언가에 홀린 듯하기도 하고 두렵기도 하여 같은 자리에 서 있었다.

다시 더듬거리며 복도를 걸어갔지만 내 가슴은 마구 방망이질쳤고, 어둠 속에서 여전히 그 안경잡이 마귀할멈이 검은 눈의 젊은 여인과 함께 걷고 있는 듯한 환상에 시달려야만 하였다.

어쨌든, 문제는 밤을 지낼 숙소를 찾는 것이었다. 그건 결코 쉬운 일이 아니었다. 다행히도 수위실 앞에서 파이프 담배를 피우고 있던 그 수염 난 남자가 내 사정 얘기를 들어보더니 선뜻 나를 도와주겠다고 나섰다. 귀족처럼 극진한 대우에 그다지 비싸지 않은 작은 여관으로 안내해주겠다는 것이었다. 나는 기꺼이 그 제안을 받아들였다.

구레나룻 남자는 꼭 천진난만하기 짝이 없는 어린아이 같아 보였다. 함께 걸어가면서 그는 자기 이름이 로제이며, 사를랑드 중학교에서 춤과 마술(馬術)·펜싱·체조를 가르치는 교사이고, 아프리카에서 엽보

병(獵步兵)으로 오랫동안 근무했다고 하였다. 아프리카에서 군인으로 복무한 적이 있다는 말을 듣자 나는 그가 마음에 들었다. 어린아이들은 항상 군인들을 좋아하게 되어 있는 것이다. 우리는 여관 앞에서 힘찬 악수를 나누면서 이제부터 친구로 지내자고 굳게 약속하고 헤어졌다.

독자 여러분, 여러분께 고백할 게 있다.

사랑하는 사람들과 멀리 떨어져 낯선 마을의 누추한 여관 침대에 홀로 걸터앉은 나는, 위대한 꼬마 철학자라는 자부심도 팽개친 채 미어지는 가슴을 억누르지 못하고 어린애처럼 엉엉 소리내어 울고 말았다. 삶이 무섭게 느껴졌던 것이다. 삶 앞에서 나 자신이 무기력하고 허약하게 느껴져서 하염없이 울고 또 울었다. 그렇게 한없이 눈물을 쏟고 있는데 별안간 가족들의 얼굴이 내 눈앞을 줄지어 지나갔다. 버려진 집과 어머니는 이리, 아버지는 저리, 뿔뿔이 흩어진 가족들이 떠오르는 것이었다. 이제 내겐 가족도 집도 없다!

마침내 나 자신의 괴로움은 잊어버린 채 오직 가족 모두의 불행만을 생각하기 위해서 나는 거창하고 갸륵한 결심을 했다. 그건 바로 거덜난 에세트 가문을 혼자 힘으로 일으켜 세우겠다는 결심이었다. 나는 내 평생을 바쳐 달성해야 할 목표를 정했다는 사실을 자랑스러워하며, 집안을 일으켜 세우게 될 남자에게는 어울리지 않는 눈물을 닦고는 한결 가벼워진 마음으로 새로운 임무를 숙지하기 위해 즉시 비오 씨가 건네준 수첩을 펼쳤다.

비오 씨가 손수 정성들여 베낀 그 규율은 영락없는 조약문으로서 세 부분으로 체계적으로 나뉘어 있었다.

1. 상급자에 대한 자습감독 교사의 의무

2. 동료들에 대한 자습감독 교사의 의무

3. 학생들에 대한 자습감독 교사의 의무

거기에는 창유리가 깨졌을 경우에서부터 두 학생이 동시에 손을 들었을 경우에 이르는 모든 경우가 언급되어 있었다. 또한 교사들의 봉급 액수에서부터 식사 때는 포도주를 반병만 마셔야 한다는 것에 이르기까지, 교사 생활에 관한 지침이 세세하게 기록되어 있었다.

규율집은 규율의 효용성을 찬양하는 한편의 감동적인 연설로 끝을 맺고 있었다. 물론 나는 비오 씨의 이 작품에 대해 경탄을 금할 수가 없었지만, 도저히 끝까지 읽을 여력이 없어서 깊은 잠에 빠져들고 말았다.

그날 밤 나는 악몽에 시달렸다. 이상야릇한 환영들이 수없이 꿈속에 나타나 나를 괴롭혔다. 비오 씨가 짤랑! 짤랑! 짤랑! 끔찍한 소리를 내는 열쇠꾸러미를 들고 나타나는가 하면, 안경잡이 마귀할멈이 내 머리맡에 다가와 앉는 바람에 소스라치게 놀라 눈을 뜨기도 했다. 그러다 보면, 이번에는 매혹적인 검은 눈동자 아가씨가 내 침대 발치에 앉아 나를 뚫어지게 바라보고 있기도 했다.

다음날 아침 8시에 나는 학교에 도착했다. 열쇠꾸러미를 손에 든 비오 씨가 정문에 버티고 선 채 등교하는 학생들을 날카로운 눈초리로 감시하고 있었다. 나를 본 그는 한껏 다정한 미소를 지으며 맞았다.

"현관에서 기다리세요. 학생들이 다 등교하고 나면 다른 선생님들께 소개시켜드리지요."

그의 말대로 현관에서 기다리던 나는 이리저리 왔다갔다 하다가 교사인 듯싶은 사람이 다가오면 고개가 땅에 닿을 정도로 정중하게 인사

를 했지만, 그들은 숨을 헐떡거리며 그냥 달려가버렸다. 그런데 딱 한 사람이 내 인사를 받아주었다. 비오 씨 말에 따르면, 그는 신부이자 철학 교사이며, '괴짜'라는 것이었다. 왠지 모르게 나는 그 괴짜라는 사람이 금세 좋아졌다.

그때 종소리가 사방으로 울려퍼졌다. 교실마다 학생들로 가득 찼다. 흔히 볼 수 있는 평범한 얼굴에 남루한 옷을 걸친 스물다섯에서 서른 살 가량의 키 큰 청년 네댓 명이 졸랑거리며 뛰어 들어오다가 비오 씨와 마주치자 흠칫 놀라면서 그 자리에 멈춰섰다. 비오 씨가 나를 가리키며 그들에게 말했다.

"여러분, 새로 온 동료인 다니엘 에세트 씨를 소개합니다."

이렇게 말하고 난 그는 고개를 숙인 채 잠자코 서 있다가 여전히 미소 띤 얼굴에, 여전히 머리를 옆으로 약간 기울인 채 변함없이 그 끔찍한 열쇠꾸러미를 흔들어대며 사라졌다.

내 동료들과 나는 한참 동안 아무 말 없이 서로 쳐다보았다.

그들 가운데에서 가장 키가 크고 뚱뚱한 사람이 먼저 입을 열었다. 그 사람이 바로 나의 전임(前任)인 세리에르, 이 사람 저 사람한테서 얘기를 들은 그 세리에르 씨였다. 그가 장난기 어린 목소리로 말했다.

"아무렴! 선생들이 계속 뒤를 잇긴 하지만 서로 닮지는 않았다는 말은 바로 이런 경우를 두고 하는 말이로군."

자신의 장대 같은 키와 짜리몽땅한 내 키를 빗대어 표현한 게 분명했다. 그러자 모두들 폭소를 터뜨렸고, 나는 오히려 그들보다 먼저 웃었다. 하지만 그 순간, 만일 내 키가 단 몇 인치라도 커질 수만 있다면 기꺼이 내 영혼을 악마에게 팔아 넘겼으리라는 말은 독자 여러분께 꼭 하고 싶다. 그 뚱보 세리에르 씨가 내게 손을 내밀며 덧붙였다.

"신경 쓰지 말아요. 키 차이가 난다고 해서 술 한잔 같이 할 수 없는 건 아니니까. 우리랑 같이 갑시다. 친구. 수업 시작하기 전에 바르베트 카페에서 내가 이별주 한잔 사겠소. 자, 에세트 선생께서도 참석해주었으면 해요. 모름지기 술 한잔씩 나누다 보면 허물이 없어지는 법이라오."

그는 내가 대답할 틈도 없이 내 팔을 끼더니 밖으로 데리고 나갔다.

동료들이 날 데려간 바르베트 카페는 연병장으로 쓰이는 광장에 자리잡고 있었다. 마을에 주둔하고 있는 부대의 하사관들이 카페의 단골손님인 듯, 카페에 발을 들여놓는 순간 나는 모자걸이에 걸려 있는 수많은 보병용 군모(軍帽)와 혁대를 보고 깜짝 놀랐다.

학교를 떠나는 날이라고 세리에르 씨가 이별주를 한잔 사기로 해서였는지 카페에는 단골손님들이 우르르 몰려들어 모두들 기다리고 있었다. 세리에르 씨로부터 나를 소개받은 하사관들은 진심으로 나를 환영하는 것 같았다. 하지만 사실 나의 출현은 별다른 반향을 불러일으키지 않았는지 나는 그들로부터 금세 잊혀져서 카페 한구석에 조심스럽게 앉아 있어야만 했다.

술잔이 채워지는 동안 뚱뚱보 세리에르 씨가 내 옆에 다가와 앉았다. 코트를 벗은 그는 자기 이름이 새겨진 기다란 사기(砂器) 파이프를 입에 물었다. 바르베트 카페에 온 다른 자습감독 교사들도 모두들 그런 파이프를 하나씩 물고 있었다. 뚱보 세리에르 씨가 내게 말했다.

"음, 친구. 보다시피 자습감독 선생을 하다 보면 이렇게 즐거운 시간도 갖게 되지요. 말하자면 사를랑드는 에세트 선생의 초임지로는 안성맞춤이라는 얘기요. 우선 바르베트 카페의 압생트 술맛은 아주 일품인데다가 저기 저 감옥도 과히 나쁘진 않을 거요."

감옥이란 학교를 이르는 말이었다.

"선생은 하급반을 맡게 될 겁니다. 엄하게 다뤄야 해요. 내가 그놈들을 얼마나 엄격하게 다루는지 보셨어야 하는 건데! 교장은 나쁜 사람은 아니오. 동료 교사들도 다들 좋은 사람들이고. 다만 그 노파와 비오 신부는……."

"노파라니요?"

내가 몸을 떨면서 물었다.

"아, 곧 다 알게 될 거요. 큼직한 안경을 걸친 그 노파는 밤이고 낮이고 상관하지 않고 학교를 어슬렁거리고 다니지……. 교장선생의 친척 아주머닌데 학교 회계 일을 하고 있소. 하여간 지독하게 고약한 할멈이야!"

세리에르 씨가 인상착의를 설명해주자 전날 밤 복도에서 만난 마귀할멈의 모습이 되살아나면서 나도 모르게 얼굴이 벌겋게 달아올랐다. 열두 번도 넘게 그의 말을 가로막고 "그럼 그 검은 눈동자의 아가씨는요?" 하고 물을 뻔했던 것이다. 하지만 차마 그러지 못했다. 바르베트 카페에서 검은 눈동자의 아가씨 얘기를 하다니!

그 사이에 잔이 돌았고, 다시 빈 잔이 채워졌으며, 채워진 잔은 또 비워졌다. 그들은 건배! 소리와 오! 아! 하는 소리를 연발하면서 당구 큐대를 공중으로 던지고, 서로 떠밀고 잡아당기고, 웃고 욕설을 퍼붓고 귓속말을 하는 등 온통 난장판을 벌였다.

나도 점점 대담해져갔다. 구석진 자리에서 벌떡 일어난 나는 술잔을 손에 든 채 그들에게 질세라 큰 소리로 떠벌리며 여기저기 망아지처럼 돌아다니기 시작했다.

그즈음, 하사관들은 벌써 내 친구가 되어 있었다. 뻔뻔스럽게도 나는 우리 집은 대단한 부자인데 젊은 혈기에 그만 철없는 짓을 저지르는 바람에 집에서 쫓겨났다고 떠벌렸다. 그래서 순전히 먹고살려고 자습 감독 교사가 됐지만 학교에 오래 남을 생각은 없다고 말이다. 내가 굉장한 부잣집 아들이라고 거짓말을 한 것이다.

아, 그 순간 리옹에 있는 가족들이 내 말을 들었더라면 어떤 표정을 지었을까?

아, 인간들이란 얼마나 우스운 존재들인가! 바르베트 카페에 있던 사람들은 내가 가난해서 선생질을 하는 게 아니라 방탕한 기질 때문에 집에서 쫓겨난 괴짜 청년이라는 말을 곧이곧대로 믿고는 모두들 나를 호감어린 눈길로 바라보았다. 고참 하사관들도 감히 내게 말을 걸려 하지 않았다. 어디 그뿐인가. 술자리가 끝날 무렵에는 전날 밤 친구가 되었던 체육 교사 로제가 일어나더니 다니엘 에세트를 위해 건배까지 하는 게 아닌가. 그 순간에 내가 얼마나 우쭐했는지, 그건 독자 여러분의 상상에 맡긴다.

나를 위한 건배가 끝나자 우리는 술자리를 털고 일어났다. 벌써 9시 45분이었고, 우리는 학교로 돌아가야 했다.

비오 씨가 정문에서 우릴 기다리고 있었다. 이별주에 취해 비틀거리는 뚱보 세리에르 씨에게 그가 말했다.

"세리에르 씨, 마지막으로 학생들을 데리고 자습실로 들어가도록 하세요. 학생들이 교실에 다 들어가면 교장선생님과 내가 새로 오신 선생님을 학생들에게 소개하지요."

잠시 후 교장과 비오 씨, 그리고 나는 엄숙한 표정을 지으며 자습실로 들어갔다.

학생들이 모두들 자리에서 일어났다.

교장이 약간 길기는 하지만 위엄에 가득 찬 연설을 통해 나를 학생들에게 소개했다. 교장이 교실을 나가자 이별주에 취해서 고주망태가 된 뚱보 세리에르 씨가 그 뒤를 따라나갔다. 비오 씨만 마지막까지 남아 있었다. 그는 입을 굳게 다문 채 아무 말도 하지 않았지만, 짤랑! 짤랑! 짤랑! 하고 울리는 열쇠가 그 어떤 말보다도 더 위협적이었는지 모두들 책상 밑에다 머리를 처박았고, 나 역시 안심이 되지를 않았다.

드디어 그 무서운 열쇠 소리가 사라지자마자 장난기어린 수많은 얼굴들이 책상 밑에서 하나씩 고개를 들며 나타났다. 아이들은 펜 끝에 달린 깃털을 입술에 갖다댄 채 눈을 반짝이며 겁을 먹은 표정으로, 혹은 조롱하는 듯한 표정으로 나를 뚫어져라 바라보면서 저희들끼리 귓속말로 쑥덕거리기 시작했다.

좀 당황한 나는 천천히 교단 위로 올라섰다. 그리고 매서운 눈초리로 교실을 한번 쭉 휘둘러보고는 힘껏 목청을 돋운 뒤 책상을 세게 내려치면서 고함쳤다.

"자, 공부합시다! 여러분, 공부하자구요!"

내 자습감독 교사 생활은 이렇게 시작되었다.

아이들

내가 맡고 있던 하급반 아이들은 모두 착했다. 다른 반 아이들과는 달리 내 속을 썩이거나 마음을 아프게 한 적이 결코 없었다. 나 또한 그들을 몹시 좋아했는데, 아직 중학생 티가 배지 않은데다가 그들의 눈을 보면 그들이 얼마나 맑은 영혼을 갖고 있나 그대로 읽어낼 수 있었던 것이다.

나는 그들에게 벌을 준 적이 없었다. 벌은 줘서 뭐 하나? 새들에게 벌을 주는 법도 있나? 그들이 너무 시끄럽게 짹짹거리면 나는 그냥 이렇게 소리치기만 하면 되었다.

"조용히 해!"

그러면 내 새장은 쥐죽은 듯이 조용해졌다. 최소한 5분 동안은 말이다.

하급반에서 가장 나이가 많은 아이는 열한 살이었다. 열한 살! 그런데도 그 뚱뚱보 세리에르 씨는 어린애들이란 엄하게 다뤄야만 말을 듣는다고 으스대며 충고하듯 말했던 것이다.

그러나 나는 그들을 엄하게 다루지 않았다. 늘 잘 대해주려고 애썼을 뿐이었다.

가끔 그들이 얌전하게 굴면 그 대가로 이야기를 들려주기도 했다. 이야기라는 말만 해도 그들은 열광했다. 후다닥 책이며 공책을 덮고 잉크병과 자, 펜대 등을 책상 속에 쓸어넣은 다음 책상 위에 팔짱을 끼고 눈을 똥그랗게 뜬 채 귀를 기울이는 것이었다.

나는 그들에게 들려주기 위해서 '매미의 첫무대', '장 라팽(토끼)의 불행' 등 환상(幻想) 동화를 대여섯 편 가량 지어냈다. 지금도 그렇지만 그 당시에도 라 퐁텐은 내가 가장 좋아하는 문학가였으며, 내가 지어낸 이야기는 그의 우화에 주석을 단 것에 불과했다. 말하자면 거기다가 나 자신의 얘기를 뒤섞어놓은 것이었다.

내 이야기에는 나처럼 자기 생활비를 자기가 벌지 않으면 안 되는 불쌍한 귀뚜라미나, 자크 형처럼 밤이나 낮이나 훌쩍거리며 판지로 장정을 하고 앉아 있는 무당벌레들이 등장했다. 그런 이야기를 들으면 아이들도 즐거워했고, 나도 무척이나 재미있었다. 하지만 불행하게도 비오 씨는 우리들이 이런 식으로 즐거운 시간을 보낼 수도 있다는 사실을 납득하지 못했다.

비오 씨는 무거운 열쇠꾸러미를 흔들어대면서 모든 게 다 규칙대로 움직이고 있는지 감시하려고 일주일에 서너 번씩 학교 안을 돌곤 했다. 그러던 어느 날, 장 라팽 이야기가 감동적인 장면으로 접어드는 바로 그 순간, 비오 씨가 우리 자습실에 들어섰다. 그가 들어오자 아이들이 모두 화들짝 놀랐다. 아이들은 겁에 질린 얼굴로 서로를 바라보았다. 내가 말을 멈추자 이야기의 주인공인 장도 당황했는지 그 큰 귀를 쫑긋 세운 채 앞발을 공중에 쳐들고 있었다.

능글맞은 웃음을 머금고 교단 앞에 선 비오 씨는 아이들 책상 위에 종이 한 장 놓여 있지 않은 것을 발견하고는 놀란 눈으로 오랫동안 교실을 둘러보았다. 그는 아무 말도 하지 않았지만, 그의 손에 들린 열쇠 꾸러미는 이리저리 흔들리며 이렇게 말하는 듯했다.

"짤랑! 짤랑! 짤랑! 정말 놀라운 일이야. 이제 여기선 더 이상 공부를 안 하는군!"

나는 온몸을 부들부들 떨면서 그 무시무시한 열쇠꾸러미를 진정시키려고 애썼다.

"아이들은 요즘 들어 공부를 열심히 했습니다. 그래서 상(賞)으로 짤막한 얘기를 하나 해주고 싶었답니다."

비오 씨는 아무 대꾸도 하지 않았다. 희미한 미소를 띠며 몸을 숙여 한동안 자기 발끝을 내려다보던 그는 마지막으로 열쇠꾸러미를 흔들더니 교실에서 나가버렸다.

오후 4시, 휴식시간이 되자 내게로 다가온 비오 씨는 여전히 능글거리는 웃음을 흘리면서 아무 말 없이 규율집의 12쪽을 펼쳐서 「학생들에 대한 자습감독 교사의 의무」를 보여주었다.

나는 아이들에게 이야기를 해주면 안 된다는 사실을 깨닫고, 그 이후로 다시는 이야기란 단어조차 입 밖에 꺼내지 않았다.

며칠 동안 나로서는 아이들을 위로할 길이 없어 막막했다. 그들은 장 라팽을 그리워했으며, 장을 그들에게 들려줄 수 없었던 까닭에 내 마음도 몹시 아팠다. 나는 그 아이들을 얼마나 사랑했는지 모른다. 우리는 결코 서로 떨어져 있어본 적이 없었다.

학교는 상급반, 중급반, 하급반의 세 반으로 확연히 구분되어 있었다. 각 반은 운동장과 기숙사, 자습실 등을 따로 사용했다. 나는 하급반 아이들을 맡았다. 그래서 내가 꼭 서른다섯 명의 자식들을 거느리고 있는 것 같은 기분이 들었다.

그 아이들을 빼고 나면 내겐 친구가 한 명도 없었다. 비오 씨가 미소를 지어 보이며 휴식시간마다 다정하게 내 팔을 잡고 규칙에 대해 충고를 해주었지만 나는 그를 좋아하지 않았다. 아니, 그를 좋아할 수가 없었다. 무엇보다 그의 열쇠꾸러미만 보면 등에 식은땀이 흐를 정도로 겁이 났다. 교장은 아예 만나기조차 힘이 들었다. 교사들은 나를 경멸하고 얕잡아 보았다. 자습감독 교사들로 말하자면, 열쇠꾸러미를 든 비오씨가 내게 호감을 보이는 듯하자 나를 경원시하기 시작했다. 게다가 하사관들을 소개받은 이후로 바르베트 카페에 한 번도 찾아가지 않았더니 그들 역시 나를 싸가지 없는 인간으로 취급하는 것이었다.

수위인 카사뉴 씨와 체육 교사인 로제마저 내게서 등을 돌렸다. 특히 로제는 내게 깊은 악의까지 품고 있는 듯했다. 어쩌다 내가 곁을 지나갈 때면 그는 꼭 백 명도 넘는 아랍인들의 목을 시퍼렇게 날이 선 칼로 내려치기라도 하려는 것처럼 사나운 표정으로 콧수염을 비비 꼬고 커다란 눈을 부라렸다.

언젠가 한번은 나를 빤히 쳐다보면서 자기는 염탐꾼을 좋아하지 않는다고 카사뉴 씨에게 큰 소리로 말하는 걸 들은 적도 있었다. 카사뉴씨는 아무 대답 하지 않았다. 하지만 그의 표정에는 그 역시 염탐꾼 같은 놈은 좋아하지 않는다는 기색이 역력했다. 그런데 도대체 무슨 염탐꾼을 말하는 것일까? 나는 그 뜻을 곰곰 생각해보았다.

어쨌든 나는 모든 사람들의 적의(敵意)를 대담하게 무시해버리기로 결심했다. 나는 4층에 있는 지붕 밑 다락방을 중급반 교사와 함께 썼다. 아이들이 정규수업을 받고 있는 시간에는 거기서 혼자 시간을 보내곤 했다. 같은 방 동료 교사는 바르베트 카페에서 거의 대부분의 시간을 보냈기 때문에 그 방은 내 방이나 다름없었다. 그 방이야말로 바로 나의 방, 오직 나만의 방이었던 것이다.

나는 그 방에 들어가면 곧장 단단히 문을 걸어 잠그고는 온통 잉크 자국과 칼자국 투성이인 낡은 책상 앞에다 트렁크를 끌어다 놓은 다음 (내 방에는 의자가 없었다) 책상 위에 책을 있는 대로 다 펼쳐놓고 공부를 했다.

봄철이었다. 고개를 들면 벌써 잎사귀가 돋아난 안뜰의 키 큰 나무들과 짙푸른 하늘이 눈에 들어왔다. 밖은 너무나 조용했다. 학생이 책을 읽는 단조로운 목소리와 잔뜩 화가 난 선생의 고함소리, 나뭇가지에 앉아 말다툼을 하는 참새들의 짹짹거리는 소리만 이따금씩 들려올 뿐이었다. 그러다가 어느 순간엔가 모든 것이 다 침묵 속에 잠겨들고 나면 학교는 마치 깊은 잠 속에 빠진 듯 적막에 싸였다.

나는 한시도 게으름을 피우지 않았다. 꿈도 꾸지 않았는데, 그것이 야말로 잠을 푹 자는 가장 좋은 방법이었다. 쉴새없이 공부하면서 그리스어와 라틴어를 머릿속에 잔뜩 집어넣었다.

내가 그 무미건조한 공부에 한창 열중해 있을 때면 이따금 어떤 신비한 손가락이 문을 두드리곤 했다.

"누구세요?"

"당신의 옛 친구, 당신의 빨간 수첩에 등장하는 뮤즈 여신이랍니다. 빨리 문을 열고 저를 맞아주세요."

나는 문을 열어주지 않으려고 애썼다.

빨간 수첩이여, 내 눈앞에서 멀리멀리 사라져다오! 지금 당장 중요한 건 무엇보다 열심히 그리스어를 공부해서 학사 학위를 받아 정식 교사로 임명되는 거야. 그래야 하루빨리 흩어진 우리 가족이 모여 살 만한 멋진 가정을 다시 꾸밀 수 있단 말야.

가족들을 위해서 열심히 공부하고 있다는 생각을 하면 절로 용기가 솟아나면서 흐뭇한 시간을 보낼 수 있었다. 누추한 방도 더욱 아늑해 보였다. 아, 나는 그 지붕 밑 방에서 얼마나 보람찬 시간을 보냈는지 모른다. 거기서는 얼마나 공부가 잘 되었던가. 정말이지, 거기서는 나 자신이 얼마나 용감하게 느껴졌는지 모른다.

그러나 즐거운 시간이 있으면 괴로운 시간도 있는 법. 일주일에 두 번씩, 일요일과 목요일에는 아이들을 데리고 야외로 나가야 했는데, 이건 내게 형벌이나 다름없는 일이었다.

보통 우리는 프레리라는 곳으로 가곤 했는데, 이곳은 사를랑드에서 2킬로미터쯤 떨어진 산 밑에 푹신한 양탄자처럼 펼쳐져 있는 드넓은 잔디밭이었다. 몇 그루의 아름드리 밤나무와 노란색으로 칠해놓은 서너 채의 자그마한 술집, 짙푸른 녹음 속에서 솟아나는 맑은 샘이 있어서 즐겁고 유쾌한 곳이었다.

세 반은 따로 떨어져 야외수업을 하게 되어 있었다. 언젠가 한번은 세 반의 학생들을 한자리에 모아놓은 적이 있었는데, 교사라고는 나 혼자뿐이었다. 다른 두 교사는 상급반 학생들이 한턱낸다고 해서 근처 술집에 가고 없었고, 나는 한 번도 초대받은 적이 없었기 때문에 남아서 학생들 뒤치다꺼리나 해야 했다. 이 아름다운 곳에서 힘겨운 일을 해야만 하다니!

푸르른 풀밭 위나 밤나무 그늘 속에 드러누운 채 졸졸 흐르는 샘물 소리를 들으며 백리향(百里香)에 취할 수만 있다면 얼마나 좋겠는가! 하지만 감시하고 소리지르고 벌주는 일만 끊임없이 되풀이해야 했으

니……. 나는 모든 아이들을 책임져야만 했던 것이다. 정말 끔찍했다.

하지만 무엇보다 끔찍한 건, 프레리에서 학생들을 감시하는 일이 아니라 하급반 아이들을 데리고 마을을 통과하는 일이었다. 중급반이나 상급반 학생들은 꼭 나폴레옹 근위대처럼 구두굽 소리를 저벅저벅 내면서 발을 착착 맞추어 걸어갔다. 꼭 잘 훈련된 병사들이 북소리에 발을 맞추어 가는 모습을 보는 듯하였다.

하급반 학생들은 그런 일에는 전혀 관심이 없었다. 그들은 열도 제대로 맞추지 않은 채 서로 손을 잡고서 종알대며 큰길을 따라 걸었다. 간격을 유지하면서 걸으라고 아무리 소리를 질러도 소용이 없었다. 아이들은 내 말은 들은 척도 않고 삐딱하게 걸어갔다.

앞에서 걸어가는 아이들은 아무 문제가 없었다. 학생복을 입은 얌전하고 키 큰 아이들을 맨 앞에 세웠던 것이다. 하지만 뒤쪽은 뒤죽박죽, 무질서 그 자체였다. 이 조무래기들의 머리는 까치집처럼 헝클어지고, 손에서는 땟물이 흐르고, 반바지는 넝마나 다름없었다. 나는 이 아이들을 도저히 똑바로 쳐다볼 수가 없었다.

가끔 재치 있는 말을 내뱉기도 하는 비오 씨가 그걸 보더니 능글능글한 표정으로 "데시니트 인 피스켐(옮긴이 주 – '용두사미'라는 뜻의 라틴어)"이라고 한마디했다. 사실, 끝줄은 한심한 꼬락서니를 하고 있었다.

그런 아이들을 데리고 사를랑드의 큰길에 나설 때의 그 절망스러운 기분은 아무도 이해할 수 없을 것이다. 특히 일요일에는 더 그랬다. 교회 종소리가 은은하게 울려퍼지고, 길거리는 사람들로 북적거렸다. 우리는 만과(晚課)에 참석하러 가는 여자 기숙생들이나 장밋빛 모자를 쓴 여성복 재봉사들, 담회색(淡灰色) 바지 차림의 멋쟁이 남자들을 만나곤 했다. 그럴 때마다 나는 누더기 같은 옷을 걸친 이 우스꽝스러운 학생들을 데리고 그들 사이를 헤집고 지나가야 했다. 정말 얼마나 부끄러웠던지!

내가 일주일에 두 번씩 데리고 시내를 통과해야만 했던 그 까치집 머리 개구쟁이들 가운데 지지리도 못생긴데다가 보잘것없는 옷차림으로 나를 절망에 빠뜨렸던 아이가 한 명 있었다.

그 녀석은 절로 웃음이 나올 정도로 우스꽝스러운 모습의 난쟁이였다. 게다가 추하고, 더럽고, 머리는 지저분하고, 옷은 남루하고, 몸에서는 역겨운 시궁창 냄새가 풀풀 풍기고, 그것도 모자라서 다리까지 휜 아이였다.

물론 그 녀석도 학생으로 불리기는 했지만, 학교의 학생 명부에 이름이 실리지는 못했다. 학교의 명예를 훼손시킨다는 이유에서였다.

나도 그 녀석을 미워했다. 산책을 나갈 때마다 그 녀석이 꼭 미운 오리 새끼처럼 끝줄에서 뒤뚱거리며 쫓아오는 모습을 보노라면, 하급반의 명예를 빌미로 녀석의 궁둥이를 구둣발로 힘껏 차서 쫓아버리고 싶은 충동을 느끼곤 했다.

방방(우리는 녀석이 뒤뚱거리며 걷는다는 이유로 절름발이라는 뜻의 '방방'이라는 별명을 붙여주었다)은 물론 부잣집 아이가 아니었다. 태도나 말투, 특히 그 녀석이 사를랑드에서 알고 지내는 친구들의 면면을 보면 어렵잖게 그 사실을 알아차릴 수 있었다.

사를랑드의 부랑아들은 모두 방방의 친구였다.

우리가 야외에 나가는 날이면 구름처럼 모여든 부랑아들이 우리 뒤를 졸졸 따라다니면서 땅재주를 넘고 너나없이 방방의 이름을 부르며 손가락질하거나 먹다 버린 밤 껍질을 집어던지는 등 온갖 우스꽝스런 짓을 다 하며 법석을 떨었다. 그걸 보면서 우리 하급반 아이들은 몹시 즐거워했지만 나는 웃음조차 나오지 않았다. 나는 방방 때문에 일어난 온갖 소란에 대해 상세하게 적은 보고서를 거의 일주일에 한 번씩 교장에게 올렸다.

하지만 불행하게도 교장은 내 보고서에 대해 일언반구 언급이 없었고, 결국 나는 날이 갈수록 더욱 더러워지고 더욱 다리를 절름거리는 방방을 데리고 거리를 지나다녀야 했다.

축제가 벌어진 어느 화창한 일요일, 우리 모두 온몸에 소름이 돋을 정도로 괴상한 차림을 한 방방이 산책을 나가겠다고 나타났다. 정말이지 그런 모습은 두 번 다시 보기 힘들 것이다. 두 손은 새까맣고, 구두에는 아예 끈이 붙어 있지 않았으며, 머리는 온통 진흙투성이였고, 반바지는 어디다 벗어놓고 왔는지 보이지도 않았다. 정말이지 영락없는 괴물이었다.

그보다 더 우스꽝스런 건, 누군가가 그를 기막히게 예쁘게 치장해준 다음 학교로 보냈다는 사실이었다. 머리는 평소보다 훨씬 더 잘 빗질을 하고 포마드를 발라서 꼿꼿했으며, 목에 정성껏 맨 타이에서는 어머니의 손길이 느껴졌다. 하지만 학교에 도착하기 전까지는 수많은 개울을 건너야 했다. 방방은 그 많은 개울을 엎어지고 뒹굴며 건너왔던 것이다.

아무 일도 없었다는 듯 조용히 웃으며 다른 아이들 틈에 끼어드는 그의 모습을 보는 순간, 두려움과 분노가 동시에 나를 덮쳤다.

나는 그에게 소리쳤다.

"꺼져버려!"

방방은 내가 농담을 한다고 생각했는지 계속해서 웃고만 있었다. 그날 그는 자신이 아주 멋지다고 믿고 있었던 것이다. 나는 다시 소리질 렀다.

"꺼져! 꺼져버리란 말이야!"

방방은 내 기세에 눌려 체념한 듯 슬픈 표정으로 나를 물끄러미 바라보았다. 그의 눈길은 애원하고 있었다. 하지만 내가 끄덕도 하지 않자 아이들은 길 한가운데서 꼼짝 않고 있는 그를 혼자 내버려둔 채 움직이기 시작했다.

오늘만큼은 그를 떨쳐버릴 수 있게 되었다고 생각하면서 마을을 빠져나갈 때쯤 뒤에서 웃음소리와 쑥덕거리는 소리가 나기에 고개를 돌렸다.

방방이 심각한 표정으로 행렬에서 네댓 걸음 떨어져서 우리를 따라오고 있었다. 나는 맨 앞에서 걸어가는 두 아이에게 말했다.

"빠른 걸음으로 걸어가!"

절름발이 방방을 놀려먹는 일이라고 생각했는지 아이들이 맹렬한 스피드로 걷기 시작했다.

방방이 따라오는지 보려고 이따금씩 뒤를 돌아보곤 하던 아이들은 이제는 아주 멀찌감치 떨어져 주먹만큼이나 작아 보이는 방방이 먼지가 뽀얗게 일어나는 큰길에서 과자 장수, 레몬수 장수들이랑 같이 열심히 종종걸음을 치는 모습을 보며 배를 잡고 깔깔댔다.

잔뜩 화가 난 방방은 어쩌나 열심히 뛰었던지 우리랑 거의 같이 프레리에 도착했다. 하지만 그는 한꺼번에 몰려드는 피로 때문에 얼굴색이 백지장처럼 하얘졌으며 가엾게도 다리를 끌고 있었다.

그 모습을 본 나는 가슴이 미어지는 것 같았다. 나는 내 잔인한 행동을 부끄러워하면서 부드러운 목소리로 방방을 불렀다.

방방은 붉은색 체크무늬의 빛바랜 작업복을 입고 있었는데, 그것은 바로 내가 리옹 중학교 시절에 입었던 작업복이었다.

나는 그 작업복을 금세 알아볼 수 있었다. 나는 나 자신에게 말했다.

'불쌍한 녀석, 넌 부끄럽지도 않니? 네가 이렇게 즐기면서 학대하고 있는 아이는 바로 너란 말야.'

눈시울이 뜨거워지는 것을 느끼면서 나는 그 불우한 아이를 진심으로 사랑하기 시작했다.

방방은 다리가 몹시 아픈지 내 곁에 와서는 주저앉고 말았다. 나는 그 아이 옆에 앉았다. 그리고 이런저런 얘기를 했다. 오렌지도 한 개 사주었다. 발이라도 씻겨주고 싶을 정도였다.

그날 이후 방방은 내 친구가 되었다. 그 녀석의 눈물겨운 사연도 알게 되었다.

방방은 자식을 교육시켜보겠다는 일념 아래 온갖 희생을 마다 않는 대장장이의 아들이었다. 그는 아들을 중학교에 보내려고 갖은 애를 썼다. 하지만 슬프게도 방방은 공부에는 소질이 없는 아이였다. 아무리 학교를 다녀도 별다른 소용이 없었다.

방방이 처음 학교에 등교하던 날 한 교사가 그에게 글씨본을 주면서 "글씨 연습을 하거라" 말했다. 그래서 방방은 1년 전부터 글씨 연습을 계속해오고 있었다. 하지만 방방의 글씨는 말 그대로 이리 삐뚤, 저리 삐뚤, 들쭉날쭉, 우중충, 괴발개발 그 자체였다.

아무도 그에게 관심을 쏟지 않았다. 그는 특별히 어느 학급에 속해 있지도 않았다. 학교에 오면 그냥 문이 열려 있는 교실로 들어가곤 했다. 언젠가는 철학반 교실에서 글씨 연습을 하고 있는 그를 발견한 적도 있었다. 참 이상한 아이였다!

나는 이따금 자습실에서 공책 위로 몸을 구부린 채, 힘이 드는지 진땀을 흘리며 혀를 내밀고 펜대를 꽉 움켜쥐고는 마치 책상을 뚫어버리겠다는 듯 있는 힘을 다해서 눌러 쓰고 있는 그의 모습을 보곤 했다. 한 자 한 자 쓸 때마다 그는 잉크를 새로 찍었으며, 한 줄이 끝나면 다시 혀를 집어넣고는 손을 비비며 휴식을 취하곤 했다.

방방은 나와 친구가 된 뒤로는 정말 열심히 공부했다.

그는 한 페이지를 끝내자마자 교탁까지 엉금엉금 걸어와서는 아무 말 없이 그 위에 자신의 걸작품을 올려놓았다.

그러면 나는 아이를 다정하게 토닥거려주며 말했다.

"참 잘 썼구나!"

사실 그건 끔찍하게 못쓴 글씨였지만, 나는 그의 사기를 꺾고 싶지 않았다.

방방의 글씨는 차츰차츰 나아졌으며, 펜에서는 잉크가 덜 튀겼고, 공책에도 잉크가 덜 묻기 시작했다. 이제는 그 아이에게 뭔가 가르쳐줄 수 있을 것 같았다. 하지만 불행히도 운명이 우리를 갈라놓고 말았다. 중급반을 맡았던 교사가 학교를 떠나게 되었다. 교장은 학기가 끝나가고 있다는 이유로 새로운 교사를 채용하려고 하지 않았다. 대신 턱수염이 난 수사학급 학생 하나가 하급반을 맡고, 나는 중급반을 맡게 되었다.

내게 있어 이 일은 크나큰 불행이었다.

우선 나는 중급반 학생들이 너무나 무서웠다. 야외에 나갈 때마다 그들을 먼발치에서 보곤 했는데, 막상 그들과 함께 생활해야 한다고 생각하니 가슴이 꽉 막히면서 답답했다.

더군다나 내가 무척 사랑했던 하급반 아이들과 헤어져야만 했다.

턱수염 난 그 수사학급 학생이 내 아이들을 어떻게 다룰지 눈에 보이듯 선했다. 방방은 어떻게 될 것인가? 나는 정말 불행을 타고난 인간이었다.

하급반 학생들도 나하고 헤어지는 걸 슬퍼했다. 마지막 수업시간을 끝내는 종이 울렸을 때 나는 잠시 감동을 맛보았다. 모든 아이들이 나를 껴안고 싶어했던 것이다. 그들 중 몇몇은 내게 다정한 말을 해주기도 했다.

근데, 방방은 어디 있지?

방방은 아무 말도 하지 않았다. 그러더니 내가 교실 문을 나서려는 순간, 얼굴이 홍당무같이 빨개져서 다가오더니 나에게 주려고 온 정성을 다해 쓴 멋진 글씨본을 내 손에 쥐어주는 것이었다.

불쌍한 방방!

자습감독 교사

그렇게 해서 나는 중급반 자습감독 교사가 되었다.

이 반에는 볼이 통통한 열두 살에서 열네 살 사이의 산골 출신 악동들이 쉰 명쯤 있었는데, 그들의 부모는 자기 자식들을 프티부르주아로 만들기 위해 석 달에 120프랑씩 수업료를 내면서 학교에 보낸 터였다.

무례하고, 불손하고, 건방지고, 알아들을 수 없는 거친 세벤느 지방 사투리로 저희들끼리 쑥덕거리는 이들은 동상에 걸려서 시퍼렇게 언 솥뚜껑만한 손, 병든 수탉 같은 목소리, 흐리멍텅한 시선 등 유아기에서 사춘기로 넘어가는 그맘때의 중학생 모습 그대로였다.

그들은 나를 보자마자 내가 어떤 사람인지 알아보려 하지도 않고 무턱대고 경멸하기 시작했다. 나는 그들의 적인 자습감독 교사였다. 내가 중급반 자습감독 교사가 된 첫날부터 우리 사이에는 휴전도 정전도 없는 불꽃 튀는 전쟁이 벌어졌다.

아, 그 잔인한 아이들! 그들은 끊임없이 나를 괴롭혔다.

나는 아무런 악감정 없이 그때의 이야기를 하고 싶다. 그때의 슬픔은 이제 멀리멀리 사라져버렸으니까! 아니, 완전히 사라진 것은 아니다. 이 글을 쓰고 있는 지금 이 순간, 내 손이 흥분과 혼란으로 떨리고 있는 게 느껴진다. 내가 아직도 그곳에 있는 듯한 느낌이 드는 것이다.

그들은 이제 내 생각을 하지도 않을 것이다. 나라는 인물도, 좀더 근엄하게 보이려고 걸치고 다녔던 멋진 코안경도 그들의 기억 속에서 사라져버렸으리라.

나의 옛 제자들은 이제 점잖은 어른이 되어 있을 것이다. 수베이롤은 세벤느 지방 어디에선가 공증인 노릇을 하고 있을 것이며, 그의 동생인 베이용은 재판소 서기가 되어 있을 것이다. 그리고 루피는 약사가, 부장케는 수의사가 되었겠지. 부족한 것 없이 다 갖춘 그들은 불룩하게 배를 내민 채 유지 행세를 하고 있으리라.

그러나 이따금씩 사교클럽이나 교회 앞 광장 같은 데서 자기들끼리 우연히 마주치게 되면 그 즐거웠던 중학시절을 회상할 것이고, 어쩌면 내 얘기도 하게 될지 모르겠다.

"야, 베이용. 너 우리가 사를랑드 중학교 다닐 때 자습감독하던 그 에세튼가 하는 키 작은 선생 생각나냐? 머리 길고, 얼굴이 꼭 딱딱한 종이처럼 창백하던 사람 말야. 우리가 실컷 골려먹었잖아?"

그들은 나를 실컷 골려먹었고, 그들의 옛날 자습감독 교사였던 나는 그들을 아직까지도 잊지 못하고 있다.

아, 난 참 불쌍한 자습감독이었지. 그들은 나 때문에 실컷 웃었지만, 나는 그들 때문에 울기도 많이 울었다. 그래, 흐르는 눈물을 주체할 수가 없을 정도로 울었어! 그들은 짓궂은 장난을 쳐서 나를 울려놓고는 저희들끼리 재미있다며 깔깔대곤 했지.

수난의 하루가 지나고 나면 침대에 쪼그리고 앉아 행여나 그들이 들을까봐 담요를 깨문 채 소리 죽여 흐느낀 적이 한두 번이 아니었다.

어린 악동들에게 둘러싸여 늘 조마조마한 마음으로 두려워하면서 잠시도 경계를 게을리 하지 못하고 신경을 곤두세운 채 살아간다는 것은 참으로 끔찍한 일이었다. 벌을 주고(사람은 자신도 의식하지 못하는 사이에 불공평한 짓을 하게 마련이다), 의심하고, 도처에 함정이 도사리고 있는 걸 보고, 제대로 된 식사 한번 못하고, 잠도 편안히 잘 수 없다는 것은 참으로 끔찍한 일이었다. 심지어는 휴식시간 중에도 '오, 하느님! 저 자식들이 또 무슨 꿍꿍이수작을 꾸미는 겁니까?'라고 생각하며 전전긍긍해야 했으니 정말 끔찍한 나날이었다.

그렇다. 백 살까지 산다 하더라도 자습감독 교사 다니엘 에세트는 중급반 자습시간에 처음 들어갔던 그 음산한 날부터 사를랑드 중학교에서 겪었던 그 온갖 고통을 잊지 못할 것이다.

하지만 솔직히 말해서, 하급반에서 중급반으로 옮겨가면서 얻은 것도 있었다. 그 검은 눈동자의 아가씨를 볼 수 있게 된 것이다.

하루에 두 번 휴식시간 때마다 나는 중급반 운동장에 면한 건물 2층의 창문 뒤에서 일을 하고 있는 검은 눈동자 아가씨를 멀리서나마 볼 수가 있었다. 전보다 더욱 검어지고 더욱 커진 그 여자의 눈은 아침부터 저녁까지 한시도 쉬지 않고 바느질감에 고정되어 있었다. 그 여자는 온종일 바느질만 하면서도 조금도 싫증이 나지 않는 듯했다. 안경을 쓴 그 마귀할멈이 고아원에서 검은 눈동자의 아가씨를 데려온 것은(그녀는 아버지가 누군지도 몰랐고, 어머니가 누군지도 몰랐다) 오직 바느질을 시키기 위해서였기 때문에 그녀는 옆에서 안경잡이 마귀할멈이 물레에서 연신 실을 뽑아내면서 날카롭고 차가운 시선으로 감시하는 가운데 1년 내내 쉴새없이 바느질만 했다.

휴식시간만 되면 나는 2층 창문을 우두커니 올려다보곤 했다. 휴식시간은 늘 너무 짧게 느껴졌다. 검은 눈동자의 아가씨가 있는 그 건물의 2층 창문 아래서 내 평생을 보낼 수도 있을 것 같았다. 그 여자 역시 내가 자기를 올려다보고 있다는 걸 알고 있는 듯했다. 이따금 그 여자는 바느질감에서 눈길을 들어 내 쪽을 바라보곤 했고, 그러면 우리는 말없이 오직 눈길로만 이야기를 나누었다.

'당신은 정말 불쌍하군요, 에세트 씨.'

'당신도 그런 것 같은데요, 검은 눈동자 아가씨.'

'전 어머니도 안 계시고 아버지도 안 계세요.'

'저도 아버지 어머니가 멀리 계신답니다.'

'당신도 아시겠지만, 안경잡이 마귀할멈은 정말 무서워요.'

'저도 학생들 때문에 몹시 힘들답니다.'

'용기를 가지세요, 에세트 씨.'

'당신도 힘을 내세요, 아름다운 검은 눈동자.'

우린 더 이상 길게 얘기를 나누지 못했다. 나는 비오 씨가 열쇠꾸러미를 흔들면서(짤랑! 짤랑! 짤랑!) 나타날까봐 늘 두려웠고, 그 여자 역시 자신을 감시하는 마귀할멈이 두려워 항상 마음을 졸여야 했다. 무언의 대화를 나누는 순간도 잠시, 검은 눈동자 아가씨는 재빨리 고개를 숙이고 커다란 철테 안경을 걸친 마귀할멈의 매서운 눈총을 받으며 다시 바느질을 해야 했다.

내 소중한 검은 눈동자 아가씨! 우리는 그렇게 먼 거리에서 남몰래 서로를 엿보며 은밀한 대화를 나눌 수밖에 없었지만, 나는 그 여자를 진심으로 사랑했다.

내가 무척 좋아했던 또 한 사람은 제르만느 신부였다.

이 제르만느 신부는 철학 교사였다. 그는 괴짜로 통했는데, 학교 안의 모든 사람이, 심지어는 교장이나 비오 씨까지도 그를 두려워했다. 퉁명스러운 목소리에 거의 말이 없는 과묵한 인물로서 우리 모두에게 반말을 했고, 머리를 뒤로 젖힌 채 꼭 용기병(龍騎兵)처럼 구두 뒤축에 달린 박차가 쩡쩡 울릴 정도로 신부복을 펄럭이며 성큼성큼 걸어다녔다. 그는 키도 크고 체구도 듬직했다.

한동안 나는 그가 굉장히 잘생겼다고 믿었다. 하지만 나중에 가까이서 보니 사자처럼 위엄 있는 얼굴에는 천연두 자국이 끔찍하게 박혀 있었다. 더구나 얼굴 전체가 온통 꿰맨 칼자국 투성이여서 꼭 혁명가인 미라보가 신부복을 입고 있는 듯했다.

신부는 구교사(舊校舍)라고 불리는 건물 반대쪽의 작은 방에서 혼자 살고 있었다. 우리 중급반의 못돼먹은 말썽꾸러기 두 녀석이 바로 그의 동생들이었는데, 그 둘을 제외하고는 신부의 방에 들어가본 사람이 단 한 명도 없었다.

밤에 기숙사로 돌아가려고 운동장을 가로질러가다 보면 다 쓰러져가는 그 음침한 건물에서 가느다랗고 희미한 불빛이 새어나오는 걸 볼 수 있었다. 바로 제르만느 신부가 켜놓은 램프 불빛이었다. 나는 그 이튿날 아침 6시에 자습시간을 감독하기 위해 내려가다가 램프 불빛이 희뿌연 안개 속을 뚫고 여전히 타오르고 있는 걸 자주 보곤 했다. 제르만느 신부는 그때까지도 잠을 자지 않고 있었던 것이다. 들리는 소문에 의하면 그는 방대한 철학서를 집필하고 있다고 했다.

그 이상한 신부와 친분을 맺기 이전부터 나는 그에 대해 묘한 공감을 느끼고 있었다. 지적인 분위기가 풍기는, 그의 끔찍하지만 잘생긴 얼굴에서 매력을 느꼈다. 다만 성격이 괴팍하고 거칠다는 얘기를 하도 많이 들었던 탓에 지레 겁을 먹고 감히 접근할 엄두를 못 내고 있었던 것이다. 하지만 결국 나는 그를 찾아가고 말았다.

저간의 사정을 얘기하면 다음과 같다.

당시 나는 철학사에 완전히 심취해 있었는데, 아직 어린 나로서는 몹시 힘든 공부가 아닐 수 없었다.

그러던 어느 날, 나는 콩디야크의 작품을 읽고 싶다는 욕구에 사로잡혔다. 사실, 그의 작품을 굳이 애써서 읽어봐야 할 이유는 없었다. 그는 사이비 철학자였으며, 그의 철학 세계는 하찮고 보잘것없었던 것이다. 하지만 누구나 젊은 시절에는 인간사에 대해서 삐딱한 생각을 갖게 되는 법이다.

그래서 콩디야크의 작품을 읽어보려고 했던 것이다. 무슨 일이 있어도 그의 작품을 구해야만 했다. 그러나 불행히도 학교 도서관에는 그의 책이 단 한 권도 없었고 샤를랑드 시립도서관도 사정은 마찬가지였다. 나는 제르만느 신부에게 부탁해보기로 결심했다. 제르만느 신부의 방에 2천 권도 넘는 장서가 구비되어 있다는 얘기를 언젠가 그의 동생들로부터 들은 적이 있었던 것이다. 그렇다면 그중에는 분명히 콩디야크의 책도 있으리라. 하지만 그 사람이 너무도 무서웠기 때문에 찾아갈 용기가 선뜻 나지 않았다. 콩디야크의 책을 정말 간절히 원하지 않았더라면 제르만느 신부의 방에 올라갈 마음은 먹지도 못했을 것이다.

드디어 문 앞에 도착했지만 내 두 다리는 여전히 두려움으로 바들바들 떨렸다. 나는 조심스럽게 문을 두드렸다.

"들어오시오!"

우렁찬 목소리가 흘러나왔다. 그 무시무시한 제르만느 신부는 검은 색 비단 양말 사이로 굵은 근육이 툭 불거져 나온 것이 보일 정도로 신

부복을 걸어올리고는 다리를 쭉 뻗은 채 낮은 의자에 말 타듯 걸터앉아 있었다. 그런 자세로 의자 등받이에 팔꿈치를 기댄 채 뱃사람들이나 피우는 그 사기(沙器)로 만든 작고 짧은 갈색 파이프 담배를 요란하게 피우면서 빨갛게 장정된 2절판 책을 읽고 있는 것이었다. 그가 책에서 눈을 드는 둥 마는 둥 내게 물었다.

"자네로군! 그래, 잘 지내고 있나? 그런데 웬일인가?"

그의 단호한 목소리, 책으로 꽉 들어차 있는 그 방의 엄격한 분위기, 꼭 기사처럼 앉아 있는 그의 모습, 그가 이빨 사이에 물고 있는 짧은 파이프, 이 모든 것들이 나를 두려움 속으로 밀어넣었다.

나는 내가 찾아온 이유를 설명하고 콩디야크의 책을 빌려달라고 부탁하는 데 그럭저럭 성공했다. 제르만느 신부가 미소를 지으며 대답했다.

"콩디야크이라! 콩디야크을 읽고 싶단 말이지? 참, 이상한 생각을 갖고 있군 그래. 그보다는 나랑 파이프 담배나 한 대 피우는 게 더 낫다고 생각하지 않나? 저기 벽에 걸려 있는 저 멋진 파이프로 한번 피워보게……. 이 세상에 있는 콩디야크을 다 합친 것보다 그게 훨씬 나을 걸세."

나는 얼굴을 붉히며 사양한다는 몸짓을 했다.

"싫은가? 자네 편한 대로 하게나……. 자네가 찾는 콩디야크은 저위, 왼쪽 세 번째 책장에 있다네. 가져가도 좋아. 빌려주지. 찢거나 낙서는 하지 말게. 안 그러면 내가 자네 귀를 잘라버릴지도 모르니까 말이야."

왼쪽 세 번째 책장에서 콩디야크의 책을 집어든 뒤 방에서 나가려는데 그가 나를 붙잡았다. 그가 내 눈을 뚫어지게 쳐다보며 말했다.

"그러니까 자네가 철학에 몰두해 있단 말이지? 자넨 우연히 철학이라는 걸 믿게 되었겠지? 철학, 그거 말도 안 되는 얘기야. 순전히 꾸며 낸 거짓말이라구! 근데 난 그놈의 터무니없는 얘기를 믿는 바람에 이렇게 철학 선생이 되었단 말이야. 내가 뭐 한 가지 묻겠네! 도대체 뭘 가르친단 말인가? 없어, 아무것도 없다구……. 그런 황당무계한 얘기를 믿었으니……. 난 별을 감독하는 사람이나 파이프 담배 연기를 검사하는 사람으로 임명될 수도 있었어……. 아, 난 정말 불쌍한 신세가 됐어! 하기야, 밥 먹고 살려면 이따금씩 별 이상한 일을 다 해야 하는 거니까……. 자네도 그런 건 좀 알 텐데, 안 그런가? 아, 얼굴을 붉힐 것까진 없네. 우리 불쌍한 꼬마 자습감독 선생, 난 자네 마음이 결코 편하지 않다는 걸 알고 있어. 아이들이 자넬 못살게 군다는 걸 말이네."

여기까지 말하고 난 제르만느 신부가 잠시 말을 멈췄다. 그는 몹시 화가 난 사람처럼 파이프를 손톱에 갖다대고는 탁탁 두드렸다. 그토록 존경했던 사람이 이렇게 내 운명을 동정하는 말을 하자 나는 목이 멜 정도로 감격하여 뚝뚝 떨어지는 눈물을 감추느라 얼른 콩디야크의 책을 눈앞에 갖다댔다.

잠시 후, 그가 다시 입을 열었다.

"그건 그렇고, 자네한테 물어볼 게 있었는데 깜박 잊고 있었군……. 자네는 하느님을 사랑하고 있나? 자네, 하느님을 사랑해야 하네. 알겠나? 여보게, 하느님을 믿고 열심히 기도하게. 안 그러면 자넨 절대 지금의 상황에서 벗어날 수가 없어……. 난 인생의 가장 큰 고통을 덜기 위해선 오로지 세 가지 치료 방법밖에 없다고 믿고 있지. 일과 기도와 파이프……. 흙으로 빚어 구운 작은 파이프 말일세. 자네도 잘 기억해 두게……. 철학자들은 믿지 않는 게 좋아. 자넨 그들한테서 절대 아무것도 위로받지 못할 테니까 말일세. 하지만 난 그 정도는 아니니까 믿어도 좋을 걸세."

"전 신부님을 믿고 있습니다."

"그럼 됐네. 이젠 나가주게. 피곤하군……. 책이 필요하면 그냥 와서 가져가도 좋네. 방 열쇠는 항상 문턱 위에 있고, 철학책은 왼쪽 세 번째 책장에 꽂혀 있다네. 더 이상 내게 아무 말 하지 말게……. 그럼 잘 가게."

이렇게 말하고는 그는 다시 아까처럼 책에 빠져들더니 나를 쳐다보지도 않았고, 내가 나가는 것도 아랑곳하지 않았다.

그날 이후, 나는 제르만느 신부의 방을 마치 내 집 드나들 듯 노크도 하지 않고 마음대로 들락거리면서 세상의 모든 철학자들을 만나볼 수 있게 되었다. 대부분의 경우 내가 가는 시간에는 그가 수업을 하고 있어서 방이 비어 있었다. 그 자그마한 담배 파이프는 책상 가장자리에서 잠을 자고 있었는데, 책상은 단면이 붉은색으로 칠해진 2절판 크기의 책들과 깨알만한 글씨투성이인 서류들로 뒤덮여 있었다.

방에서 제르만느 신부를 만날 때도 종종 있었다. 그는 책을 읽거나 글을 쓰기도 했고, 방 안을 이리저리 성큼성큼 걸어다니기도 했다. 방 안에 들어서면 나는 수줍은 목소리로 인사를 했다.

"안녕하셨어요, 신부님!"

그러나 그는 대답을 잘 하지 않았다. 그럴 때마다 나는 왼쪽 세 번째 책장에서 읽고 싶은 철학책을 집어든 뒤 살그머니 발자국 소리를 죽이며 방을 나오곤 했다. 한 해가 다 지나가도록 우리는 스무 마디도 채 나누지 않았다. 하지만 그게 무슨 대수랴! 내 가슴속 깊숙한 곳에는 우리가 이미 절친한 친구가 되었다는 확신이 굳게 자리잡고 있었다.

121

방학이 다가오고 있었다. 음악반 학생들이 종업식 때 부를 폴카곡과 행진곡을 연습하는 소리가 하루도 빠짐없이 들려왔다. 아이들은 폴카곡을 들으며 모두들 즐거워했다. 그들은 마지막 수업이 끝날 때마다 책상에서 작은 달력을 꺼내서는 하루하루 날짜를 지워가며 방학을 손꼽아 기다렸다.

"이제 한 달도 안 남았다!"

학교 운동장에는 연단을 만들 판자들이 사방에 널려 있었고, 아이들은 의자를 두들겨대는가 하면 양탄자를 뒤흔들어대는 등 수업도 제대로 이뤄지지 않았고, 규율도 잡히지가 않았다. 오직 끝까지 자습감독 교사를 놀려대는 장난에만 몰두하고 있을 뿐이었다.

드디어 그날이 되었다. 방학이 조금만 더 늦게 시작되었더라면 나는 아마 더 이상 견디지 못했을 것이다.

종업식은 중급반 학생들이 사용하는 운동장에서 거행되었다. 알록달록한 천막, 벽에 둘러쳐놓은 하얀 휘장, 갖가지 깃발을 꽂아놓은 짙푸른 거목(巨木)들, 그리고 기수모(騎手帽), 경관모(警官帽), 군모(軍帽), 철모, 꽃으로 장식된 헝겊 모자, 예쁘게 수놓은 오페라 모자, 깃털, 리본, 깃 장식, 술 장식 따위가 아직도 눈에 선하다. 학교의 지체 높은 양반들은 운동장 정면에 설치된 연단 위의 담홍색 소파에 위엄을 갖추고 앉아 있었다. 아, 그 연단 앞에 서 있던 나 자신이 얼마나 왜소하게 느껴지던지! 연단 위에 앉아 있는 사람들은 우월감에 가득 찬 표정으로 연단 아래 서 있는 사람들을 경멸하듯 내려다보고 있었다. 이 양반들에게서는 평소의 모습을 더 이상 찾아볼 수가 없었다.

제르만느 신부도 연단 위에 앉아 있었으나 그들과는 달랐다. 그는 안락의자에 눕듯이 앉아 머리를 뒤로 젖힌 채 옆 사람 얘기는 듣는 둥

마는 둥, 파이프 담배 연기가 나뭇가지 사이로 번져가는 것을 상상하고 있는 듯하였다.

연단 아래쪽에서는 트롬본과 오피클라이드가 햇빛에 반사되어 눈부시게 반짝거렸다. 세 반 학생들은 간격을 좁혀서 긴 의자에 빽빽하게 앉아 있었고, 교사들은 마치 하사관들처럼 줄 끝에 서서 학생들을 감시하고 있었다.

그 뒤편으로는 학부모들이 혼잡을 이루고 있어서 중급반 교사 한 명이 "좀 비켜주실래요? 좀 비켜주세요!"라고 소리치며 열심히 안내를 하고 있었으며, 이리저리 뛰어다니는 비오 씨의 모습은 인파에 휩쓸려 보이지 않고, 언제나 그렇듯이 그의 열쇠 부딪치는 소리만 사방에서 요란하게 울렸다.

"짤랑! 짤랑! 짤랑!"

식이 시작되었다. 날씨는 무더웠지만 천막 안은 바람 한점 통하지 않았다. 더위에 얼굴이 새빨개진 뚱보 부인네들은 꾸벅꾸벅 졸고 있었고, 대머리 신사들은 진홍색 넥타이로 얼굴에 흐르는 땀을 연신 닦아내고 있었다. 사람들의 얼굴, 양탄자, 깃발, 의자 등 모든 게 다 붉은색이었다.

세 사람이 연설을 했고, 많은 박수가 터져나왔다. 나는 연설을 듣고 있지 않았다. 2층 창문 뒤편에 앉아 언제나처럼 바느질을 하고 있는 검은 눈동자 아가씨한테 온통 정신이 쏠려 있었던 것이다. 불쌍한 검은 눈동자 아가씨! 그 안경잡이 마귀할멈은 오늘 같은 날도 그녀를 부려먹고 있는 것이다.

마지막으로 하급반의 준우수상을 받을 학생 이름이 불려지고 악대가 개선행진곡을 연주하기 시작하자 장내는 소란스러워졌다. 운동장은 금세 난장판이 되었다. 교사들은 연단에서 내려오고, 학생들은 가족들을 찾아가려고 의자에서 뛰쳐 일어났다. 서로 껴안고, 서로 부르느라 다들 난리였다. "여기다. 여기. 이리로 오렴!" 상을 받은 아이들의 여동생들은 오빠의 월계관을 쓴 채 의기양양하게 걸어다녔다. 비단 옷이 의자를 스치면서 살랑살랑 소리를 냈다.

나는 나무 뒤에 꼼짝 않고 서서 예쁜 부인네들이 지나가는 걸 바라보고 있었다. 낡아빠진 옷을 입은 나 자신이 너무나 부끄럽고 왜소하게 느껴졌던 것이다.

사람들이 하나 둘씩 운동장을 빠져나가기 시작했다. 교장과 비오 씨는 교문 앞에 서서 지나가는 아이들을 쓰다듬기도 하고 머리가 땅에 닿을 만큼 허리를 숙여 학부형들에게 인사를 하기도 했다.

교장이 간사한 미소를 흘리며 말했다.

"자, 내년에 뵙겠습니다. 내년에 뵙겠어요."

비오 씨도 열쇠를 흔들며 맞장구쳤다.

"짤랑! 짤랑! 짤랑! 자, 다음 학기에 보자꾸나."

아이들은 그저 건성으로 포옹을 하고 단숨에 층계를 뛰어내려갔다.

그들은 자기 집 문장(紋章)이 박힌 멋진 자동차에 올라탔고, 그들의 어머니와 여동생들은 갈아입을 옷이 든 트렁크를 차 안에 챙겨 넣었다. 자, 이제 그들은 제각기 별장을 향해 떠나갈 것이다. 드넓은 동산과 잔디밭, 아카시아 나무에 매달아놓은 그네, 희귀조들이 가득 찬 새장, 백조가 노니는 연못, 저녁때면 아이스크림을 먹는 드넓은 테라스를 향해 서둘러 떠나갈 것이다.

어떤 아이들은 긴 의자가 놓인 가족용 이륜마차로 기어 올라가서 흰모자 아래 하얀 이를 드러내며 활짝 웃고 있는 소녀들 옆에 앉았다. 목에 금목걸이를 한 여성이 마차를 몰았다……. 속력을 내, 마튀린느! 우린 이제 농장으로 가는 거야. 그들은 그곳에서 버터빵을 만들어 먹고, 사향(麝香) 포도주를 마시고, 하루 종일 새 사냥을 다니고, 구수한 내음의 건초더미 속에서 뒹굴며 휴가를 보낼 것이다.

　행복한 아이들! 그들은 가버렸다. 모두 떠나버린 것이다. 아. 나도 떠날 수만 있다면…….

검은 눈동자

이제 학교는 텅 비었다. 모두들 떠나버린 것이다. 고양이만큼이나 큰 쥐 떼들이 마치 기병대가 행군을 하듯 한낮에도 온 기숙사 안을 설치고 돌아다녔다. 아이들의 잉크병은 말라붙은 채 책상 속에 처박혀 있었다. 운동장에 서 있는 나무에서는 참새 떼들이 지저귀며 축제를 벌였다. 학교의 주인이나 된 듯 주교와 군수의 저택에 살고 있는 친구들을 모조리 초대해서 아침부터 저녁까지 귀청이 떨어져 나갈 정도로 쨱쨱거리는 것이었다.

나는 지붕 밑 다락방에서 참새들이 쨱쨱거리는 소리에 귀를 기울여가며 공부를 했다. 교장이 호의를 베풀어준 덕분에 방학 동안 그 방을 쓸 수 있게 되었다. 나는 이렇게 주어진 기회를 이용하여 죽어라고 그리스 철학을 공부했다. 하지만 방은 지독하게 더웠고, 게다가 천장이 너무 낮았다. 영락없는 찜통이었다. 창문에는 덧문도 없었다. 해는 꼭 횃불을 들이대듯 들어와서는 방 안 구석구석에 불을 질렀다.

한번은 대들보에 발라놓은 석회가 와지끈 소리를 내며 깨지더니 부스스 떨어져 내렸다. 더위에 지쳐 움직임이 둔해진 왕파리들도 창문에 착 달라붙어 잠을 자고 있었다. 나는 잠을 쫓느라 갖은 애를 다 썼다. 머리는 납덩이처럼 무거웠고, 눈꺼풀은 바들바들 떨렸다.

공부를 해라, 다니엘 에세트! 집안을 다시 일으켜 세워야 한다……. 하지만 아무리 다짐하고 애를 써보아도 어쩔 수가 없었다. 책 속의 글씨들이 눈앞에서 춤을 추더니 책이, 책상이, 그러고 나서는 방이 빙글빙글 돌기 시작했다. 참으려고 애써도 자꾸만 밀려오는 졸음을 쫓기 위해 일어나서 몇 걸음 걸어보았다. 그러면서 문 앞까지 갔는데 다리가 휘청하는 순간 도저히 졸음을 견딜 수가 없어 꼭 바윗덩어리처럼 방바닥에 쿵 쓰러졌다.

밖에서는 참새들이 쨱쨱거리고 매미들은 목이 터져라 노래하고 있었다. 플라타너스나무가 햇빛을 받아 기지개를 켜자 거기 하얗게 앉아 있던 먼지가 비늘처럼 부서져 내렸다.

그때, 나는 이상한 꿈을 꾸었다. 누군가가 문을 두드리며 우렁찬 목소리로 나를 부르는 것 같았다. "다니엘! 다니엘!" 나는 그게 누구 목소리인지 알 수 있었다. 옛날에 "자크, 이 당나귀같이 멍청한 놈아!"라고 소리치던 바로 그 목소리였다.

문을 두드리는 소리가 더욱더 커졌다. "다니엘, 네 애비다. 빨리 문 열어라!"

아, 정말 끔찍한 악몽이었다. 나는 얼른 대답하고 빨리 가서 문을 열고 싶었다. 팔꿈치를 딛고 일어서려고 안간힘을 썼다. 하지만 머리가 너무나 무거워 다시 쓰러지면서 의식을 잃고 말았다.

다시 깨어난 나는 푸른색 커튼이 드리워진 순백색 침대에 누워 있는 나를 발견하고는 깜짝 놀랐다. 빛은 부드러웠고, 방 안은 정적에 싸여 있었다. 벽시계의 똑딱거리는 소리와 수저가 사기접시에 부딪치는 소리가 들려올 뿐이었다. 내가 지금 어디에 와 있는 걸까……. 하지만 몸은 편안했다. 그때 누군가 커튼을 살짝 들추며 들어왔다. 두 눈에 눈물이 가득, 입에는 미소를 띠고 손에는 잔을 든 아버지가 다가와서 내게 몸을 숙였다. 나는 아직도 꿈에서 깨어나지 않은 듯 말했다.

"아버지세요? 정말 아버지세요?"

"그래, 다니엘, 아버지란다."

"근데 여기가 어디예요?"

"의무실이야. 벌써 여드레째다. 이젠 다 나았어. 다니엘, 넌 그 동안 무척 아팠단다."

"그런데 아버지. 아버진 여기 어떻게 오셨어요? 아버지, 절 안아주세요! 아버지를 보다니 정말 꿈만 같아요."

아버지는 나를 껴안아주었다.

"자, 이불을 잘 덮으렴. 우리 아기, 착하지? 의사 선생님이 네가 말을 하면 안 된다고 하셨어."

아버지는 내가 말을 하지 못하도록 이르고서 그간 있었던 일을 자세히 설명해주었다.

"여드레 전에 지금 다니고 있는 포도주 회사에서 세벤느 지방으로 출장을 가라고 하더구나. 얼마나 기뻤는지 모른다. 우리 다니엘을 만나볼 수 있는 기회니까 말야. 그래서 학교에 도착하자마자 네 이름을 부르며 찾았지만…… 넌 보이지 않더구나. 그러고 있는데 어떤 사람이 네 방으로 나를 데려다주었어. 그런데 방문이 안으로 잠겼는지 아무리 두드려도 대답이 없더구나. 그래서 있는 힘을 다해 방문을 발로 걸어 찼더니 넌 방바닥에 쓰러져 있고 머리가 펄펄 끓을 정도로 열이 심하

더구나⋯⋯.

아이고, 우리 불쌍한 아기! 얼마나 아팠던지 닷새 동안이나 헛소리를 했단다. 1분도 네 곁을 떠나지 않고 너를 지켜봤는데⋯⋯ 계속해서 헛소리를 해대더구나. 집을 다시 일으켜 세워야 한다던데⋯⋯, 도대체 무슨 집 말이냐? 말해보렴. 넌 또 '열쇠 없어요? 자물쇠에서 열쇠를 빼내요!'라고도 소리치더라⋯⋯. 지금 웃는 거냐? 맹세코 난 안 웃었단다. 세상에! 내가 너 때문에 며칠 밤을 지새웠는지 아니? 너도 알아야 한다. 그 비오 씨라는 사람이⋯⋯, 이름이 비오 맞지? 그 사람이 날 학교에서 못 자게 하는 거야, 글쎄! 규정을 들먹이면서 말이야. 그래, 그 규정 말이다. 내가 그 사람이 말하는 규정을 다 알아야 되는 거냐? 그 우습지도 않은 선생 나부랭이는 내 코밑에 대고 열쇠를 흔들어대면 내가 겁을 먹을 거라고 생각했지. 하지만 난 그 인간한테 따끔한 맛을 보여줬단다. 예의에 어긋나지 않게 말야!"

나는 아버지가 그처럼 대담하게 행동했다는 얘기를 듣자 온몸이 떨려왔다. 하지만 비오 씨의 열쇠를 금방 잊어버린 채 마치 곁에 어머니가 있어서 껴안기라도 하려는 듯 팔을 내밀며 물었다.

"어머니는요?"

아버지는 화난 어조로 대답했다.

"그렇게 이불을 차고 그러면 아무 말도 안 해줄 테다! 자, 이불을 잘 덮어야지. 네 어머닌 잘 계셔. 지금도 바티스트 외삼촌댁에 있단다."

"자크 형은요?"

"자크? 자크는 당나귀 같은 놈이야! 아니, 너도 잘 알겠지만 내가 자크를 당나귀라고 부르는 건 순전히 내 말버릇이란다. 자크는 아주 착한 아이지⋯⋯. 그렇게 이불을 끌어내리지 말라니까, 이 녀석아. 하지만

자크의 그 버릇은 여전하단다. 늘상 질질 짜는 그 버릇 말이다. 그것말
곤 아주 만족스러워하면서 지내고 있지. 그 아이의 사장님은 그 앨 비
서로 생각하고 있더라······. 그저 불러주는 대로 받아쓰기만 하면 되는
거니까. 썩 괜찮은 일자리지."

"그렇다면 그 불쌍한 자크 형은 평생 동안 남이 불러주는 걸 받아쓰
기만 해야 되겠군요."

그렇게 말하고 나서 나는 거리낌없이 웃기 시작했고, 아버지도 내게
제발 이불을 자꾸 차지 말라고 계속 야단치면서도 내가 웃는 걸 보고
좋아서 따라 웃었다.

아, 아픈 것이 어쩌면 축복인지도 모른다. 나는 푸른색 커튼이 드리
워진 의무실 침대에 누워 정말 즐거운 나날을 보냈다. 아버지는 한시도
내 곁을 떠나지 않았다. 아버지는 내 머리맡에 앉아 하루를 보냈으며,
나는 아버지가 영원히 내 곁을 떠나지 않기를 바랐다······. 하지만 그건
불가능한 일이었다. 포도주 회사는 아버지를 필요로 했다. 아버지는 세
벤느 지방을 다시 순회해야만 했다.

아버지가 떠나고 나자 나는 적막한 의무실에 홀로 남게 되었다. 나
는 의무실 창가에 있는 커다란 둥근 소파에 몸을 파묻은 채 하루 종일
책을 읽었다. 아침과 저녁에는 안색이 노란 카사뉴 부인이 식사를 날라
다주었다. 나는 수프를 한 사발 마신 다음 닭날개에서 고기를 발라먹고
는 "고맙습니다. 부인!"이라고 말하곤 했다. 그뿐이었다. 노란빛이 감
도는 얼굴로 보아 황달을 앓고 있을 거라 생각되어 그 부인이 맘에 들
지 않았던 것이다. 나는 그 부인을 쳐다보지도 않았다.

그러던 어느 날 아침, 책에서 눈을 떼지 않은 채 평소처럼 아주 냉랭
한 목소리로 "고맙습니다. 부인!"이라고 말했을 때, 느닷없이 "오늘은

좀 어떠세요. 다니엘 씨?"라고 몹시 다정하게 묻는 소리가 들려오는 것이 아닌가.

나는 깜짝 놀라 머리를 들었다. 과연 내 눈앞에 누가 서 있었겠는가? 바로 검은 눈동자의 아가씨였다. 그 아가씨가 미소를 띤 채 꼼짝도 하지 않고 나를 바라보고 서 있는 것이었다.

검은 눈동자의 아가씨는 카사뉴 부인이 아프기 때문에 자기가 부인의 일을 대신 하게 되었다고 말했다. 그녀는 눈을 내리깔면서 내가 건강을 회복해서 자기도 무척 기쁘다는 말을 덧붙인 다음 저녁때 다시 오겠다는 말을 남기고 공손하게 방을 나갔다. 그날 저녁 그녀는 정말로 다시 왔으며, 그 다음날 아침도, 또 저녁에도 식사를 들고 나를 찾아왔다.

너무나 기뻤다. 나는 내가 병에 걸린 것을, 안색이 노란 카사뉴 부인이 병에 걸린 것을, 이 세상 모든 사람들이 병에 걸린 것을 축복하고 싶을 지경이었다. 만일 이 세상에 병에 걸린 사람이 없었다면 나는 결코 그녀와 이렇게 단둘이서 있을 수 있는 소중한 기회를 가질 수 없었을 테니까 말이다.

아, 그 축복받은 의무실 창가의 둥근 소파에 파묻혀 나는 얼마나 즐거운 시간을 보냈던가……. 아침이면 그녀의 검은 눈동자는 마치 햇살을 받고 반짝이는 금가루처럼 반짝였다. 밤이 되면 그녀의 검은 눈동자는 부드러운 빛을 발하며 마치 하늘의 별처럼 주변의 어둠을 밝혀주었다.

나는 밤마다 그녀 꿈을 꾸느라 잠을 설쳤다. 동녘이 희끄무레하게 밝아오기 시작하면 나는 자리를 박차고 일어나 그녀를 맞을 준비를 하곤 했다. 그녀에게 해줄 비밀이야기가 너무나 많았던 것이다. 하지만 막상 그녀가 나타나면 나는 아무 말도 할 수가 없었다.

그녀는 나의 그런 침묵을 몹시 의아하게 생각하는 눈치였다. 그녀는 안절부절못하고 의무실 안을 서성거리면서 내 곁에 좀더 오래 머물 수 있는 방법들이 없을까 고민하는 듯 보였다. 그녀는 내가 입을 열어주기를 무척 바라는 듯했지만 소심한 나는 용기를 내지 못하고 여전히 입을 꼭 다물고 있었다.

이따금 나는 한껏 용기를 내서 그 여자에게 말을 붙이기도 하였다.

"아가씨!"

그녀는 검은 눈동자를 반짝이며 미소와 함께 나를 바라보았다. 하지만 그녀가 미소 짓는 모습을 보면 불행하게도 나는 그만 정신이 아득해져서 떨리는 목소리로 겨우 "제게 이렇게 호의를 베풀어주셔서 대단히 고맙습니다"라든가, 아니면 "오늘 아침 수프는 정말 맛있군요"라고만 얼버무리고 마는 것이었다.

그러면 검은 눈동자 아가씨는 입을 예쁘게 삐죽거리곤 했는데, 꼭 '아니, 겨우 그 말뿐이에요?'라고 말하는 듯했다. 그러고 나서는 한숨을 내쉬며 방을 나갔다.

정작 그 여자가 나가고 나면 나는 내 자신이 정말로 한심스러워 미칠 지경이었다.

'아! 내일은 무슨 일이 있더라도 말을 해야지. 꼭 하고 말 거야.'

그렇지만 그 다음날이 되면 여전히 똑같은 일이 되풀이되곤 하는 것이었다.

결국, 내 생각을 털어놓을 만한 용기가 나 자신에게 없음을 느낀 나는 그녀에게 편지를 쓰기로 작정했다. 어느 날 저녁, 나는 중요한, 아주 중요한 편지를 써야 하니까 잉크와 종이를 가져다달라고 그녀에게 정

중하게 부탁했다……. 그녀는 틀림없이 내가 무슨 편지를 쓰려고 하는지 눈치챘을 것이다. 아주 영리한 여자였으니까. 그녀는 후다닥 뛰어가더니 잉크와 종이를 찾아서 내 앞에 놓아둔 다음 살짝 웃음 지으며 방을 나갔다.

나는 편지를 쓰기 시작했다. 밤새도록 쓰고 또 썼다. 그러나 아침이 되었을 때 나는 이 장문의 편지에 겨우 세 마디밖에 쓰여 있지 않다는 것을 깨달았다. 그렇지만 이 세 마디야말로 이 세상에서 가장 감동적이었으며, 나는 이 세 마디가 엄청난 효과를 불러일으키리라 믿어 의심치 않았다.

자, 드디어 그녀가 올 시간이 되었다! 몹시 흥분되었다. 나는 그녀가 방에 들어오자마자 즉시 편지를 건네주리라 다짐하며 준비하고 있었다. 잠시 후 벌어질 광경을 머릿속에 그려보았다. 그녀는 문을 열고 들어와서 탁자 위에 수프와 닭 요리를 내려놓고 "안녕하세요, 다니엘 씨!"라고 말하겠지. 그러면 나는 즉시 한껏 용기를 내어 "친절한 검은 눈동자 아가씨, 여기 편지를 썼으니 한번 읽어보세요"라고 말할 거야.

쉬잇! 복도를 사뿐사뿐 걸어오는 발자국 소리가 들려왔다. 검은 눈동자 아가씨가 다가오고 있는 것이다. 나는 편지를 집어들었다. 방망이질하듯 가슴이 마구 뛰었다. 금방이라도 쓰러져버릴 것만 같았다.

문이 스르르 열렸다……. 아니, 이럴 수가!

검은 눈동자 아가씨 대신 늙은 안경잡이 마귀할멈이 나타나는 게 아닌가.

나는 웬일이냐고 감히 물어볼 수조차 없었다. 그저 아연실색할 뿐이었다. 왜, 무엇 때문에 그녀는 오지 않았을까? 나는 밤이 되기를 초조하게 기다렸다. 하지만 유감스럽게도……. 그녀는 밤에도, 그 다음날에도, 그리고 그 다음 다음날에도, 영원토록 오지 않았다.

그녀는 쫓겨난 것이었다. 다시 고아원으로 돌려보내져 어른이 될 때까지 4년 동안 갇혀 있어야만 했던 것이었다. 설탕을 훔쳤다는 이유로 말이다……

의무실에서의 즐거운 나날과도 이제 작별을 고해야만 했다. 아름다운 검은 눈동자 아가씨는 떠나버렸고, 설상가상으로 학생들이 다시 돌아오기 시작했다. 아니, 벌써 개학이라니……. 아, 무슨 방학이 이렇게 금세 끝나버린단 말인가!

나는 6주일 만에 처음으로 운동장에 내려갔다. 핼쑥하고, 야위고, 전보다 더 작아진 모습으로……

학교는 잠에서 깨어나 서서히 꿈틀거리기 시작했다. 대청소가 시작되었다. 복도에서는 물이 철철 흘러내렸다. 비오 씨가 다시 열쇠꾸러미를 흔들어대며 설치고 다녔다. 비오 씨는 방학을 이용해서 자기가 만든 규칙에다 몇 개 조항을 덧붙이는 한편 열쇠꾸러미에다가도 열쇠를 몇 개 더 달아놓았다. 나는 그냥 얌전하게 자리만 지키고 있으면 되었다.

학생들이 속속 도착했다. 부르릉! 부르릉! 종업식 때 봤던 이륜마차와 문장(紋章) 달린 차들이 교문 앞에 다시 모습을 나타냈다. 출석을 불러보니 안 나온 아이들도 더러 있었지만 그 자리는 새로 온 아이들로 채워졌다. 학급도 새로 편성되었다. 나는 다시 중급반을 맡게 되었다. 벌써부터 온몸이 떨려왔다. 하지만 어찌 알겠는가? 이번 아이들은 저번 아이들보다는 착할지도 모른다.

개학날, 예배당에서는 음악 소리가 드높이 울려퍼졌다. 성신(聖神) 미사를 올리는 것이었다. 베니, 크레아토르 스피리투스……. 교장은 단춧구멍에 자그마한 은빛 교육공로훈장이 달린 예복을 입고 있었고, 그

뒤로는 교수 예복 차림의 교사들이 죽 자리를 잡았다. 이공 과목을 맡은 교사들은 귤색 담비 교수복을, 인문 과목을 맡은 교사들은 흰색 담비 교수복을 입고 있었다. 경박하기로 소문이 난 중급반 교사만 희한하게 생긴 챙 없는 모자에 연한 색깔의 장갑을 끼었다. 비오 씨는 만족스러운 표정이 아니었다. 베니, 크레아토르 스피리투스…….

예배당 한구석, 학생들 사이에 끼여 앉은 나는 그 멋진 예복과 은빛 교육공로훈장을 부러운 눈길로 바라보았다. 난 언제 정식 교사가 되나? 언제 우리 집안을 재건할 수 있게 될까? 아, 슬프다! 이 고통스런 나날이 얼마나 더 계속되어야 그렇게 될 수 있을까……. 베니, 크레아토르 스피리투스…….

그러자 나 자신이 무척 불쌍하게 생각되었다. 오르간 소리를 듣고 있자니 문득 울고 싶어졌다. 그때, 저쪽 성가대 한 모퉁이에서 나를 보며 미소짓고 있는 초췌한 차림의 잘생긴 얼굴이 문득 눈에 들어왔다. 제르만느 신부의 미소 띤 온화한 얼굴을 보자 내 마음은 편안해졌다. 그의 얼굴은 용기와 원기로 그득했던 것이다. 베니, 크레아토르 스피리투스…….

성신미사가 있고 난 이틀 뒤 다시 새로운 의식이 거행되었다. 교장의 집안에서 모시는 성인을 기념하는 축제였다. 아주 오랜 옛날부터 그래왔듯이 이날은 학교 전체가 냉동육과 리무산(産) 포도주가 잔뜩 쌓인 풀밭에서 생 테오필 축제를 거행했다. 여느 때처럼 이번에도 교장은 학교에는 조금도 누를 끼치지 않으면서 자신의 자비로운 본능을 만족시키는 이 작은 가족 축제가 흡족한 결과를 낳을 수 있도록 뭐 하나 아끼지 않았다.

동이 트자마자 사를랑드 시(市)를 상징하는 깃발로 장식된 대형 합

140

승마차들이 학생과 교사들을 가득 태운 채 출발했고, 거품 이는 포도주 광주리와 음식 바구니를 가득 실은 두 대의 운송차가 그 뒤를 이었다. 맨 앞에 가는 꽃마차에는 지체 높은 사람과 악대가 타고 있었다. 오피 클라이드를 힘차게 연주하라는 지시가 떨어졌다. 채찍 소리, 방울 소리, 그리고 쌓아올린 접시더미가 양철 반합에 부딪치는 소리…… 아직도 나이트캡을 쓰고 있는 샤를랑드 사람들이 축제 행렬을 구경하려고 다들 창가로 몰려나왔다.

축제는 프레리에서 열리기로 되어 있었다. 이곳에 도착하자마자 풀밭 위에는 식탁보가 펼쳐졌고, 마치 애들처럼 제비꽃 위에 앉는 교사들을 보고는 아이들이 배꼽을 잡고 웃었다. 파이 조각을 담은 접시가 한 바퀴 돌았고, 병마개가 튀어올랐다. 눈들이 반짝반짝 빛났고, 다들 열심히 떠들어댔다. 모두들 즐거워하는데 오직 나만은 불안을 감출 수가 없었다. 별안간 내 얼굴이 확 달아올랐다……. 방금 교장이 종이쪽지 하나를 손에 들고 일어난 것이었다.

"여러분, 나는 방금 어느 무명 시인이 내게 쓴 시 한 편을 건네받았습니다. 우리의 핀다로스〔옮긴이 주 - 기원전 5세기경의 그리스 서정시인〕인 비오 씨가 금년에는 호적수를 만난 것 같군요. 이 시가 이 사람을 좀 과찬하는 경향이 있어서 과연 여러분들에게 읽어드려야 할지……."

"괜찮아요, 괜찮아요……. 읽으세요! 읽으세요!"

교장은 종업식 때의 예의 그 부드러운 목소리로 시를 낭송하기 시작했다.

그것은 운(韻)이 풍부하고 표현이나 문체가 아주 잘 다듬어진 시로서 교장과 교사 한 사람 한 사람에게 찬사를 보내는 내용이었다. 시인은 안경잡이 마귀할멈도 빠뜨리지 않고 언급, '식당에서 일하는 천사'

라고 매혹적으로 표현했다.

사람들은 오랫동안 환호를 보냈다. 작가가 도대체 누구냐고 묻는 소리가 들려왔다. 나는 마치 석류 열매처럼 얼굴을 붉히며 일어나서는 겸손하게 절을 했다. 모두들 감탄사를 연발하며 환호했다. 나는 그날 축제의 주인공이 되었다. 교장은 나를 껴안으려고 했으며, 나이 든 교사들은 이미 짐작하고 있었다는 듯 내 손을 힘주어 잡았다. 중급반 담임 교사는 내 시를 신문에 실어도 되겠느냐고 물었다.

나는 대단히 기분이 흡족해졌다. 이 사람 저 사람한테서 칭찬을 받으니 기분이 우쭐해지면서 술기운이 머리끝까지 올라왔다. 하지만 제르만느 신부와 비오 씨의 얼굴이 떠오르는 순간 술이 확 깨는 것 같았다. 신부는 '이 바보 같은 녀석!'이라고 중얼거리는 듯했고, 이제 나의 라이벌이 된 비오 씨는 한층 더 사납게 열쇠를 흔들어대는 것 같았다.

온통 시끌벅적 흥분된 분위기가 좀 가라앉자 교장은 조용히 하라며 손뼉을 친 다음 말했다.

"자, 자, 여러분. 이제 비오 씨의 차례입니다. 익살스러운 뮤즈 여신의 차례가 끝났으니 이제 근엄한 뮤즈 여신의 시를 들어봅시다."

약속어음처럼 두툼하게 제본된 수첩을 호주머니에서 꺼낸 비오 씨는 나를 힐끔힐끔 곁눈질하면서 시를 읽기 시작했다.

비오 씨의 작품은 학교 규율에 경의를 표하는 로마 시인 버질 풍의 목가적인 전원시였다. 학생인 메날크와 도릴라가 한 구절이 끝날 때마다 번갈아가며 거기에 답하는 시를 읊었다. 메날크는 규정이 아주 잘 지켜지는 학교의, 도릴라는 규정이 전혀 지켜지지 않는 학교의 학생 역을 했다. 메날크는 엄격한 규칙을 지킬 때 느끼는 엄숙한 즐거움에 대해, 도릴라는 어리석은 자유가 가져다주는 헛된 즐거움에 대해 읊었다.

143

결국 도릴라가 졌다. 그는 자기를 정복한 자의 손에 투쟁의 전리품을 갖다 바쳤고, 두 학생은 박수를 치면서 함께 목소리를 합쳐 규율의 영광스러움을 찬양하는 환희의 노래를 부르면서 시를 끝맺었다.

시 낭송은 모두 끝났다. 그러나 죽음과도 같은 침묵만이 흘렀다……. 아이들은 시를 읊는 동안 접시를 들고 풀밭 끝으로 가서 메날크와 도릴라가 뭐라고 떠들어대건 상관없다는 듯 파이를 먹었다. 비오 씨는 쓰디쓴 미소를 지으며 그들을 바라보았다. 교사들은 비록 잘 참아내긴 했지만, 용기를 내어 박수를 치는 사람은 단 한 명도 없었다. 비오 씨의 완전한 패배였다. 교장이 그를 위로하려고 애썼다.

"주제가 너무 딱딱했던 것 같군요, 여러분. 하지만 우리 시인은 그 딱딱한 주제를 아주 잘 처리했습니다그려."

"전 비오 선생님의 시가 아주 아름답다고 생각합니다."

나는 이처럼 뻔뻔스럽게 말했다. 하지만 나는 내가 승리했다는 사실에 겁이 나기 시작했다.

비겁한 패배자인 비오 씨는 위로받고 싶어하지 않았다. 아무 대답 없이 고개를 숙인 채 계속 쓰디쓴 미소만 짓고 있을 뿐이었다. 그는 그날 하루 종일 그러고 있었다. 그리고 밤이 되어 학생들의 노랫소리와 박자도 안 맞는 음악 소리, 합승마차가 잠든 도시의 아스팔트 위를 구르는 소리가 거리에 울려퍼지는 동안, 나는 어둠 속에서 내 라이벌의 열쇠꾸러미가 사납게 쨍그렁거리는 소리를 들어야 했다.

"짤랑! 짤랑! 이봐, 시인 선생, 언젠가는 자네한테 복수하고 말겠어!"

부코이랑 사건

생 테오필 축제와 함께 방학은 완전히 끝났다.

그 뒤로는 우울한 나날이 계속되었다. 영락없이 참회의 화요일 다음 날 같은 분위기(옮긴이 주 - 기독교의 전통에서 보면, 이날은 우리 모두를 기다리고 있는 죽음을 상기하는 날이다)였다. 교사나 학생들의 모습에서는 모든 의욕을 잃어버린 권태로움이 느껴졌다. 두 달씩이나 푹 쉬고 난 뒤에 다시 이전의 팽팽한 생활 리듬을 되찾기란 쉬운 일이 아니었다. 마치 오랫동안 태엽 감는 걸 잊어버린 낡은 벽시계의 톱니바퀴처럼 모든 일이 삐걱거리며 잘 돌아가지 않았다.

하지만 비오 씨가 설치고 다닌 덕분에 학교는 서서히 질서를 잡아가기 시작했다. 매일같이 똑같은 시각에 등교를 알리는 종이 울리면 운동장의 곁문이 열리고 아이들이 병정 개미 떼처럼 어색한 걸음걸이로 둘씩 짝을 지어 나무 밑을 줄줄이 지나갔다. 그러고 나서 종소리가 땡! 땡! 다시 울리면 똑같은 아이들이 똑같은 곁문 아래를 다시 지나갔다. 땡! 땡! 일어날 시간입니다! 땡! 땡! 잠자리에 들 시간입니다! 땡! 땡!

공부할 시간입니다! 땡! 땡! 쉬는 시간입니다! 이런 식으로 1년 내내 계속되는 것이었다.

오, 규칙의 승리여! 메날크 같은 학생은 모범적인 사를랑드 중학교에서 비오 씨의 엄격한 감시를 받으며 지내는 걸 만족스러워했을지 모른다.

오직 나만이 이 근사한 그림에 오점을 찍는 것처럼 보였다. 우리 중급반 아이들은 도무지 그런 규칙에 쉽게 길들여지지 않았다. 그들은 산악지방에 있는 자기 집에서 한층 더 혐오스럽고, 악랄하고, 사나워진 모습으로 내게 돌아왔다. 내 성격 또한 까다로워졌다. 병을 앓고 난 뒤로는 툭하면 화를 내는 신경질적인 성격으로 바뀐 것이다. 더 이상 아무것도 견뎌낼 수가 없었다……. 방학 전만 해도 지나칠 정도로 온순하기만 했는데, 새학기가 시작된 뒤에는 모든 일에 지나치리만큼 엄격하게 굴었다. 심술궂은 악동들을 굴복시켜보고 싶은 충동 또한 강렬하게 느껴져서 아이들이 조금만 엉뚱한 짓을 하거나 사소한 잘못을 저질러도 벌로 숙제를 내주거나 방과 후 교실에 남도록 했다.

그러나 이 방법은 성공을 거두지 못했다. 벌을 계속 남발하다 보니 별 효과도 거둘 수 없었고, 마침내는 1797년의 아시냐 지폐만큼 가치가 떨어져버렸다[옮긴이 주 - 집정내각 초에 아시냐 지폐의 실제 가치는 그 액면가의 1백분의 1에 지나지 않았다]. 어느 날, 교실에 들어선 나는 뭔가 심상치 않은 기운을 느꼈다. 중급반 아이들은 내게 정면으로 맞서 반란을 일으켰고, 내게는 그걸 진압할 만한 무기가 더 이상 없었다. 나는 교단에 선 채 고함과 눈물, 불평, 야유가 비오듯 쏟아지는 와중에서 미친 듯이 몸부림쳤다.

"꼬마 선생을 쫓아내자! 다들 궐기하라! 폭군은 물러가야 한다! 불의를 추방하자!"

그들은 교탁을 향해 잉크병과 딱딱한 종이를 내던지며 마치 정글 속의 원숭이들처럼 괴성을 지르면서 떼거지로 내게 달려들어 매달렸다.

어쩔 수 없이 비오 씨에게 도움을 청해야 될 때도 이따금 있었다. 그때마다 내가 얼마나 심한 모욕감을 느꼈겠는가 생각해보라! 생 테오필 축제 이후로 그는 나를 용서하지 않고 내가 곤경에 빠져 허우적댈 때마다 은근히 즐기는 눈치였다.

그가 손에 열쇠꾸러미를 든 채 부랴부랴 교실로 들어서면 교실은 마치 개구리들이 시끄럽게 울어대는 연못에 돌멩이를 던진 것처럼 조용해졌다. 다들 눈 깜짝할 시간에 제자리로 돌아가서는 책에다 코를 처박는 것이었다. 교실 안은 파리 한 마리가 윙윙거리며 날아가는 소리마저 들릴 정도로 조용해졌다. 그러면 비오 씨는 이 깊은 침묵 속에서 열쇠꾸러미를 흔들며 잠시 이리저리 거닐었다. 그런 뒤 빈정거리는 듯한 시선으로 나를 바라보다가 아무 말 없이 휑하니 나가버리는 것이었다.

세상의 모든 불행이 다 내게 주어진 듯싶었다. 동료 교사들까지도 대놓고 나를 비웃었다. 교장도 나와 마주치면 그다지 반갑게 맞아주지 않았다. 아무래도 비오 씨가 뭔가 수작을 부렸음이 분명했다. 엎친 데 덮친 격으로 부코이랑 사건까지 터졌다.

아, 그 부코이랑 사건! 틀림없이 이 사건은 그 해의 가장 큰 사건으로 학교연감에 기록되어 있을 것이며, 지금까지도 사를랑드 사람들은 이 사건을 들먹이고 있을 것이다. 나 역시 이 끔찍한 사건의 내막을 밝히고 싶다. 독자들이 진실을 알아야 할 때가 된 것이다.

뭉툭한 발에 개구리처럼 툭 불거진 눈과 솥뚜껑 같은 손을 가진 열다섯 살 된 부코이랑은 중급반 운동장을 제 집 정원마냥 휩쓸고 다니는 뻔뻔하고 건방진 녀석으로서, 샤를랑드 중학교에서는 유일한 세벤느 지방 귀족이었다. 교장은 그 녀석이 다님으로 해서 학교가 귀족적인 냄새를 풍긴다고 생각하고는 깍듯이 대하며 자기 아들처럼 아꼈다. 학교에서는 녀석을 '후작'이라는 칭호로만 불렀다. 모두들 그를 두려워했다. 나 또한 그런 분위기의 영향을 받아 녀석에게 말을 할 때는 될수록 신중을 기했다.

얼마 동안 우리는 탈 없이 우호적인 관계를 유지했다.

후작 녀석은 꼭 앙시앵레짐으로 돌아가기라도 한 것처럼 때때로 오만불손한 태도로 나를 쳐다보거나 말대꾸를 서슴지 않았지만, 나는 내심 강적을 만났다는 생각에 별로 신경을 안 쓰는 척했다.

그러던 어느 날이었다. 수업시간 중에 그 깡패 같은 후작 녀석이 불손한 말로 대꾸를 하자 나는 도저히 더 이상 참을 수가 없었다. 나는 냉정을 유지하려고 애쓰면서 그에게 말했다.

"드 부코이랑 군, 책을 챙겨서 지금 당장 나가라."

그건 녀석으로서는 상상도 못했을 만큼 권위 있는 행위였다. 녀석은 두 눈을 동그랗게 뜬 채 제자리에 꼼짝 않고 앉아 멍하니 나를 쳐다보았다.

순간 나는 내가 곤란한 상황에 빠졌다는 것을 느꼈지만 이미 엎질러진 물이었다.

"나가라니까, 드 부코이랑 군!"

나는 다시 한 번 명령했다.

아이들은 근심스러운 표정으로 사태의 추이를 지켜보고 있었다. 나는 처음으로 아이들을 침묵시킨 것이었다.

내 두 번째 명령에 정신을 차린 후작 녀석은 느긋한 표정을 되찾고 당당하게 대답했다.

"안 나가겠어요!"

감탄스러운 수군거림이 교실 안에 퍼졌다. 화가 머리끝까지 치민 나는 교단에서 일어섰다.

"안 나가겠다구? 그래, 못 나가겠다 이거지?"

나는 교단에서 내려섰다.

하늘에 맹세코, 폭력을 사용할 생각은 전혀 없었다. 그저 내 단호한 태도를 보여줌으로써 그 녀석에게 겁을 주려 했을 뿐이었다. 그런데 내가 교단에서 내려서는 걸 본 그 녀석이 가소롭다는 듯 나를 위아래로 훑어보며 계속 이죽거렸기 때문에 나는 녀석을 의자에서 끌어내리려고 와락 멱살을 움켜잡게 되었다.

그 야비한 녀석은 윗도리 속에다 커다란 쇠자를 감춰 두고 있었다. 내가 손을 들어올리는 순간 녀석이 내 팔을 쇠자로 힘껏 후려쳤다. 나는 고통을 이기지 못하고 고함을 내질렀다.

학생들이 박수를 쳐댔다.

"후작, 잘한다!"

순간, 나는 머리가 홱 돌아버렸다. 단숨에 책상 위로 뛰어오른 나는 후작 녀석에게 공격을 가하기 시작했다. 그 녀석의 목덜미를 틀어쥐고 발과 주먹, 이빨 등 온갖 방법을 동원하여 그 녀석을 자리에서 끌어낸 다음 교실 밖 운동장 한가운데로 밀쳐내버렸다. 순식간에 벌어진 일이었다. 내 힘이 그렇게 센 줄은 예전에 미처 몰랐다.

학생들은 아연실색한 표정이었다. "후작, 잘한다!"라는 고함도 지르지 못했다. 잔뜩 겁을 집어먹은 것이었다. 학교의 최강자인 부코이랑이 난쟁이같이 생긴 자습감독 교사한테 꼼짝 못하다니! 이거야말로 획기

적인 사건이었다. 나는 실추된 권위를 되찾았고, 후작 녀석은 위신을 잃은 것이었다.

내가 여전히 흥분된 표정으로 온몸을 떨면서 창백한 얼굴로 교단으로 올라가자 학생들은 얼굴을 책상 위에 푹 숙였다. 그들은 이제 내게 한풀 꺾인 것이다. 하지만 교장과 비오 씨는 이 사건에 대해 어떻게 생각할 것인가? 어떻게 하지? 결국 학생에게 손찌검을 하고 말았으니! 쫓겨나려고 작정하지 않고서야 어떻게 감히 이런 행동을 할 수 있었단 말인가?

그 녀석에게 승리를 거두기는 했지만, 이것저것 생각해보니 영 찜찜하기만 했다. 두려움이 밀려왔다. 후작 녀석이 지금쯤 분명히 어딘가로 가서 고자질을 했으리라는 생각이 뇌리를 스쳤다. 그렇다면 교장이 언제 어느 때 교실 문을 박차고 들이닥칠지 모르는 일이었다. 나는 자습 시간 내내 마음을 졸이며 떨었다. 하지만 아무도 나타나지 않았다.

쉬는 시간에 부코이랑이 다른 아이들과 어울려서 웃고 뛰노는 것을 보고 깜짝 놀랐다. 그 모습을 보니 한편으로는 안심이 되기도 했다. 그렇게 무사히 하루가 지나자 나는 그 녀석이 교실에서 벌어진 일에 대해 입을 다물 것이란 생각이 들었다. 그렇다면 괜한 두려움에 사로잡혀 지낼 필요는 없을 것 같았다.

사건이 터진 날은 불행히도 외출이 허용된 목요일이었고, 후작 녀석은 밤이 되어도 기숙사로 돌아오지 않았다. 나는 불길한 예감에 시달리며 긴 밤을 꼬박 새웠다.

다음날 첫 번째 자습시간이 되자 학생들이 부코이랑의 빈 자리를 바라보면서 수군대기 시작했다. 나는 내색도 못한 채 불안하고 초조하여 죽을 지경이었다.

7시경, 교실 문이 드르륵 열렸다. 아이들이 일제히 자리에서 일어났다.

정신이 아뜩해지는 것 같았다.

맨 앞에 교장을 위시해서 비오 씨가 따라 들어오더니 곧이어 턱까지 단추를 채운 긴 외투에 20센티 가량 되는 뻣뻣한 넥타이를 늘어뜨린 키 큰 노인이 차례로 들어왔다. 처음 보는 노인네였으나 그가 부코이랑의 아버지 드 부코이랑 후작이라는 건 한눈에 알 수 있었다. 그는 긴 콧수염을 신경질적으로 만지작거리면서 뭐라고 구시렁거리고 있었다.

나는 그들에게 인사를 하기 위해 교단에서 내려설 용기조차 없었다. 그들 역시 내게 인사하지 않았다. 교실 한가운데 버티고 선 세 사람은 나갈 때까지 내 쪽으로는 아예 눈길 한 번 돌리지 않았다.

교장이 먼저 포문을 열었다.

"여러분, 우리는 고통스런, 아주 고통스런 임무를 수행하려고 여기 왔습니다. 여러분의 선생님들 중 한 분이 너무나 무거운 죄를 저질렀기 때문에 우리로서는 그 분을 공개적으로 비난하지 않을 수가 없게 되었습니다."

일단 입을 열어 비난을 쏟아붓기 시작한 그는 15분 동안이나 쉬지 않고 나를 매도했다. 하지만 모든 게 다 왜곡된 거짓말이었다. 후작 녀석은 가장 우수한 학생인데 내가 아무 이유도 없이 트집을 잡아서 학대했다는 것이었다.

결국 나는 자습감독 교사로서의 의무를 망각한 교사로 낙인찍히고 말았다.

이 같은 비난에 뭐라고 대꾸한다는 말인가?

때때로 나는 변명을 하려고 애썼다. "잠깐 제 얘기 좀 들어보세요,

교장선생님!" 하지만 그는 내 말은 들은 척도 않고 끝까지 나를 공개 비난하는 것이었다.

교장의 말이 끝나자 드 부코이랑 후작이 뒤를 이었는데, 영락없이 검사가 논고를 하는 투였다. 전후사정을 모르는 사람이 들었으면 영락 없이 내가 그의 아들을 때려죽이기라도 한 줄 알았을 것이다. 아무런 방어 태세도 갖추지 못한 불쌍한 나를 향해 그들은 마치, 마치…… 뭐라고 비유를 해야 할까? 마치 물소처럼 덤벼들었다. 그들의 말에 따르면, 후작 녀석은 아예 병석에 드러누웠다는 것이다. 이틀 전부터 그의 어머니가 눈물을 짜며 그 녀석을 간호하고 있다는 것이었다.

"자, 혹시 나이 든 어른이 내 금쪽같은 아들에게 그런 짓을 했다면 난 주저 없이 복수를 했겠지. 하지만 어린 망나니가 한 짓이니 불쌍히 여겨 용서해주기로 하지……. 하지만 분명히 해둘 얘기가 있는데, 앞으로 누가 됐건 내 아들의 머리카락 하나라도 건드리면 그 녀석의 두 귀를 싹둑 잘라버리겠다."

그들의 연설이 계속되는 동안 학생들은 내심 흐뭇한 미소를 짓고 있었고, 비오 씨의 열쇠꾸러미는 기쁨으로 짤랑거렸다. 분노로 얼굴이 창백해진 나는 교단에 선 채 모든 모욕을 참아내기로 다짐하면서, 그들의 갖은 폭언을 묵묵히 듣기만 할 뿐 대꾸하지 않으려 무진 애를 썼다. 자칫 한마디라도 잘못 했다간 학교에서 쫓겨날 게 뻔했다. 그렇게 되면 어디로 간단 말인가?

거의 한 시간을 떠벌리고 나더니 이제는 더 이상 할 얘기가 없었는지 그 세 사람은 교실에서 나가버렸다. 그들이 나가자 교실이 소란스러워지기 시작했다. 아이들을 진정시키려고 했지만 소용없었다. 아이들은 나를 노골적으로 비웃었다. 부코이랑 사건은 나의 권위를 완전히 무너뜨리고 말았다.

정말이지, 그건 끔찍한 사건이었다!

그 사건은 모든 사를랑드 사람들을 흥분의 도가니로 몰아넣었다. 장교 클럽에서도, 하사관 클럽에서도, 카페에서도, 연주회에서도 그 사건에 대한 얘기가 난무했다. 사람들은 자기야말로 이 사건에 대해 잘 알고 있다고 떠벌리면서 머리칼이 곤두설 만큼 상세하게 묘사했다. 졸지에 나는 상상도 못할 만큼 교묘하고 잔인하게 어린아이를 고문하는 유령이, 식인귀가 되어버렸다……. 사람들은 나에 대해서 말할 때면 '냉혈한'이라고 불렀다.

부코이랑 녀석이 하루 종일 침대에만 있는 걸 지겨워하자 그의 부모는 녀석을 긴 소파에 눕혀 응접실의 볕이 잘 드는 창가에 옮겨놓았고, 그 이후로 여드레 동안 이 응접실에는 수많은 사람들이 다녀갔다. 사람들은 이 흥미로운 희생자에게 온갖 관심을 쏟았다.

사람들은 끊임없이 찾아와 그 사건의 전말을 직접 듣고 싶어했으며, 그러면 이 비열한 녀석은 그때마다 새로운 이야기를 지어내서 덧붙이곤 했다. 그럴 때마다 부인네들은 부르르 치를 떨었고, 노처녀들은 그를 '불쌍한 천사'라고 부르며 슬그머니 사탕을 쥐어주기도 했다. 야당(野黨)계 신문은 이 사건을 이용하여 공립학교를 맹렬히 비난하고 인근의 종교 학교를 옹호하는 기사를 실었다.

교장은 노발대발했다. 교육감이 옹호해주지 않았더라면 나는 해고당했으리라. 하기야, 차라리 해고당하는 편이 훨씬 나았을지도 몰랐다. 이제는 학교생활 자체가 불가능해 보였다. 아이들은 더 이상 내 말을 듣지 않았다. 어쩌다 입만 벙긋해도 자기도 부코이랑처럼 아버지한테 일러바치겠다고 을러대는 것이었다. 나는 결국 그들을 포기하고 말았다.

이 모든 와중에서 내 뇌리에 박혀 있는 건 오직 한 가지, 부코이랑 집
안에 대한 복수심이었다. 늙은 후작이 불손한 태도로 나를 윽박지르던
일을 떠올리면 분노로 귀까지 달아올랐다. 그때 당한 모욕을 잊어버리
고 싶었지만 도저히 그럴 수가 없었다.

일주일에 두 번, 산책 시간에 에베쉐 카페 앞을 지나갈 때마다 드 부
코이랑 후작은 모자를 벗은 채 손에 당구 큐대를 든 주둔군 장교들에게
둘러싸여 문 앞에 우뚝 서 있었다. 그들은 야유하는 듯한 웃음을 지으
며 멀리서부터 다가오는 우리들의 모습을 지켜보았다. 이내 목소리가
들릴 만큼 학생들과 가까워지면 후작은 도전적인 눈길로 나를 훑어보
며 큰 소리로 외쳤다.

"오늘은 괜찮냐, 부코이랑?"

"네, 아버지!"

그 고약한 녀석은 줄 가운데서 일부러 큰 소리로 대답했다. 그러면
장교들과 학생들, 카페의 급사들까지 모두 와자지껄하게 웃는 것이
었다.

'오늘은 괜찮냐, 부코이랑?' 이라는 말은 내게는 너무도 끔찍한 형벌
이었지만 그걸 피할 방법이 없었다. 프레리를 가려면 어쩔 수 없이 에
베쉐 카페 앞을 지나쳐야 했으며, 그때마다 늙은 후작은 꼭 그 카페 문
앞에 나와 있었기 때문이다.

이따금 나는 늙은 후작에게 도전해보고 싶은 무모한 충동을 느끼곤
했다. 하지만 두 가지 이유 때문에 그럴 수가 없었다. 우선은 학교에서
쫓겨날지도 모른다는 두려움 때문이었고, 또 하나는 후작이 차고 다니
는 결투용 장검(長劍) 때문이었다. 밑쪽이 굵고 끝이 뾰족한 괴상한 모

156

양의 그 칼은 그가 경비대에 있을 때 수많은 사람들의 목을 벤 무시무시한 내력을 가지고 있었다.

어느 날, 도저히 더 이상 견뎌내기가 힘들게 된 나는 체육 교사인 로제에게 찾아갔고, 후작과 한번 겨뤄보겠다는 결심을 단도직입적으로 털어놓고 말았다. 오랫동안 서로 얘기를 나눠보지 못했던 로제는 처음에는 긴가민가 하는 표정으로 내 말에 귀를 기울였다. 하지만 내 말을 모두 듣고 난 그는 감동어린 표정을 지으며 내 두 손을 맞잡아 힘껏 쥐더니 이렇게 말하는 것이었다.

"다니엘 씨, 정말 훌륭한 결심을 하셨소. 당신 같은 사람은 결코 염탐꾼 노릇을 못하리라는 사실을 진즉에 알고 있었습니다. 근데 왜 비오 씨한테 늘 쩔쩔맸나요? 두고 보시오. 모든 일은 잊혀질 거요. 당신이 주도권을 잡게 될 겁니다. 이제 보니 당신은 참 의젓한 인물이로군요. 자, 이젠 당신이 복수할 차례요. 모욕을 당했다구요? 좋아요! 사죄를 받고 싶지요? 좋아요! 좋아요, 좋다구요! 그 늙은 영감탱이의 칼에 찔리지 않도록 내가 도와줬으면 하는 거죠? 좋아요! 연습장으로 갑시다. 여섯 달만 연습하면 당신은 그 늙은이를 이길 수 있을 거요."

로제가 열을 내며 내가 후작과 결투를 할 수 있도록 도와주겠다고 나서자 나는 기쁨으로 얼굴이 화끈 달아올랐다. 나는 일주일에 세 시간씩 그에게서 펜싱을 배우기로 하는 한편 교습비는 특별히 따로 정했다(과연, 그건 특별가였다. 나중에 안 사실이지만, 그는 내게서 다른 사람들보다 두 배나 많은 교습비를 챙겼던 것이다). 펜싱을 배우는 데 필요한 일체의 계약사항을 정하고 난 로제는 정답게 내 팔짱을 꼈다.

"다니엘 씨, 오늘은 너무 늦어서 첫 수업을 할 수가 없을 것 같군요. 하지만 바르베트 카페에 가서 계약을 조인할 수는 있어요. 갑시다! 자,

이제 어린애처럼 굴 때는 지나갔어요. 혹시 바르베트 카페에 가기가 겁나는 것 아닌가요? 그러니까 더더욱 가야 되는 겁니다, 제기랄! 유식한 체 그만하시고……. 거기 가면 마음이 넓은 아주 괜찮은 친구들을 만날 수 있어요. 그 친구들이랑 같이 있으면 당신은 여자 같은 티를 벗을 수 있을 겁니다."

결국 나는 유혹에 빠지고 말았다. 우리는 바르베트 카페로 갔다. 그곳은 여전했다. 고함소리, 담배 연기, 새빨간 군복 바지, 그리고 똑같은 모양의 군모(軍帽)와 혁대가 여전히 모자걸이에 주렁주렁 걸려 있었다.

로제의 친구들은 쌍수를 들어 나를 환영했다. 로제의 말대로 그들은 모두 마음이 넓은 사람들이었다. 나와 후작 사이에 있었던 일, 그리고 내가 내린 결정에 대해서 알게 된 그들은 한 명씩 차례차례 나와 악수를 나누었다.

"잘했소, 젊은이. 정말 잘했어."

나 역시 마음이 넓은 인물이었다. 우리는 내가 주문한 펀치(레몬주스·설탕·포도주 등 5가지 이상을 혼합한 알코올성 음료)를 마시면서 승리를 다짐했고, 학년말에 드 부코이랑 후작을 단칼에 쓰러뜨리기로 한다는 결정도 내렸다.

고통의 나날

어느덧 겨울이 성큼 다가왔다. 산악지방의 겨울이 으레 그렇듯, 온
통 건조하고 음울하고 끔찍하게 추운 겨울이었다. 잎이 다 떨어져버려
앙상한 가지를 드러낸 나무들이 꽁꽁 얼어붙은 운동장에 을씨년스럽
게 서 있는 모습은 서글퍼 보였다.

모두들 동이 트기 전에 기상을 했다. 날은 추웠다. 세면대까지 얼음
이 얼 정도였으니까……. 선잠에 빠진 학생들은 한없이 늑장을 부렸다.
그들을 전부 다 모으려면 꽤 여러 번 종을 울려야 했다. "서둘러라, 여
러분!" 교사들은 옷 속으로 매섭게 파고드는 추위를 조금이나마 덜어
보려고 발을 동동 구르며 움직였다. 학생들은 그럭저럭 엉성하게 줄을
서서는 어둠침침한 넓은 층계를 걸어 내려가 혹독한 삭풍이 휘몰아치
는 긴 복도를 따라 걸었다. 그렇게 하루가 시작되었다.

나에게는 정말 괴롭고 긴 겨울이었다!

나는 공부를 그만두고 말았다. 자습실에 있는 화력 좋은 난로 곁에
서 노곤해진 몸을 주체 못해 꾸벅꾸벅 졸기 일쑤였고, 시베리아 벌판처

럼 되어버린 다락방은 너무나 추웠기 때문에 수업시간 중에는 바르베트 카페에 틀어박혀 있었던 것이다. 그러다 카페가 문을 닫을 때쯤 그곳을 빠져나왔다.

로제는 늦은 저녁에 그곳에서 펜싱을 가르쳐주었다. 시간 관계상 펜싱 연습실을 사용할 수 없었기 때문에 우리는 카페 한가운데서 펀치를 마시면서 당구 큐대로 펜싱 연습을 했다. 심판은 하사관들이 봐주었다. 그들은 내가 아주 잘해낼 수 있다고 용기를 북돋우며 가증스러운 드 부코이랑 후작을 확실히 죽일 수 있는 새 검술을 날마다 하나씩 배우라고 말했다. 그뿐만이 아니었다. 그들은 압생트 술에 어떻게 단맛을 내는가도 친절하게 가르쳐주었다. 그 대가로 나는 그들이 당구를 칠 때 함께 어울리며 끝까지 점수를 계산해주었다.

그 해 겨울은 내겐 참기 힘든 고통의 나날이었다.

그 우울한 겨울 어느 날 아침, 바르베트 카페 안으로 들어서는데―당구를 치는 요란한 소리와 육중한 도기(陶器) 난로에서 나오는 윙윙 소리가 지금도 귓가에 들려오는 듯하다―로제가 급히 다가와서 은밀한 목소리로 말을 건넸다.

"할 말이 있소, 다니엘 씨!"

그는 내 팔을 잡고는 주위를 두리번거리며 은밀한 표정을 풀지 않은 채 구석방으로 데리고 갔다. 그는 침통한 얼굴로 자신이 지금 어떤 여자와 깊은 사랑에 빠졌다는 얘기를 털어놓았다. 로제가 자기 가슴속에 숨겨놓은 비밀 이야기를 숨김없이 들려주자 나는 갑자기 그와 대등한 존재처럼 생각되어 다소 우쭐한 기분에 빠졌다. 스스로 조금씩 성숙해져 점잖은 어른이 되어간다는 느낌도 들었다.

그 체육 교사는 자신의 긴 사랑 얘기를 되도록 감동적으로 말하려고

162

애쓰는 듯했다. 호탕하게 생긴 체육 교사는 장소를 밝힐 수 없는 곳에서 한 여자를 만나게 되었는데 첫눈에 반하고 말았다고 했다. 그 여자는 사를랑드에서는 무척 고귀한 가문 출신으로, 자신이 결코 오르지 못할 나무를 쳐다보는 격이지만 그 여자를 몹시 사랑하기 때문에 고통스러운 나날을 보내고 있다고 했다. 하지만 그 여자가 고귀한 귀족 계급임에도 불구하고 자신을 사랑하게 되리라는 사실을 믿어 의심치 않으며, 그래서 편지를 써서 사랑을 고백해야겠는데 불행히도 체육 교사인 자신은 펜을 놀리는 일에는 그다지 능숙하지 못하다고 어물거렸다. 그리고 바람난 처녀만 같아도 별 문제가 없을 텐데 상대는 무척 지체 높은 여자여서 술좌석에서나 써먹는 스타일로는 어림없으니 그게 고민이라고 했다.

나는 그가 침통해하면서 늘어놓는 얘기의 뜻을 모두 알아차렸다.

"무슨 말인 알겠어요. 당신은 그 여자에게 보낼 점잖은 연애편지를 써줄 만한 사람으로 저를 생각한 거로군요."

체육 교사는 얼굴에 환한 미소를 지으며 말했다.

"맞아요, 바로 그거요."

"자, 난 당신 편이랍니다. 당신이 원할 때 시작하기로 하죠. 하지만 누군가가 써준 듯한 냄새를 풍기지 않으려면 그 여자에 관해서 좀더 상세하게 말해주셔야겠어요."

체육 교사는 몹시 경계하는 표정으로 주위를 둘러보더니 콧수염을 내 귀에 바짝 붙이고는 소곤소곤 말했다.

"파리 출신의 금발 여인이오. 이름은 세실리아, 꼭 은은한 꽃향기를 풍기는 듯한 여자지요."

그는 그 여자의 높은 신분 때문에 더 이상 자세한 얘기를 해줄 수가 없노라고 했다. 바로 그날 저녁 자습시간 동안 나는 세실리아라는 아름다운 이름의 금발 여인에게 첫 편지를 썼다.

나와 신비에 감싸인 여인 사이에 기묘하고 설레는 편지 왕래가 시작된 지 한 달쯤 흘렀다. 한 달 동안 나는 하루 평균 두 통씩 사랑의 열정이 가득 담긴 편지를 썼다. 편지 가운데는 마치 라마르틴 델비르에게 보내는 편지[옮긴이 주 - 라마르틴이 1820년 시집『시적 명상』에서 여러 편의 시를 바치는 인물로서 낭만주의 시의 모델로 간주된다]처럼 감미롭고 부드러운 안개가 깔린 듯이 모호한 내용도 있었으며, 미라보 드 소피에게 보내는 편지[옮긴이 주 - 미라보의 연인으로서 그녀에게 보낸 편지들이『소피에게 보내는 편지』라는 제목으로 출간되었다]처럼 열정적이고 사랑의 고통으로 울부짖는 듯한 내용도 있었다. '오, 세실리아. 때때로 황량한 바위 위에서······' 로 시작해서 '그래서 죽을 것만 같소······. 당신의 사랑을 목말라 하는 로제' 로 끝나는 편지도 있었다. 간혹 이런 시를 써넣기도 했다.

오! 그대의 입술, 그대의 뜨거운 입술!
그 입술을 내게 주오! 내게 주오!

지금이니까 웃으면서 이런 얘기를 할 수 있지만, 당시에는 맹세컨대 나는 전혀 웃지 않고 아주 심각하게 그 편지를 썼다. 편지를 다 쓰면 나는 그걸 로제에게 건네주었다. 그가 하사관다운 멋진 필체로 그걸 베껴 쓰도록 하기 위해서였다. 아무것도 모르는 가련한 여인은 편지에 감동하여 자기도 사랑하고 있다는 답장을 보내왔는데, 그때마다 그는 그걸 즉시 내게 가져왔고, 나는 내용에 맞춰 또다시 지난번보다 더 농도 짙

게 사랑을 고백하는 긴 편지를 써 보냈다. 날이 갈수록 은근히 나는 연애편지 쓰는 일에 만족해하며 꽤나 그 놀이를 즐기고 있었다.

하얀 라일락이 풍기는 은은한 향기처럼 금발 여인은 한시도 내 머리에서 떠나지 않았고, 난 멍청히 앉아서 그 여자의 모습을 눈에 그리며 시간을 보내곤 했다.

편지 쓰는 일에 몰입하다 보면 나는 어느새 흥분해서 그걸 내가 그 여자에게 직접 써 보내는 거라고 착각하곤 했다. 그러다 보니 내 개인적인 비밀스러운 사연까지도 써 보냈는데, 그럴 때면 어쩔 수 없이 야비하고 졸렬한 인간들과 함께 살아가야 하는 내 운명을 저주하는 말로 편지를 가득 메우기도 했다. 밤에도 낮에도 나는 그 여자에 대한 그리움으로 고통스러웠다.

'오, 세실리아, 내가 얼마나 당신의 사랑을 갈구하는지 아신다면!'

그러면, 로제가 내게 와서는 콧수염을 배배 비틀어 꼬면서 말했다.

"괴롭군, 괴로워! 그런 식으로 계속해요!"

그럴 때마다 나는 은근히 로제를 경멸하면서도 이렇게 생각했다.

'열정과 우수로 가득 찬 걸작을 쓴 사람이 바로 아둔해 보이는 저 빨간 콧수염의 뚱보라는 사실을 어떻게 그 여자가 믿을 수 있을까?'

그러던 어느 날, 체육 교사가 의기양양해서는 방금 받은 답장을 내게 가져왔다.

"오늘 저녁 9시에 군청 뒤에서 만나잡니다."

내 감동적인 편지 덕분이었는지, 아니면 그의 기다란 콧수염 때문이었는지는 모르나 드디어 그가 금발 여인을 만나 은밀하게 사랑을 나누고 있을 밤에 나는 골방에 처박혀 어수선한 꿈자리를 맞이하고 있었다. 훤칠한 키에 멋진 콧수염을 기른 내게 귀부인들이 군청 뒤에서 만나자고 몰려드는 꿈이었다.

이튿날 로제가 희희낙락한 얼굴로 찾아와 달콤한 행복감에 젖도록 해준 지난밤에 대해 세실리아에게 감사의 편지를 써달라고 했다. 나는 파리 귀부인들에게 둘러싸였던 지난밤 꿈에서 깨어나 쓰디쓴 웃음을 지어야 했던 아침을 떠올렸다.

나는 마음속에서 치밀어 오르는 분노를 억누르며 '꿈결처럼 행복한 하룻밤을 보내도록 허락하신 천사여……'로 시작하는 감사의 편지를 썼다. 다행히 편지를 써야 할 내 임무는 그날로 끝이 났다. 그 후로 나는 '아름다운 금발의 세실리아! 고귀하고 높으신 사랑하는 이여! 어쩌구저쩌구……' 하며 사랑을 갈구하는 열정과 우수로 가득 찬 편지를 다시는 쓰지 않아도 되었던 것이다.

내 친구, 체육 교사

바로 그날 2월 18일, 밤새도록 눈이 무릎까지 푹푹 빠질 정도로 많이 내리는 바람에 아이들은 운동장에서 놀 수가 없었다. 아침 자습이 끝나자마자 모든 반 아이들을 강당 안으로 몰아넣었는데, 첫 수업시간이 될 때까지 그곳에 놀게 하기 위해서였다.

나는 그 시간 동안 아이들이 밖으로 나가거나 말썽을 피우지 못하게 감독하는 일을 맡았다.

강당이라고 불리는 곳은 사실 옛날 해군학교였을 적에 체육관으로 사용하던 곳이었다. 사방 벽에는 쇠창살이 쳐진 자그마한 창문 몇 개뿐, 아무것도 걸려 있지 않았다. 군데군데 꺾쇠가 뽑혀져 나갔고, 사닥다리가 있었던 흔적이 아직도 남아 있었으며, 천장의 대들보에 매달린 밧줄 끝에는 커다란 쇠고리가 여전히 흔들거리고 있었다.

아이들은 길거리에 가득 쌓인 눈과, 그 눈을 삽으로 퍼서 트럭에 획획 던지는 사람들을 지켜보면서 무척 즐거운 표정들이었다.

하지만 강당이 떠나갈 듯 소란스럽게 뛰고 아우성치는 소리도 내 귀에는 전혀 들어오지 않았다.

나는 홀로 한구석에서 눈물을 주르르 흘리며 편지를 읽고 있었는데, 아마 그 순간에 아이들이 체육관을 송두리째 부숴버렸다 하더라도 전혀 알아차리지 못했을 것이다. 그건 방금 받은 자크 형의 편지였다. 편지에는 파리 소인이 찍힌 우표가 붙어 있었다.

사랑하는 다니엘.

이 편지를 받고 몹시 놀랐으리라 믿는다. 전혀 뜻밖이지, 응? 난 2주일 전부터 파리에 와 있단다. 아무한테도 얘기하지 않고 몰래 리옹을 떠난 거야. 일시적인 기분에 좌우된 행동이었지……. 어쩔 수가 없었어. 특히 네가 떠난 뒤로는 그 끔찍한 도시에 있기가 너무 지겨웠거든.

난 단돈 39프랑과 미쿠 신부님이 써주신 소개장 대여섯 통만 가지고 여기 왔단다. 그랬는데 다행히도 신이 보호해주신 덕분에 한 늙은 후작을 우연히 만나게 되었고, 그분의 비서로 일하고 있단다. 그분이 회고록을 출판하려고 하는데 불러주는 대로 받아쓰기만 하면 한 달에 1백 프랑씩 벌 수 있어. 너도 알겠지만 그리 대단한 액수는 아냐. 하지만 아껴 쓰면 가끔씩 집에 얼마씩이라도 보내줄 수 있을 거다.

아, 사랑하는 다니엘, 파리는 정말 아름다운 도시야! 여긴 항상 안개가 끼지는 않는단다. 가끔 비가 오기는 하지만, 그건 햇살이 비치면서 부슬부슬 내리는 즐거운 비야. 넌 아직 한 번도 그런 광경을 본 적이 없겠지? 그 바람에 난 완전히 딴사람이 됐단다. 난 이제 절대로 울지 않아. 아마 넌 믿기 힘들겠지?

여기까지 읽었을 때 갑자기 눈 속을 달리는 요란한 자동차 소리가 창문 아래서 들려왔다. 자동차가 학교 정문 앞에서 멈추었고, 그러자 아이들이 입을 모아 목청껏 지르는 함성소리가 들려왔다.

"군수님이다! 군수님이 오셨다!"

군수의 방문은 분명히 뭔가 특별한 일을 예고하는 것이었다. 그는 1년에 한두 번 사를랑드 중학교를 방문하곤 했는데, 그가 찾아올 때마다 학교가 온통 난리법석을 떨었다. 하지만 나는 사를랑드 군수의 방문으로 갑자기 바빠진 학교에도, 그리고 야단법석을 떠는 아이들에게조차도 주의를 기울이지 않았다. 적어도 그 순간 내게 가장 중요한 건 자크 형의 편지였던 것이다. 신바람이 난 학생들이 자동차에서 내리는 군수를 보려고 창문 앞에서 서로 밀치고 곤두박질치는 동안 나는 한구석으로 되돌아가 다시 편지를 읽기 시작했다.

우리 착한 다니엘, 아버지는 지금 어떤 회사에 들어가셔서 브르타뉴에서 사과주 장사를 하고 계신단다. 내가 후작 비서로 일한다는 것을 아신 아버지는 후작 집에 사과주를 몇 통 들여갔으면 하고 바라셨지. 하지만 불행히도 후작은 아직까지는 포도주만, 그것도 스페인산 포도주만 마신단다. 그래서 그런 사실을 편지에 써서 아버지에게 보냈지. 그런데 그 양반이 뭐라고 답장을 써 보낸 줄 아니? '자크, 넌 바보 같은 녀석이야!' 라고 쓰신 거야. 상관없어. 말은 그렇게 하시지만 아버지가 날 마음속 깊이 사랑하신다는 걸 잘 알고 있으니까.

어머니는 지금 혼자 계신다. 너도 어머니한테 편지 쓰도록 해. 너한테 아무 소식도 없다며 걱정하시더구나.

틀림없이 네가 정말 기뻐할 소식을 한 가지 빠뜨릴 뻔했구나. 난 라탱 가에 방을 하나 얻었단다. 라탱 가에 말이다! 생각 좀 해봐! 소설책에서처럼 자그마한 창문이 있고 끝없이 이어진 지붕이 내려다보이는 시인의 방이야. 침대는 크진 않지만, 필요할 경우 우리 두 사람이 잘 수 있을 정도는 된단다. 방 한구석에는 책상이 있는데, 거기서 네가 시를 쓰면 좋을 것 같구나.

분명히 넌 이 글을 다 읽고 나면 지금이라도 당장 날 만나러 오고 싶어할 거야. 나 역시 너랑 함께 있고 싶어. 언젠가는 오라는 연락을 보낼게.

그때까지 늘 날 사랑해주고, 병이 날지도 모르니까 학교 일에만 너무 열심히 매달리지 않도록 하렴.

널 사랑한다.

형 자크 씀

아, 우리 착한 자크 형! 형의 편지는 내게 감미로운 아픔을 안겨주었다. 나는 웃기도 하고 울기도 했다. 그러자 지난 몇 달 동안 방탕하게 보냈던 내 생활이 떠올랐다. 펀치에 취해서 비틀거리며 돌아다니거나, 하사관들이 어울려 치는 당구 게임에 끼어들어 점수를 계산해주면서 허구한 날을 보내버린 바르베트 카페에서의 생활이 정말 악몽처럼 생각되었다.

'그래, 그런 생활은 이 순간으로 끝난 거야. 이젠 공부를 해야겠어. 자크 형처럼 용기를 갖고 말야.'

그때, 수업 시작을 알리는 종이 울렸다. 학생들은 군수에 대해 뭐라고 계속 떠들면서 정문 앞에 서 있는 자동차 앞을 줄지어 지나갔다. 나는 그들을 담임들에게 인계하였다. 그들이 교실 안으로 들어가자마자 나는 두세 층계씩 뛰어 단숨에 다락방으로 올라갔다. 내 방에서 혼자 조용히 자크 형의 편지를 읽고 싶었던 것이다.

"다니엘 씨, 교장실에 손님이 와 있습니다."

교장실에······? 교장이 내게 무슨 할 말이 있단 말야? 수위가 이상하다는 눈초리로 나를 바라보았다. 그때, 불현듯 군수 생각이 뇌리를 스쳤다. 나는 그에게 물었다.

"군수님이 교장실에 와 계신가요?"

희망으로 가슴이 쿵쿵 뛰는 걸 느끼며 나는 층계를 네 개씩 뛰어올랐다.

살다 보면 당치도 않은 허황된 생각을 하는 날도 있는 법이다. 군수가 나를 기다린다는 전갈을 받는 순간 내가 무슨 상상을 한 줄 아는가? 그 양반이 종업식 때 날 눈여겨 봐두었다가 자기 비서로 삼으려고 일부러 학교에 왔다는 생각을 했던 것이다. 나는 당연히 그럴 거라고 여겼다. 그 늙은 후작 얘기를 쓴 자크 형의 편지를 읽고 머리가 잠시 돌았던 게 틀림없었다.

하여튼 층계를 올라가면서 내가 군수의 비서가 될 거라는 생각은 점점 확고해졌다. 하늘로 날아오를 듯 기뻤다.

복도를 막 돌아서던 나는 로제와 마주쳤다. 웬일인지 얼굴에 핏기가 하나도 없었다. 그는 뭔가 할 말이 있는 듯 나를 바라보았다. 하지만 나는 걸음을 멈추지 않고 그를 그대로 지나쳤다. 군수가 나를 기다릴 만한 여유가 없을 거라고 생각하며 걸음을 서둘렀던 것이다.

교장실 앞에 도착한 순간 내 가슴은 금방이라도 숨이 넘어갈 듯 한층 더 빠르게 고동쳤다. 군수의 비서가 된다니, 정말 꿈만 같았다! 잠시 숨을 고르기 위해 나는 문 앞에서 잠시 멈춰서야만 했다. 그러면서 넥타이를 고쳐 맸다. 나는 한 번 더 손으로 머리를 매만지고는 문의 손잡이를 살짝 돌렸다.

군수는 멋들어진 구레나룻을 기른 얼굴에 미소를 띠며 벽난로의 대리석판에 지그시 몸을 기대고 서 있었다. 실내 가운을 입은 교장은 비로드 모자를 손에 든 채 군수 옆에 공손하게 서 있었고, 급히 불려온 비오 씨는 한쪽 구석에 숨을 죽인 채 서 있었다.

내가 들어서자마자 군수가 나를 가리키며 물었다.

"그러니까, 이 양반이 우리 집 하녀를 유혹했단 말이오?"

그는 계속 미소를 지으며 빈정거리는 목소리로 또박또박 말했다. 처음에 나는 군수가 농담하는 줄 알고 아무 대꾸도 하지 않았지만, 군수는 농담을 하는 게 아니었다. 잠시 침묵이 흐른 뒤 그가 다시 입가에 미소를 지어 보이며 입을 열었다.

"내가 지금 다니엘 에세트 씨한테, 바로 내 아내의 하녀를 유혹한 다니엘 에세트 씨한테 말을 하고 있는 게 맞지요?"

나는 군수가 무슨 얘기를 하는지 도무지 감을 잡지 못했다. 하지만 하녀라는 말을 듣는 순간, 그리고 군수가 또다시 그 말을 내뱉는 순간 나는 수치심으로 얼굴을 붉히며 너무나 화가 나서 나도 모르게 소리치고 말았다.

"제가 하녀를 유혹했다구요? 전 절대로 하녀를 유혹한 적이 없습니다!"

내 대답을 듣는 순간, 안경 쓴 교장의 얼굴에서는 순간적으로 경멸의 표정이 떠올랐고, 비오 씨의 열쇠도 구석에서 짤랑거렸는데, 꼭 이렇게 외치는 듯하였다.

"정말 뻔뻔스럽구만!"

군수는 계속 유들유들하게 웃으며 벽난로의 선반 위에서 자그마한 종이꾸러미를 집어들었다. 언뜻 보아서는 그게 뭔지 알 수 없었다. 그러고 나서 내 쪽으로 몸을 돌린 그가 그 꾸러미를 흔들어댔다.

"선생, 이게 바로 당신의 죄를 밝혀주는 확실한 증거요. 문제의 하녀 방에서 찾아낸 편지란 말이오. 편지에 서명도 되어 있지 않고, 또 그 하녀도 누가 편지를 보냈는지 이름을 밝히려 하지 않았지. 그런데 이 편지에는 중학교 얘기가 자주 언급되어 있더군. 당신에게는 불행한 일이지만, 비오 씨가 당신 필체와 문체라는 걸 확인했단 말이오."

다시 구석진 곳에서 열쇠꾸러미가 사납게 제 몸을 흔들며 쨍그랑댔고, 군수는 여전히 미소지으며 덧붙였다.

"사를랑드 중학교의 모든 교사가 시인은 아니란 말이오."

이 말을 듣는 순간, 한 가지 생각이 번개처럼 뇌리를 스치고 지나갔다. 나는 그 종이를 더 자세히 보고 확인하고 싶었다. 나는 군수 쪽으로 돌진해갔다. 소란이 일까 두려워진 교장이 나를 제지하려는 동작을 취했다. 하지만 군수는 침착하게 내게 그 꾸러미를 내밀며 말했다.

"보시오!"

하느님 맙소사! 그것은 내가 세실리아에게 쓴 편지였다.

편지는 한 통도 빠짐없이 다 거기 모여 있었다. '오, 세실리아. 때때로 황량한 바위 위에서……'로 시작되는 편지와 '꿈결처럼 행복한 하룻밤을 보내도록 허락하신 천사…… 어쩌구저쩌구……' 하며 쓴 감사 편지까지 몽땅 다 묶여 있는 것이었다. 밤을 지새우고 머리를 쥐어짜며 꽃 같은 미사여구를 만들어 겨우 하녀의 발 밑에다 바쳤다니! 고귀한 귀족 계급인 그 여인이 사실은 군수 부인의 나막신에 묻은 흙이나 터는 하녀였다니……. 나는 분노와 혼란으로 인해 제정신이 아니었다.

잠시 무거운 침묵이 흐른 뒤 군수가 히죽거리며 물었다.

"흠, 어떻소, 돈 주앙 공? 당신이 이 편지 쓴 거, 맞아요, 틀려요?"

나는 대답 대신 고개를 숙였다. 물론 한마디쯤 변명할 수도 있었다.

하지만 차마 그 말을 꺼낼 수가 없었다. 로제의 이름을 밝히느니 차라리 내가 모든 걸 뒤집어쓸 각오가 되어 있었던 것이다. 헤어날 길 없는 재난의 와중에서도 나는 친구의 정직함에 대해 추호도 의심을 품지 않았다. 편지를 보면서 나는 순간적으로 이런 생각을 머리에 떠올렸던 것이다.

'로제는 게을러서 내 편지를 베껴 쓰지 않았을지도 몰라. 그래서 차라리 내가 쓴 편지를 그냥 그대로 보내고 자기는 당구를 쳤을지도 몰라!'

난 정말 너무나 순진했다.

내가 변명할 마음이 없다는 걸 안 군수는 편지를 호주머니에 다시 집어넣더니 교장과 비서에게로 몸을 돌렸다.

"자, 여러분, 이제 여러분이 어떻게 해야 될지 잘 아시리라 믿습니다."

이 말에 비오 씨의 열쇠는 구슬픈 소리를 냈고, 교장은 머리가 땅에 닿을 정도로 숙이면서 죽어가는 소리로 말했다.

"에세트 씨는 지금 당장 쫓겨나야 마땅합니다. 하지만 스캔들을 막기 위해서는 아직 여드레쯤 더 학교에 놓아둬야 할 것 같습니다."

신임 교사를 데려오는 데 여드레가 필요했던 것이다.

'쫓겨난다'라는 끔찍한 말에 나는 모든 용기를 다 잃어버렸다. 맥이 쭉 빠진 나는 아무 말 없이 절을 하고는 급히 그곳을 빠져나왔다. 밖에 나오자마자 눈물이 왈칵 쏟아졌다. 나는 손수건으로 흐르는 눈물을 닦으며 단숨에 내 방까지 달려갔다.

다락방에서는 로제가 나를 기다리고 있었다. 그는 불안한 표정으로 성큼성큼 방안을 거닐고 있었다.

내가 들어서자 그가 황급히 내게로 다가왔다.

"다니엘 씨!"

그는 곁눈질로 계속 나를 살피며 말했다. 나는 아무 말 없이 의자 위에 털썩 주저앉았다. 그가 성급하게 물었다.

"어린애처럼 눈물을 흘리다니! 그래, 무슨 일인지 한번 말해보시오. 자, 빨리 말해봐요! 무슨 일이지요?"

나는 교장실에서 있었던 일을 하나도 빠짐없이 울먹이며 그에게 얘기해주었다.

내 말을 한마디 한마디 들으면서 로제의 얼굴은 서서히 환해졌다. 그는 더 이상 깔보는 듯한 거만한 표정으로 날 바라보지 않았다. 결국 내가 의리를 지키려다가 학교에서 쫓겨나게 됐다는 사실을 알게 된 그는 내게 손을 뻗치더니 이렇게 말했다.

"다니엘 씨, 당신은 정말 고귀한 마음씨를 가졌군요."

그 순간 밖에서 자동차 소리가 들려왔다. 군수가 떠나고 있었다. 내 좋은 친구인 체육 교사가 내 손목을 부서질 정도로 힘껏 쥐면서 말했다.

"당신은 고귀한 마음씨를 가졌어요. 난 이 말밖에 할 수가 없군요……. 하지만 나는 그 누구도 나를 위해 자신을 희생하도록 내버려두지는 않을 거요."

그러더니 갑자기 자리에서 벌떡 일어서서 방문 쪽으로 걸어갔다.

"울지 말아요, 다니엘 씨. 난 가서 교장선생님을 만나겠소. 맹세코 당신이 쫓겨나도록 내버려두진 않겠소."

그는 나가려고 한 발자국을 옮기더니 뭔가를 잊은 듯 다시 내게로 다가왔다.

그리고 낮은 목소리로 말했다.

"하지만 내가 교장선생님을 찾아가 모든 사실을 밝히기 전에 내 부탁을 좀 들어줘요……. 사실 난 혈혈단신이 아니오. 외진 산골에서 병을 앓고 있는 어머니가 계십니다. 어머니……, 불쌍한 어머니! 모든 일이 끝나면 어머니께 편지를 써주겠다고 약속해주시오."

그는 차분하면서도 심각하게 말했다. 그의 표정을 살피며 이야기를 듣던 나는 덜컥 겁이 났다.

"아니, 어떻게 하려구요?"

로제는 대답하지 않았다. 그저 윗도리를 들쳐 보이며 호주머니 속에 들어 있는 권총의 반짝거리는 손잡이만 슬쩍 보여주는 것이었다.

나는 혼비백산해서 그에게 덤벼들었다.

"자살요? 아니, 지금 자살을 하겠다는 겁니까?"

그가 차가운 목소리로 대답했다.

"친애하는 친구여, 처음 교사라는 직업에 발을 들여놓았을 때 나는 혹시 내가 경솔하게도 내 자신의 위신을 추락시키게 된다면 굳이 불명예를 감수하면서까지 살아남지는 않겠다고 다짐했었소. 이제 그 다짐을 실행에 옮겨야 할 순간이 왔소. 난 5분 내로 이 학교에서 쫓겨날 거요. 불명예를 감수해야 된단 말이오. 그러므로 한 시간 후면 이 세상을 하직하게 될 것이오……. 자, 나는 마지막 총알을 삼키겠소."

그 말을 들은 나는 문 앞에 단호하게 버티고 섰다.

"안 돼요, 로제! 나가면 안 된다구요. 당신이 죽도록 내버려두느니 차라리 내가 그만두겠어요."

"내 의무를 다하도록 날 내버려둬요."

그는 완강한 어조로 말하며 나를 떠밀고는 문을 조금 열었다.

순간적으로 나는 그의 어머니, 궁벽한 산골 어디엔가 살고 있다는 그의 불쌍한 어머니 얘기를 해줘야겠다고 생각했다. 그 어머니를 위해서라도 살아야 한다는 것, 나는 어렵잖게 다른 일자리를 구할 수 있다는 것, 게다가 어쨌든 앞으로도 여드레가 남아 있다는 것, 혹시 그토록 어마어마한 결심을 하더라도 최후의 순간까지는 기다려보아야 한다는 것을 나는 차근차근 설명해주었다. 마지막 말이 그의 마음을 움직인 것 같았다. 그는 교장을 찾아가는 일, 그리고 그 후에 일어나게 될 일을 몇 시간 늦추기로 결정했다.

그때 종이 울렸다. 우리는 서로를 부둥켜안았다. 나는 교실로 내려갔다.

도대체 우리 인간들이란 어떤 존재란 말인가. 절망에 휩싸여 다락방에 들어갔던 내가 조금은 즐거운 기분이 되어 다락방을 나오다니……. 나는 절친한 친구 체육 교사의 목숨을 구했다는 생각에 우쭐해졌다.

일단 의자에 앉은 뒤 친구를 구했다는 감격이 사라지고 나자 나는 곰곰이 되짚어 생각해보게 되었다.

'로제는 살기로 작정했으니 그건 일단 잘된 일이야. 하지만 난 어떻게 하나? 그렇게 남을 위해 헌신한 덕분에 학교에서 쫓겨나면 어떻게 한단 말인가!'

결코 즐거운 상황이 아니었다. 집안을 일으켜 세우기는 이미 글렀다. 눈물을 흘릴 어머니와 노발대발하실 아버지가 머릿속에 떠올랐다. 그런데 불행 중 다행으로 자크 형이 생각났다. 마침 아침에 형의 편지가 도착했으니 얼마나 잘된 일인가. 형의 침대에서 두 사람이 잘 수도 있다고 편지에 쓰여 있지 않았던가? 하여튼 파리에서는 어떻게 해서든 먹고 살아갈 방도가 있다니까…….

그러던 나는 다시 떠나는 걸 망설이지 않을 수 없었다. 당장 떠나려면 돈이 필요했던 것이다. 우선은 기차 삯이 필요했고, 수위에게 빚진 58프랑과 상급생 한 사람한테서 빌린 10프랑도 갚아야 했다. 바르베트 카페에 내 이름으로 달아놓은 외상도 꽤 많았다. 도대체 어떻게 그 많은 돈을 구한단 말인가?

'쳇! 겨우 그깟 일로 불안해하다니, 나도 참 어리석군. 로제가 있잖은가? 로제는 부자인데다가 시내에서 펜싱을 가르치고 있으니 자기 목숨을 구해준 나한테 몇백 프랑쯤은 즐거운 마음으로 빌려줄 수 있을 거야.'

일단 돈 문제를 해결할 방법을 찾은 나는 좀전에 있었던 그 끔찍한 사건을 까맣게 잊고 즐거운 파리 여행을 생각했다. 너무나 즐거워서 도저히 가만있을 수가 없었다. 절망에 빠져 있는 내 모습을 보려고 자습실에 내려왔던 비오 씨는 내 즐거운 표정을 보고는 실망하는 빛을 띠고 돌아갔다. 나는 왕성한 식욕으로 점심식사를 마파람에 게눈 감추듯 먹어치웠다. 운동장에서는 학생들에게 벌을 주려다가 그냥 내버려두었다. 드디어 수업시간을 알리는 종이 울렸다.

우선 로제를 만나는 일이 급했다. 나는 단숨에 그의 방까지 뛰어올라갔다. 방에는 아무도 없었다.

'좋아, 바르베트 카페에 있을 거야.'

아침부터 엄청난 일을 겪었으니 가만히 방에 처박혀 있을 리가 없다고 생각한 나는 그의 방이 비었다는 데 별로 놀라지 않았다.

바르베트 카페에 가보았지만 아무도 없었다. 하사관들이랑 같이 프레리에 갔다고 누군가가 말해주었다.

'아니, 이런 고약한 날씨에 거긴 뭐 하러 갔담?'

내심 불안해지기 시작했다. 당구를 치자는 제의도 거절한 채 바지를 걷어붙이고 휘몰아치는 눈보라를 뚫고 프레리 쪽으로 달려갔다. 내 좋은 친구 체육 교사를 만나기 위해서.

쇠고리

사를랑드 성문에서 프레리까지는 족히 2킬로미터는 되었다. 하지만 그날은 사력을 다해 달렸기 때문에 거기까지 가는 데 15분도 채 안 걸렸을 것이다. 로제가 너무나 걱정되었던 것이다. 그 불쌍한 친구가 나와의 약속을 어기고 교장에게 솔직히 다 털어놓지는 않았을까 두려웠다. 내 머릿속에서는 그가 가지고 있던 권총의 손잡이가 아직도 반짝거리고 있었다. 그런 불길한 생각 때문에 나는 신발 밑창이 닳도록 뛰었다.

그렇지만 프레리에 점점 가까워지면서 눈 위에 여러 사람의 발자국이 나 있는 걸 발견한 나는 다행히 체육 교사가 혼자 있는 게 아니라는 생각이 들어 마음이 좀 놓였다.

그제야 걸음을 늦춘 나는 파리와 자크 형, 그리고 기차 여행을 생각했다. 하지만 잠시 후 내 가슴은 다시 불안감으로 방망이질치기 시작했다.

'로제는 틀림없이 자살을 하려는 거야. 그렇지 않고서야 마을에서 멀리 떨어진 이 황량한 곳까지 찾아올 리가 없지 않은가? 바르베트 카페에 들러서 친구들을 데리고 간 건 그들에게 작별인사를 하고 이별의 술잔을 마지막으로 나누고 싶어서였을 거야. 아, 로제…….'

이런 생각이 들자 나는 다시 정신없이 달리기 시작했다.

다행스럽게도 눈이 소복하게 내려앉은 키 큰 나무들이 시야에 들어오기 시작했다.

'불쌍한 친구! 내가 제 시간에 도착해야 할 텐데!'

나는 이리저리 어지럽게 널린 발자국을 따라 드디어 에스페롱 주점에 도착했다.

이 수상쩍은 주점은 평판이 별로 좋지 못했다. 사를랑드의 난봉꾼들이 거기서 사치스러운 파티를 벌인다고 소문이 나 있었던 것이다. 나도 다른 사람들이랑 어울려 몇 번 가본 적이 있었지만, 그 주점이 그날처럼 그렇게 음침해 보인 적은 단 한 번도 없었다. 티끌 한 점 없이 새하얀 눈에 덮인 벌판 한가운데 서 있는, 그 누렇고 더러운 집은 키 작은 느릅나무 덤불숲에 가려 있었다. 문은 낮았고, 벽은 초배지가 군데군데 떨어져 나갔으며, 창유리는 잘 닦질 않아서 온통 먼지투성이였다. 그 작은 주점은 자기가 유쾌하지 못한 일에 이용되고 있다는 사실을 몹시 부끄러워하는 것처럼 보였다.

주점으로 점점 다가가니 술잔 부딪치는 소리와 웃음소리, 즐거운 목소리가 한데 어우러져 들려왔다.

순간, 나는 온몸을 떨며 이렇게 생각했다.

'아, 어쩜 좋아! 이별주를 마시고 있는 거야.'

그때 나는 주점 뒤편의 층계 위에 서 있었다. 나는 생울타리가 쳐진 문을 밀고 정원으로 들어갔다. 정원 꼴은 말이 아니었다! 높은 생울타리는 앙상한 가지만 남아 있었고, 덤불을 이룬 라일락에는 잎사귀 한 잎 달려 있지 않았으며, 눈 위에는 쓰레기가 한 무더기 쌓여 있었다. 순백색의 정자도 영락없이 에스키모인들의 집처럼 보였다. 눈물이 왈칵 쏟아져 나올 정도로 서글픈 광경이었다.

손뼉 치는 소리가 1층 거실에서 들려왔다. 추운데도 창문 두 개를 활짝 열어놓은 걸 보니 먹고 마시느라 한창 열이 오른 모양이었다.

현관으로 이어지는 층계에 막 발을 올려놓는 순간, 나는 집 안에서 들려오는 말소리에 기분이 섬뜩해져 우뚝 멈춰서고 말았다. 떠들썩한 웃음소리와 함께 내 이름이 들렸던 것이다. 로제가 내 얘기를 하고 있었는데, 이상한 건 그의 입에서 다니엘 에세트란 이름이 나올 때마다 다른 사람들이 포복절도한다는 사실이었다.

나는 고통스러울 정도로 섬뜩한 호기심에 이끌린데다가 필시 뭔가 특별한 사실을 알아낼 수 있을 것 같다는 느낌에 일단 뒤로 돌아 나왔다. 계속해서 내리는 눈이 발자국의 흔적을 덮어주고 있었다. 게다가 소복하게 쌓인 눈은 양탄자와도 같아서 발소리를 내지 않고 마침 창문 아래 있는 정자 안으로 슬그머니 미끄러져 들어갈 수 있었다.

정녕코 나는 평생 그 정자를 잊어버리지 못하리라. 정자를 뒤덮고 있는 낙엽, 진흙투성이가 된 더러운 바닥, 녹색으로 칠해놓은 자그마한 탁자, 물이 흥건히 고여 있는 나무 걸상……. 정자 안에 쌓인 흰 눈 사이로 희미한 불빛이 새어들고 있었다. 눈이 서서히 녹아내리면서 내 머리 위로 물방울이 똑똑 떨어졌다.

인간이 얼마나 비열하고 야비해질 수 있는가를 배우게 된 곳이 바로 그곳, 무덤 속처럼 어둡고 차가운 정자 안이었다. 내가 인간을 의심하고, 멸시하고, 증오하는 법을 배운 곳이 바로 거기였다…….

오, 독자 여러분, 신이 보호하사 여러분도 절대 그런 곳에는 가지 않기를 바란다. 끓어오르는 분노와 수치로 귀까지 빨개진 나는 숨을 죽인 채 그렇게 서서 에스페롱 주점 안에서 새어나오는 얘기에 귀를 기울이고 있었다.

내 좋은 친구인 체육 교사는 계속해서 떠들어대고 있었다. 그는 세실리아 사건과 연애편지, 군수가 학교를 찾아온 일을 얘기했는데, 다른 사람들이 손뼉을 치며 열광하는 걸로 봐서 필시 우스꽝스러운 몸짓을 섞어가며 제 입맛대로 떠벌리고 있는 게 분명했다.

그는 빈정거리는 듯한 목소리로 이렇게 말했다.

"자네들도 알겠지만 말이야. 왜 그 알제리 보병대 극장에서 3년 동안 코미디 공연한 거, 그게 다 써먹을 데가 있더라구! 정말이라니까! 순간적으로 나는 내가 모든 걸 잃어버리고 말았다고 믿었지. 이젠 더이상 자네들이랑 같이 에스페롱 영감의 맛좋은 포도주를 마시지 못하게 되었다고 생각한 거야. 그런데 말이지, 그 꼬마 에세트가 아무 말도하지 않더라구. 하기야, 지금쯤 일러바쳤을지도 모르지만 말이야. 우리끼리니까 하는 얘긴데, 그 꼬마는 내가 명예롭게 자수하기만을 기다리고 있을 거야. 그래서 나는 이렇게 속으로 생각했지. 그래, 로제, 미리 선수를 쳐서 연극을 하는 거야."

그러고는 내 좋은 친구 체육 교사는 스스로 연극이라 부른 사건, 즉 바로 그날 아침에 내 방에서 그와 나 사이에 있었던 일을 공연하기 시작했다. 아, 야비한 인간! 그 자는 단어 하나도 빠짐없이 모조리 기억하고 있었다. 그가 연극배우의 억양으로 소리치기 시작했다.

"어머니! 우리 불쌍하신 어머니!"

그러더니 내 목소리를 흉내내서 외쳤다.

"안 돼요, 로제! 안 돼요! 당신은 쫓겨나면 안 됩니다!"

그 연극은 웃지 않고는 배길 수 없는 한 편의 코미디여서 관객들은 모두들 떼굴떼굴 구르며 웃어댔다. 내 뺨을 따라 굵은 눈물이 철철 흘러내렸다. 온몸이 떨리면서 귀에서 윙윙거리는 소리가 났고, 그제야 나는 아침에 내 방에서 있었던 일이 사실은 로제가 벌인 가증스러운 희극에 지나지 않았다는 것을, 자신에게 피해가 올지도 모른다고 계산한 그가 책임을 회피하려고 일부러 내가 쓴 편지를 옮겨 쓰지 않고 그대로 부쳤다는 것을, 그의 불쌍한 어머니는 이미 20년 전에 죽었고 권총 손잡이라고 믿었던 것도 사실은 파이프 케이스였다는 사실을 알게 되었다.

누군가가 물었다.

"세실리아는 어떻게 됐나?"

"그 여잔 아무 말도 안 하고 짐을 싸서 떠나버렸지. 꽤 괜찮은 애였는데."

"그럼, 다니엘은 이제 어떻게 되지?"

"쳇, 될 대로 되겠지 뭐!"

이렇게 말한 그가 무슨 제스처인가를 취했는지, 사람들이 모두들 웃음을 터뜨렸다.

웃음소리를 듣는 순간에는 도저히 더 이상 참을 수가 없었다. 당장 정자에서 뛰쳐나가 유령처럼 느닷없이 그들 앞에 내 모습을 보여주고 싶었다. 하지만 나는 자제력을 잃지 않으려고 무던히도 애를 썼다. 이미 충분히 조롱거리가 되었으니까……

불에 익힌 고기가 나오자 모두들 술잔을 부딪치며 외쳤다.

"로제를 위하여! 로제를 위하여!"

너무도 괴로워서 더 이상 거기 서 있을 수가 없었다. 혹시나 누가 내 모습을 보게 될지도 모른다고 걱정할 겨를도 없이 나는 정원을 단숨에 가로질렀다. 그리고 한걸음에 생울타리가 쳐진 문을 지나친 나는 미친 놈처럼 내닫기 시작했다.

소리 없이 어둠이 내리고 있었다. 눈 덮인 거대한 벌판은 황혼녘의 어스름 속에서 깊은 우수에 잠겨 있었다.

나는 상처 입은 어린 염소처럼 얼마 동안 그렇게 달렸다. '산산이 부서져 피 흘리는 가슴'이라는 구절, 그것이 그냥 시인들이 쓰는 비유적인 표현이 아니라면 아마도 그날 누군가는 분명히 그 은백색 벌판에서 내 뒤로 길게 이어져 있는 핏자국을 발견할 수 있었으리라.

도저히 갈피를 잡을 수가 없었다. 어디서 돈을 구한단 말인가? 앞으로 어떻게 살아갈 것인가? 자크 형은 어떻게 해야 만날 수 있을까? 로제의 일은 폭로해봤자 아무 소용도 없을 것이다. 이미 세실리아도 떠났으니 분명히 오리발을 내밀겠지…….

결국 피로와 고통에 짓눌려 녹초가 되어버린 나는 밤나무 밑 눈밭에 쓰러지고 말았다. 문득 저 멀리 사를랑드 쪽에서 종소리가 들려오지 않았더라면 나는 그곳에 쓰러져 생각할 힘도 없이 그 다음날까지라도 울고 있었을지 모른다. 그것은 학교에서 울리는 종소리였다. 깡그리 다 잊고 있었던 것이다.

그 종소리를 듣는 순간 나는 다시 일상으로 돌아갔다. 이제는 돌아가서 쉬는 시간에 강당에 모여 있는 아이들을 감독해야 한다. 강당을 떠올리자 한 가지 생각이 내 머릿속을 번개같이 스쳐 지나갔다. 그 즉시 나는 울음을 그쳤다. 그리고 자세를 가다듬으며 냉정을 되찾았다. 몸을 일으킨 나는 돌이킬 수 없는 결심을 한 사람들의 예의 그 힘찬 발걸음으로 은백색의 드넓은 벌판을 가로질러 시를랑드로 접어들었다.

진흙투성이의 어두운 마을길을 따라가다가 학교 정문을 지난 나는 아이들이 휴식을 즐기고 있는 강당으로 들어갔다. 그리고 천장 한가운데 매달려 흔들리고 있는 커다란 쇠고리를 뚫어져라 바라보았다. 이윽고 휴식시간이 끝나자 아이들을 데리고 자습실로 가서 교단 위의 책상에 앉아 자크 형에게 편지를 쓰기 시작했다. 아이들이 소란을 피워대든 말든 신경 쓰지 않고 비통한 심정으로 차근차근 편지를 써나갔다.

사랑하는 자크 형, 이 편지가 형을 힘들게 하리라는 거 나도 알아. 하지만 용서해줘. 이젠 울지 않는 형을 내가 한 번 더 울릴 것 같아. 아마도 이 편지가 마지막이 될 거야. 형이 이 편지를 받을 즈음이면 난 이 세상에 없을 테니까.

여기까지 썼을 때 아이들이 떠드는 소리가 더욱더 커졌다. 나는 펜을 멈추고는 이리저리 다니면서 몇몇 아이들에게 벌을 주었다. 하지만 심한 벌은 아니었고 화도 내지 않았다.

알겠어? 자크 형, 난 너무 불행해. 자살하는 수밖엔 달리 도리가 없어. 내 미래는 온통 잿빛이야. 학교에서 쫓겨났단 말이야. 여자 문제 때문인데, 얘기하자면 너무 길어. 게다가 빚까지 졌어. 이젠 더 이상 공부도 할 수가 없어. 부끄러워. 권태롭고, 혐오감이 들고, 사는 게 두렵기도 하고……. 차라리 죽어버리는 게 나을 것 같아…….

나는 또다시 펜을 멈춰야 했다.

"수베이롤! 이 시를 5백 번 베껴 써라. 그리고 거기 푸크와 루피는 이번 일요일 외출금지다!"

이렇게 말한 뒤에 나는 편지를 마무리 지었다.

영원히 안녕, 자크 형! 할 얘기는 아직 많지만, 울음이 터져나올 것 같아 도저히 더 이상 쓸 수가 없어. 학생들도 날 쳐다보고 있고…… 엄마한테는 내가 산책을 하다가 바위 꼭대기에서 미끄러졌다거나, 아니면 스케이트를 타다가 빠져 죽었다고 말씀드려줘. 아니면, 형 맘대로 꾸며대든지. 여하튼 불쌍하신 엄마가 진짜 이유는 모르시도록 해야 돼! 그리고 나 대신 사랑하는 어머니를 껴안아줘. 아버지도……. 그리고 우리 집안을 다시 일으켜 세울 수 있도록 노력해줘.

안녕, 난 형을 사랑해. 다니엘을 기억해줘.

형에게 보내는 편지를 다 쓰고 나서 나는 또 다른 편지를 쓰기 시작했다.

신부님, 이 편지를 저의 형인 자크에게 전해주시기를 부탁드립니다. 그리고 제 머리칼을 잘라서 저희 어머니에게 소포로 부쳐주시면 고맙겠습니다.

심려를 끼쳐드려 죄송합니다. 이곳에서의 제 신세가 너무 불쌍하게 느껴져서 죽을 수밖에 없습니다. 신부님, 딱 한 분 신부님께서는 늘 제게 잘해주셨습니다. 그 점, 감사드립니다.

다니엘 에세트 드림

펜을 놓은 나는 자크 형에게 보내는 편지와 신부님께 보내는 편지를 커다란 봉투 속에 함께 집어넣고 겉봉투에다 '저의 시신을 처음으로 발견하시는 분은 이 편지를 제르만느 신부님에게 전해주시기를 부탁 드립니다'라고 썼다. 그러고는 조용히 자습시간이 끝나기를 기다렸다.

자습시간이 끝났다. 아이들은 식사를 하고, 저녁기도를 마치고 기숙 사로 올라갔다.

아이들이 침대에 누웠다. 나는 그들이 잠들기를 기다리면서 이리저 리 서성거리고 있었다. 이제 곧 비오 씨가 순찰을 돌 시간이었다. 그의 열쇠가 쨍그렁거리는 소리, 마룻바닥 밟는 요란한 발자국 소리가 들려 왔다.

나는 들릴락말락 한 목소리로 인사를 했다.

"안녕히 주무세요, 비오 선생님!"

그가 낮은 목소리로 대답했다.

"안녕히 주무시오, 선생!"

그가 복도에 발자국 소리를 남기며 멀어져갔다.

이제 나는 혼자가 되었다. 살그머니 문을 연 나는 층계참에 서서 혹 시 아이들이 깨지나 않을까 잠시 두리번거렸다. 하지만 기숙사는 죽음 처럼 깊은 침묵에 잠겨 있었다.

나는 층계를 내려가 종종걸음으로 복도의 어둠 속으로 미끄러져 들 어갔다. 차갑고 음산한 북동풍이 문틈으로 밀려 들어왔다. 층계 밑쪽의 회랑(回廊)을 지나다 보니 어둠에 잠긴 네 채의 건물 사이로 눈에 덮여 새하얀 운동장이 얼핏 눈에 들어왔다.

저쪽 지붕 근처에서 불빛이 새어나오고 있었다. 제르만느 신부가 일 생일대의 역작을 저술하느라 밤을 밝히고 있는 것이었다. 나는 친절한 신부에게 마지막 인사를, 진심에서 우러나오는 뜨거운 인사를 보냈다.

그리고 강당 안으로 들어갔다.

낡은 강당에 들어서는 순간 음침하고 차가운 냉기가 확 밀려왔다. 창살을 통해서 한 줄기 달빛이 흘러들어와 굵은 쇠고리를 비추고 있었다. 오, 나는 몇 시간 전부터 줄곧 그 쇠고리만을 생각했다. 굵은 쇠고리는 달빛을 받아 은은한 빛을 띠었다.

강당 한 모퉁이에서 나무 걸상 하나가 잠을 자고 있었다. 그걸 들고 가서 쇠고리 밑에 세워놓고 그 위에 올라섰다. 짐작했던 대로 딱 알맞은 높이였다. 나는 늘 리본 모양을 만들어 목에다 매고 다니던 구겨진 자주색 비단 넥타이를 풀었다. 그리고 그걸 쇠고리에 잡아매서 올가미를 만들었다. 새벽 1시를 알리는 종이 울렸다. 자, 이제 목숨을 끊어야 한다……. 나는 떨리는 손으로 올가미를 느슨하게 풀었다. 묘한 전율이 온몸을 감쌌다.

'안녕, 자크 형! 안녕, 엄마!'

그때였다. 갑자기 억센 손 하나가 달려들어 내 몸뚱어리를 꼭 붙잡았다. 다음 순간 나는 걸상에서 끌어내려졌고, 내 발은 강당 바닥에 닿았다. 동시에 어쩐지 귀에 익은 무뚝뚝하고 거친 목소리가 말했다.

"이 시간에 그네를 타다니 무슨 당치 않은 경우인가?"

나는 아연실색해서 고개를 돌렸다.

제르만느 신부였다. 신부복을 입지 않은 짧은 바지 차림이었는데, 조끼 위로 가슴 장식이 나부끼고 있었다. 달빛에 반쯤 드러난 그의 험상궂은 얼굴이 서글픈 미소를 짓고 있었다. 그는 자살 직전의 나를 한쪽 손만 사용해서 아래로 끌어내린 모양이었다. 다른 손에는 방금 운동장 귀퉁이의 샘에서 채워온 물병을 들고 있었다.

놀란 내 얼굴과 눈물이 그득 고인 내 눈을 본 제르만느 신부는 미소를 거두고 정답고 애정 어린 목소리로 다시 말했다.

"이 시간에 그네를 타다니 무슨 당치 않은 경운가, 다니엘 군?"

나는 어리벙벙해서 얼굴을 붉혔다.

"그네를 타는 게 아닙니다, 신부님. 전 죽고 싶어요."

"뭐라고? 죽는다구? 무슨 슬픈 일이라도 있나?"

"저……."

나는 북받치는 서러움을 참지 못하고 뜨겁고 굵은 눈물을 하염없이 흘렸다.

"다니엘, 나랑 같이 가세."

나는 싫다는 손짓을 하고 넥타이를 매어놓은 쇠고리를 가리켰다. 그러자 제르만느 신부는 내 손을 붙잡았다.

"자, 내 방으로 올라가세나. 자살하고 싶으면 거기서도 할 수 있을 거야. 불을 피워서 따뜻하다네."

하지만 나는 그의 말을 듣지 않았다.

"절 죽도록 내버려두십시오, 신부님. 신부님에게는 제가 죽는 걸 방해할 권리가 없습니다."

순간, 제르만느 신부의 눈에 분노의 빛이 섬광처럼 번득였다.

"아, 그래?"

그러고는 느닷없이 내 혁대를 움켜쥐더니 몸부림치며 애원하는 것도 아랑곳하지 않고 마치 짐짝처럼 나를 팔 밑에 끼고는 뚜벅뚜벅 걸어갔다.

제르만느 신부의 방 벽난로에서는 불이 활활 타오르고 있었고, 벽난로 가까이에는 책상이 놓여 있었다. 책상 위에는 램프가 훤히 켜져 있었는데, 그 불빛 아래로 파이프와 파리똥이 묻은 낡은 종이뭉치가

보였다.

신부는 나를 벽난로 한쪽 모퉁이에 앉혔다. 나는 무척 흥분해 있었기 때문에 나의 인생과 내게 밀어닥친 불행, 그리고 죽으려고 한 이유에 대해 꽤 많이 주절거렸다. 신부는 시종 미소를 지으며 내 말에 귀를 기울였다. 내가 실컷 얘기하고, 실컷 울고, 실컷 답답한 심정을 털어놓고 나자 선량한 신부는 내 손을 꼭 잡으며 차분히 말했다.

"여보게, 그딴 건 아무것도 아니라네. 그런 하찮은 일로 목숨을 끊는다면 그거야말로 정말 어리석은 일이 아닐 수 없네. 자네 얘기는 아주 간단하구만. 자넨 학교에서 쫓겨났지만, 그건 어떻게 보면 자네로서는 큰 행운일지도 몰라. 음, 그래, 떠나는 게 좋아. 지금 당장 말일세. 여드레씩 기다릴 필요도 없어. 자넨 동네북이 아니야. 제기랄! 기차 삯이나 빚 같은 건 신경 쓸 것 없어! 내가 책임지지. 그 망나니 같은 녀석한테 빌리려고 했던 돈은 내가 빌려주겠네. 그럼 내일 다 해결할 수 있을 거야. 지금은 아무 말도 하지 말게! 난 일을 해야 하고 자네는 잠을 자야 하니까……. 자네, 그 끔찍한 기숙사에는 돌아가지 말게. 거기서 자다가 감기 들지도 모르고, 또 무서울 테니까 말일세. 오늘 아침에 새로 깔아놓은 흰 이불을 덮고 내 침대에서 자도록 하게. 난 밤새 글을 써야 하고, 설사 잠이 오더라도 소파에서 자면 되니까. 그럼 잘 자게! 나한테는 더 이상 아무 말 말게."

나는 신부 말대로 침대에 누웠다. 오랫동안 꿈속을 헤맨 것 같은 생각이 들었다. 오늘 하루 동안에 얼마나 많은 일들이 있었는가! 내 목숨이 거의 끊어지기 일보 직전이었는데, 지금은 조용하고 푸근한 이 방에서 안락한 침대에 누워 있다니……. 아, 정말 좋다! 나는 이따금 눈을 뜨고 램프에서 흘러나오는 부드러운 빛 아래서 줄담배를 피워가며 무언가 열심히 쓰고 있는 친절한 제르만느 신부를 바라보곤 했다.

다음날 아침, 나는 신부가 내 어깨를 흔들어대는 바람에 잠에서 깨어났다. 나는 잠을 자면서 모든 일을 다 잊어버렸다. 나를 구해준 신부는 그런 내 모습을 보더니 껄껄 웃으면서 말했다.

"자, 종이 울렸으니 서두르도록 하게. 아무도 눈치채지 못하게 평상시처럼 학생들을 데리고 나오는 거야. 그리고 점심시간에 다시 여기서 만나 얘길 하도록 하세."

문득 모든 기억이 되살아났다. 나는 그에게 감사하다는 말을 하려고 했다. 하지만 인자한 신부는 막무가내로 나를 밀어냈다.

자습시간이 얼마나 길게 느껴졌을지, 새삼 얘기할 필요도 없을 것이다. 나는 학생들이 운동장에 다 나가지도 않았는데 급히 발걸음을 옮겨 제르만느 신부의 방문을 두드렸다. 들어가보니 신부는 책상서랍을 활짝 열어놓은 채 금화를 세어 정성스레 나누고 있었다.

그는 인기척에 고개를 돌려 한 번 쳐다보더니 아무 말 없이 하던 일을 계속했다. 일을 다 끝낸 신부는 서랍을 닫고 따뜻한 미소를 지으며 내게 손짓을 했다.

"이걸 자네한테 전부 주겠네. 내가 계산을 해놓았지. 이건 여행비고, 이건 수위한테 갚을 돈, 이건 바르베트 카페에 진 빚, 이건 학생한테 빌렸다는 돈 10프랑일세. 사실은 동생 녀석 대신 군대에 갈 사람을 한 명 사려고 따로 챙겨놓았던 돈일세. 하지만 그 녀석이 제비뽑기[옮긴이 주 ─ 이 당시에는 제비를 뽑아서 현역으로 입대할 사람을 정하였다. 현역에 입대하기 싫은 사람은 돈을 주고 사람을 사서 대신 보낼 수가 있었다]를 하려면 아직 6년이나 남았으니 그때까진 자네가 돈을 갚을 수 있지 않겠나?"

내가 뭐라고 말을 하려 했지만 제르만느 신부는 그럴 틈을 주지

않았다.

"지금 작별인사를 하세. 아, 수업 시작을 알리는 종이 울리는군. 내가 수업을 마치고 나오기 전까지 자넨 여길 떠나야 하네. 바스티유 감옥 같은 학교 분위기는 자네한테 좋을 게 하나도 없어. 빨리 파리로 가서 열심히 공부하고 하느님께 기도하게. 파이프 담배도 피우면서 남자가 되도록 노력해야 하네. 알겠나? 남자가 되려고 애써야 해. 왜냐하면 다니엘 군, 본인도 알겠지만 자넨 아직 어린애에 불과하거든. 난 자네가 평생 어린애처럼 행동할까봐 무척 걱정된다네."

신부는 인자한 미소를 띠며 내게 팔을 벌렸다. 하지만 나는 눈물을 쏟으며 그의 무릎 사이로 뛰어들었다. 신부는 나를 일으켜 세우더니 내 양쪽 뺨에 입을 맞춰주었다.

수업을 알리는 종소리가 다시 울렸다.

"이런! 이러다 늦겠는걸."

그는 이렇게 말하며 급히 책과 공책을 챙겼다. 방을 나가려던 그는 다시 한 번 나를 돌아다보았다.

"내게도 파리에 형님이 한 분 계시지. 선량하고 인자한 신부님인데, 자네가 가서 만나뵈면 좋을 텐데……. 하지만 자넨 지금 정신이 얼얼할 테니 형님 주소를 가르쳐준들 곧 잊어먹을 거야."

그는 더 이상 아무 말도 하지 않고 성큼성큼 층계를 내려가기 시작했다. 그의 신부복이 펄럭이고 있었다. 오른손에는 신부 모자를 들고 있었고, 왼쪽 겨드랑이에는 서류뭉치와 책을 끼고 있었다. 내게 너무나 잘해주신 제르만느 신부님! 나는 떠나기 전에 마지막으로 그의 방을 한 바퀴 둘러보았다. 커다란 책장과 자그마한 책상, 불이 반쯤 꺼진 벽난로, 내가 앉아서 눈물을 쏟았던 안락의자, 내가 편안히 누워 푹 잠을 잔 침대……. 가슴속에 용기와 선의, 헌신, 인종(忍從)을 품고 있는 그 신비로운 존재를 생각하면서 나는 얼굴을 붉히지 않을 수 없었다. 나는 죽을 때까지 제르만느 신부를 잊지 않겠다고 맹세했다.

그러는 사이에 시간은 흘러갔다. 짐도 꾸리고, 빚도 갚고, 합승마차 좌석도 예약해야 했다.

방을 나서려는 순간, 벽난로 한 모퉁이에 하도 오래 써서 새까맣게 변한 파이프 몇 개가 놓여 있는 게 언뜻 눈에 띄었다. 나는 가장 낡고 가장 짧고 가장 새까만 파이프 하나를 마치 성인의 유골이나 되는 것처럼 소중하게 호주머니에 집어넣은 다음 층계를 내려왔다.

아래로 내려와보니 강당 문은 여전히 살짝 열려 있었다. 나도 모르게 그곳으로 눈길을 돌린 나는 온몸을 휩싸는 전율에 몸을 떨었다.

어둡고 차가운 강당 안에서는 여전히 쇠고리가 반짝거리고 있었고, 매듭이 지어진 내 자주색 넥타이는 쓰러진 의자 위에서 좌우로 흔들리고 있었던 것이다.

비오 씨의 열쇠꾸러미

조금 전에 본 섬뜩한 광경에 얼이 빠진 채 허겁지겁 학교 정문을 빠져나오고 있는데, 수위실 문이 확 열리더니 누군가가 나를 부르는 소리가 들려왔다.

"에세트 씨! 에세트 씨!"

바르베트 카페 주인과 그의 친구 카사뉴 씨가 몹시 당황스런 표정을 짓고 있었다.

카페 주인이 먼저 말을 꺼냈다.

"떠나신다는 게 사실인가요, 에세트 씨?"

나는 침착하게 대답했다.

"그렇습니다. 오늘 떠납니다."

카페 주인이 펄쩍 뛰어 일어났고, 카사뉴 씨도 질세라 자리에서 일어났다. 하지만 카페 주인은 카사뉴 씨보다 훨씬 놀라고 당황한 듯했다. 내가 그에게 갚아야 할 외상값이 꽤 많았던 것이다.

"뭐라구요? 오늘 떠난다구요?"

"예, 오늘 떠납니다. 지금 합승마차를 예약하러 가는 중입니다."

나는 그들이 내 멱살을 잡으려는 줄 알았다.

"외상값은요?"

바르베트 카페 주인이 말했다.

"그럼 내 돈은 어떡합니까?"

카사뉴 씨도 소리쳤다.

나는 아무 말 없이 수위실로 들어가서 굳은 표정으로 제르만느 신부가 준 금화를 호주머니에서 한줌 가득히 꺼내어 책상 위에 올려놓고 두 사람에게 갚아야 할 돈을 셈해서 건네주었다.

분위기가 일시에 바뀌었다. 마치 마술을 건 듯 잔뜩 찌푸렸던 그들 얼굴의 주름이 언제 그랬냐는 듯 펴지는 것이었다. 행여나 돈을 받지 못할까봐 잡아먹을 듯 다그쳤던 자신들의 행동이 조금쯤은 부끄러워지면서도 돈을 받아내서 즐거운지 이내 그들은 짐짓 서운한 표정을 지으면서 친한 척하기 시작했다.

"에세트 씨, 정말 떠나시는 겁니까? 아, 정말 유감이군요. 학교 측으로 봐서는 크나큰 손실입니다!"

그들은 혀를 끌끌 차면서 오! 아! 하는 한숨을 연거푸 내쉬고, 울먹거리며 나와 악수를 나누는 등 야단법석을 떨었다.

어젯밤만 같았어도 나는 그들의 입바른 우정에 속아 넘어갔을지도 모른다. 하지만 이제 나는 감정 문제에 대해서는 얼음처럼 차갑고 냉철한 사람이 되어 있었다.

지난밤 정자 안에서 15분 동안 겪은 처절한 경험을 통해 나는 인간을 새롭게 바라볼 수 있는 눈을 갖게 된 것이다(적어도 나는 그렇게 믿었다). 그런 터라 그 가증스러운 인간들이 싹싹하게 굴면 굴수록 그들이

더욱더 혐오스럽게 느껴졌다. 그래서 그들의 우스꽝스러운 수다에 종지부를 찍은 뒤 학교를 빠져나와 나를 그 괴물 같은 인간들로부터 멀리 멀리 데려갈 합승마차 좌석을 예약하러 부리나케 뛰어갔던 것이다.

합승마차 매표소에서 돌아오던 중에 바르베트 카페 앞을 지나가게 되었지만, 들어가지는 않았다. 생각만 해도 치가 떨렸던 것이다. 하지만 나도 모르는 사이에 못된 호기심에 이끌려 진열장 너머로 그 안을 슬쩍 들여다보게 되었다. 카페는 그야말로 장날처럼 북적대고 있었다. 그날은 판돈 전부를 우승자 한 사람에게 몰아주는 내기 당구가 벌어지는 날이었던 것이다. 파이프 담배 연기 사이로 모자걸이에 걸린 검대(劍帶)와 보병 군모의 깃 장식이 눈부시게 반짝이고 있었다. 양의 가면을 뒤집어쓴 인간들이 전부 다 모인 듯한 그 무리 속에 웬일인지 체육 교사의 모습은 보이지 않았다.

잠시 동안 나는 유리창을 통해 보니 한층 더 피둥피둥 살이 쪄 보이는 그 불그레한 얼굴들을 바라보았다. 압생트 술은 잔 속에서 넘실넘실 춤을 추고 있었고, 브랜디 술병은 가장자리에 흠이 나 있었다. 시궁창 같은 그곳에서 몇 달 동안 살았다고 생각하자 내 얼굴은 화끈 달아올랐다. 당구공을 굴리고, 점수를 기록하고, 펀치 술값을 내고, 파이프 담배를 계속해서 자근자근 깨물거나 군가의 후렴을 중얼거리며 모욕과 경멸 속에 날이 갈수록 타락해가던 내 모습이 떠올랐다. 이 환상은 강당 안에 매달린 자주색 넥타이가 흔들리는 모습을 보는 순간 떠올랐던 환상보다도 훨씬 더 무시무시한 공포 속으로 나를 몰아넣었다. 나는 돌아서서 마구 달음질쳤다.

트렁크를 운반해줄 짐꾼과 함께 학교 쪽으로 걸어가던 나는 손에 지팡이를 든 체육 교사가 펠트 모자를 삐딱하게 쓴 채 가느다란 콧수염을 반짝반짝 윤이 나는 구두에 비춰보며 즐거운 표정으로 걸어가고 있는 것을 보았다. 나는 멀리서 그를 바라보며 이렇게 생각했다.

'저렇게 잘생긴 인간이 그토록 못된 성품을 갖고 있다니!'

마침 나를 알아본 그는 두 팔을 활짝 벌린 채 예의 그 후덕해 보이는 미소를 지으며 다가왔다. 오, 지난밤의 정자.

"당신을 한참 동안 찾았습니다. 내가 무슨 애길 들었는 줄 아십니까? 당신이……."

그가 갑자기 말을 멈추었다. 내 시선을 의식하자 거짓으로 가득 찬 말이 입가에서 맴돌다가 쏙 들어가버린 것이다. 분명히 그 비열한 인간은 자기를 똑바로 쳐다보는 내 눈길에서 많은 것을 읽어냈으리라. 그의 낯빛이 갑자기 창백해지는가 싶더니 말을 더듬으며 허둥대기 시작했다. 하지만 그건 한순간에 불과했다. 다시 냉정을 되찾은 그는 강철같이 차갑고 반짝이는 눈길로 내 눈을 뚫어지게 바라보더니, 단호한 표정으로 손을 호주머니에 찔러 넣고는 불만이 있으면 자기한테 와서 얘기하라고 중얼거리면서 사라져버렸다.

그래, 이 악당아, 꺼져버려라!

학교에 돌아가보니 학생들은 모두 수업 중이었다. 나는 짐꾼과 함께 다락방으로 올라갔다. 짐꾼은 트렁크를 어깨에 짊어지고 다시 층계를 내려갔다. 나는 얼음처럼 차가운 그 방에 잠시 서서 장식품 하나 없는 더럽고 지저분한 벽과 온통 구멍이 패어서 울퉁불퉁한 새까만 책상, 그리고 눈에 덮인 운동장의 플라타너스를 무심히 바라보았다. 나는 그 모든 것들에게 마음속으로 작별을 고했다.

바로 그 순간, 천둥치듯 우렁찬 고함소리가 교실에서 들려왔다. 제르만느 신부의 목소리였다. 그 소리를 듣자 마음이 푸근해지면서 몇 줄

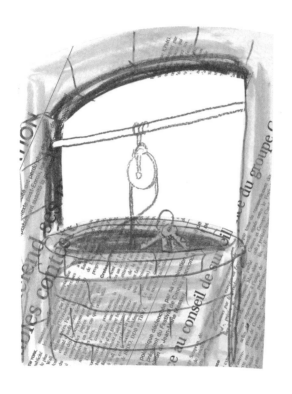

205

기 눈물이 흘러내렸다.

그러고 나서 두 번 다시는 못 보게 될 그곳의 모습을 내 눈에 하나도 빠짐없이 그대로 담아가고 싶어서 주위를 찬찬히 둘러보며 천천히 층계를 내려갔다. 학교에 온 첫날, 어둠 속을 헤매다가 검은 눈동자 아가씨를 봤던 그 복도, 철망이 쳐진 높다란 창문이 연이어 나 있는 그 긴 복도를 지나갔다. 사랑하는 그 여자에게 언제까지나 신의 가호가 있기를…….

나는 이중문으로 된 교장실 앞도 지나쳤다. 그러고 나서 몇 걸음 더 가자 이번에는 비오 씨의 방이 나타났다. 나는 그 앞에서 갑자기 걸음을 멈추었다. 오, 이렇게 좋을 수가! 오, 이렇게 즐거울 수가! 열쇠, 그 끔찍한 열쇠꾸러미가 자물통에 매달린 채 바람결에 조금씩 움직이고 있었다. 나는 나를 언제나 두려움에 몰아넣곤 하던 무시무시한 열쇠꾸러미를 잠시 노려보았다. 문득 복수를 해야겠다는 생각이 들었다. 소리를 내지 않으려고 조심하며 살그머니 열쇠 뭉치를 빼낸 나는 그걸 외투 자락에 감추고는 황급히 층계를 뛰어내려왔다.

중급반 운동장 끝에는 꽤 깊은 우물이 하나 있었다. 나는 숨을 헐떡거리며 거기로 달려갔다. 그 시간에는 운동장에 아무도 없었다. 안경잡이 마귀할멈도 아직 커튼을 올리지 않았다. 일을 해치우기에는 더없이 좋은 기회였다. 나를 그토록 괴롭혔던 그 저주받을 열쇠꾸러미를 외투 자락에서 꺼낸 나는 있는 힘껏 우물 속에 집어던졌다. 짤랑! 짤랑! 짤랑! 데굴데굴 굴러 떨어지던 열쇠꾸러미가 우물 벽에 부딪치면서 마침내 물 속에 잠겨버렸다. 이전에는 감히 상상도 못할 일을 저지른 나는 미소를 지으며 유유히 그곳을 떠났다.

학교를 나서면서 정문에서 마지막으로 만난 사람은 비오 씨였지만,

그는 빈손으로 얼이 빠진 듯 이리저리 헤매고 있었다. 내 곁을 지나치던 그는 불안한 눈길로 나를 바라보았다. 불쌍하게도 그 인간은 열쇠를 혹시 못 봤는지 내게 묻고 싶은 모양이었다. 하지만 그는 감히 묻지를 못했다. 바로 그 순간, 수위가 층계 위쪽에서 몸을 기울이고 소리쳤다.

"비오 씨, 아무리 찾아도 열쇠가 안 보여요!"

비오 씨가 들릴락말락 한 목소리로 중얼거리는 소리가 들려왔다.

"아이구, 저런!"

그러더니 꼭 탐험 여행을 떠나는 미치광이 같은 모습으로 사라졌다.

나는 그 광경을 좀더 오래 지켜보며 즐기고 싶었지만, 아름 광장 쪽에서 합승마차의 출발을 알리는 나팔 소리가 들려와서 그럴 수가 없었다. 마차가 나만 남겨둔 채 떠나게 할 수는 없었던 것이다.

자, 고철과 검은 돌로 만들어진 사를랑드 중학교여, 이제 안녕! 고약한 학생들이여, 이제 안녕! 엄격한 규율이여, 이제 안녕! 난 이제 이곳에서 날아올라 영원히 돌아오지 않으리라. 그리고 그대, 드 부코이랑 후작이여, 재수가 좋은 줄 아시오. 오랫동안 바르베트 카페에서 갈고 닦았던 내 복수의 칼을 피하게 됐으니 말이오.

마부여, 채찍질을 하시오! 경적을 울리시오! 낡은 역마차여, 네 바퀴에서 불이 나도록 달려라! 마차를 끄는 세 마리의 말이여, 어서 빨리 달려라! 바티스트 외삼촌 집에 계시는 어머니를 만나 뜨거운 포옹을 할 수 있도록 어서 빨리 나를 고향으로 데려가다오! 그리고 라탱 가에 살고 있는 사랑하는 자크 형을 만날 수 있도록 어서 빨리 나를 파리로 데려가다오!

바티스트 외삼촌

어머니의 오빠인 바티스트 외삼촌은 정말 특이한 사람이다. 성격이 좋지도 나쁘지도 않고 둥글둥글한 그는 새파랗게 젊은 나이에 인색하고 비쩍 마른 여장부 스타일의 외숙모와 결혼해서 공처가로 살고 있었다. 나이만 먹었지 애나 다름없는 이 양반이 이 세상에서 유일하게 갖고 있는 취미가 뭔가 하면 바로 색칠하는 것이다. 40여 년 전부터 그는 물감과 접시, 붓에 둘러싸여 살면서 삽화 신문에 색칠하는 걸 낙으로 삼아왔다.

외삼촌 집은 날짜가 지난 『일뤼스트라시옹』 신문과 『샤리바리』 신문, 『마가쟁 피토레스크』 잡지, 그밖에 온갖 지도들로 발 디딜 틈이 없었다. 그리고 이 모든 게 다 짙은 색깔로 채색되어 있었다. 먹고살기 힘들던 시절에도 그림이 들어간 신문을 사려고 외숙모에게 손을 내밀었다가 거절당하면 아무 책에나 색칠을 하곤 했다. 실제로 형용사는 무조건 푸른색, 명사는 분홍색, 이런 식으로 내 스페인어 문법책에 첫 장에서 마지막 장까지 색칠을 해놓은 적도 있었다.

여섯 달 전부터 어머니는 이 늙은 편집광과 앙칼지고 사나운 외숙모 사이에 끼여 살아야 했다. 우리 불쌍한 어머니는 외삼촌 방에서 그의 옆에 앉아 뭔가 일거리가 없을까 궁리하면서 하루하루를 보내고 있었다. 이따금 어머니는 외삼촌의 붓을 빨아주기도 하고 그림물감 접시에 물을 담아주기도 했다.

우리 집안이 망한 뒤로 바티스트 외삼촌은 툭하면 "매제는 무능한 인간이야! 무능하다고!" 하는 말을 입에 올리며 아버지를 극도로 증오했고, 불쌍한 어머니는 아침부터 저녁까지 그 말을 들어야 했는데, 이거야말로 당신에게는 가장 서글픈 일이었다.

흥, 바보 같은 외삼촌! 자기는 스페인어 문법책에다 색칠 따위나 하고 있으면서 이렇게 거드름피우며 자신만만하게 떠벌리는 꼴이라니! 하긴 그 뒤로도 나는 다른 사람들은 모두 무능하다고 무시하면서 막상 자기는 스페인어 문법책에다 색칠이나 하며 시간을 허비하는 이른바 점잖은 인간들을 많이 보아왔다.

바티스트 외삼촌 집에서 어머니가 이렇게 고달프고 서글프게 지낸다는 것을 속속들이 알게 된 것은 훨씬 나중의 일이었다. 그렇지만 외삼촌 집에 도착하자마자 나는 어머니가 내게 하시는 말씀과는 달리 마음 편하게 지내지 못한다는 것을 직감적으로 알아차릴 수 있었다.

내가 외삼촌 집에 들어섰을 때는 마침 저녁식사를 하려는 참이었다. 어머니는 나를 보자 너무나 좋아서 펄쩍펄쩍 뛰며 나를 있는 힘껏 껴안았다. 하지만 어머니는 왠지 거북해 보였다. 접시에 눈길을 고정한 채 묵묵히 앉아 있다가 들릴 듯 말듯 떨리는 목소리로 한두 마디씩만 할 뿐, 거의 말이 없었다. 몸에 꽉 끼는 검은색 옷을 입고 있는 어머니의 모습을 보고 있노라니 마음이 쓰라렸다.

외삼촌과 외숙모는 나를 몹시 냉랭하게 맞아들였다. 외숙모는 저녁은 먹었는지 내게 물었는데, 영 불안한 표정이었다. 내가 엉겁결에 먹었다고 대답하자 외숙모는 안도의 한숨을 내쉬었다. 그 여자는 내가 저녁을 안 먹었으면 어떡하나 하고 잠시나마 전전긍긍했던 것이다. 그런데 저녁식사라고 식탁에 올려놓은 거라곤 완두콩 한 접시와 대구 요리뿐이었다.

바티스트 외삼촌은 내가 휴가를 얻어 오게 되었는지 물었다. 나는 자크 형이 파리에 좋은 일자리를 마련해놨기 때문에 학교를 그만두고 형을 만나러 가는 중이라고 대답했다. 내 장래를 걱정하는 어머니를 안심시키는 한편 외삼촌이 나를 깔보지 않도록 꾸며낸 거짓말이었다.

내가 정말 좋은 일자리를 갖게 되었다고 여겼는지 외숙모가 눈을 동그랗게 뜨며 말했다.

"다니엘, 네 엄마를 파리로 모셔가야 한다. 네 불쌍한 엄마는 너희들이랑 떨어져 있으니까 갑갑한 모양이야. 그리고 너도 알겠지만 네 엄마는 우리한텐 부담스럽다구! 네 외삼촌이 언제까지나 네 가족들을 먹여 살릴 수는 없잖니?"

바티스트 외삼촌이 입 속에 음식을 잔뜩 집어넣은 채 말했다.

"내가 온 가족을 먹여 살리고 있다는 건 사실이지."

'온 가족을 먹여 살린'다는 그 말이 무척 맘에 드는지 외삼촌은 점잖은 표정으로 여러 번 되풀이했다.

늙은이들끼리 먹는 식사가 으레 그렇듯 저녁식사는 꽤 오랫동안 계속되었다. 어머니는 음식에는 거의 손을 대지 않은 채 내게 겨우 몇 마디 건네면서 나를 힐끔힐끔 바라보았다. 외숙모가 어머니를 감시하고 있었던 것이다.

"당신 여동생 좀 봐요. 아들을 다시 만나니까 입맛이 없나봐요. 어제는 빵을 두 번이나 먹었는데 오늘은 한 번밖에 안 먹네."

그날 밤, 나는 정말이지 당장이라도 불쌍한 어머니와 함께 떠나고 싶었다. 그 인정머리 없는 외삼촌과 외숙모의 손에서 당장이라도 어머니를 구해드리고 싶었다. 하지만 나부터도 무작정 상경이 아닌가. 수중에는 겨우 내 여비를 충당하기에도 빠듯한 돈 몇 푼밖에 없는데다가 자크 형의 방은 세 사람이 함께 살기에는 너무 좁았다.

나는 그저 단 1분이라도 좋으니 어머니를 껴안고 속 시원히 얘기나 나누고 싶었다. 하지만 어림도 없었다. 외삼촌과 외숙모는 우리 두 사람만 따로 내버려두지를 않았다. 저녁식사를 끝내자마자 외삼촌은 스페인어 문법책에 색칠을 하고 외숙모는 은그릇을 씻으면서 계속 곁눈질로 나와 어머니를 감시하였다. 어머니와 나는 말 한 마디 제대로 나누지 못한 채 아까운 시간을 다 보내고 말았다.

그랬으니, 외삼촌 집을 나설 때의 내 마음이 얼마나 서글프고 쓰라렸겠는가. 역으로 이어진 큰길의 어둠 속을 홀로 걸어가면서 나는 앞으로는 남자답게 행동할 것이며, 또한 오직 우리 집안을 일으켜 세우겠다는 생각만을 하겠노라 굳게 마음먹었다.

2부

le Petit Chose

고무장화

만일 내가 중앙아프리카의 오래된 바오밥나무가 연상될 정도로 연로하셨을 외삼촌만큼이나 오래 산다 하더라도 3등 열차에 몸을 싣고 난생 처음 파리까지 올라가던 때의 일은 결코 못 잊을 것이다.

2월 하순이었다. 아직도 날씨는 무척이나 추웠다. 차창 밖으로 잿빛 하늘과 바람, 싸락눈, 헐벗은 언덕, 물에 잠긴 들판, 길게 늘어선 마른 포도나무들이 휙휙 스쳐 지나갔다. 기차 안은 술에 취해서 악을 쓰듯 노래를 부르는 선원들과 꼭 죽은 생선처럼 입을 쩍 벌리고 자는 뚱뚱한 농부들, 챙 넓은 부인모를 쓴 노파들, 아이들, 계집애들, 젖먹이는 여인들로 발 디딜 틈이 없었고, 가난한 사람들이나 타는 기차칸답게 파이프 담배 냄새와 브랜디 냄새, 마늘을 넣은 소시지 냄새, 곰팡이 슨 지푸라기 냄새가 뒤섞여 그야말로 가관이었다. 그 광경이 지금도 눈에 선하다.

기차가 출발할 때 하늘을 보려고 창가에 자리를 잡았다. 그런데 8킬로미터쯤 갔을까, 위생병이라는 사내가 자기 마누라랑 마주 앉아서 가

217

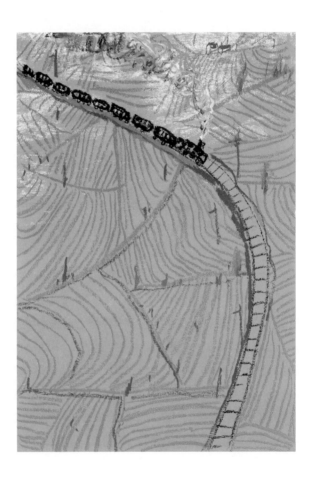

야 된다고 핑계를 대면서 내 자리를 빼앗아버리는 바람에 나는 불평 한 마디 못한 채 아마인(亞麻仁)[옮긴이 주 – 차에 넣어서 마시면 변을 잘 통하게 하는 약효를 낸다] 냄새를 풍기는 그 뚱뚱하고 못생긴 위생병과, 그의 어깨에 기대어 계속 코를 골아대는 샹파뉴 출신의 키다리 북치기 사이에 끼인 채 8천 킬로미터를 가야만 했다.

여행은 이틀간 계속되었다. 그 동안 나는 이 웬수 같은 두 인간 사이에서 고개 한 번 제대로 돌리지 못하고 이를 꼭 악문 채 꼼짝 못하고 있었다. 돈도 먹을 것도 없었기 때문에 파리까지 올라가는 동안 아무것도 먹지 못했다. 이틀이 그렇게 길게 느껴질 수가 없었다. 물론 수중에 40수짜리 동전이 하나 남아 있긴 했지만, 파리의 기차역에서 자크 형을 못 만날 수도 있다는 생각에 굳은 맘을 먹고 절대로 손을 대지 않았다.

문제는, 내 주위에 앉은 사람들은 열차 안에서 엄청나게 먹어댄다는 사실이었다. 내 무릎 밑에는 몹시 크고 무거워 보이는 바구니가 놓여 있었는데, 옆에 앉은 위생병은 바로 거기서 쉴새없이 갖가지 종류의 햄이나 소시지를 꺼내서 자기 마누라랑 나누어 먹는 것이었다. 이 바구니가 내 무릎 아래 놓여 있었던 탓에 나로선 정말 견디기가 힘들었고, 둘째 날에는 특히 심했다.

하지만 그 끔찍한 여행을 하면서 가장 고통스러웠던 것은 배고픔이 아니었다. 사를랑드를 떠날 때 구두가 없어서 아주 얇고 목이 짧은 고무장화를 신고 있었는데, 그건 내가 기숙사를 순찰할 때 신던 것이었다. 비록 겉모양은 아주 멋지게 생겼지만 겨울에, 그것도 3등 열차칸에서 그걸 신고 있자니 얼마나 발이 시린지 눈물이 다 날 지경이었다. 밤이 되어 승객들이 모두 잠들고 나면 발을 조금이라도 따뜻하게 하려고 밤새도록 두 손으로 주물렀다. 어머니가 그런 내 모습을 보았다면 얼마나 가슴 아파했을까······.

그러나 나는 뱃가죽이 등에 붙어버릴 정도의 허기와 눈물이 찔끔 날 만큼 살을 에는 추위에도 불구하고 마냥 행복하기만 했다. 그래서 비록 샹파뉴 출신 북치기와 위생병 사이의 그 좁아터진 자리일망정 남에게 양보하고 싶은 생각은 결코 없었다. 파리에 도착해서 형을 만나면 이 모든 고통이 막을 내릴 것이기 때문이었다.

둘째 날 밤이 지나고 새벽 3시 무렵, 소스라쳐 눈을 떠보니 기차가 더 이상 움직이지 않는 것이었다. 열차에 탄 사람들 사이에 술렁임이 일어났다.

위생병이 자기 마누라에게 말하는 소리가 들렸다.

"다 왔어."

나는 눈을 비비며 물었다.

"여기가 어딥니까?"

"파리잖아, 빌어먹을!"

나는 황급히 승강구로 달려갔다. 집이 한 채도 보이지 않았다. 헐벗은 들판과 가스등 몇 개, 그리고 여기저기 거대한 석탄더미만 시야에 들어왔다. 저 멀리 커다란 붉은 불빛 하나가 보였고, 파도가 밀려오는 것처럼 우르릉거리는 소리도 아련히 들려왔다. 조그만 램프를 든 남자가 "자, 파립니다! 파리에 다 왔어요! 승차권을 준비하세요!"라고 외치며 승강구마다 돌아다녔다. 나는 나도 모르는 사이에 두려움을 느끼며 고개를 움츠렸다. 파리에 도착한 것이다.

아, 내가 그 무자비한 대도시에 두려움을 느낀 것은 지극히 당연한 일이었으리라!

5분 뒤에 나는 플랫폼으로 내려섰다. 형은 거기서 한 시간 전부터 나

를 기다리고 있었다. 어깨를 약간 구부정하게 웅크린 형이 전신주만큼이나 기다란 팔을 높이 쳐들고 철책 뒤에서 내게 손짓하고 있었다. 나는 단숨에 형을 향해 달려갔다.

"자크 형! 자크 형!"

"야, 다니엘!"

그리고 우리 두 형제는 서로를 있는 힘껏 껴안았다. 그러나 불행하게도 기차역은 이렇게 서로 꼭 껴안고 있을 만한 곳이 아니었다. 여행객들을 위한 장소, 화물을 놓아두는 장소는 있었으나 서로 열렬히 포옹하면서 영혼을 나눌 만한 장소는 없었던 것이다. 사람들이 우리를 떠밀기도 하고, 발을 밟기도 했다.

"거기 서 있지 말고 빨리 나가요! 빨리요!"

개찰구 직원이 고함을 쳤다.

"자, 어서 가자. 네 트렁크는 내일 찾아오라고 시킬 테니까."

자크 형이 나지막한 목소리로 말하며 내 팔짱을 꼈다. 형과 나는 우리의 호주머니만큼이나 가벼운 발걸음으로 라탱 가를 향해 걸었다.

후일 나는 그날 밤 파리에 도착했을 때 받은 정확한 느낌을 기억해내려고 무던히 애썼다. 하지만 사람에 대한 느낌이 그렇듯 사물에 대한 느낌 역시 처음에는 아주 특별하고 색다르지만 그러고 나서는 서서히 사라져버리는 것 같다. 그날 파리에 도착했을 때 받은 강렬한 인상 역시 영영 되살릴 수가 없었다. 지금으로부터 수년 전, 그저 어린아이에 불과했을 때 파리의 거리를 걸으면서 나는 이 도시가 꼭 안개에 뒤덮인 것처럼 수수께끼로 가득 차 있다는 느낌을 받았지만, 이제는 그런 느낌이 들지를 않는 것이다.

시커먼 강을 가로지른 나무다리, 인적이 끊긴 강둑, 그 강둑을 따라 펼쳐진 넓은 공원이 기억난다. 우리는 공원 앞에서 잠시 걸음을 멈췄다. 공원을 둘러싸고 있는 철책 너머로 오두막집과 잔디밭, 물웅덩이, 서리가 내려앉아 반짝이는 나무들이 어렴풋이 보였다.

형이 말했다.

"동물원이야. 흰곰도 있고, 원숭이, 보아뱀, 하마…… 좌우지간 엄청나게 많은 동물이 있어."

실제로 동물들의 냄새가 풍겨왔고, 이따금 어둠 속으로 동물들이 내지르는 날카로운 외마디 소리와 목쉰 듯한 울부짖음이 울려퍼졌다.

형 옆에 바싹 붙어 철책 너머를 뚫어지게 노려보던 나는, 어둠에 싸인 미지(未知)의 파리와 그 신비로운 공원에 대한 두려움에 사로잡히면서, 내가 마치 시커멓고 커다란 동굴 속에 혼자 내버려진 것 같은 묘한 기분에 사로잡혔다. 나에게 느닷없이 덤벼들지도 모를 야수들이 득실거리는 거대한 동굴 속에 갇혀 있는 느낌이 들었던 것이다. 다행히도 나는 혼자가 아니었다. 자크 형이 나를 보호해줄 것이다. 아, 자크 형, 자크 형! 왜 그 동안 우리는 함께 지낼 수 없었을까?

우리는 끝없이 이어지는 어두컴컴한 길을 따라 오랫동안 걸었다. 형은 성당이 우뚝 서 있는 자그마한 광장에서 문득 걸음을 멈췄다.

"여기가 생제르맹 데 프레 광장이야. 우리 방은 저 위에 있어."

"뭐라구? 자크 형, 그럼…… 종탑 속에 방이 있단 말이야?"

"그래 맞아…… 시간을 보기엔 아주 안성맞춤이지."

자크 형은 과장을 섞어 말했다. 사실 자크 형은 성당 옆의 6층이나 7층쯤에 있는 집의 다락방에서 살고 있었고, 그 방의 창문에서는 생제르맹 성당의 종탑에 매달려 있는 시계의 문자반(文字盤)을 거의 같은 높이로 볼 수가 있었던 것이다.

방에 들어선 나는 기쁨의 환호성을 내질렀다.

"야, 불이다! 정말 행복해!"

나는 곧장 벽난로 쪽으로 달려가 녹아버릴 위험에도 아랑곳하지 않고 고무장화를 불에 가까이 갔다대었다. 자크 형은 그제야 내 신발이 이상하게 생겼다는 걸 알아차리고는 배꼽을 잡고 웃었다.

"다니엘, 수많은 저명인사들이 처음 파리에 올 때 나막신을 신고 왔고, 또 그 사실을 부끄럽게 생각하지 않는단다. 넌 고무장화를 신고 파리에 왔다고 나중에 말할 수 있을 거야. 그럼 더 참신해 보일 거야. 자, 내 슬리퍼를 신어. 이제 파이를 먹도록 하자."

자크 형은 방 한쪽 구석에 있는 자그마한 식탁을 벽난로 앞으로 끌어 왔다.

생니지에 성당 신부의 대리인, 자크

그날 밤 자크 형의 방은 얼마나 아늑했는지 모른다. 벽난로에서 활
활 타오르는 불빛은 식탁 위를 밝게 물들였으며, 마개를 밀봉한 포도주
[옮긴이 주 – 품질이 좋은 포도주는 밀랍으로 밀봉했다]를 따자 진한 제비꽃
향기가 가득 풍겨났다. 아, 껍질이 갈색을 띤 금빛으로 노릇노릇하게
익어서 군침이 저절로 돌던 그 파이! 아, 그렇게 맛있는 파이를 그 이후
로는 두 번 다시 먹어보지 못했다. 또 그렇게 향기롭고 부드러운 포도
주를 그 이후로는 두 번 다시 맛보지 못했다.

식탁을 사이에 두고 나와 마주 앉은 자크 형이 내게 포도주를 따라
주었다. 그래서 나는 눈을 치켜뜰 때마다 어머니의 그것처럼 내게 부드
럽게 미소짓는 정겨운 형의 눈길과 마주치곤 했다. 형과 같은 방에 있
다는 사실이 너무도 기쁜 나머지 끓어오르는 흥분을 도저히 감출 수가
없었다. 나는 계속 지껄여댔다.

"어서 먹어."

형이 접시에 먹을 걸 담아주면서 이렇게 재촉했지만, 나는 횡설수설

떠들기만 하고 음식에는 손을 대지 않았다. 형은 나를 침묵시키기 위해, 이번에는 1년 이상 나와 떨어져 지내면서 일어났던 일을 차분히 털어놓기 시작했다. 그런데 형이 예의 그 체념한 듯한 미소를 지으며 이야기를 하는 바람에 나는 무척이나 슬펐다.

"네가 떠나고 나자 우리 집은 초상집같이 변해버렸단다. 아버지는 아예 일손을 놓으셨지. 그리고 가게에 앉아 온종일 혁명분자들한테 저주를 퍼부어대면서, 나더러는 바보 같은 놈이라고 고함을 쳐대시니 장사가 될 리 없지. 부도난 어음이 아침이면 수북이 쌓이고, 집달관은 이틀에 한 번씩 들이닥쳤어. 초인종이 울릴 때마다 우린 가슴이 철렁 내려앉곤 했단다. 아, 넌 마침 적당한 때 떠난 거야.

이런 끔찍한 생활이 한 달쯤 계속되고 난 뒤 아버지는 포도주 회사에 취직해서 브르타뉴 지방으로 떠나셨고, 어머니는 바티스트 외삼촌 댁으로 가셨지. 두 분이 떠나실 때 내가 역까지 쫓아가서 기차 타시는 걸 도와드렸단다. 내가 얼마나 울었을지 상상이 되지? 두 분이 떠나신 뒤 그나마 우리 집에 남아 있던 변변찮은 가구들도 모두 팔렸지. 내가 지켜보고 있는 가운데 큰길에서 팔려버린 거야. 우리 집이 그렇게 풍비박산나는 걸 지켜보는 내 마음이 얼마나 쓰렸겠니? 나무나 천으로 만들어진 그 물건들은 사실 우리 가족들의 분신이나 마찬가지였는데 말이다. 너도 생각날 거야. 사랑의 신 큐피드가 바이올린을 들고 서 있는 모습이 새겨져 있는 장롱 말이야. 그게 팔려서 실려 갈 때는 그걸 산 사람 뒤를 쫓아가서 '그거 내려놔요!' 하고 고래고래 소리를 지르고 싶었단다. 넌 내 마음을 이해하겠지, 안 그래?

결국 우리 가구 중에서 의자 하나하고 담요, 빗자루만 남았단다. 빗자루는 나한테는 아주 유용했지. 나는 이것들을 랑테른느 가의 우리 집

한구석에다 모셔두었지. 집세는 두 달치가 미리 지불돼 있었기 때문에 나는 가구 한 점 없고 커튼도 쳐지지 않아서 썰렁한 집에 혼자 남게 되었지. 내가 얼마나 슬펐겠니?

매일 저녁 사무실에서 퇴근하여 돌아오면 새록새록 슬픔이 솟아났고, 문득 사방이 시멘트로 둘러싸인 차가운 벽 속에 홀로 갇혀 있다는 걸 느끼고 소스라치게 놀라기도 했지. 그럴 때마다 나는 이 방 저 방 다니면서 문을 힘껏 소리나게 여닫곤 했단다. 이따금 누가 가게에서 날 부르는 듯한 기척이 들리면 '가요!'라고 소리치며 뛰쳐나가기도 했지. 어머니 방에 들어설 때면 어머니가 창문 근처의 안락의자에 앉아 서글픈 표정으로 뜨개질을 하고 계시는 착각에 빠지기도 했단다.

엎친 데 덮친 격으로 바퀴벌레들이 다시 나타나기 시작했지. 우리가 리옹에 이사 와서 없애느라 무척 애를 먹었던 그 끔찍한 벌레들은 다른 식구들이 떠났다는 걸 어떻게 알았는지 그때보다 더 무섭게 들끓었어. 처음엔 나도 잡아보려고 했지. 매일 밤, 한 손엔 촛불, 또 한 손엔 빗자루를 들고서 부엌에서 사자처럼 싸웠지만 늘 울음만 나왔어. 유감스럽게도 나 혼자서는 아무리 애써봐야 소용없었단다. 안누 누나랑 같이 우리 가족이 모여 살던 시절로 돌아갈 수는 없었던 거야.

바퀴벌레는 점점 더 불어났지. 아마 그 습기 찬 도시에 사는 셀 수 없을 만큼 많은 바퀴벌레들이 일제히 우리 집을 공격했던 게 틀림없어. 부엌이 그놈들로 새까맣게 들어차는 바람에 나로선 어쩔 수 없이 포기하는 수밖에 없었단다. 그냥 가끔씩 열쇠 구멍으로 그놈들을 들여다볼 뿐이었지. 아마 수십억 마리는 됐을 거야……. 넌 그 저주받을 곤충들이 설마 그렇게까지 많지는 않았을 거라고 생각할지도 모르겠다. 그래, 그래! 넌 그놈들을 잘 모를 거야. 그놈들은 어디든 안 가리고 나타나서

초토화시켜 버린다구. 문도 꼭꼭 잠가놓고 열쇠 구멍까지 막았는데도 부엌에서 기어나오더니 내가 침대를 옮겨놓았던 식당으로까지 들어온 거야. 그 바람에 난 침대를 가게로 가져갔다가 다시 응접실에 들여놓아야 했어. 너, 웃는구나! 네가 그 광경을 봤어야 하는 건데.

빌어먹을 놈의 바퀴벌레들은 드디어 나를 복도 구석에 있던 우리 방에까지 몰아넣었어. 놈들은 내가 거기서 이삼 일 동안 숨을 돌리도록 내버려두더라. 그러던 어느 날 아침, 눈을 뜬 나는 수백 마리나 되는 바퀴벌레들이 빗자루를 타고 기어오르는 걸 보게 됐어. 그리고 또 다른 놈들은 줄지어 침대로 몰려오는 거야. 무기도 빼앗기고 최후의 보루도 빼앗기고 나니 결국은 도망을 치는 수밖에 없었지. 그래서 도망을 친 거야. 바퀴벌레들한테 담요하고 빗자루를 내주고 랑테른느 가의 그 끔찍한 집에서 그렇게 쫓겨난 뒤로 다시는 그 집에 돌아가지 못했지.

리옹에서는 그 뒤에도 몇 달을 더 지냈단다. 하지만 눈물이 절로 쏟아질 정도로 지루하고 암울한 세월이었어. 사무실 사람들은 내가 막달라 마리아보다 더 잘 운다(옮긴이 주 – 막달라 마리아는 예수의 발을 눈물로 적셨다)고 말했지. 난 아무 데도 가지 않았어. 친구도 없었고. 유일한 즐거움이란 네 편지를 읽는 거였단다…… 아! 다니엘, 너 정말 편지 잘 쓰더라! 네가 원한다면 넌 분명히 신문에도 글을 발표할 수 있을 거야. 넌 나랑은 다르니까.

부르는 대로 받아쓰는 바람에 결국 난 머리가 재봉틀만큼밖에 안 돌아가는 사람이 되고 말았지. 이제 내 힘으로는 아무것도 못하는 사람이 되어버린 거야. 아버지가 '자크, 이 당나귀처럼 멍청한 놈아!'라고 말씀하시는 것도 무리는 아니었어. 하지만 당나귀가 되는 것도 그다지 나

229

쁜 일은 아니야. 당나귀는 충직하고, 끈기 있고, 부지런하고, 착하고, 허리힘도 센 짐승이거든……. 이런 얘기는 집어치우고 아까 하던 얘기로 돌아갈까?

년 우리 집을 다시 일으켜 세우자고 늘 편지에다 써 보내곤 했고, 나도 네 편지에 감동받아서 너처럼 훌륭한 생각을 갖게 되었단다. 하지만 내가 리옹에서 버는 돈으로는 혼자 먹고살기에도 빠듯했지. 그러고 있는데 파리로 가면 어떨까 하는 생각이 떠오른 거야. 파리에 가면 우리 가족도 돕고, 또 우리 집을 다시 일으켜 세우는 데 필요한 것들을 더 쉽게 얻어낼 수도 있을 것 같았거든. 그래서 여행을 해야겠다는 결정을 내렸지. 다만 만약의 경우에 대비해서 신중을 기했지. 깃털 빠진 참새처럼 초라한 모습으로 파리 거리를 헤매고 싶지는 않았거든. 다니엘, 너처럼 하느님 은총을 받은 애는 괜찮겠지만, 나 같은 울보는 어림도 없지 않겠니?

그래서 생니지에 성당의 주임신부인 미쿠 신부님을 찾아가서 소개장을 부탁드렸어. 생제르맹 구역에선 꽤 영향력이 있는 분이셨거든. 신부님은 어떤 백작과 공작 앞으로 편지 두 통을 써주셨어. 너도 알겠지만 난 아무 옷이나 걸쳐도 폼 나는 편이잖니? 그런데 마침 양복장이 한 사람이 나를 보더니 잘 빠진 체격이라면서 검은색 정장 한 벌과 조끼, 바지 등등을 몽땅 외상으로 맞춰준 거야. 나는 소개장을 양복 속에 집어넣고는 지긋지긋한 리옹을 떠났지. 호주머니에는 단돈 60프랑밖에 없었어. 35프랑은 기차 삯이었고, 25프랑은 교제비였지.

파리에 도착한 다음날 아침 7시쯤 나는 검은색 정장에 노란색 장갑을 끼고 거리로 나갔지. 참고삼아 얘기하자면, 난 정말 우스꽝스런 짓을 한 거야. 파리에서 아침 7시라면 검은색 정장을 입는 사람들〔옮긴이 주 – 일을 하지 않는 부르주아지들을 뜻한다)은 다들 자고 있거나, 잠이 깼더라도 침대 위에서 뒹굴어야만 되는 시간이니까 말이야. 내가 그런 사실을 알 리 있겠어? 나는 어깨를 으쓱대며 새로 맞춘 무도화를 신고 저벅저벅 발자국 소리를 내며 거리를 활보하고 다닌 거야. 또 그처럼 이른 시간에 거리에 나오면 행운의 여신을 만날 기회가 더 많을 거라고 믿고 있었지. 하지만 그것 역시 잘못된 생각이었어. 파리에서는 행운의 여신도 늦게 일어나는가 보더라.

나는 호주머니에 소개장을 집어넣은 채 생제르맹 구역을 종종걸음으로 걸었단다.

먼저 릴르 가에 있는 백작 집으로 갔다가 그 다음에 생 귀욤 가의 공작 집으로 갔지. 두 집의 하인들은 정원을 쓸거나 구리 초인종을 반들반들 윤이 나게 닦고 있더라. 내가 미쿠 신부님 소개로 주인을 만나러 왔다니까 그 사람들, 콧방귀를 뀌면서 양동이에 담겨 있던 물을 내 다리에 끼얹더라구……. 왜 그랬는지 알겠니? 내 불찰이었지. 그 시간에 남의 집을 찾아가는 건 티눈을 치료하는 의사밖에 없거든.

아마 너 같으면 다시는 그 집에 찾아가지 않았을 거야. 하인들의 멸시하는 듯한 눈길은 더더구나 견뎌내지 못했을 거구. 하지만 난 그날 오후 뻔뻔스럽게 다시 찾아가서 하인들에게 나를 주인에게 소개해달라고 요구했지. 이번에도 역시 미쿠 신부님 소개로 왔다고 말하면서 말이야. 나로선 그렇게 용감하게 굴기를 잘한 셈이었어. 이 하인들 눈에 띄는 바람에 곧바로 주인들을 만날 수 있었거든. 하지만 나를 맞은 두 사람의 태도는 완전히 딴판이었어. 릴르 가의 백작은 아주 냉랭하게 나를 맞아들였지. 키가 크고 바짝 마른 백작은 엄숙하다고 말해도 될 정도로 진지한 표정을 짓고 있어서 잔뜩 겁을 집어먹은 나는 말 한마디 제대로 할 수 없었어. 백작 역시 거의 말을 하지 않았지. 미쿠 신부님의 편지를 읽어보고는 그대로 호주머니에 쑤셔넣더니 얼음처럼 차가운 표정으로 이렇게 말하더니 날 내쫓는 거야.

'알았소. 다시 찾아올 필요는 없소. 연락할 일이 있으면 편지를 보낼 테니까.'

참 더러운 인간이었지. 나는 완전히 기가 죽어 백작 집에서 나왔단다. 다행히 생 귀욤 가에서 환대를 해준 덕분에 내 마음은 훈훈해졌지. 거기서 만난 공작은 세상에서 가장 유쾌하고, 가장 쾌활하고, 가장 뚱뚱하고, 가장 붙임성 있는 사람이었어. 게다가 미쿠 신부님을 깊이 존경한다는 거야. 그래서 신부님과 관계되는 사람이라면 누구라도 생 귀욤 가에서는 환영받을 거라는 생각이 들더라구! 정말이지 그 공작은 선량하고 좋은 사람이었어. 우리는 금세 친구가 되었지. 베르가모트 담배를 한 움큼 내게 쥐어준 공작은 내 귀를 잡아당기더니 뺨을 토닥거리면서 이렇게 말했단다.

'내가 다 알아서 할 테니 걱정 마시오. 당신이 필요로 하는 일자리는 금방 구해질 거요. 그 동안이라도 마음이 내키면 언제라도 놀러오도록 해요.'

나는 희희낙락하면서 그 집을 나왔지.

신중을 기하는 의미에서 이틀 동안은 그분을 찾아가지 않았어. 셋째 날이 되어서야 생 귀욤 가에 있는 그분 저택을 찾아갔단다. 그런데 감색 바탕에 금박이 있는 옷으로 정장을 한 거한(巨漢)이 험악하게 인상을 쓰며 내 이름을 묻더라구. 그래서 나는 으쓱대며 대꾸했지.

'미쿠 신부님 소개로 찾아왔다고 전해주십시오.'

그 사내가 잠시 뒤에 돌아왔어.

'공작님께서 지금은 몹시 바쁘니 미안하지만 다른 날 찾아오시라고 말씀하셨습니다.'

내가 얼마나 무안했겠는가 생각해봐라.

다음날 같은 시각에 다시 공작을 찾아갔지. 그 우락부락한 문지기가 꼭 앵무새처럼 층계참에 버티고 서 있더라구. 그런데 멀리서 나를 알아본 그 자가 인상을 쓰며 외치는 거야.

'공작님은 외출하셨습니다.'

그래서 나도 대꾸를 했지.

'아, 그래요? 그럼 다시 오겠습니다. 미쿠 신부님 소개로 온 사람이라고 공작님께 좀 전해주시지요.'

나는 그 다음날도 다시 찾아갔지. 이렇게 그 뒤로도 계속 찾아갔지만 한 번도 공작을 만날 수 없었단다. 그때마다 공작은 목욕 중이거나, 미사를 올리고 있거나, 정구를 치고 있거나, 사람들과 함께 있다는 거야. 사람들과 함께 말이다! 그건 틀에 박힌 핑계일 뿐이야. 그렇다면 난 사람이 아니란 말이냐?

결국 나는 내가 끊임없이 되풀이했던 '미쿠 신부님 소개로 온 사람입니다'라는 말 때문에 내 처지가 우스꽝스럽게 되었다는 사실을 알게 되었단다. 그래서 나는 내가 누구 소개로 왔는지에 대해서는 더 이상 말하지 않았어. 하지만 층계에 버티고 서 있던 덩치 큰 문지기는 내 뒤통수에 대고 여전히 진지하게 묻는 거였어.

'미쿠 신부님 소개로 오신 분, 분명히 맞지요?'

그러면 정원에 나와서 빈둥거리던 푸른 옷 입은 하인들 몇 명이 폭소를 터뜨렸어. 고약한 놈들이었지. 내가 미쿠 신부님 소개로 거길 찾아가지만 않았더라도 그 녀석들을 몽둥이로 후려쳤을 텐데.

파리에 도착한 지 열흘쯤 지난 저녁이었어. 그날도 생 귀욤 가에 갔다가 허탕치고 돌아왔지. 그때만 해도 나는 쫓겨날 때까지 계속 그곳을 찾아가겠다고 속으로 단단히 결심했거든. 그런데 그날 수위실에 짤막한 편지 한 통이 와 있는 거야. 누구한테서 왔을 것 같니? 글쎄, 릴르 가의 그 무뚝뚝한 백작에게서 온 거였는데, 자기 친구인 다크빌 후작이라는 사람한테 곧 소개시켜주겠다는 내용이었어. 그 후작이 비서를 구한다면서 말이야.

생각해봐라. 내가 얼마나 기뻤겠니. 또, 내가 얼마나 큰 교훈을 얻었겠니. 별로 기대를 않던 그 차갑고 인정머리 없는 백작은 나한테 신경을 써줬는데, 그렇게 친절하던 공작은 미쿠 신부님 소개로 온 나를 푸른 옷을 걸친 무례한 하인들의 조롱거리로 삼으면서 아예 자기 집 층계에서 따돌린 거라고……. 다니엘, 그게 바로 인생이야. 파리 같은 도시에선 그 사실을 금세 터득하게 되지.

그 즉시 나는 다크빌 후작 댁으로 달려갔지. 그렇게 해서 나는 바짝 마른 키 작은 후작을 만나게 되었단다. 그분은 노인네답지 않게 꿀벌처럼 민첩하고 쾌활한 성격이시더구나. 참 희한한 양반이었지. 갸름하고 창백한 귀족적인 얼굴에 머리칼은 칠흑처럼 검었는데 눈은 하나뿐이었어. 한쪽 눈은 아주 오래 전에 칼에 찔려 실명했다는 거야. 하지만 하나 남은 눈이 뭔가를 캐묻는 듯 너무 반짝반짝 빛이 나고 너무 생기가 있어서 아무도 후작을 애꾸눈이라고 말할 수가 없었어. 꼭 하나의 눈 속에 두 개의 눈이 있는 사람 같았다니까.

자그마한 그 괴짜 노인 앞에 선 내가 이런저런 시시콜콜한 얘기를 늘어놓기 시작하자 그분은 내 말을 딱 자르고 나서더구나.

'쓸데없는 얘기는 그만두게. 난 그런 얘기 안 좋아해! 단도직입적으

235

로 얘기하자구. 난 회고록을 쓰기 시작했다네. 불행히도 일을 늦게 시작했고 이제 나이가 꽤 들었기 때문에 더 이상 허비할 시간이 없어. 계산을 해보니, 3년 동안 한시도 안 쉬고 일을 해야 겨우 끝낼 수 있을 것 같아. 올해 내 나이 일흔인데다가 다리도 편치 못해. 하지만 정신은 말짱하다네. 그러니 앞으로 3년은 더 살면서 회고록을 끝낼 수 있을 거야. 내겐 허비할 시간이 단 1분도 없다네.

그런데도 전에 데리고 있던 비서 녀석은 그걸 이해하지 못했지. 내가 반할 정도로 무척 영리한 녀석이었어. 근데 그 녀석이 사랑에 빠져서 결혼을 하려고 하는 거야. 거기까지만 해도 괜찮아. 그런데 갑자기 오늘 아침 날 찾아와서 결혼식을 올려야 되니 이틀 동안 휴가를 달라고 그러질 않겠나. 글쎄, 난 이틀은커녕 단 1분의 휴가도 줄 수 없다고 딱 잘라 거절했지. 그랬더니 그 녀석은 하지만 후작님…… 어쩌고 하면서 매달리더군. 나는 내 사전에는 하지만 후작님…… 따위의 말은 없다고 대꾸해주었지. 그러면서 홧김에 이틀 동안 휴가를 가려거든 아예 영원히 휴가를 가라고 말했지. 그랬더니 그 녀석은 그렇다면 당장 그만두겠습니다, 후작님 하고 나가버리더군. 난 그 녀석 뒤통수에 대고 잘 가라고 말해주었지. 그렇게 해서 그 녀석이 그만두게 된 거야…….

자, 이제 내가 그 녀석 대신 믿을 만한 사람은 자네뿐이네. 몇 가지 꼭 지켜주어야 할 조건이 있어. 우리 집에 아침 8시까지는 와야 되네. 점심은 싸오도록 하게. 아침에는 12시까지 구술을 할 걸세. 12시가 되면 혼자 점심을 먹게. 난 점심을 안 먹으니까. 자네가 점심식사를 재빨리 끝내면 다시 일이 시작되네. 내가 외출을 할 경우엔 자네도 날 따라와야 해. 연필과 종이를 들고 말이야. 마차를 타건, 산책을 하건, 공식적인 방문을 하건, 어디서라도 자넨 내 말을 받아써야 하네. 저녁식사

236

는 나랑 같이 하세. 저녁식사가 끝나면 내가 낮에 불러줬던 것을 다시 읽어보도록 하세. 나는 8시에 잠자리에 드니까 자넨 다음날까지는 자유일세. 봉급은 저녁식사를 제공하고 월 1백 프랑이야. 대단한 액수라고는 할 수 없네. 하지만 3년 뒤에 회고록이 끝나면 그 대가로 아주 큰 선물을 주지. 내가 부탁하고 싶은 것은 시간을 정확히 지키고 결혼을 하지 말 것이며, 부르는 걸 빨리빨리 받아써야 한다는 것일세. 부른 대로 받아쓸 수 있나?'

'그럼요! 한 자도 안 틀리게 받아쓸 수 있어요, 후작님!'

대답하면서 웃음이 나오려고 해서 혼났단다. 평생 남이 부르는 것을 받아써야만 하는 내 가혹한 운명이 너무도 우습게 생각되었거든.

후작이 다시 말했어.

'음, 그렇다면 거기 앉게. 여기 종이와 잉크가 있네. 지금 당장 일을 시작하도록 하세. 24장까지 나갔다네. 제목은「드 비렐르 씨와의 분쟁」일세. 자, 받아쓰게……'

그러고는 방 안을 이쪽 끝에서 저쪽 끝으로 깡충깡충 뛰어다니면서 지친 매미만큼이나 작은 목소리로 읊조리기 시작하더구나.

이렇게 해서 나는 그 괴짜 양반 집에 들어가게 되었는데, 알고 보니 참 좋은 분이더라. 지금까지는 서로 아주 만족스럽게 생각하고 있지. 어제 저녁에 네가 온다는 것을 알고는 너랑 마시라고 오래 묵은 포도주를 한 병 주시더구나. 나는 그런 고급 포도주를 저녁식사 때마다 마신단다. 말하자면 저녁식사를 잘 먹는다는 얘기지. 점심식사는 늘 준비해가지고 가는데 문장(紋章)이 새겨진 식탁에 세련된 무스티에르 접시를 놓고 그 위에 2수짜리 싸구려 이탈리아제 치즈를 담아서 먹고 있는 내 모습을 보면 넌 웃지 않을 수 없을 거야. 후작님이 점심을 싸오라고 한 건 그분이 인색해서가 아니라 늙은 요리사 벨로아 씨가 내 점심을 준비하는 수고를 덜어주기 위해서야……. 요컨대 지금 내 생활은 이 정도면 괜찮은 셈이야.

후작님의 회고록을 받아쓰다 보면 배우는 게 무척 많단다. 난 드카즈 씨[옮긴이 주 - 1780~1860. 왕정복고 시대와 7월 왕정 당시 중요한 정치적 역할을 해낸 인물. 농업과 공업 문제에 관심을 보여 드카즈빌 광산을 개발하였다]와 드 비렐르 씨[옮긴이 주 - 1773~1854. 왕정복고 시대의 정치인으로서 반동적 조처들을 취하였다]에 대해서 꽤 많은 걸 알고 있는데, 언젠가는 내게 도움이 될 수 있을 거야.

저녁 8시가 되면 난 자유야. 열람실에 가서 신문을 읽든지, 아니면 우리 친구 피에로트 씨한테 인사를 하러 가곤 한단다. 너, 피에로트 씨 생각나니? 생각나지? 그 양반, 이젠 어머니의 소꿉동무였던 세벤느 지방의 피에로트가 아니야. 지금은 점잖게 피에로트 씨라고 불리지. 소몽 상점가(商店街)에 아주 유명한 도자기 가게를 갖고 있단다. 우리 어머니를 무척 좋아했던 그분은 내가 아무 때라도 집에 드나들 수 있게 마음 편히 대해주고 있어. 이렇게 추운 겨울밤이면 내 말동무가 되어 외롭고 실의에 찬 나를 많이 위로해줬어……. 하지만 이젠 네가 왔으니 겨울밤을 어떻게 보낼까 걱정할 필요가 없겠구나……. 너도 그렇지? 안 그러니, 아우야? 오, 다니엘, 난 정말 너무 좋다! 우린 정말 행복하게 살 거야!"

우리 어머니, 자크

자크 형의 오디세이가 다 끝나고 나니 이제는 내 차례였다. 사그라
지고 있는 벽난로 불은 마치 '자, 이제 그만 자야지' 하고 손짓하는 듯
했고, 촛불은 '이제 제발 잠 좀 자라! 이러다간 내 몸이 흔적도 안 남겠
어' 라고 고함치는 듯 보였으나, 우리는 개의치 않았다. 형은 웃으면서
"우린 너희들이 뭐라든 상관 안 해" 라고 말했고, 그리하여 우리들의 밤
샘은 계속되었다.

자크 형은 내 이야기에 솔깃했다. 그것은 내가 사를랑드 중학교에서
겪은 이야기였다. 아마도 독자 여러분은 그 슬픈 생활을 기억하고 있을
것이다. 그저 사납고 비열하기만 한 망나니들과 박해와 증오, 멸시와
모욕, 늘 화난 사람처럼 열쇠를 흔들어대던 비오 씨, 소름끼칠 정도로
끔찍한 짤랑! 짤랑! 짤랑! 소리, 숨이 막힐 만큼 비좁은 지붕 밑 다락
방, 눈물로 지새웠던 밤들……. 또 바르베트 카페에서의 방탕한 생활,
하사관들과 마셔댄 압생트 술, 빚, 자포자기……, 그리고 자살 시도와,
"자넨 평생 어린애로 남아 있을 걸세" 라던 제르만느 신부님의 무시무

시한 충고.

자크 형은 책상 위에 팔꿈치를 괴고 두 손으로 머리를 감싼 채 중간에 말을 끊지 않고 나의 고백에 끝까지 귀를 기울였다. 그러면서 중간중간 몸을 부르르 떨며 안타까워하는 것이었다.

"불쌍한 것! 불쌍한 것!"

형은 이윽고 내 얘기가 다 끝나자 몸을 일으키더니 내 두 손을 잡고는 부드럽고 떨리는 목소리로 말했다.

"제르만느 신부님 말이 맞아. 다니엘, 넌 아직 어린애야. 그러니 혼자 힘으로 네 인생을 개척한다는 건 불가능한 일이지. 내 보호를 받으며 이곳에서 생활하기로 한 것은 정말 잘한 일이야. 오늘부터 난 네 형일 뿐만 아니라 아버지 역할도, 어머니 역할도 대신해야겠구나. 어때, 괜찮겠지? 말해봐, 다니엘! 그렇다고 널 지나치게 귀찮게 하진 않을 거야. 내가 원하는 건 내가 늘 네 손을 잡고 너와 함께 걸어갈 수 있도록 해주는 것뿐이야. 그렇게 되면 너도 별다른 걱정 없이 하나의 인간으로서 인생을 개척해 나갈 수 있을 거야. 그래야만 인생에서 패배하지 않고 승자가 될 수 있지."

나는 형의 목에 매달렸다.

"아, 자크 형. 형은 정말 내게 엄마와 같은 존재야!"

나는 옛날 리옹 시절의 자크 형처럼 뜨거운 눈물을 펑펑 쏟았다. 이제 자크 형은 더 이상 울지 않았다. 형 말대로 형의 눈물샘은 다 말라버린 모양이었다. 무슨 일이 있어도 형은 울지 않으리라.

바로 그때, 7시를 알리는 종이 울렸다. 유리창이 환해졌다. 희미한 햇살이 수줍은 듯 흔들리며 방 안으로 스며들어왔다.

"날이 밝았구나. 이제 좀 자거라……. 빨리 자리에 누우렴. 넌 잠을 자야 해."

"그럼, 형은?"

"아, 난 너처럼 이틀 동안이나 기차 안에서 시달리지는 않았잖니? 게다가 후작님 댁에 가기 전에 도서실에 들러 책도 몇 권 반납해야 되기 때문에 늑장부릴 시간이 없어……. 다크빌 후작님은 농담을 안 하셔. 이따 저녁 8시에 돌아올게. 푹 쉬다가 거리 구경이라도 나갔다 오렴. 너한테 충고할 게 있는데……."

자크 형은 마치 어머니처럼 자상하게 나 같은 시골뜨기에게는 대단히 중요한 여러 가지 충고들을 해주기 시작했다. 하지만 불행하게도, 형이 이야기를 계속하는 동안 침대에 드러누운 나는 잠까지 자지는 않았지만 정신은 가물가물 흐려지기 시작했다. 피로와 파이, 그리고 눈물……. 나는 선잠이 들고 말았다. 바로 근처에 레스토랑이 있다는 것, 내 조끼 호주머니에 돈을 넣어두었다는 것, 다리를 지나서 큰길을 따라가야 한다는 것, 혹시 잘 모르면 순경들에게 물어봐야 한다는 것, 꼭 생제르맹 종탑을 보고 집을 찾아오라는 것 등 형의 목소리가 꿈결처럼 들려왔다.

반쯤 잠든 상태에서도 특히 내게 와 박히는 말은 생제르맹 종탑에 대한 것이었다. 생제르맹 종탑이 꼭 도로 푯말처럼 두 개, 다섯 개, 열 개, 내 침대 주위에 일렬로 늘어선 것 같았다. 누군가가 그 종탑들 사이로 왔다갔다 하면서 벽난로의 불을 들쑤셔 일으키고, 십자형 무늬의 커튼을 친 다음 내게 다가와서 발에 외투를 덮어주고 이마에 가볍게 입을 맞추더니 문소리와 함께 조용히 멀어져갔다.

얼마나 잤을까……. 비몽사몽간에 자크 형이 돌아올 때까지 자야겠다 생각하고 있는데, 느닷없이 종소리가 울리는 바람에 나는 그만 잠이 깨고 말았다. 그것은 바로 사를랑드 중학교의 종소리, 그때처럼 울려대는 그 끔찍한 쇠종 소리였다.

"땡! 땡! 빨리 일어나! 땡! 땡! 빨리 옷을 입어!"

후다닥 뛰쳐일어난 나는 방 한가운데로 달려가 기숙사에서처럼 입을 벌리고 고래고래 소리를 질렀다.

"자, 어서 서둘러라!"

잠시 뒤 정신이 든 나는 자크 형의 방이라는 걸 깨닫고는 껄껄 웃음을 터뜨리며 미친 듯이 이리저리 뛰어다녔다. 내가 사를랑드의 종소리라고 생각했던 것은 사실 그곳의 종만큼이나 무자비하고도 메마른 소리를 내는 근처 공장의 종소리였다〔옮긴이 주 – 공장의 작업 개시 시간과 종료 시간을 종을 쳐서 알렸다〕. 하지만 사를랑드 중학교의 종소리는 더 심술궂고 혹독했다. 정말이지 다행스러운 것은 그 종이 8천 킬로미터나 떨어진 곳에 있다는 것이었다. 그 종이 아무리 크게 울려댄다 해도 이제 더 이상은 내 귀에 들리지 않을 것이다.

나는 창 쪽으로 다가가서 창문을 열었다. 이상한 일이지만, 나무들이 우울하게 서 있는 상급반 운동장과 벽에 바싹 붙어 걸어가는 비오 씨를 보게 될지도 모른다는 생각이 들었다.

바로 그때, 정오를 알리는 종소리가 여기저기서 들려왔다. 맨 먼저 거대한 생제르맹 종탑이 삼종기도 종〔옮긴이 주 – 신자들로 하여금 '안젤루스'라는 라틴어로 시작되는 성모마리아에 대한 기도를 올리도록 권고하는 종〕을 연이어서 열두 번 울렸는데, 꼭 내 귓속에서 울리는 듯 가깝게 들려왔다. 무겁고 장중한 음표들이 열린 창문을 통해 우리 방으로 들어와서 세 개씩 세 개씩 떨어져 내리더니 마치 소리의 물방울처럼 터지면서 방 안을 소리로 가득 메웠다. 생제르맹 종탑의 삼종기도 종소리에 답하기라도 하듯 파리의 다른 종들도 여러 가지 음색(音色)을 내며 장엄하게 울렸다. 눈에 안 보이는 저 아래의 파리가 포효하고 있었다……

잠시 동안 나는 창가에 서서 햇빛을 받아 반짝이는 둥근 지붕과 뾰족탑, 그리고 종탑을 바라보았다. 그 순간, 파리의 소음이 내게까지 올라오자 나는 문득 그 소음 속에, 그 군중 속에, 그 삶 속에, 그 열정 속에 빠져들어 뒹굴고 싶은 강렬한 욕망에 사로잡혀 부르르 몸을 떨었다. 그리고 꼭 술에 취한 사람처럼 중얼거렸다.

"자, 파리를 만나러 가자!"

예산 짜기

그날 밤 파리 사람들 가운데에는 저녁 식탁에 둘러앉아 "오늘 낮에 별 이상한 꼬마 녀석을 다 봤어!"라고 말하는 사람들이 꽤 있었을 것이다. 너무 긴 머리칼에 너무 짧은 바지, 고무장화, 푸른색 양말, 촌스러운 분위기, 어린아이 특유의 그 과장된 표정 등 내 모습은 정말 희극적이었다.

마침 겨울이 끝나갈 무렵이어서 그날은 봄 날씨처럼 햇볕이 따사롭게 내리쬐어 아주 포근했다. 그런 탓에 많은 사람들이 밖으로 몰려나와 있었다. 쉴새없이 떠들면서 거리를 오가는 사람들 때문에 약간 얼이 빠진 나는 담장을 따라 조심스럽게 걸었다. 그러면서 누구랑 부딪치기라도 하면 금세 얼굴이 빨개져서 "죄송합니다"라고 기어들어가는 목소리로 말하곤 했다. 그래서 되도록 사람이 많은 가게 앞에서는 걸음을 멈추지 않으려고 주의했고, 길 같은 건 세상없어도 묻지 않았다. 나는 때로 이 골목 저 골목 헤매면서 똑바로 앞만 보고 줄곧 걸었다.

사람들이 나를 힐금힐금 쳐다보았다. 몹시 거북했다. 어떤 사람들은 길을 가다가 되돌아와서 내 모습을 자세히 살펴보며 신기하다는 듯 웃기도 했다. 한번은 어떤 부인이 나를 가리키며 옆에 있던 부인에게 "저 사람 좀 봐"라고 말하는 바람에 그만 발을 헛디디고 말았다. 더욱 나를 당황하게 만든 것은 경찰의 의심스러워하는 듯한 눈길이었다. 거리 구석구석에서 그 빌어먹을 눈길들이 호기심에 가득 차서 소리 없이 나를 꿰뚫어보고 있었다. 내가 지나칠 때마다 그 눈길은 멀리까지 따라왔고, 그럴 때마다 나는 등이 근질근질해지는 걸 느꼈다. 결국 나는 조금씩 불안해지기 시작했다.

그렇게 한 시간쯤 걷다 보니 가느다란 가로수들이 줄지어 서 있는 큰길에 다다르게 되었다. 그곳은 사람도 많고 차도 많고 시끄럽기도 엄청 시끄러워서, 나는 겁에 질린 채 우뚝 걸음을 멈추고 말았다.

나는 속으로 생각했다.

'여기서 어떻게 빠져나간담? 어떻게 집으로 돌아간다지? 내가 생제르맹 데 프레 종탑으로 가는 길을 물으면 사람들은 날 무시할 거야. 부활절을 맞아 로마에서 왔다가 길을 잃어버린 거지처럼 보일지도 몰라.'

나는 어떻게 해야 할지 좀더 생각해보려고, 꼭 저녁에 어떤 연극을 볼까 망설이는 사람처럼 분주한 표정으로 극장 포스터가 붙어 있는 안내판 앞에서 잠시 서성거렸다. 하지만 불행하게도, 그 극장 포스터는 아주 흥미진진해 보이기는 했지만 생제르맹 종탑으로 가는 길에 대해서는 아무것도 가르쳐주지 않았고, 그 바람에 자칫하면 통금을 알리는 나팔 소리가 힘차게 울려퍼질 때까지 거기 그렇게 서 있어야 할 판이었다. 그런데 그때 갑자기 자크 형이 옆에 나타난 것이었다. 그는 나만큼이나 놀란 표정을 지었다.

"이런, 세상에! 너, 다니엘 아냐? 여기서 지금 뭘 하는 거니?"

나는 애써 태연한 척하면서 대답했다.

"보면 몰라? 산책하고 있잖아."

자크 형은 감탄스런 눈초리로 나를 바라보았다.

"너 벌써 파리 사람 다 됐구나?"

형을 만난 게 너무 기쁜 나머지 나는 옛날 우리가 리옹에 도착했을 때 나머지 식구들을 마중 나왔던 아버지에게 했던 것처럼 형의 팔에 매달려 어쩔 줄 몰라했다.

"이렇게 우연히 만나다니 참 기쁘구나. 후작님은 목이 잠기셨는데, 그렇다고 손짓 발짓 하시는 걸 보고 받아쓸 수는 없어서 내일까지 휴가를 얻었단다. 우리 맘놓고 산책이나 하자꾸나."

그러면서 자크 형이 날 잡아끌었다. 우리 형제는 함께 걷는다는 게 너무나 자랑스럽게 생각되어 서로 바싹 다가선 채 파리 시내를 걷기 시작했다.

이제는 형이 곁에 있어서 그런지 거리를 걷는 게 더 이상 두렵지 않았다. 만약 나를 보고 비웃거나 손가락질하는 사람이 있으면 가만두지 않겠다고 다부지게 마음먹은 뒤 나는 식민지인 알제리에 주둔한 프랑스 보병들처럼 잔뜩 위엄을 부리고 으스대며 걸었다. 그런데 딱 한 가지 불안한 게 있었다. 길을 가면서 자크 형이 여러 차례나 날 불쌍하다는 표정으로 힐끗거리는 게 아닌가. 대체 왜 그러느냐고 물어볼 용기가 내게는 없었다.

잠시 후에 형이 물었다.

"고무장화가 편하니?"

"그럼!"

"그래, 편하겠지······."

형은 이렇게 말하더니 미소를 지으며 덧붙였다.

"그렇긴 하지만, 내가 부자가 되면 멋진 구두를 한 켤레 사줄게."

오, 자크 형! 자크 형은 악의 없이 한 말이었다. 하지만 나는 몹시 당황할 수밖에 없었다. 문득 내 모습이 부끄러워졌다. 바로 그 순간부터 밝은 햇살이 쨍쨍 내리쬐는 큰길에서 고무장화를 신은 내가 너무 우스꽝스럽게 느껴져서 얼굴을 들 수가 없을 정도였고, 비록 형이 멋진 구두를 사준다면서 다정한 말로 위로했지만 당장 집으로 돌아가고 싶었다.

우리는 집으로 돌아와 벽난로 가에 앉아 처마 밑의 두 마리 참새처럼 수다를 떨면서 나머지 시간을 보냈다. 저녁 무렵 누군가 우리 방문을 두드렸다. 나가보니 후작의 하인이 내 트렁크를 들고 서 있었다.

형이 말했다.

"좋아, 좋아! 어디 이 트렁크 속에 뭐가 들어 있는지 한번 볼까?"

오, 불쌍한 내 트렁크!

검사가 시작되었다. 우리가 트렁크 안의 목록을 점검하면서 얼굴에 띠곤 하던 그 희극적이면서도 한심하다는 듯한 표정을 독자 여러분께서 보셨어야 하는데 말이다. 자크 형은 트렁크 앞에 무릎을 꿇고 앉은 채 그 안에 들어 있는 물건들을 하나씩하나씩 끄집어내더니 큰 소리로 이름을 불렀다.

"사전······, 넥타이······. 음, 사전이 또 있네. 아니, 이건 파이프잖아! 너, 담배도 피우는구나? 아니, 또 파이프! 맙소사, 웬 파이프가 이렇게 많아? 양말이 이렇게 많으면 좋을 텐데······. 그리고 이 두꺼운 책은 또 뭐냐? 오! 오! 학생 징계일지라······. 부코이랑 5백 줄, 수베이롤 4백

줄, 부코이랑 5백 줄, 부코이랑……, 부코이랑……. 이런, 이런! 이 부코이랑이란 애는 너도 도저히 어떻게 해볼 수가 없을 정도로 말썽꾸러기였나 보구나. 트렁크 안에는 이런 거 말고 와이셔츠가 한 2, 30벌쯤 들어 있어야 어울리는 건데."

그러더니 갑자기 자크 형이 놀란 듯이 고함을 쳤다.

"와, 이런! 다니엘……, 이게 뭐니? 시잖아, 시야! 너, 아직 시를 쓰는구나? 넌 참 숨기는 게 많아! 왜 편지엔 단 한 번도 시 쓴다는 얘길 하지 않았어? 내가 시에 문외한은 아니라는 거, 너도 잘 알 텐데 말야. 옛날에는 나도 시를 썼지……. 너「믿음이여! 믿음이여!」라는 내 시 기억나니? 열두 편으로 완성하려고 했던 시 말야! 자, 우리 서정시인 다니엘의 시를 좀 보기로 할까?"

"안 돼, 형! 제발, 그러지 마! 정말 별거 아냐."

형이 웃으며 말했다.

"시인들은 누구나 다 똑같단 말야. 자, 여기 앉아서 네 시를 좀 읽어주렴. 안 그럼 내가 직접 읽을 거야. 내 글 읽는 솜씨가 얼마나 형편없는지 너도 알고 있겠지?"

형이 이렇게 위협하는 바람에 나는 시를 읽기로 결심할 수밖에 없었다. 나는 시를 읽기 시작하였다. 그것은 사를랑드 중학교에 있을 때 프레리로 야외수업 나갔다가 밤나무 아래서 학생들을 감시하며 지은 시였다. 잘된 시였는지 아니면 시시한 시였는지 지금은 잘 생각나지 않는다. 다만 그 시를 읽었을 때 많은 감동을 받았다는 사실만 떠오를 뿐이다……

생각해보라. 사실 단 한 번도 남에게 보여준 적이 없었고, 게다가 자크 형은 보통사람과 달리 시에 대해 어느 정도 아는 사람이 아닌가. 만약에 형이 날 우습게 알면 어떡하지? 하지만 시를 읽어가면서 나는 마치 부드러운 음악과도 같은 내 시에 도취되어 목소리도 차분히 안정되어 갔다. 자크 형은 십자형 유리창 앞에 앉아서 꼼짝 않고 내 시에 귀를 기울이고 있었다.

형 뒤편으로 보이는 지평선 위에는 크고 붉은 태양이 창문을 붉게 물들이며 뉘엿뉘엿 넘어가고 있었다. 그리고 건너편 지붕 가장자리에서는 고양이 한 마리가 우리를 바라보면서 심심한 듯 기지개를 켜고 있었다. 형은 꼭 어떤 비극 대본에 귀를 기울이고 있는 코메디 프랑세즈 극장의 지배인처럼 얼굴을 잔뜩 찌푸리고 있었다. 나는 형의 표정을 힐끔힐끔 훔쳐보면서 내 시를 쉬지 않고 낭송했다.

예상 못한 승리였다! 내가 시를 다 읽자마자 형이 환호성을 지르며 자리에서 일어나 내 목에 매달렸다.

"오, 다니엘! 정말 멋져! 정말 멋진 시야!"

나는 믿기지 않는 표정으로 형을 쳐다봤다.

"정말 그렇게 생각해?"

"굉장해, 정말 굉장했다구! 트렁크 안에 이렇게 귀중한 걸 놔두고도 아무 말 않다니! 정말 믿기지가 않아!"

자크 형은 손짓발짓과 함께 혼자 뭐라고 중얼거리며 방 안을 성큼성큼 걸어다니기 시작했다. 그러다가 별안간 엄숙한 표정을 지으며 멈춰서는 것이었다.

"더 이상 주저할 필요가 없어. 다니엘. 넌 시인이야. 그러니 앞으로도 시인으로 남아 있어야 하고, 그 방면으로 네 인생을 설계해야 돼."

"아, 안 돼, 형! 그건 정말 힘든 일이야. 특히 등단을 하기란……. 그때까진 거의 수입이 없거든."

"까짓 것, 내가 두 사람 몫을 벌 테니 걱정하지 마."

"그럼 우리가 다시 일으켜 세우기로 한 우리 집은 어떡하고?"

"집? 내가 책임질게. 나 혼자서도 충분히 그렇게 할 수 있을 것 같아. 넌 우리 집안의 이름을 빛내야 해. 그렇게 되면 부모님께서도 훌륭한 자식을 두셨다는 걸 얼마나 자랑스러워하시겠니."

나는 몇 가지 이유를 들어 안 된다고 했다. 하지만 형은 막무가내였다. 솔직히 말하자면, 형의 제안을 끝까지 거절할 생각이 내게는 별로 없었다. 결국 나는 형의 열정에 설득당하고 말았다. 시에 대한 동경이 용솟음치면서 나는 라마르틴처럼 위대한 시인이 되겠다는 열정에 휩싸였다. 오직 한 가지 점에서만 형과 나는 쉽게 의견일치를 보지 못했다. 형은 내가 서른다섯 살이 되기 전에 아카데미 프랑세즈에 들어가기를 바랐던 것이다. 하지만 나는 형의 권유를 완강히 거부했다. 그까짓 아카데미! 그곳이야말로 이집트의 피라미드처럼 낡고 시대에 뒤떨어진 곳 아닌가.

"그러니까 더욱 그곳에 들어가야지. 그래서 그 늙은이들의 혈관에 진취적인 새 세대의 젊은 피를 조금씩 집어넣어 줘야 해. 그리고 말이야, 어머니는 또 오죽 기뻐하시겠냐? 그러니 생각을 잘 해보라구!"

이러니 도대체 뭐라 대답할 수 있겠는가? 형이 어머니를 내세우자 나는 더 이상 뭐라 대꾸할 수가 없었다. 나는 할 수 없이 아카데미 프랑세즈 회원들이 입는 초록색 예복을 입기로 하였다. 자, 아카데미로 가보자! 만약 회원들이 날 너무 지루하게 만들면 나도 메리메[옮긴이 주 ─ 1803~1870. 희곡과 중편소설 작가로서 1844년에 아카데미에 가입]처럼 탈퇴해버리면 될 테니까.

우리가 이런 얘기를 나누고 있는 동안 어둠이 내리면서 마치 내가 아카데미 프랑세즈의 회원이 된 걸 축하라도 하듯 생제르맹 종탑의 종소리가 경쾌하게 울려퍼졌다.

자크 형이 소리쳤다.

"자, 이제 저녁 먹으러 가자!"

정말 아카데미 회원과 동행하기라도 한 듯 무척 자랑스러운 표정을 지으며 형은 나를 생브누아 가의 한 간이식당으로 데려갔다.

그곳은 가난한 사람들을 위한 자그마한 식당으로서, 단골손님들을 위한 식탁 하나가 구석자리에 놓여 있었다. 수저가 접시에 부딪치는 소리를 내지 않으려고 조심하며 조용히 식사를 하고 있는 해진 옷차림의 가난한 사람들 틈에 끼여 우리는 저녁을 먹었다.

형이 나지막하게 말했다.

"거의 대부분이 글 쓰는 사람들이야."

나는 글 쓰는 사람이란 늘 이렇게 가난해야 하는가, 하는 생각에 좀 우울해졌다. 그러나 형의 열정을 식힐까봐 두려워 내색을 하지는 않았다.

식사는 꽤 즐거웠다. 나는 무척이나 열심히, 그리고 너무나 맛있게 먹었다. 식사가 끝나자 우리는 서둘러 집으로 돌아왔다. 내가 창문 위에 말 타듯 걸터앉아 파이프 담배를 피우고 있는 동안 자크 형은 내내 책상에 앉아 열심히 뭔가를 계산하고 있었는데, 몹시 불안해 보였다. 그는 손톱을 깨물기도 하고 의자 위에서 몸을 뒤치기도 하면서 손가락을 꼽아보다가 갑자기 환성을 지르며 일어섰다.

"만세! 성공이다!"

"뭐가 성공이라는 거야, 형?"

"우리 살림살이 예산을 짜는 데 성공한 거야. 이게 절대 쉬운 일이 아니야. 안 그래? 우리 두 사람이 매월 60프랑으로 살아야 하거든."

"뭐라구? 60프랑? 형은 후작님한테 한 달에 1백 프랑씩 받잖아?"

"그래. 근데 거기서 40프랑은 엄마한테 보내드려야 돼. 그래야 우리 가족이 다시 모여 살 수 있지. 그럼 60프랑이 남아. 그중에서 방세 15 프랑 내고……, 너도 알겠지만 그리 비싼 건 아니야. 침대 정리는 내가 하면 되니까 말이야."

"나도 그쯤은 할 수 있어, 형."

"아냐, 그럴 순 없지. 아카데미 회원에게는 어울리지 않는 일이야. 그건 그렇고 다시 예산 문제로 돌아가자꾸나. 그러니까 방세가 15프랑 에, 석탄 값으로는 5프랑……, 5프랑만 있어도 돼. 내가 매달 공장에 가 서 직접 석탄을 가져오니까. 그럼 40프랑이 남지? 네 식비로 30프랑을 쓰자. 넌 아까 갔던 그 식당에 가서 저녁을 먹도록 해. 디저트 없이 한 끼에 15수인데, 너도 먹어봐서 알겠지만 그다지 나쁘진 않아. 그런데 점심은 5수짜리로 때워야 한다. 괜찮겠니?"

"그럼, 난 괜찮아."

"좋아, 그래도 아직 10프랑이 남지? 세탁비로 7프랑이 필요할 거 고……. 내가 시간이 있으면 직접 해도 될 테지만 그렇질 못해 정말 유 감이야. 배〔옮긴이 주 – 센 강을 따라 정박해 있던 세탁선을 말한다〕에 빨래 갖다 주는 건 내가 할게. 그러고 나면 3프랑이 남는데, 그중 30수는 내 점심식사에 들어갈 거고……. 참 너도 알지? 난 후작님 댁에서 날마다 훌륭한 저녁식사를 하니까 너처럼 영양가 많은 점심식사를 할 필요는 없단 말이야. 마지막으로 남은 30수는 잡비나 담뱃값, 우표 값으로 쓰 고. 그리고 예비비로 좀 남겨두는 거야. 이렇게 되면 정확히 60프랑이 맞아떨어지지? 자, 어때?"

자크 형은 신이 나서 방 안을 폴짝폴짝 뛰어다녔다. 그러더니 갑자기 깜짝 놀란 표정을 지으며 우뚝 서는 것이었다.

"아이쿠, 이런! 예산을 다시 짜야겠는데…… 빠뜨린 게 있어."

"뭘 빠뜨렸다는 거야?"

"초 값 말야! 초가 없으면 밤에 네가 어떻게 시를 쓰겠니? 이건 꼭 필요한 지출이고, 한 달에 최소한 5프랑은 있어야 해. 어디서 이 5프랑을 빼낸다지? 엄마에게 보내는 돈에선 절대로 안 돼. 음…… 그래, 그거야! 이제 3월이 되면 곧 봄이 되고 그러면 해도 나오고 그럴 테니까 따뜻할 거야."

"그래서, 형?"

"날씨가 따뜻해지면 석탄이 필요없잖아? 석탄 살 돈 5프랑으로 초를 사는 거야. 그럼 문제는 해결됐지. 분명히 난 타고난 재무부 장관감이야. 어때? 이번엔 빠뜨린 것 없이 딱 들어맞지? 아직 구두하고 옷 문제가 남아 있긴 하지만, 그건 내가 어떻게 해결해보기로 하고……. 난 매일 저녁 8시부터는 자유의 몸이니까 어디 자그마한 가게의 경리 자리라도 찾아봐야겠어. 틀림없이 내 친구 피에로트 씨가 쉽게 자리를 얻어줄 거야."

"그럼 형이랑 피에로트 씨랑은 꽤 친한가 보구나? 그 집에 자주 가?"

"그럼, 거의 날마다 가다시피 하지. 밤에는 음악을 연주하거든."

"아, 피에로트 씨가 음악가로구나?"

"아냐, 그 사람이 아니고 그 사람 딸이 음악가야."

"딸이라고? 딸이 있단 말이야? 아하! 형, 피에로트 양은 예뻐?"

"아이 참, 넌 한꺼번에 너무 많은 걸 묻는구나, 다니엘……. 나중에 대답해줄게. 지금은 너무 늦었다. 자도록 하자."

형은 내 질문에 무척 당황했는지 그걸 감추기 위해 꼭 노처녀들처럼 정성스럽게 침대 시트의 가장자리를 매트리스 밑으로 집어넣기 시작했다.

　그건 우리가 옛날 리옹의 랑테른느 가에 살 적에 함께 쓰던 것이랑 똑같이 생긴 일인용 철제 침대였다.

　"형, 랑테른느 가에 살 때 우리가 쓰던 그 작은 침대 생각나? 우리가 밤에 몰래 소설을 읽고 있으면 아버지가 침대에 누워 계시다가 '빨리 불 꺼라! 안 그러면 나 일어날 거다!' 라고 고래고래 소릴 지르셨잖아."

　형은 그 일뿐만 아니라 다른 일들도 결코 잊을 수가 없으리라. 추억에 추억을 더듬다 보니, 생제르맹 종탑에서 자정을 알리는 종소리가 울려퍼졌어도 우리 형제의 두 눈은 더욱 말똥말똥해지고 있었다.

　"자, 이제 그만 자자……. 잘 자."

　형이 제법 단호하게 말했다.

　하지만 5분도 지나지 않아 형은 이불 밑에서 킥킥거리고 웃었다.

　"왜 웃는 거야, 형?"

　"미쿠 신부님 때문에……. 후후후. 성가대 학교의 미쿠 신부님 말이야. 너 그분 생각나니?"

　"물론이지!"

　이런 식으로 우리는 쉬지 않고 웃으며 얘기하고 또 얘기했다. 이번에는 내가 정신을 차리고 말했다.

　"형, 이제 그만 자자구."

　그런데 잠시 뒤 오히려 내가 또 입을 열고 말았다.

　"그리고 루제 말이야, 형! 그 아이 생각나?"

　또다시 웃음이 터져나왔고, 다시 끝없이 얘기가 계속되었다.

그런데 난데없이 누군가가 주먹으로 힘차게 벽을 치는 바람에 우리는 깜짝 놀랐다.

형이 내 귀에다 대고 소곤거렸다.

"쿠쿠블랑이야."

"쿠쿠블랑? 그게 뭔데?"

"쉿! 목소리를 낮춰. 쿠쿠블랑은 옆방에 사는 여자 이름이야. 우리 때문에 잠을 못 자겠다고 투덜거리는 거야."

"얘기해줘, 형. 이름 한번 정말 이상하다. 쿠쿠블랑이라구? 그 여자 젊어?"

"왜 그런지는 네가 직접 보면 알게 돼. 언젠가는 층계에서 마주치겠지. 하여튼 빨리 자자. 안 그러면 쿠쿠블랑이 또다시 화를 낼지도 모르니까."

이렇게 말하고 난 형이 촛불을 끄자 나는 어릴 때처럼 형의 어깨에 머리를 기댄 채 잠이 들었다.

쿠쿠 블랑과 2층에 사는 여인

생제르맹 데 프레 광장의 성당 오른쪽 모퉁이에 있는 6층 건물의 지붕 바로 밑에는 손바닥만한 창문이 하나 나 있는데, 나는 지금도 그걸 볼 때마다 가슴이 미어지곤 한다. 창문이 달린 그 방이 바로 자크 형과 내가 살았던 방이다. 어렸을 적에 그 창가에 식탁을 끌어다 놓고 앉아 거리를 내려다보면서, 먼 훗날 내가 허리 굽은 할아버지가 되어 처량하게 거리를 지나가는 모습을 떠올려보며 동정어린 미소를 지었던 일이 생각난다.

아, 그 높은 곳에서 어머니 같은 자크 형과 살 때 생제르맹 종탑의 낡은 벽시계는 한 시간마다 어김없이 아름다운 종소리를 내게 들려주었다. 젊음과 용기로 가득 찼던 그 시절을 단 몇 시간만이라도 다시 살아볼 수 있도록 그 벽시계가 다시 한 번 울렸으면 얼마나 좋을까. 그때 나는 너무나도 행복했다……. 온 정열을 다해 시를 쓰는 데 몰두했던 것이다.

매일 아침 자크 형과 나는 창문으로 비치는 햇살을 받으며 잠에서

깨어나곤 했다. 자크 형은 눈을 뜨자마자 집안일을 시작했다. 물을 길어오고, 방을 청소하고, 내 책상을 정돈하는 것이었다. 내가 "형, 도와줄까?"라고 물으면 형은 웃으면서 "그런 생각하지 마, 다니엘. 2층에 사는 부인이 또 보면 어쩌려구?"라고 대답하곤 했다. 암시로 가득 찬 그 두 마디면 나는 입을 다물지 않을 수 없었다.

다 그럴 만한 이유가 있었던 것이다.

형과 함께 생활하기 시작하고 나서 처음 며칠 동안은 내가 마당으로 물을 길러 내려갔다. 다른 시간만 같았어도 나는 그럴 엄두조차 못 냈을 것이다. 하지만 모두 잠들어 있을 이른 아침이었기 때문에 손에 물동이를 든 내 모습을 아무에게도 들키지 않으리라고 생각했다. 그래서 잠에서 깨어나자마자 대충 옷을 걸친 채 층계를 뛰어내려가곤 했던 것이다. 그 시간이면 마당에는 개미 새끼 한 마리 얼씬거리지 않았다.

이따금 빨간색 조끼 차림의 마부가 펌프 근처에서 편자를 씻고 있기도 했다. 그는 2층에 사는 부인의 마부인데, 이 부인은 프랑스령 서인도제도 출신의 아주 우아한 젊은 여성이었다. 이 마부만 보면 왠지 나는 거북했다. 어쩌다 그와 마주치게 되면 나는 부끄러운 나머지 후닥닥 펌프질을 해서 물이 반밖에 차지 않은 물동이를 들고 다시 올라오곤 했다. 그렇게 올라와서 보면 내 모습이 몹시 우습게 생각되는 것이었지만, 다음날 마당에서 그 빨간색 조끼를 보고 또 허둥대기는 마찬가지였다.

그러던 어느 날 아침, 그날은 다행히 마부가 우물가에 없어서 물을 가득 채운 물동이를 들고 유쾌한 기분으로 2층 층계를 막 올라서는데 어떤 부인이 걸어 내려오고 있는 것이었다. 2층에 사는 바로 그 부인이었다.

그녀는 책을 읽으면서 몸을 꼿꼿이 세운 채 오만하게 천천히 층계를 내려오고 있었는데, 그녀가 한 걸음씩 뗄 때마다 비단옷이 물결치듯 움직였다. 첫눈에 본 그녀의 모습은 좀 창백하기는 했지만 그럼에도 불구하고 너무나 아름다워 보였다. 아랫입술 주변에 나 있는 작고 하얀 흉터가 특히 내 눈길을 끌었다.

　내 곁을 지나치려던 부인이 눈을 들었다. 나는 너무나 부끄러웠던 나머지 얼굴이 온통 새빨개져서 물동이를 손에 든 채 벽에 붙어서 있었다. 생각을 해보라! 빗질도 안 해서 머리는 부스스하고, 물장수처럼 후줄근하고, 셔츠 단추는 풀어져 목이 다 드러나 있는 내 모습을 들킨 것이다……. 얼마나 창피했던지! 정말이지, 쥐구멍 속에라도 들어가고 싶은 심정이었다. 그녀는 너그러운 여왕처럼 입가에 살짝 미소를 지으며 나를 잠시 동안 똑바로 쳐다보더니 내 앞을 스쳐 지나갔다.

　다시 층계를 올라가면서 나는 무척 화가 나 있었다. 나는 그 일을 형에게 얘기했고, 형은 그런 내가 자존심이 너무 세다며 한참 동안이나 놀려댔다. 하지만 그는 이튿날 아침 아무 말 없이 물동이를 들고 물을 길러 내려갔다. 그때부터 형은 아침마다 손수 물을 떠왔다. 나는 후회했지만 형이 하는 대로 그냥 놔두었다. 2층에 사는 부인을 또 만나게 될까봐 너무도 두려웠던 것이다.

　집안일을 끝내면 자크 형은 후작의 집으로 갔고, 밤이 되어서야 돌아왔다. 나는 낮 시간을 시적 영감을 불러일으켜주는 뮤즈 여신과 단둘이서 보냈다. 아침부터 저녁까지 창가에 책상을 갖다놓고 창문을 활짝 열어놓은 다음 거기 앉아 쉬지 않고 시를 썼다. 이따금 참새 한 마리가 우리 방의 빗물받이 홈통에 날아와서 물을 마시곤 했다. 참새는 잠시 나를 빤히 바라보다 날아가곤 했는데, 다른 참새들한테 가서 내가 무슨 일을 하고 있나 말해주었는지 잠시 후에 참새들이 가냘픈 두 다리로 지붕의 슬레이트 기왓장 위를 걸어다니는 소리가 들려오곤 했다.

낮에는 또 생제르맹 종탑의 종소리가 시간마다 우리 방을 찾아오곤 했다. 나는 그 종소리가 날 만나러 올 때마다 무척 기뻤다. 종소리는 우렁차게 창문으로 들어와 방 안을 음악으로 가득 채워주었다. 어떨 때는 즐거운 종소리가 16분 음표들을 우수수 떨어뜨리기도 했고, 또 어떨 때는 우울하고 구슬픈 조종(弔鐘)이 꼭 눈물을 흘리듯 음표를 하나씩 하나씩 방 안에 떨어뜨리기도 했다.

그러고 나면 곧이어 삼종기도를 알리는 종소리가 들려왔다. 정오 삼종기도 종소리가 들려오면 태양의 옷을 입은 천사장이 들어와 우리 방을 눈부신 빛으로 가득 메우기도 했다. 저녁 삼종기도 종소리가 울릴 때는 우울한 여섯 날개의 천사가 달빛을 타고 내려와 그 큰 날개를 흔들어서 방 안을 축축하게 만들어놓곤 했다. 우리 방을 찾아오는 건 뮤즈 여신과 참새들, 그리고 종소리뿐이었다. 하기야 누가 날 찾아오겠는가? 아는 사람이 아무도 없는데 말이다.

생브누아 가의 간이식당에 갈 때마다 나는 늘 다른 손님들과 멀찌감치 떨어진 작은 식탁에 자리를 잡으려고 신경을 썼다. 그리고 식사가 나오면 재빨리 먹어치우고 곧바로 일어나 살그머니 모자를 집어들고 부리나케 집으로 돌아왔다. 어디 가서 기분전환을 하는 일도 없었고, 산책을 하는 법도 없었다. 뤽상부르 공원으로 음악을 들으러 가는 일조차 없었다. 어머니한테서 물려받은 그 병적인 수줍음은 다른 신발로 갈아신을 수가 없어서 계속 신고 다니던 그 볼품없는 고무장화와 남루한 의복으로 인해 더욱 심해졌다. 길거리에 나서는 일이 두렵고 부끄러웠다. 나는 되도록이면 다락방에서 내려가려 하지 않았다.

하지만 이따금 파리 특유의 습기 찬 봄날 저녁, 간이식당에서 돌아오는 길에 큼지막한 모자를 쓰고 파이프를 문 채 연인과 팔짱을 끼고 유쾌하게 걸어가는 젊은이들과 마주치면 나는 다시 생각을 다잡아먹었다. 그럴 때마다 나는 6층 다락방으로 올라가서 촛불을 켜고 자크 형이 돌아올 때까지 미친 듯 공부에 매달리곤 했다.

형이 돌아오면 방 분위기가 단번에 바뀌었다. 활기를 띠고 소란스러워지기 시작하면서 유쾌한 분위기로 싹 바뀌는 것이었다. 우리 두 사람은 노래하고, 웃고, 낮에 무슨 일이 있었는지 서로 물었다. "공부 많이

했니? 시는 잘 써지구?" 형은 이렇게 묻고는 괴짜 후작이 그날 불러준 이야기를 들려주거나, 나를 위해 따로 챙겨두었다가 호주머니에 넣어 온 과자를 꺼내주고 그걸 내가 와작와작 씹어 먹는 모습을 지켜보며 즐거워했다.

그러고 나면 곧 나는 책상으로 돌아앉아 시 쓰는 일에 몰두했다. 형은 방 안을 두세 번쯤 돌다가 내가 시 쓰는 일에 몰두하고 있다는 생각이 들면 이렇게 말하면서 슬그머니 사라지곤 했다. "네가 공부하는 동안 난 '거기' 나 가서 놀다 와야겠다."

'거기'란 피에로트 씨 집을 말하는 것이었다. 자크 형은 틈나는 대로 피에로트 씨 집에 찾아가곤 했는데, 나는 첫날부터 형이 왜 그렇게 자주 그 집에 들락거리는지 알아차렸다. 형은 방을 나가기 전에 거울을 들여다보며 머리를 매만지고 넥타이를 서너 번이나 고쳐 매며 옷차림에 몹시 신경을 썼는데, 그걸 보고서 모든 걸 짐작했던 것이다. 하지만 형이 거북해할까봐 아무것도 모르는 척하면서 그냥 속으로 웃기만 했다.

형이 방에서 나가고 나면 나는 시 쓰는 데만 전념했다. 그럴 때쯤이면 방 안에는 정적만이 감돌 뿐 아무 소리도 들려오지 않았다. 새들이나 삼종기도 종소리는 모두 잠을 자고 있었다. 나는 오로지 뮤즈 여신과만 머리를 맞대고 있을 뿐이었다.

9시쯤 되면 누군가 큰 층계에서 갈라지는 자그마한 나무 층계[옮긴이 주 – 지붕 밑 방이나 하인들의 방으로 이어지는 층계]를 밟고 올라오는 소리가 들려왔다. 이웃인 쿠쿠블랑 양이 돌아오는 발자국 소리였다. 그때부터 나는 시 쓰는 일을 포기해야 했다. 수수께끼에 싸인 그 쿠쿠블랑은 도대체 뭘 하는 여자일까? 아무리 곰곰 생각해보아도 짐작 가는 게

268

전혀 없었다. 그래서 한번은 형한테 물었더니 음흉한 표정을 지으며 이렇게 말하는 것이었다.

"저런! 그 굉장한 이웃 여자를 아직도 못 만났단 말이야?"

하지만 형은 더 이상은 설명해주지 않았다. 나는 이렇게 생각했다.

'내가 그 여자랑 알고 지내는 걸 형은 원치 않나봐……. 어쩌면 라탱가에서도 소문난 바람둥이 여공일지도 모르지.'

이런 생각을 하면서 나는 열심히 머리를 굴렸다. 뭔가 신선하고, 젊고, 즐거운 것이 머릿속에 떠올랐다. 어쨌든 바람기가 있는 젊은 여공 아닌가? 그 쿠쿠블랑이라는 이름은 뮈제트나 미미 팽송[옮긴이 주 – 각각 뮈르제의 『라 보엠』과 뮈세의 콩트에 등장하는 인물. 두 사람 모두 가난한 젊은이들의 조언자 역할을 하는 평민 출신의 젊고 대담한 처녀들이다]같이 사랑을 연상시키는 그 예쁜 이름들만큼이나 재치에 넘쳤다. 하지만 매일 밤 항상 같은 시간에, 늘 혼자서 돌아오는 그 이웃 여자는 낭테르의 뮈제트[옮긴이 주 – 덕망이 높고 순결하여 장미관을 받음]만큼 정숙하고 얌전한 것 같지는 않았다.

여러 날을 계속하여 그녀가 돌아올 시간에 맞추어 온 신경을 곤두세우고 귀를 벽에 갖다 붙이고 들어본 결과 나는 그 사실을 알게 되었다. 변함없이 들려오는 그 소리……. 우선은, 병마개를 뽑았다가 다시 막는 듯한 소리가 여러 번 들려온다. 그러고 나면 잠시 후에 뭔가 굉장히 무거운 동체(胴體) 같은 것이 쿵 하며 마룻바닥에 쓰러지는 소리가 들리고, 곧이어 꼭 병든 귀뚜라미의 그것처럼 가느다랗고 날카로운 목소리가 흘러나와 무슨 곡인지는 모르지만 듣는 사람의 애간장을 녹일 만큼 슬픈 곡조를 흥얼대는 것이었다. 그리고 그 노래에 맞추어 뭐라고 중얼대는 것이었지만, 다만 '톨로코토티냔, 톨로코토티냔……' 이라는 음절

만 노래의 후렴처럼 유난히 더 또렷하게 주기적으로 들려올 뿐 나머지 부분은 뭐라고 그러는 것인지 알아들을 수가 없었다.

이 이상한 노래는 한 시간쯤 계속되었다. 그러다가 마지막으로 "톨로코토티난!" 하고 외치는 목소리가 들려오고 나면 노래가 뚝 멈추는 것이었다. 그때부터는 느리고 둔탁한 숨소리만 들려왔다. 나는 그 여자가 내는 소리 하나하나에 강한 호기심을 느꼈다.

어느 날 아침, 막 물을 길어온 자크 형이 신바람이 나서 방에 들어오더니 내게 소곤거렸다.

"너 이웃 여자 보고 싶으면……, 쉿! 저기 아래에 있어."

단숨에 나는 층계참으로 달려나갔다. 형은 거짓말을 한 게 아니었다. 쿠쿠블랑은 방문을 활짝 열어젖힌 채 방 안에 있었다. 드디어 나는 그 여자를 볼 수 있게 된 것이다…… 오, 하느님! 정말 끔찍한 환상을 보고 있는 것 같았다. 벽에는 장식품 하나 걸려 있지 않고, 바닥에는 짚을 넣은 매트리스 한 장만 깔려 있으며, 벽난로 위에는 빈 브랜디 병이 하나 놓여 있고, 매트리스 위쪽의 벽에는 엄청나게 큰 편자가 마치 성수반(聖水盤)처럼 걸려 있는 지붕 밑 방을 상상해보라.

말할 수 없이 누추한 그 방 한가운데 소름끼치게 섬뜩한 흑인 여자 한 명이 서 있었는데, 왕방울만한 회색 눈에 검은 양털처럼 짧고 숱이 많은 곱슬머리를 가진 그 여자는 터질 듯이 꽉 죄는 낡은 붉은색 치마를 걸치고 있었다. 이렇게 해서 나는 내 이웃에 사는 쿠쿠블랑, 내가 꿈에도 그리던 쿠쿠블랑, 미미 팽송이나 베르네레트[옮긴이 주 – 두 젊은 남녀의 낭만적인 사랑을 그린 뮈세의 작품 『프레데릭과 베르네레트』의 주인공]의 누이인 쿠쿠블랑과 처음으로 대면하게 되었다.

"흐음……, 흠…… 그래, 그 여자 어떻……."

이렇게 묻던 형은 낭패한 얼굴로 돌아온 내 모습을 보더니 말을 다 끝맺지도 못하고 폭소를 터뜨렸다. 나도 형을 따라 웃는 바람에 우리 두 형제는 서로를 바라보면서 아예 말을 못할 만큼 후련하게 웃었다. 바로 그 순간, 살짝 열린 방문 틈으로 넓적한 검은 얼굴 하나가 쑥 들어왔다가 이렇게 외치고는 순식간에 사라지는 것이었다.

"백인들이 흑인을 놀리다니……, 뭐 하는 짓들이야!"

그래서 우리는 더욱더 큰 소리로 웃었다.

웃음이 어느 정도 진정되자 쟈크 형은 쿠쿠블랑이 2층에 사는 부인의 시중을 들고 있다고 말해주었다. 사람들은 쿠쿠블랑이 요술을 부린다고 믿고 있었다. 매트리스 위에 걸려 있는 편자는 바로 부두교[옮긴이 주─기독교와 마술을 혼합한 신앙으로서 서인도제도와 남아메리카에 사는 노예들 사이에 퍼졌다]의 상징이라는 것이다.

또 쿠쿠블랑은 매일 밤 여주인이 외출하면 다락방에 틀어박혀 고꾸라져 쓰러질 때까지 브랜디를 마시며 밤이 이슥해지도록 흑인 영가를 부른다는 것이었다. 그래서 병마개 따는 소리, 바닥에 쓰러지는 소리, 그리고 단조로운 노랫소리 등 알 듯 모를 듯한 소리들이 우리 방에까지 들려왔던 것이다. 그 '톨로코토티냔'이라는 소리로 말하자면, 아프리카 희망봉 근처 흑인들에게 널리 퍼져 있는 일종의 의성어인 듯했다. 마치 우리 프랑스 사람들이 '랄랄랄' 하는 것처럼 말이다.

그 다음날부터는 쿠쿠블랑이 옆방에 산다는 사실에 전혀 신경이 가지를 않았다. 저녁이 되어 그녀가 층계를 올라와도 내 가슴은 더 이상 뛰지 않았다. 굳이 벽에 귀를 기울이는 일도 없어졌다. 하지만 밤의 침묵을 뚫고 그 '톨로코토티냔' 소리가 들려오면 왠지 까닭 모를 서글픔 같은 것이 느껴지곤 했다. 그 구슬픈 후렴이 서러움과 우울함으로 가득 찬 내 인생을 예고해주는 듯했던 것이다.

그즈음, 자크 형은 철물 공장에서 한 달에 50프랑씩 받는 경리 자리를 얻게 되었다. 매일 밤 후작의 집에서 나오면 곧장 그곳으로 가서 일을 해야만 하는 것이었다. 우리 불쌍한 형은 반은 만족스럽고 또 반은 화난 표정으로 내게 그 좋은 소식을 알려주었다. 나는 그 즉시 물었다.

"그럼 거기는 언제 가?"

그러자 형은 두 눈에 눈물이 가득한 채 대답했다.

"일요일에 가면 되지 뭐."

그 뒤부터 형은 자기 말대로 일요일에만 '거기' 갔지만, 그건 형으로서는 너무도 괴로운 일이었을 것이다.

그런데 형을 그토록 사로잡는 '거기'는 과연 어디일까? 불행하게도 형은 나를 거기 데려가겠다는 제안을 단 한 번도 하지 않았다. 나 또한 자존심이 너무 세었기 때문에 데려가 달라는 부탁도 하지 않았다. 도대체 고무장화를 신고 어디를 간단 말인가? 그러던 어느 일요일, 피에로트 씨 집에 가려던 형이 좀 머뭇거리며 이렇게 말하는 것이었다.

"나랑 같이 거기 가고 싶지 않니? 네가 가면 다들 무척 기뻐할 텐데."

"형, 지금 농담하는 거야?"

"그래, 잘 알아……. 피에로트 씨 응접실은 시인이 있기엔 전혀 어울리지 않지. 낡은 토끼 가죽만 잔뜩 쌓여 있거든……."

"아냐! 그래서 그런 게 아냐, 형! 그냥 옷이 이래서……."

"오, 정말……. 내가 그 생각을 못했구나!"

형은 나를 데리고 가지 않아도 되는 진짜 이유를 발견해서 기쁘다는 듯 방을 나섰다. 그런데 층계를 막 내려서던 형이 숨을 헐떡거리며 되돌아왔다.

"다니엘, 보기 흉하지 않은 재킷과 구두가 있으면 나랑 피에로트 씨 집에 가겠니?"

"그럼 가구말구!"

"그렇다면 가자. 네가 필요한 걸 모두 사줄게. 그리고 거기 가는 거야."

내가 어리벙벙해서 형을 바라보자 형이 나를 이해시키기 위해 덧붙였다.

"월말이라 돈이 좀 있어."

나는 새 옷 생각에 너무 기뻤던 나머지 형의 감정이나 이상한 말투를 전혀 눈치채지 못했다. 나중에서야 나는 그때 형의 속마음을 알 수 있었다. 그래서 그 당시에는 형의 목에 매달리며 좋아했고, 형과 함께 팔레 루아얄 궁(宮) 근처의 헌옷 가게에 들러 새 옷을 사 입고 피에로트 씨 집으로 향했던 것이다.

피에로트 이야기

피에로트 씨가 스무 살이 되었을 때, 도자기 장사를 하는 라루트 씨를 이어받아 소몽 상가 모퉁이에 큰 가게를 운영하면서 연간 20만 프랑의 거액을 벌어들이리라고 생각했던 사람은 아무도 없었다.

당시 피에로트 씨는 단 한 번도 마을 밖으로 나가본 적이 없었고, 세벤느 지방의 전나무로 만든 나막신을 신고 다녔으며, 표준말은 한마디도 할 줄 몰랐고, 누에를 쳐서 20프랑짜리 은화를 매년 백 개씩 벌었다. 정직하고 건실한 젊은이였던 그는 오베르뉴 지방의 춤도 썩 잘 추는데다가 웃고 즐기며 찬송가도 잘 불렀지만, 다른 청년들처럼 술을 먹고 술집 주인에게 행패부리는 일은 절대 없었다.

그 또래 청년들처럼 피에로트 씨에게도 아주 착한 성품을 가진 여자 친구가 있어서, 일요일마다 저녁 기도가 끝날 때까지 기다렸다가 그녀를 뽕나무 밑으로 데리고 가서 함께 가보트를 추곤 했다. 여자는 유난히 키가 커서 꺽다리 로베르트라고 불렸다. 로베르트는 열여덟 살로 피에로트처럼 역시 고아가 되었는데, 가난했지만 성실하게 누에를 쳤고,

읽고 쓰는 것에도 아주 능숙했다. 세벤느 지방에서는 지참금보다 이처럼 읽고 쓰는 능력을 더 값어치 있게 여겼다.

로베르트를 매우 자랑스러워하던 피에로트 씨는 군대 갈 사람을 뽑는 추첨[옮긴이 주 - 당시에는 현역으로 입대할 사람을 추첨으로 정했다]만 끝나면 바로 그녀와 결혼할 생각이었다. 그러나 추첨하는 날 우리 가난한 피에로트 씨는 추첨 전에 손을 세 번이나 성수(聖水)에 담갔는데도 웬일인지 4번을 뽑고 말았다. 입대를 해야만 했다. 그는 절망에 빠졌다.

다행스럽게도 피에로트 씨의 어머니가 젖을 먹이며 거의 키우다시피 했던 우리 어머니가 같이 젖을 먹으며 자라난 그를 도와주기로 결심, 2천 프랑을 주고 대신 군대에 갈 사람을 구했다(그 당시만 해도 에세트 집안은 부자였으니까). 그렇게 해서 피에로트 씨는 군대에 가지 않고 로베르트와 결혼할 수 있었던 것이다. 항상 어머니의 착한 마음씨에 고마워하며 빌린 돈을 갚으려고 고심하던 그들 두 사람은, 고향에서는 도저히 그럴 가능성이 없다고 판단하고는 돈을 벌기 위해 고향을 떠나 파리로 가기로 결심했다.

떠난 지 1년이 지나도록 그들에게서는 아무 소식도 없었다. 그러던 어느 날 아침, 어머니는 '피에로트와 그의 아내'라고 서명된 감동적인 편지 한 통을 받았는데, 그 편지에는 그들이 저축하여 처음으로 모은 돈 3백 프랑도 동봉되어 있었다. 다음해에도 그들은 '피에로트와 그의 아내'라고 서명이 된 편지와 함께 1천2백 프랑을 보내왔는데, 편지가 동봉되어 있지 않은 걸 보면 하는 일이 썩 잘 되지는 않는 것 같았다. 4년째 되는 해에는 '피에로트와 그의 아내' 이름으로 된 세 번째 편지와 함께 마지막으로 1천2백 프랑을 보내왔고, 이번에는 에세트 가족 전부

를 축원하는 편지도 들어 있었다.

불행하게도 이 편지가 배달되었을 당시 우리 집안은 완전히 거덜난 상태였다. 공장은 막 팔렸으며, 이번에는 우리가 고향을 등져야 할 판이었다. 어머니는 비탄에 빠져 '피에로트와 그의 아내'에게 답장 쓰는 걸 잊어버리고 말았다. 그 뒤로는 소식이 두절되고 말았다. 나중에 자크 형이 파리로 찾아갔을 때 착한 피에로트 씨는(유감스럽게도 피에로트 씨는 혼자 몸이었다) 마침 라루트 상회의 카운터에서 일하고 있었다.

피에로트 씨와 그의 아내가 파리에 와서 생활 터전을 일구기까지의 이야기는 참으로 감동적이고 시적이었다. 파리에 도착하자 피에로트 씨의 아내는 일을 가리지 않고 남의 집 하녀로 들어갔다. 맨 처음 들어간 집이 바로 라루트 상회였다. 라루트 집안은 인색하고 편집광적인 부유한 상인 집안으로서 점원도 하녀도 두려고 하지 않았다. 모든 일을 손수 해야만 직성이 풀렸기 때문에("선생, 난 쉰 살 때까지만 해도 내가 직접 바지를 만들어 입었단 말이오!"라고 라루트 영감은 늘 자랑했다고 한다) 겨우 말년이 되어서야 한 달에 12프랑씩 주고 하녀를 고용하는 굉장한 호사를 부린 것이었다.

12프랑밖에 안 주고도 일은 또 얼마나 많이 시키는지! 가게, 가게 뒷방, 5층에 있는 아파트, 매일 아침 가득 채워야 하는 물통 두 개……. 그런 열악한 조건을 받아들이는 사람은 아마 세벤느 지방 사람들밖에 없을 것이다. 세벤느 출신인 로베르트는 젊고, 민첩하고, 어린 암소처럼 허리힘도 좋았고, 일도 열심히 했다. 그 여자는 단숨에 그 많은 일들을 해치웠고, 게다가 힘든 기색도 전혀 보이지 않았으며, 하루 종일 두 노인을 보며 예쁜 미소를 지었다. 그 웃음에 대한 보수만 따져도 12프랑은 훨씬 넘을 정도였다.

주인들은 싹싹하고 꿋꿋한 성격의 로베르트를 차츰 마음에 들어했다. 그래서 결국 그들은 로베르트에게 관심을 갖게 되었고, 그녀와 이야기도 나누게 되었다. 라루트 영감은 어느 날 자진해서(살다 보면 아무리 인색한 인간도 친절을 보일 때가 있는 법이다) 피에로트 씨가 원한다면 장사 밑천을 약간 빌려주겠노라고 제의했다.

그 덕분에 피에로트 씨는 늙은 조랑말 한 마리와 짐수레를 사서 파리 장안을 고래고래 소리치며 휩쓸고 다녔다.

"쓸모없는 물건들을 몽땅 치워드립니다!"

피에로트 씨는 팔지는 않고 사들이기만 했다. 깨진 항아리, 고철, 헌 종이, 병 조각, 아무 짝에도 쓸모없는 가구, 낡은 장식줄 등 값어치도 없고 쓸모도 없지만 버리기는 아까워서 사람들이 그냥 갖고 있는 것이면 뭐든지 사들였다. 거저 얻는 것들도 상당히 되었다. 사람들은 대부분 돈도 받지 않고 그냥 가져가기만 해도 고마워했다.

"쓸모없는 물건들을 몽땅 치워드립니다!"

피에로트 씨는 몽마르트르 거리에서는 꽤 유명한 인물이 되었다. 그 북적거리는 거리에서 기반을 닦으려는 모든 행상인들처럼 그 또한 안주인이나 하녀들이 잘 알아들을 수 있는 독특하고 기묘한 노랫가락을 만들어냈다.

"쓸모없는 물건들을 몽땅 치워드립니다!"

피에로트 씨는 조랑말에게 아나스타지라는 이름을 붙였다. 그리고 조랑말이 자기 말을 알아듣는다고 믿고 느릿느릿 구슬픈 어조로 주절주절 얘기하며 다녔다.

"자! 가자, 아나스타지! 가자, 아가……."

착한 아나스타지는 머리를 푹 숙인 채 서글픈 표정을 지으며 그를 따라다녔다. 그가 아나스타지와 골목을 누비며 외쳐댈 때마다 이 집 저 집에서 부르는 소리가 들려왔다.

"이봐! 이봐! 아나스타지!"

짐수레에는 순식간에 고물이 수북하게 쌓였다. 그러면 아나스타지와 피에로트 씨는 몽마르트르 거리에 있는 고물 도매상에 가서 짐을 부려놓고 꽤 많은 돈을 받았다. 그렇게 해서 그는 다른 사람들에게는 전혀 쓸모없고 귀찮은 물건을 팔아 상당한 수입을 올렸다.

그 기발한 장사로 비록 많은 돈을 벌지는 못했지만 먹고살기에는 넉넉할 정도가 되었던 것이다. 첫해에 그는 라루트 영감에게 빌린 돈을 갚고도 아가씨(피에로트 씨는 우리 어머니가 처녀 적부터 어머니를 이렇게 불렀고, 어머니가 결혼을 한 뒤로는 마땅히 부를 만한 다른 칭호가 없어서 그냥 계속 아가씨라고 불렀다)에게 3백 프랑을 보냈다.

피에로트 씨가 파리에 온 지 3년째 되던 해는 경기가 좋지 않았다. 혁명이 일어난 1830년도였던 것이다. 파리 시민들은 그들을 귀찮게 하는 늙은 왕을 치워버리는 데 열중하느라 피에로트 씨가 하루 종일 목이 터져라 소리를 지르든 말든 신경 쓰지 않고 내버려두었다. 그는 저녁마다 빈 짐수레를 끌고 돌아올 수밖에 없었다. 설상가상으로 아나스타지도 죽어버렸다.

바로 그즈음, 더 이상 자기들 힘만으로는 가게를 꾸려가기가 힘들어진 라루트 부부는 피에로트 씨에게 점원으로 일하면 어떻겠느냐는 제안을 했다. 피에로트 씨는 그 제안을 받아들였지만, 보잘것없는 그 일을 오래 하지는 않았다. 파리에 온 이후로 로베르트는 피에로트 씨에게 날마다 저녁 시간이면 읽기와 쓰기를 가르쳤기 때문에 그는 글 쓰는 데 별 불편이 없게 되었고 사투리도 많이 고쳐져 파리 시민들과 대화도 제

법 잘 통했다.

라루트 상회에 들어가면서부터는 한층 더 노력을 했고 성인강좌〔옮긴이 주 – 이미 18세기부터 실험적으로 실시되었던 이 강좌는 특히 파리에서는 1830년 이후부터 널리 확대되었다〕에 다니면서 계산법도 배웠기 때문에 시력을 거의 잃어버린 라루트 영감을 대신해서 장부 정리도 하게 되었고, 늙어서 다리조차 마음대로 움직일 수 없는 라루트 부인 대신 물건을 팔기도 했다. 그럴 즈음 피에로트 양도 세상에 태어났고 재산도 나날이 불어갔다.

피에로트 씨는 라루트 상회의 장사에 관심을 갖다가 나중에는 그들의 동업자가 되었다. 라루트 영감은 완전히 시력을 잃게 되자 장사에서 손을 떼면서 가게의 영업권을 피에로트 씨에게 양도했고, 피에로트 씨는 빚을 매년 상환해 나갔다. 영업권을 인수받은 그는 사업을 더욱 확장시켜 3년 만에 빚을 다 갚은 뒤 가게를 완전히 자기 소유로 하고 드디어 꽤 번창한 가게의 주인이 되었다.

호사다마였을까. 마치 남편이 자기를 더 이상 필요로 하지 않으면 죽으려고 기다리기라도 했던 것처럼 키다리 로베르트는 병에 걸려 시름시름 앓더니 이내 세상을 등지고 말았다.

피에로트 씨 집으로 가면서 자크 형은 내게 이 소설 같은 집안 이야기를 낱낱이 들려주었다. 자크 형은 내게 새 윗도리를 사준 것이 무척 뿌듯했던지, 사람들에게 자랑이라도 하려는 듯 일부러 빙 돌아서 피에로트 씨 집으로 갔기 때문에 나는 그분 집에 도착하기도 전에 그들에 대해 속속들이 알게 되었다.

자크 형의 귀띔으로 착한 피에로트 씨가 자기 딸과 라루트 씨를 우상처럼 떠받들고 있고, 약간 말이 많아 상대방을 피곤하게 한다는 사실도 알게 되었다. 피에로트 씨는 말하는 도중 할 말을 찾느라고 세 마디가 끝날 때마다 반드시 이렇게 덧붙인다는 것이다.

"이런 경우에 꼭 들어맞는 말인데……."

그가 왜 그런지 이해가 갔다. 어려서부터 교육을 받지 못한 세벤느지방 사람들은 사투리가 너무 심해 파리 시민들이 사용하는 고급 프랑스어엔 쉽게 익숙해지지 못했다. 그래서 뭐든지 그가 생각하는 것은 우선 랑그독 사투리로 입에서 맴돌았기 때문에 말을 하기 전에는 일단 속으로 되뇌면서 단어 하나하나마다 고급 프랑스어로 바꾸어야만 했다. 그래서 딴에는 "이런 경우에 꼭 들어맞는 말인데……"라는 건 내심 시간을 벌려는 말버릇이었던 것이다. 자크 형의 말을 빌리자면, 말을 하는 게 아니라 번역을 하는 셈이었다. 그러나 형은 피에로트 양에 대해서는 그녀가 열여섯 살이며 이름은 카미유라는 것만 얘기해주었을 뿐 나머지 부분에 대해서는 마치 철갑상어처럼 입을 다물었다.

9시쯤 돼서 우리 형제는 그 내력 있는 라루트 상회가 막 문을 닫으려는 순간에 도착했다. 빠끔히 열린 문 앞의 인도에 나사못과 덧문, 쇠막대기 등 처음 보는 물건들이 잔뜩 쌓여 있었다. 가스등은 꺼져 있었고, 가게 안에서 흘러나온 희미한 불빛 외엔 주위가 온통 어두컴컴했다. 문을 열고 들어가니 도자기 램프 하나만 카운터 주위를 환하게 밝히고 있었다. 그 불빛을 받으며 뚱뚱하고 혈색이 좋아 보이는 피에로트 씨가 웃으며 금화를 세고 있었다. 누군가가 가게 뒷방에서 플루트를 연주하는 소리가 들려왔다.

자크 형이 카운터 앞에 버티고 서며 소리쳤다(나는 형 옆의 램프 불빛 속에 서 있었다).

"안녕하세요, 피에로트 씨!"

계산을 하고 있던 피에로트 씨가 자크 형의 목소리에 눈을 들었다. 그러더니 나를 보고는 두 손을 맞잡으며 고함을 지르면서 놀랍다는 듯 입을 쫙 벌린 채 한참 동안이나 나를 바라보는 것이었다.

자크 형이 의기양양한 표정을 지으며 말했다.

"그러게 제가 뭐라고 그랬어요?"

그 착한 피에로트 씨가 중얼거렸다.

"오, 이럴 수가! 이럴 수가! 응, 이게…… 이런 경우에 꼭 들어맞는 말인데…… 영락없이 에세트 아가씨를 보는 것 같군."

자크 형이 말했다.

"특히 눈이 닮았어요. 눈을 보세요. 피에로트 씨."

"턱도 닮았군 그래. 오목하게 들어간 게 꼭 닮았어."

피에로트 씨는 그렇게 말하면서 나를 더 자세히 보려고 램프 갓을 걷어올렸다.

나는 두 사람이 무슨 말을 하는지 이해가 되질 않았다. 두 사람은 나를 바라보면서 눈짓, 손짓을 계속 해댔다. 피에로트 씨가 갑자기 카운터에서 일어나더니 나를 향해 팔을 벌리고 다가왔다.

"다니엘. 어디 한번 껴안아보세……. 이건 이런 경우에 꼭 들어맞는 말인데…… 꼭 에세트 아가씨를 보는 것 같아."

그제야 나는 모든 걸 알아차렸다. 그 나이 때의 나는 어머니와 흡사했고, 무려 25년 동안이나 어머니를 보지 못했던 피에로트 씨는 어머니를 닮은 내 모습이 한층 더 가슴에 와닿는 모양이었다. 그 착한 사람은 두 눈에 눈물이 가득 고인 채 내 손을 꼭 잡고 포옹하더니 하염없이 나를 바라보면서 미소지었다.

그는 우리 어머니와 2천 프랑, 자기 아내, 딸 카미유, 아나스타지에 대해 얘기하기 시작했는데, 이야기가 밤새도록 끝도 없이 계속될 것 같았기 때문에 만일 자크 형이 도저히 참을 수 없다는 듯 그의 말을 중도에 끊지 않았더라면 우리는(이건 이런 경우에 꼭 들어맞는 말인데) 가게에 서서 그 이야기를 들어주어야 했을 것이다.

"자, 이제 그만 카운터에 앉으세요, 피에로트 씨?"

피에로트 씨는 자기가 너무 말을 많이 한 게 창피한지 무안해하며 말을 그쳤다.

"자네 말이 옳아, 자크. 내가 너무 떠들었어. 내가 말을 너무 많이 했군. 그리고 또 우리 딸아이가……, 이런 경우에 꼭 들어맞는 말인데…… 너무 늦게 올라왔다며 우리 딸아이가 투덜댈 거야."

"카미유가 위에 있나요?"

자크 형이 지나치는 말투로 흥미 없다는 듯 물었다.

"그렇다네, 자크. 딸애가 위층에 있어. 애타게 기다리고 있지. 이런 경우에 꼭 들어맞는 말인데…… 딸애는 다니엘과 만나게 되기를 애타게 기다리고 있다네. 그러니 어서 올라들 가게나. 계산이 끝나면 나도 곧 올라가지. 이런 경우에 꼭 들어맞는 말인데……."

자크 형은 더 이상 그의 말을 듣지 않고 재빨리 내 팔을 잡고 플루트 소리가 들려오는 안쪽으로 데려갔다. 피에로트 씨의 가게는 꽤 넓었고 시설도 잘 되어 있었다. 어둠 속으로 불룩한 물병과 오팔 빛을 내는 공 모양의 유리 덮개, 보헤미아산 담홍색 술잔, 커다란 크리스털 술잔, 오목한 수프 그릇, 그리고 양쪽으로 천장에 닿을 만큼 높이 쌓아올린 접시들이 반짝거렸다. 그것은 마치 도자기 요정의 궁전처럼 보였다.

가게 뒷방에서는 반쯤 열린 가스등의 화구(火口)가 지루하다는 표정으로 아주아주 작은 혀끝을 내민 채 아직도 불침번을 서고 있었다.

방 안에서는 키 큰 금발 청년이 침대 겸용의 긴 소파에 앉아 플루트를 구슬프게 연주하고 있었다. 자크 형이 그 방 앞을 지나치면서 냉랭한 목소리로 "안녕하쇼"라고 인사하자 금발 청년도 아주 냉랭하게 플루트를 두 번 불어서 대답했다. 두 사람은 서로를 경계하고 있는 듯했다.

층계를 올라가면서 형이 나직이 속삭였다.

"여기서 일하는 점원이야. 저 키 큰 금발 녀석은 언제나 플루트를 불어서 우릴 못살게 굴지. 너는 저 플루트 소리가 좋니, 다니엘?"

나는 '이 집 딸도 그 소리를 좋아해?'라고 묻고 싶었다. 하지만 형을 괴롭히기 싫어서 아주 진지한 태도로 대답했다.

"아냐, 자크 형, 난 플루트 소리 안 좋아해."

피에로트 씨의 집은 가게 건물의 5층에 있었다. 카미유 양은 무척 귀족적이어서 가게에는 내려오지 않고 늘 집에서만 생활하면서 식사 때나 아버지 얼굴을 본다고 했다.

"야, 좋지? 이건 굉장한 집이야. 그리고 카미유 곁에는 트리부 부인이 항상 붙어 있지. 과부인데, 어디서 왔는지는 잘 몰라. 피에로트 씨가 그 부인을 아주 잘 아는데, 존경받을 만한 사람이라고 그러더라……. 다니엘, 다 왔어. 벨을 눌러."

나는 벨을 눌렀다. 커다란 실내모를 쓴 세벤느 지방 여자가 문을 열었다. 그 여자는 오랜 친구라도 되는 듯 형에게 미소를 짓고는 우리를 응접실로 안내했다.

우리가 들어갔을 때 피에로트 양은 피아노를 치고 있었다. 한쪽에서는 좀 뚱뚱한 라루트 부인과 트리부 부인이 카드놀이를 하고 있었다. 우리를 보자 모두들 일어났다. 소란과 웅성거림의 순간이 잠시 동안 계속되었다. 그러고 나서 서로 인사를 나누었고, 형은 나를 소개한 다음 카미유(형은 피에로트 양을 그냥 카미유라고 불렀다)에게 계속 피아노를 연주할 수 없겠냐며 정중히 부탁했다. 트리부 부인은 그 틈을 이용, 라루트 부인과 다시 카드놀이를 계속했다.

형과 나는 피에로트 양의 양쪽에 섰고, 피에로트 양은 자그마한 손가락으로 피아노 건반을 두드리면서 우리하고 이야기를 나누는 동안 연신 웃었다. 나는 그녀가 이야기를 하는 동안 내내 바라보았다. 눈에 띄게 예쁜 얼굴은 아니었다. 흰 살결에 장밋빛 머리, 작은 귀, 고운 머리칼. 하지만 뺨이 너무 통통해서 지나치게 건강해 보이기도 했다. 또한 손은 불그스레했고, 방학을 맞은 기숙생처럼 좀 차가운 기품도 느껴졌다. 그것이 바로 소몽 상가의 진열장 속에서 자라난 한 송이 들꽃, 피에로트 양의 모습이었다.

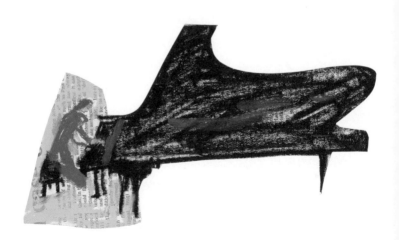

그 순간까지만 해도 카미유의 첫인상은 그저 그랬다. 그런데 내가 한마디하자 내리깔고 있던 눈을 살며시 치켜뜨며 나를 바라보는 순간, 갑자기 마술에라도 걸린 것처럼 평범한 피에로트 양은 사라지고 그녀의 두 눈, 눈부시게 빛나는 그 큰 두 눈만 보이는 것이었다. 나는 그 눈을 즉시 기억해낼 수 있었다.

그것은 기적이었다. 사를랑드 중학교의 차가운 벽 속에 갇혀 있던 나를 바라보며 반짝이던 검은 눈동자, 안경잡이 마귀할멈에게 붙잡혀 있던 바로 그 검은 눈동자였다…… 꼭 꿈을 꾸는 것만 같았다. 나는 마구 소리치고 싶었다. '아름다운 검은 눈동자, 당신인가요? 다른 얼굴을 한 당신을 내가 만난 건가요?' 너무도 꼭 닮은 눈동자였다. 착각이라고 하기엔 너무나도 똑같았다. 똑같은 눈썹, 똑같은 눈빛, 감정을 드러내지 않는 똑같은 광채……. 이 세상에 그처럼 흡사한 눈을 가진 사람이 둘씩이나 있다고는 도대체 믿을 수가 없었다. 게다가, 단지 옛날의 그 검은 눈동자의 겉모습만 닮은 또 다른 눈이 아니라 분명 그 검은 눈동자였다. 검은 눈동자 역시 나를 알아보고는 옛날의 그 무언의 아름다운 대화를 다시 시작하는 것이었다.

바로 그때, 생쥐가 뭔가를 갉아먹는 듯 이를 가는 소리가 아주 가까이서 들려왔다. 기이한 느낌이 들어 돌아보니 뜻밖에도 피아노 옆 한켠에 놓인 소파에 어떤 사람이 앉아 있었는데, 바짝 마르고 키가 크며 안색이 창백한 노인으로서, 머리는 새 머리만큼 작았고, 이마는 벗겨지고, 코는 뾰족하며, 동그랗고 흐리멍덩한 두 눈은 코에서 너무 멀리 떨어져 있어서 꼭 이마 위에 붙어 있는 것 같았다. 만일 그 노인이 손에 설탕 조각을 들고 가끔가다 한 번씩 갉아 먹지 않았더라면 영락없이 잠들어 있는 줄로 착각할 정도였다. 나는 그 늙은 유령의 모습에 약간 당황하여 깊숙이 고개를 숙였지만, 그는 내게 답례를 하지 않았다. 형이 내게 속삭이듯 말했다.

"널 보지 못해서. 눈이 머셨거든……. 라루트 영감님이셔."

'그야말로 이름대로군.'

나는 그렇게 생각했다. 그리고 새처럼 작은 머리를 가진 그 끔찍한 노인을 보지 않으려고 얼른 피아노 쪽으로 몸을 돌렸다. 하지만 이럴 수가! 어느새 마술이 풀려버려 검은 눈동자 아가씨가 어디론가 사라져 버린 것이었다. 평범한 아가씨 한 사람만 피아노 의자에 뻣뻣하게 앉아 있을 뿐이었다.

잠시 후, 응접실 문이 열리면서 피에로트 씨가 요란스럽게 들어왔다. 아까 본 금발 청년도 겨드랑이에 플루트를 낀 채 뒤따라 들어섰다. 청년을 본 형은 불타는 적개심으로 가득 찬 경계의 눈초리를 던졌다. 하지만 소용없었다. 플루트 연주자는 눈 하나 깜짝하지 않았던 것이다.

피에로트 씨가 딸의 뺨을 어루만지면서 말했다.

"음, 애야, 기분 좋지? 네가 그렇게도 고대하던 다니엘을 데려왔단다. 자, 어떤 것 같니? 아주 얌전하지, 그렇지 않니? 이런 경우에 꼭 들어맞는 말인데…… 에세트 아가씨를 꼭 빼닮았단다."

그러고는 예의 그 가게에서 벌어졌던 장면이 되풀이되었다. 나를 억지로 응접실 한가운데로 데려가더니 내 눈과 코, 움푹 팬 턱을 가리키며 우리 어머니와 어쩌면 그렇게 닮았는지 모르겠다고 사람들에게 설명하는 것이었다. 나는 몹시 거북했다.

카드놀이를 그만둔 라루트 부인과 트리부 부인은 소파에 몸을 파묻은 채 요리조리 나를 뜯어보기 시작하더니, 마치 내가 팔려고 시장바닥에 내놓은 영계라도 되는 양 내뱉듯 큰 소리로 내 얼굴의 이 부위 저 부위를 깎아내리거나 칭찬했다. 우리끼리니까 하는 얘긴데, 트리부 부인은 나이 어린 가금(家禽)에 대해서 아주 잘 알고 있는 것처럼 보였다.

다행스럽게도 형이 피에로트 양에게 우리를 위해 피아노를 연주해달라고 부탁한 덕분에 형벌은 끝이 났다. 그러자 금발 청년이 앞으로 나서며 힘차게 말했다.

"그래요, 뭘 좀 연주해보죠."

놀란 형이 소리쳤다.

"아녜요, 아녜요! 듀엣은 필요없어요. 플루트는 안 불어도 돼요!"

금발 청년이 독기 서린 눈으로 형을 쏘아봤다. 하지만 형은 눈썹 하나 까딱하지 않고 계속 소리쳤다.

"플루트는 연주할 필요 없어요."

결국 형이 이겨 피에로트 양 혼자 아주 유명한 「로즐렌의 꿈」〔옮긴이 주 – 루이 앙리 로즐렌(1811~1876)이 작곡한 곡으로서 그 당시 피아노를 배우는 젊은 여성들에 의해 가장 많이 연주되었다〕이라는 이탈리아 풍의 트레몰로 곡을 우리들에게 들려주었다. 연주하는 동안 피에로트 씨는 감동에 겨워 울고 있었고, 형은 황홀경을 헤매고 있었다. 금발 청년은 플루트를 입에 물고 있을 뿐 소리를 내지 않고 어깨를 들썩이며 박자를 맞추고 있었다. 속으로는 플루트를 부는 듯했다.

「로즐렌의 꿈」을 끝낸 피에로트 양이 내게로 몸을 돌렸다. 그러더니 눈을 내리깔면서 말하는 것이었다.

"다니엘 씨, 시 한 편 읊어주시지 않겠어요? 시인이시라던데……."

"훌륭한 시인이죠."

그만 경솔하게도 형이 이렇게 말해버렸다. 하지만 나는 그 사람들 앞에서 시를 읊을 생각이 전혀 없었다. 혹시 검은 눈동자 아가씨가 거기 있었다면……. 아니었다! 그녀는 이미 한 시간 전에 사라져버렸다. 주위를 아무리 둘러봐도 그녀의 모습은 흔적조차 찾을 수가 없었다. 나는 주저 없이 피에로트 양에게 말했다.

"죄송하지만 아가씨, 유감스럽게도 오늘 저녁에는 제 칠현금(七絃琴)〔옮긴이 주 - 그리스 로마 시대에는 시인들이 칠현금의 반주에 맞추어 시를 읊었다고 한다〕을 가져오지 않았군요."

"다음에는 꼭 칠현금을 가지고 와야 하네."

피에로트 씨는 은유적인 표현을 글자 그대로 받아들여 이렇게 말했다. 그는 내가 진짜로 칠현금을 갖고 있어서 금발 청년이 플루트를 연주하듯이 나도 그걸 연주하는 걸로 믿고 있었다. 자크 형이 여기 오기 전에 이곳 분위기를 잠깐 귀띔이라도 해주었으면 좋았을 텐데…….

11시쯤 차가 나왔다. 피에로트 양이 입가에 미소를 띤 채 응접실을 왔다갔다 하면서 설탕도 갖다 주고 우유도 따라주었다. 그런데 피에로트 양이 내 앞으로 온 순간, 검은 눈동자의 그 여자가 다시 나타났다. 환한 빛을 발하며 귀여운 모습으로 갑자기 나타났다가 내가 뭐라고 말하기도 전에 다시 자취를 감추고 마는 것이었다…….

그제야 나는 한 가지 사실을 깨달을 수 있었다. 피에로트 양에겐 아주 뚜렷이 구분되는 두 존재가 자리잡고 있음을 말이다. 머리를 두 갈래로 땋아 내리고〔주 - 그 당시 여성들의 헤어스타일.〕 유서 깊은 라루트 상회에서 뻐기고 있는 아담한 몸매의 평범한 피에로트 양의 모습과, 비로드 빛의 두 송이 꽃처럼 잠시 피어났다가 금세 사라져버리는 시적(詩的)인 커다란 검은 눈동자의 모습이었다. 나는 피에로트 양에 대해서는 전혀 관심이 없었다. 하지만 그 검은 눈동자만은……. 오, 검은 눈동자 아가씨…….

마침내 떠나야 할 시간이 다가왔다. 신호를 준 것은 라루트 부인이었다. 그녀는 남편이 꼭 무슨 미라라도 되는 양 커다란 격자무늬 모직 숄로 둘둘 말아서 팔 밑에 끼고 방으로 들어갔다. 우리도 일어서서 작별인사를 하고 나오려는데 피에로트 씨가 층계참에 우리를 세워두고는 또다시 끊임없는 사설을 늘어놓기 시작했다.

"자, 다니엘! 이젠 집안사람들이랑 다 알았으니 자주 좀 놀러오게나. 앞으로 친하게 지냈으면 하네. 난 상류사회 사람들은 전혀 모르지만 좀 특별난 사람들은 몇 명 알고 있지. 이런 경우에 꼭 들어맞는 말인데…… 우선 주인양반 라루트 부부가 계시고, 그 다음에는 본받을 점이 많은 트리부 부인, 트리부 부인과는 대화가 잘 통할 거야. 그리고 이따금씩 우리들한테 플루트 연주를 들려주는 가게 점원, 이런 경우에 꼭 들어맞는 말인데…… 자네들 둘이서 듀엣으로 연주를 한번 해보게. 그럼 참 멋있을 거네……"

나는 그러고는 싶지만 너무 할 일이 많아서 그리 자주 올 수는 없을 것 같다고 머뭇거리며 정중하게 사양했다.

내 말을 듣자 그가 웃음을 터뜨렸다.

"아, 바쁘단 말이지? 다니엘, 나는 두 사람이 라탱 가에서 무슨 일을 하느라 바쁜가를 잘 알고 있네. 이런 경우에 꼭 들어맞는 말인데…… 그곳에서는 젊은 처녀 몇 명이랑 사귀는 게 다반사라며."

그러자 역시 웃으며 형이 대꾸했다.

"사실 쿠쿠블랑 양은…… 매력이 없지 않거든요."

쿠쿠블랑이라는 말을 듣자 피에로트 씨는 더욱더 요란하게 웃음을 터뜨렸다.

"뭐라고, 자크? 쿠쿠블랑이라구? 이름이 쿠쿠블랑이란 말인가? 허허허, 자네도 꽤나 호탕하군. 그 나이에……"

그는 자기 딸이 듣고 있다는 걸 알고는 말을 멈췄다. 하지만 우리가 층계를 다 내려왔을 때까지도 그는 층계 난간이 흔들거릴 정도로 폭소를 터뜨리고 있었다.

집을 나서자마자 자크 형이 물었다.

"저 사람들 어때?"

"라루트 씨는 불쾌한 인상이지만 피에로트 양은 매력적이야."

"정말?"

사랑에 빠진 우리 불쌍한 형이 너무도 쾌활하게 말하는 바람에 나는 웃지 않을 수 없었다. 나는 형의 손을 잡으며 말했다.

"자크 형, 드디어 본심을 드러내고 있군."

그날 밤 늦게까지 우리는 강변을 산책했다. 발 밑으로는 시커먼 강물이 마치 아름다운 은하수처럼 유유히 흐르고 있었다. 커다란 배에서 닻줄을 내리는 소리가 우렁차게 들려왔다. 어둠 속을 여유 있게 거닐며 자크 형의 사랑 얘기를 듣는다는 것은 즐거운 일이었다. 형은 사랑에 푹 빠져 있었다. 하지만 상대방은 형을 사랑하지 않는다고 했다.

"그렇다면 형, 그 아가씬 다른 사람을 좋아하는지도 몰라."

"아니야, 다니엘. 오늘 저녁까지만 해도 그 여자는 아무도 좋아하지 않았어."

"오늘 저녁까지만 해도? 형, 지금 무슨 얘길 하는 거야?"

"제기랄! 사람들은 모두들 다니엘 너를 좋아해……. 그 여자도 역시 널 좋아할지 모르지."

불쌍한 형! 형은 그 말을 하면서 체념한 듯 서글픈 표정을 지었다. 형을 위로하려고 나는 큰 소리로 웃기 시작했다. 그러고 싶지는 않았지민 말이다.

　"형도 참! 내가 자제할 수 없을 정도가 될 수도 있고, 아니면 피에로트 양이 쉽게 달아오를 수도 있겠지……. 하지만 형, 안심해! 내가 피에로트 양의 마음으로부터 멀리 떨어져 있듯이 피에로트 양 역시 내 마음으로부터 멀리 떨어져 있으니까. 그런 걱정은 안 해도 돼, 형."

　나는 피에로트 양에게 전혀 관심이 없노라고 진지한 태도로 형에게 말해주었다. 검은 눈동자의 아가씨라면 다르겠지만…….

붉은 장미와 검은 눈동자

라루트 상회를 처음 방문한 이후로 나는 얼마 동안 '거기'에 가지 않았다. 하지만 형은 일요일마다 한 번도 거르지 않고 '거기'를 찾아갔고, 그때마다 형은 거울에 모습을 비춰보며 넥타이를 매혹적인 모양으로 다시 고쳐 매곤 했다. 자크 형이 정성껏 맨 그 넥타이야말로 비록 겉으로는 나타나지 않았지만 한 편의 열정적인 사랑의 시(詩)였고, 또한 알제리 최고 지휘관들이 온갖 사랑의 뉘앙스를 표현하기 위해 연인들에게 갖다 바치는 상징적인 꽃다발이기도 했다.

만일 내가 여자였다면 형이 그렇게 수도 없이 넥타이를 고쳐 매는 걸 보고 아마도 사랑의 고백을 듣는 것보다 훨씬 더 감격했으리라. 하지만 여자들은 그런 것에는 무감각한 것 같았다. 일요일이 돌아올 때마다 불쌍한 형은 출발하기 전에 꼬박꼬박 내게 물었다.

"다니엘, 나 거기 가는데…… 너도 갈래?"

"아니야, 형. 난 공부할래……."

그러면 형은 재빨리 방에서 나갔고, 나는 완전히 혼자가 되어 책상에 몸을 기울이고 시를 썼다.

나는 피에로트 씨 집에 가지 않기로 이미 굳게 결심했다. 피에로트 양의 검은 눈동자가 두려웠기 때문이다. 나는 이렇게 생각했다. '또다시 그 검은 눈동자를 보면 난 파멸할지도 몰라.' 그래서 나는 다시는 검은 눈동자를 보지 않으려고 버티고 있었던 것이다. 하지만 악마처럼 검고 큰 그 눈은 한시도 내 머릿속에서 사라지지 않았다. 그 눈은 내가 어디를 가나 따라다녔다. 일을 할 때도, 잠을 잘 때도 생각나는 것이었다. 빨간 수첩을 펼쳐들면 또 그렇게 기다란 속눈썹이 달린 커다란 검은 눈이 그려지곤 했다. 그것은 일종의 강박관념이었다.

아! 자크 형이 처음 보는 넥타이를 매면서 기쁨에 들떠 눈을 반짝이며 깡충깡충 뛰다시피 방을 나가고 나면, 나는 형을 뒤쫓아 층계를 뛰어 내려가서 "기다려!"라고 소리치고 싶은 미칠 듯한 충동을 느끼곤 했다. 하지만 아니었다. 마음속 깊은 곳에서 무엇인가가 '거기' 가서는 안 된다고 내게 경고했고, 그럴 때마다 나는 용기를 발휘하여 내 책상을 지켰던 것이다.

"아냐, 난 집에 남아서 공부할래."

이렇게 하고 나면 또 얼마간의 시간이 흘러갔다. 그러는 동안 나는 결국 뮤즈 여신의 도움을 받아 내 머리에서 검은 눈동자를 쫓아낼 수 있었다. 하지만 불행히도 경솔한 짓을 저지르는 바람에 나는 또다시 검은 눈동자를 만나고 말았다. 모든 게 끝났다. 내 머리와 가슴은 온통 검은 눈동자에게 빠져들고 말았다.

강가에서 모든 걸 고백한 이후로 형은 자신의 사랑 얘기를 단 한마디도 꺼내지 않았다. 하지만 나는 일이 형이 바라는 대로 되어가지는 않는다는 걸 형의 태도에서 느낄 수 있었다. 일요일에 피에로트 씨 집에서 돌아오는 형의 얼굴은 늘 우울해 보였던 것이다. 나는 밤마다 형이 연이어 긴 한숨을 내쉬는 소리를 들었다. 어쩌다 내가 "형, 무슨 일이야?" 하고 물으면 형은 "아무것도 아냐"라고 한마디 내던지듯 대꾸하고는 그만이었다.

나는 형의 그런 말투만 듣고도 그에게 심각한 일이 있었다는 걸 눈치챘다. 그렇게 착하고 참을성 많던 형이 내게 버럭버럭 화를 내곤 하였다. 꼭 우리 사이가 틀어지기라도 한 것처럼 나를 쳐다볼 때도 있었다. 나는 형이 사랑의 상처를 입어 열병을 앓고 있다고 짐작했다. 하지만 형이 입을 꼭 다물고 있었기 때문에 나도 감히 먼저 운을 떼지는 못했다. 형이 다른 때보다 더 어두운 표정으로 피에로트 씨 집에서 돌아온 어느 일요일, 나는 도대체 무슨 일인지 확실히 알고 싶었다.

나는 형의 손을 잡으며 말을 건넸다.

"나 좀 봐, 형! 도대체 무슨 일이야? 거기 일이 잘 안 돼?"

불쌍한 형은 풀죽은 표정으로 대답했다.

"그래, 잘 안 돼……."

"도대체 무슨 일이야? 피에로트 씨가 눈치챈 거야? 형이 자기 딸을 좋아하는 걸 원치 않는 거야?"

"아냐! 다니엘. 피에로트 씨 때문에 그러는 게 아냐……. 그 애가 날 안 좋아하는 거야. 앞으로도 영원히 날 안 좋아할 거야."

"무슨 바보 같은 소리야, 자크 형? 그 여자애가 앞으로도 영원히 형을 좋아하지 않으리라는 걸 형이 어떻게 알아? 그 애한테 사랑을 고백해보기라도 했어, 아니지? 그렇다면……."

"그 애가 좋아하고 있는 사람은 아무 말이 없어. 그 사람은 아무 말 안 해도 그 애에게 사랑받고 있지……."

"그렇다면 그 앤 그 금발 청년을?"

형은 내 말을 듣고 있지 않은 듯했다.

그러더니 다시 똑같은 말을 반복하는 것이었다.

"그 애가 좋아하고 있는 사람은 아직 아무 말도 안 하고 있어."

그 이상은 전혀 알 수가 없었다.

그날 밤 우리 두 형제는 거의 눈을 붙이지 못했다.

자크 형은 밤새도록 창가에서 하늘의 별을 올려다보며 한숨을 내쉬었다. 그리고 나는 이런 생각을 하며 밤을 지새웠다.

'내가 거기 가서 무슨 일인지 좀더 자세히 알아봐야겠는데……. 어쨌든 형이 잘못 생각하고 있는지도 몰라. 피에로트 양은 형이 정성껏 매만진 넥타이 주름 속에 사랑이 스며 있다는 사실을 깨닫지 못하고 있을 거야. 형은 자기 마음을 그 여자에게 털어놓지 못하고 있으니 내가 대신 얘기해주는 게 나을지도 몰라. 그래, 그거야. 찾아가서 그 속물 같은 처녀애한테 얘길 하면 모든 게 수월하게 풀릴 거야.'

다음날 나는 형에게는 아무 말도 않고 그 멋진 계획을 실행에 옮겼다. 맹세코 '거기' 가면서 흑심 같은 건 전혀 품지 않았다. 자크 형을 위해서, 오직 불쌍한 형을 위해서 그곳에 갔던 것이다. 하지만 소몽 가 모퉁이를 돌아서면서 초록색 페인트가 칠해진 라라루트 상회와 '도자기 크리스털 판매'라는 간판을 보자 내 가슴은 마치 내게 뭔가를 경고하려는 듯 가볍게 뛰었다. 마치 내게 뭔가를 경고하는 듯 말이다.

하지만 나는 안으로 들어갔다. 가게 안에는 손님이 아무도 없었다. 플루트를 부는 그 청년만이 한쪽 구석에서 음식을 먹고 있을 뿐이었다. 그는 뭘 먹는 와중에서도 플루트는 식탁보 위에 올려놓고 있었다. 나는 층계를 올라가면서 생각했다.

298

'저 떠돌이 청년과 우리 자크 형을 놓고 카미유가 저울질을 하다니 그럴 리가 없어……. 어쨌든 가보면 알겠지.'

피에로트 씨와 그의 딸, 그리고 트리부 부인이 함께 식사를 하고 있었다. 너무나 다행스럽게도, 그곳에는 피에로트 양만 다소곳하게 앉아 있을 뿐 내 검은 눈동자는 보이지 않았다. 내가 들어서자 그들은 뜻밖이라는 듯 탄성을 내질렀다. 피에로트 씨가 우렁찬 목소리로 외쳤다.

"드디어 오셨군! 이런 경우에 꼭 들어맞는 말인데…… 우리랑 같이 커피나 한 잔 하세."

트리부 부인은 금색 꽃무늬가 있는 멋진 찻잔을 내게 갖다 주겠다며 자리에서 일어났고, 나는 피에로트 양 곁에 앉았다.

그날따라 피에로트 양은 무척이나 예뻐 보였다. 그녀는 자그마한 붉은 장미꽃 한 송이를 귀보다 약간 위쪽의 머리에 꽂고 있었다. 붉은, 너무나 붉은 장미 한 송이……. 우리끼리 하는 얘기지만, 속물 같은 그 여자가 그렇게 아름다워 보였던 걸로 볼 때 아마 이 장미꽃이 마술을 부린 게 아닌가 싶다. 피에로트 씨가 다정한 웃음을 활짝 지으며 말했다.

"다니엘 군, 그 동안 왜 그렇게 한 번도 안 찾아왔나?"

나는 시를 쓰느라 좀 바빴다며 변명하려고 애썼다.

"암, 나도 알지. 라탱 가에선……."

그는 다 안다는 듯 흠! 흠! 잔기침을 해대는 트리부 부인을 바라보며 요란하게 웃기 시작하더니 탁자 밑으로 내 발을 툭툭 치는 것이었다. 이 선량한 사람들은 '라탱 가' 하면 폭음(暴飮)과 춤타령, 바이올린, 가면(假面), 폭죽, 깨진 항아리, 광란의 밤 등을 연상하는 모양이었다. 만일 내가 생제르맹 종탑 옆 건물의 다락방에서 수도사 같은 생활을 하고 있다고 말하면 그들은 펄쩍 뛰며 거짓말이라고 할 것이다. 하지만 젊은

300

나이에는 방탕하고 끼 있는 젊은이로 취급받는다 해도 별로 화가 나지 않는 법이다. 피에로트 씨가 엉뚱한 비난을 해도 나는 얌전한 표정을 지으며 마지못해 한두 마디 변명을 했을 뿐이었다.

"아닙니다, 아니에요! 정말이에요……. 그렇게 생각하시면 안 돼요."

아마 자크 형이 그런 내 모습을 봤더라면 신나게 웃었으리라.

우리가 차를 마시고 났을 때 마당에서 플루트 소리가 들려왔다. 가게에서 손님이 피에로트 씨를 찾는다는 신호였다. 피에로트 씨가 등을 돌리자마자 트리부 부인도 요리사와 카드놀이를 한다며 찬방으로 가버렸다. 그 부인의 유일한 장기는 카드를 아주 능란하게 다룬다는 것이었다.

자그마한 붉은 장미를 머리에 꽂은 그녀와 단둘이 남게 된 나는 내심 쾌재를 불렀다.

'이때다!'

내 입안에서는 벌써 자크라는 이름이 맴돌고 있었다. 하지만 피에로트 양은 내게 말할 기회를 주지 않았다. 나는 쳐다보지도 않은 채 느닷없이 나지막한 목소리로 이렇게 묻는 것이었다.

"당신을 여기 못 오게 한 사람이 쿠쿠블랑인가요?"

처음에는 그 여자가 농담을 하는 줄 알았는데 그게 아니었다. 두 뺨이 연분홍으로 점점 물들고 얇은 조끼가 들썩이는 걸 보니 꽤나 흥분된 듯이 보였다. 아마도 누군가가 쿠쿠블랑 얘기를 하자 제멋대로 상상의 날개를 폈나보다. 나는 단 한마디로 그 여자의 오해를 풀어줄 수도 있었다. 하지만 나도 모르는 어떤 어리석은 자만심이 솟아나서 그만두었다. 내가 아무 대꾸도 하지 않자 그녀는 내 쪽으로 고개를 돌리더니 그때까지만 해도 내리깔고 있던 그 큰 눈썹을 치켜뜨고는 나를 바라보았다. 아니, 이건 거짓말이다. 나를 보고 있는 건 피에로트 양이 아니었다. 그 검은 눈동자의 아가씨가 눈에 눈물이 그렁그렁한 채 부드럽게 나무라는 듯한 눈길로 나를 바라보고 있는 것이었다. 아, 그 사랑스럽던 검은 눈동자의 아가씨! 내 영혼에 환희를 불러일으켰던 바로 그녀가 말이다.

하지만 그것은 환상일 뿐이었다. 기다란 속눈썹을 내리깔자 검은 눈동자는 금세 어디론가 사라져버렸다. 내 옆에는 피에로트 양만 남아 있었다. 빨리, 빨리⋯⋯. 나는 검은 눈동자가 다시 나타날까봐 자크 형 얘기를 하기 시작했다.

나는 형이 얼마나 착하고 성실하고 용감하고 관대한가를 얘기했다. 아울러 우리 어머니가 질투를 할 만큼 형이 내게 쏟는 헌신적인 사랑과 깊은 애정에 대해서도 주절댔다. 나를 먹여주고 입혀주고 재워주는 것은 자크 형이라는 사실도 말했다. 형이 나를 위해 얼마나 열심히 일하고 얼마나 검소한 생활을 하는지도 낱낱이 얘기해주었다. 형이 아니었더라면 아직도 사를랑드의 그 우울한 감옥에 갇힌 채 끝없이 고통받고 있을 거라는 얘기도⋯⋯.

내 연설이 그쯤에 이르자 피에로트 양은 깊은 감동을 받은 듯 굵은 눈물이 뺨을 타고 흘러내렸다. 순진하게도 나는 그 여자가 자크 형 때문에 눈물을 흘린다고 믿고는 내심 이렇게 생각하였다.

'얼씨구나! 일이 잘되어 가는구나!'

그래서 한층 더 열을 내어 떠들기 시작했다. 나는 자크 형의 깊은 고독과 가슴을 바짝바짝 타게 만드는 그 깊고 신비로운 사랑에 대해 말했다. 형의 사랑을 받고 있는 그 여자는 몹시 행복할 거라고 내가 말했을 때였다.

피에로트 양의 머리에 꽂혀 있던 자그마한 붉은 장미가 미끄러져 내리더니 내 발 밑에 떨어졌다. 바로 그 순간, 나는 자크 형이 반한 그 몹시 행복한 여자가 바로 카미유라는 사실을 이해시킬 만한 기발한 수단을 찾고 있던 참이었다. 발 밑에 떨어진 장미를 보자 그 방법이 떠올랐다(그 장미꽃이 마술을 부린다고 내가 말하지 않았던가). 나는 그걸 일부러 천천히 주워들었는데, 그렇게 하면 금방 돌려주지 않아도 되기 때문이었다. 그러고는 교활하기 짝이 없는 미소를 지으며 말했다.

"그럼, 이 장미는 자크 형을 위한 것이로군요."

피에로트 양이 길게 한숨을 내쉬며 대답했다.

"원하신다면 자크에게 드리세요."

하지만 그와 동시에 검은 눈동자를 가진 그녀가 나타나더니 다정한 눈길로 나를 바라보았는데, 꼭 이렇게 말하는 듯했다.

'아니에요. 그건 자크 것이 아니라 바로 당신 거란 말예요!'

정열에 불타는 순진함과 저항할 수 없는 정숙한 열정이 담긴 검은 눈동자는 그렇게 말하고 있었다. 내가 여전히 머뭇거리자 검은 눈동자의 그녀는 계속해서 두세 차례 이렇게 되풀이하였던 것이다.

'그래요. 그 장미는 당신을 위한 거예요. 당신을 위한 거란 말예요!'

나는 그 자그마한 빨간 장미에 입을 맞추고 천천히 내 가슴에 꽂았다.

그날 저녁, 집에 돌아온 자크 형은 평소처럼 책상에 엎드려 시를 쓰고 있는 내 모습을 보고 내가 그날 하루 종일 집안에만 있었다고 믿었으리라. 하지만 불행히도 내가 아무 생각 없이 옷을 벗는 순간 안주머니에 넣어두었던 붉은 장미가 침대 발치에 굴러떨어지고 말았다. 그 장미에 마술을 건 요정은 악의에 가득 차 있는 게 분명했다. 장미를 본 형은 그걸 주워들더니 한참 동안이나 바라보았다. 내 얼굴은 새빨갛게 달아올랐다.

"난 이걸 본 적이 있어. 거기 응접실 창가에 놓여 있던 장미꽃이야."

형은 이렇게 말하며 장미를 내게 되돌려주었다.

"나한테는 생전 이런 거 안 주더니……."

형이 너무나 서글픈 표정으로 이렇게 중얼거리자 내 눈에서는 눈물이 주르륵 흘러내렸다.

"형, 자크 형, 맹세코 난 오늘 밤에 처음으로……."

형이 가만히 내 말을 가로막았다.

"미안해할 필요 없어, 다니엘. 난 네가 날 배신하지 않을 거라고 굳게 믿고 있어. 난 그 애가 좋아하는 사람이 너라는 사실을 알고 있었어……. 내가 언젠가 했던 말 생각해봐. '그 애가 좋아하고 있는 사람은 아무 말 안 했어. 그 사람은 아무 말 안 해도 그 애한테 사랑받고 있단 말이야' 하고 내가 얘기했었잖아."

불쌍한 형은 이렇게 말하고 나더니 방 안을 이리저리 서성대기 시작했다. 나는 손에 장미를 든 채 꼼짝하지 않고 형을 바라보기만 했다.

잠시 후에 형이 다시 입을 열었다.

"일어나야 될 일이 일어난 거야. 난 오래 전부터 이렇게 될 줄 알고 있었지. 그 애가 널 보게 되면 나 같은 건 거들떠보지도 않으리라는 걸 말이야. 그래서 그처럼 오랫동안 널 거기 데려가지 않았던 거야. 널 질투했었거든. 날 용서해줘. 그 애를 너무나 좋아해서 그랬던 거야.

결국 어느 날 나는 시험을 해보기로 작정하고 널 데려갔었지. 바로 그날 나는 모든 게 끝났다는 걸 직감했어. 5분도 채 못 되었는데 그 애는 전혀 새로운 눈길로 너를 바라보더구나. 너도 아마 눈치챘을 거다.

아, 아니라고 말하지 마. 넌 분명히 눈치챘어. 네가 한 달씩이나 거기 가지 않았다는 게 그 증거야.

하지만 딱하게도 너의 배려가 내게는 전혀 도움이 안 됐단다……. 그 애에게 나는 있으나마나 한 존재였지. 내가 거기 갈 때마다 그 애는 오직 네 얘기만 듣고 싶어했어. 믿음과 사랑이 가득 찬 천진난만한 표정으로 말이다. 그런 그 애를 바라보는 건 끔찍한 형벌이었어. 이젠 끝났어. 차라리 잘된 거야……."

자크 형은 체념한 듯 미소를 지으며 이렇게 오랫동안 상냥하게 말했다. 형의 말은 내게 고통과 기쁨을 동시에 안겨주었다. 불쌍한 형을 생각하면 고통스러웠지만, 형이 한마디 한마디 할 때마다 검은 눈동자가 떠올라서 내 온 존재를 환히 비춰주어 기쁘기도 했던 것이다. 형이 말을 마치자 나는 여전히 붉은 장미를 손에 든 채 약간 부끄러운 심정으로 형에게 다가갔다.

"형, 형은 이제 더 이상 날 사랑해주지 않을 거지?"

형이 미소를 지으며 나를 힘껏 안았다.

"바보 같은 소리 하지 마. 난 널 더욱더 사랑할 거야."

그 말은 사실이었다. 붉은 장미 사건에도 불구하고 나에 대한 자크 형의 애정이나 나를 대하는 태도에는 전혀 변함이 없었다. 형은 내심 무척 괴로웠겠지만, 겉으로는 전혀 내색하지 않았다. 한숨 한 번 내쉬지 않았고, 불평 한마디 하지 않았던 것이다. 옛날처럼 형은 계속해서 일요일이면 '거기' 가서 누구에게나 환한 얼굴로 대했다. 넥타이는 더이상 매지 않았다. 결국 형은 여전히 침착하고 자신감 있게 열심히 일했으며, 우리 집안을 일으켜 세운다는 단 하나의 목적에만 매달린 채 실의에 빠지지 않고 용기 있게 살아간 것이다. 오, 자크 형! 자크 형은 여전히 내게 어머니 같은 존재였다.

나로 말하자면, 아무 거리낌 없이 자유롭게 검은 눈동자의 그녀를 좋아할 수 있게 된 그날부터 나 자신을 송두리째 열정에 내맡겼다. 나는 피에로트 씨 집에서 거의 살다시피 했다. 나는 그 집의 모든 사람들 마음을 사로잡으려고 갖가지 비열한 짓을 서슴지 않았다. 라루트 부인에게는 각설탕을 갖다 주고 트리부 부인을 상대로 카드놀이를 하는 등 그 어떠한 희생도 불사했던 것이었다.

나는 그 집에서 '남의 환심을 사려는 욕구'로 충만한 사람으로 통했다. 보통 나는 한낮에 그 집을 찾아갔다. 그 시간이면 피에로트 씨는 가게에 있었고, 피에로트 양은 트리부 부인과 응접실에 있었다. 내가 가면 검은 눈동자의 그녀가 바로 모습을 나타냈고, 트리부 부인도 우리 두 사람만 남겨놓은 채 나가버렸다. 그 부인은 내가 왔으니 자기는 더 이상 피에로트 양에게 해줄 게 없다고 믿는 듯했다. 날 보자마자 얼른 찬방으로 가서 요리사와 카드놀이를 하는 것이었다. 하지만 나는 그 점에 대해 전혀 불평하지 않았다. 생각해보라! 검은 눈동자와 단둘이 있게 되었는데 뭐 불평할 게 있겠는가?

나는 날마다 담홍색으로 꾸며진 그 작은 응접실에서 그녀와 단둘이서 즐거운 시간을 보냈다. 거의 대부분 나는 내가 즐겨 읽는 시집을 들고 가서 거기 나오는 구절들을 검은 눈동자의 아가씨에게 읽어주었고, 그러면 검은 눈동자의 아가씨는 눈물을 흘리거나 눈을 반짝이곤 했다.

그 동안에 피에로트 양은 우리 옆에서 아버지의 슬리퍼에 수를 놓거나 변함없이 「로즐렌의 꿈」을 연주해 들려주었다. 하지만 그녀는 대부분 얌전히 앉아서 내가 낭송하는 시에 귀를 기울였다. 그렇긴 하지만, 이따금 감동적인 대목이 등장하면 이 부르주아 아가씨는 "조율사를 데

307

려와야겠어요"라든가 "실내화에다 수를 두 코나 더 넣었어요"처럼 뜬금 없는 감상을 소리 높여 말하곤 하는 것이었다. 그럴 때마다 나는 울컥 경멸감이 치밀어서 시집을 덮어버렸다. 더 이상 시를 읽고 싶지 않았던 것이다. 하지만 그녀가 잠시 검은 눈동자를 반짝이며 나를 바라보면 나는 다시 기분이 풀어져서 계속 시집을 읽어 내려갔다.

그런데 담홍색의 작은 응접실에 늘 우리 두 사람만 남겨둔다는 것이 야말로 크나큰 실수였다. 검은 눈동자의 그녀와 나, 우리 두 사람은 나이를 합해봤자 서른다섯도 채 안 되었던 것이다. 다행히도 평범한 피에로트 양은 검은 눈동자의 그녀와 나 사이를 비집고 들어와 마치 화약고를 지키는 창고지기처럼 아주 조심성 있고 신중하게 늘 경계를 게을리하지 않았다.

그러던 어느 날이었다. 검은 눈동자의 그녀와 나는 응접실 소파에 앉아 있었는데, 5월의 푸근한 오후라서 창문은 살짝 열려 있었고 커다란 커튼은 방바닥까지 내려와 있었다. 그날 나는 『파우스트』〔옮긴이 주 – 괴테의 이 비극은 1828년 제라르 드 네르발에 의해 번역된 이후로, 1836년에는 르노의 시가 출판되었으며, 1859년에는 샤를 구노에 의해 오페라로 만들어져 널리 유행하였다〕를 읽고 있었다. 다 읽고 난 나는 슬그머니 책을 내려놓았다.

우리는 침묵과 흐릿한 햇빛 속에서 아무 말 없이 서로 바라만 보고 있었다. 그 여자가 내 어깨에 머리를 기댔다. 살짝 벌려진 조끼의 깃 장식 사이로 그녀의 젖가슴이 얼핏 보였고, 거기서 자그마한 은메달이 반짝이고 있었다. 피에로트 양이 갑자기 우리들 사이로 끼어들었다. 그녀는 재빨리 나를 소파 끝으로 밀쳐내더니 일장 훈계를 늘어놓기 시작했다.

"당신은 지금 아주 나쁜 짓을 한 기예요. 다른 사람들의 믿음을 저버린 거라구요……. 아빠한테 당신 계획을 말씀드려야 해요. 자, 다니엘, 언제쯤 얘기할 거죠?"

나는 가까운 시일 내로 시를 끝마치자마자 즉시 피에로트 씨에게 얘기하겠노라고 약속했다. 내가 그렇게 약속하자 우리의 감시자는 다소 누그러진 듯 보였다. 하지만 그건 잘못된 생각이었다. 그날 이후로 검은 눈동자의 그녀가 소파의 내 옆자리에 앉는 건 일체 금지되었다.

아, 피에로트 양은 정말 엄격한 사람이었다. 처음에는 검은 눈동자 아가씨가 내게 편지 쓰는 것조차 허용하지 않으려 했을 정도였다. 결국에는 거기 동의했지만, 편지를 한 장도 빠짐없이 자기에게 보여주어야 한다는 조건을 달았다. 불행하게도, 피에로트 양은 검은 눈동자의 아가씨가 내게 쓰는 그 열정에 가득 찬 편지들을 다시 읽어보는 걸로 만족하지 않았다. 예를 들면 다음과 같은 글귀를 만들어 편지 속에 집어넣곤 했던 것이다.

……오늘 아침 나는 정말 슬프다. 내 장롱에서 거미를 한 마리 본 것이다. 아침의 거미, 슬픔.

아니면 이런 문장도 있었다.

복숭아 씨와 결혼하는 법은 없다…….

그리고 편지 끝에는 언제나 똑같이 이런 후렴이 첨부되어 있었다.

당신 계획을 아버지께 말씀드려야 해요.

그러면 나 역시 변함없이 똑같은 대답을 했다.

내 시를 끝내고 나서······.

푸른 나비의 죽음

마침내 시를 끝냈다. 넉 달 만에 완성한 것이다. 마지막 행을 쓰고 나자 흥분과 긍지, 기쁨과 초조함으로 손이 부들부들 떨리는 바람에 더이상 글씨를 쓸 수조차 없었다.

그날 생제르맹 종탑 옆 건물의 다락방은 대사건이라도 터진 듯 시끌벅적했다. 자크 형은 하루 종일 판지와 조그만 풀단지를 끼고 앉아 있던 옛날 모습으로 되돌아갔다. 멋지게 생긴 노트를 제본해서 거기다가자기 손으로 내 시를 베껴주고 싶어했던 것이다. 그리고 내가 한 행 한행 읽어나갈 때마다 형은 감탄의 소리를 내지르고 발을 구르며 열광했다. 정작 나는 내 작품에 대해 별로 자신이 없었다. 하지만 형은 내 시를 너무나 좋아했다. 나는 그의 비평을 곧이곧대로 믿을 수가 없었다. 좀더 공평하고 객관적으로 평가할 만한 사람이 내 시를 읽어주었으면하는 생각이 들었다. 그렇지만 내 주변엔 그런 사람이 없었다.

간이식당에서 그런 사람들이랑 알고 지낼 기회가 없지는 않았다. 경제적 여유가 생긴 뒤로 나는 내실(內室)의 공동식탁에서 식사를 해오

311

고 있었다. 내실에는 스무 명쯤 되는 작가와 화가, 건축가 등 비슷한 부류의 젊은 사람들이 모여들곤 했다. 이들 대부분이 지금은 사회적으로 꽤나 출세를 했다. 그중 몇몇은 유명인사가 되었는데, 이 사람들 이름이 이따금 신문에 오르내리는 걸 볼 때마다 나는 별 볼일 없는 현재의 내 처지를 생각하고 가슴이 미어지는 듯했다.

어쨌든 그 식당에 갈 때마다 그들은 모두들 어서 오라고 한마디씩 건네며 나를 환영했다. 하지만 나는 너무 소심해서 그들 얘기에 끼어들지 못했기 때문에 금세 그들의 관심에서 멀어지곤 했고, 북적대는 사람들 틈에서 그들과 동떨어져 내 방의 책상에 앉아 있을 때와 다름없이 혼자가 되어버렸다. 나는 그들의 말에 귀를 기울이기만 할 뿐 말은 단 한마디도 하지 않았다.

일주일에 한 번씩 우리는 어떤 유명한 시인과 식사를 했는데, 정확한 이름은 떠오르지 않지만 사람들이 그가 쓴 시 제목을 따서 그냥 '바가바'라고 불렀던 기억은 난다. 그런 날이면 내실에 모인 사람들은 18수씩 하는 보르도산(産) 포도주를 마셨다. 그러고 나서 디저트가 나오면 바가바가 시를 한 편 낭송했다. 그는 주로 인도 시를 지었다. 제목도 「락사마나」, 「다사라타」, 「칼라트살라」, 「바기라타」, 「쉬드라」, 「쿠노세파」, 「비쉬바미트라」 등 인도어 일색이었다. 그 가운데에서 그를 가장 유명하게 만든 것은 「바가바」였다. 그가 이 시를 낭송할 때면 내실 안이 쩌렁쩌렁 울렸다. 그때마다 청중들은 고함을 지르고, 발을 구르고, 심지어는 탁자에 뛰어오르기까지 했다. 내 오른쪽에는 딸기코에 키가 자그마한 시인이 한 사람 앉아 있었는데, 그는 첫 행을 읽자마자 눈물을 짜기 시작하더니 내 냅킨을 가져가 내내 눈물을 찍어냈다.

나도 은연중에 그런 분위기에 휩쓸려서 다른 사람들보다 더 요란하

313

게 고함을 질러대곤 하였다. 하지만 내심으로는 바가바를 썩 좋아하지는 않았다. 요컨대 그의 인도 시는 천편일률적이었던 것이었다. 한결같이 하얀 연꽃과 콘도르 독수리, 코끼리, 물소 등이 등장했다. 이따금씩 분위기를 일신시키려고 하얀 연꽃을 뜻하는 로투스란 단어로 바꿔놓을 뿐 늘 그게 그거였다. 열정도 진실도 환상도 없이 그의 시는 모두가 고만고만했다. 운(韻)에다 다른 운을 슬쩍 덧붙인 속임수에 불과했던 것이다.

나는 바가바를 별 볼일 없는 삼류시인쯤으로 생각했다. 혹시 내가 내 시를 한 번쯤 그들 앞에서 읊어보기라도 했더라면 그를 그렇게까지 깎아내리지는 않았을지도 모르겠다. 하지만 나는 내가 지은 시를 들려 달라는 부탁을 한 번도 받아본 적이 없었기 때문에 그처럼 무자비해질 수가 있었다. 그런데 내 왼쪽에 앉아 있던 사람도 이 인도 시인에 대해 나와 똑같은 견해를 갖고 있는 것 같았다. 그 역시 바가바의 시에 아무 흥미가 없는 듯 보였던 것이다.

대머리인 그는 다 해진 허름한 옷을 걸치고, 그나마 몇 올 안 되는 머리칼은 오랫동안 감지 않아 기름기가 잘잘 흘렀으며, 기다란 수염은 마치 국수가락처럼 흘러내렸다. 그는 같이 식사를 하는 사람들 가운데 가장 나이가 많았을 뿐만 아니라 아는 것도 가장 많은 사람이었다. 위대한 인물들이 대개 그러하듯 그는 거의 말이 없었으며 자신을 드러내지도 않았다. 사람들은 모두 그를 존경했다. 사람들은 그에 대해 이렇게 얘기하였다.

"굉장한 분이야……. 사상가라니까."

바가바의 시가 낭송될 때마다 불만스러운 표정을 지으며 빈정거리듯 얼굴을 찌푸리는 그의 모습을 보고 나는 그를 상당히 높이 평가하게

되었다.

'고상하신 분이야. 저분 앞에서 내 시를 읽어볼 수 있다면 얼마나 좋을까.'

어느 날 저녁, 다른 사람들이 모두 식탁에서 일어날 때 나는 브랜디 한 병을 들고 사상가에게 다가가서 함께 한잔하자고 청했다. 그는 내 청을 받아들였고, 그리하여 나는 그의 결점을 알게 되었다.

술을 마시면서 나는 바가바 쪽으로 화제를 이끌어간 다음 하얀 연꽃과 콘도르 독수리, 코끼리와 물소에 대해 대담하게 악평을 늘어놓기 시작했다. 코끼리는 반드시 원한을 갚는 동물이란 점을 익히 알면서도 나는 주저하지 않고 혹평을 가했다. 내가 열을 내며 이야기하는 동안 그 사상가는 아무 말 없이 술만 들이켰다. 그러다가 가끔씩 미소를 지으며 동의한다는 듯 머리를 끄덕이곤 하는 것이었다.

"저런, 저런……"

그가 이렇게 계속해서 머리를 끄덕이자 한층 더 대담해진 나는, 나 역시 시를 쓰고 있는데 좀 읽어보고 평을 해줄 수 있는지 부탁했다. 그랬더니 그 사상가는 여전히 멀뚱멀뚱 나를 쳐다보며 "저런, 저런……" 하는 말만 되풀이하는 것이었다. 그의 기분이 몹시 좋은 것처럼 보여서 나는 '이때다!' 생각하고 호주머니에서 내 시를 꺼냈다. 사상가는 태연하게 다섯 번째 술잔을 들어 입 안에 털어넣더니 시 원고를 펼치는 내 모습을 잠자코 바라보았다. 그러다가 느닷없이 늙은 주정뱅이처럼 떨리는 손으로 내 팔을 덥석 잡으며 이렇게 말하는 것이었다.

"우선 한마디 묻겠소, 젊은이. 당신이 쓴 시의 기준은 뭐요?"

나는 불안한 표정으로 그를 바라보았다.

그 무시무시한 사상가는 목소리를 한층 높여 물었다.

"당신 시의 기준이 뭐냐니까! 당신 시는 뭘 기준으로 삼고 있느냔 말이요?"

아니, 이런! 내 시의 기준이라니⋯⋯. 기가 막힐 노릇이었다. 나는 시의 기준 따위를 생각해본 적이 없기 때문에 애당초 그런 게 있을 턱이 없었다. 내가 놀란 토끼 눈이 되고, 뺨이 붉어지고, 당황해한 것은 당연한 일이었다.

그러자 사상가는 화가 난 듯 벌떡 일어섰다.

"뭐라구? 시를 쓴다면서 기준이 없다니! 그렇다면 당신 시는 읽을 필요도 없소. 대충 어떤지 안 봐도 다 아니까."

말을 마친 그는 병에 남아 있던 두세 잔쯤 되는 술을 연거푸 입 안에 털어넣더니 모자를 집어들고는 노기등등하게 눈을 굴리며 나가버렸다.

그날 밤, 자크 형에게 그 얘길 했더니 형은 화를 벌컥 내며 길길이 날뛰었다.

"그 사상가란 놈은 정말 바보로구나. 시를 쓰는 데 무슨 기준 따위가 필요하다니? 벵골 사람들은 기준을 하나씩 가지고 있다니? 기준이라구? 그게 뭐야? 그거 대체 어디서 만들어진 거냐? 너 그거 본 적 있어? 기준을 파는 상인이라도 있나 보지? 참!"

우리 착한 자크 형! 그는 내 걸작과 내가 당한 모욕 때문에 분개해서 눈물까지 흘리며 어쩔 줄 몰랐다. 잠시 후에 그가 다시 입을 열었다.

"잠깐, 다니엘. 내게 생각이 있어⋯⋯. 만일 네가 네 시를 낭송하고 싶다면 일요일에 피에로트 씨 집에서 읽는 게 어떨까?"

"거기서⋯⋯? 아, 자크 형!"

"안 될 게 뭐 있어? 글쎄, 피에로트 씨가 비록 날카로운 안목을 가진

사람은 아니지만 그렇다고 까막눈도 아냐. 순수하고 건전한 의식의 소유자라고. 카미유도 약간의 편견을 갖고 있긴 하지만 꽤 괜찮은 비평가라고 할 수 있어. 트리부 부인도 책을 꽤 읽었고…… 새머리 라루트 영감님도 보기와는 달리 그렇게까지 꽉 막힌 사람은 아니라구. 게다가 피에로트 씨는 꽤 점잖은 파리 사람들을 알고 있으니 그날 밤에 그들도 초대하면 더욱 좋겠지. 어때? 한번 말해볼까?"

나는 소몽 가에서 내 시를 평가해줄 비평가를 찾아보자는 자크 형의 생각이 전혀 마음에 들지 않았다. 하지만 내 시를 발표해보고 싶어서 온몸이 근질거렸으므로 잠시 얼굴이 찌푸려지긴 했지만 결국 자크 형의 제안을 받아들이고 말았다.

이튿날 형은 곧바로 피에로트 씨를 찾아가서 그 이야기를 꺼냈다. 사람 좋은 피에로트 씨는 그게 도대체 뭘 하는 일인지 정확히 감을 잡지는 못했지만 에세트 부인의 아이들에게 친절을 베풀 수 있는 좋은 기회라 생각하고 주저 없이 승낙했다. 그리고 즉시 초대장을 띄워 보냈다.

피에로트 씨의 작은 응접실에서 그런 축제가 열린 적은 단 한 번도 없었다. 피에로트 씨는 내 명예를 드높이기 위해 도자기업계에서도 제법 한가락 하는 사람들을 초대했다. 내 시를 낭송하는 날 밤, 그 집 응접실에는 피에로트 씨 식구들말고도 여러 사람이 모였다.

파사종 부부는 알포르 학교〔옮긴이 주 – 메종 알포르에 있는 수의사학교〕의 우수한 학생이자 수의사인 아들을 데리고 왔다. 프루이아 형제도 와 있었는데, 프리메이슨 단원인 동생 프루이아는 말솜씨가 좋아 그랑토리앙 관(館)〔옮긴이 주 – 프랑스에서 가장 큰 프리메이슨단 집회소〕에서 굉장한 인기를 끌고 있었다. 아울러 형 프루이아는 카보〔옮긴이 주 – 1729

년에 설립된 예술가 단체]의 멤버인데 사람들과 모여 떠들며 노는 걸 좋아하는 사람이었다. 푸즈루 부부는 마치 파이프 오르간의 음관처럼 딸을 줄줄이 여섯이나 달고 왔다. 그런 굉장한 인물들 앞에 섰으니 내가 얼마나 흥분했겠는가.

내가 지금 여러분들은 한 편의 시를 평가하기 위해 모인 거라고 말하자 점잖게 앉아 있던 그들은 제각기 냉랭하고 실망스럽고 딱딱하게 굳은 표정들을 지었다. 그들은 마치 법관이나 되는 것처럼 머리를 끄덕이며 심각한 표정으로 고개를 맞대고 쑥덕거렸다. 피에로트 씨는 도무지 알 수 없다는 표정으로 웅성대는 그들을 바라보고 있었다. 다른 사람들도 제각기 자리를 잡았다.

나는 피아노에 등을 기댄 채 앉아 있었다. 평소처럼 각설탕을 갉아먹고 있는 라루트 영감만 좀 멀찌감치 떨어져 앉아 있을 뿐 나머지 사람들은 나를 중심으로 반원을 이뤘다. 잠시 소란이 일더니 이내 무거운 침묵이 흘렀고, 곧이어 나는 흥분된 목소리로 내 시를 낭송하기 시작했다.

터무니없게도 「전원시」라고 거창하게 제목을 붙인 바로 그 시였다. 나는 사를랑드 중학교에 있을 때 귀뚜라미와 나비, 그밖에 자그마한 동물들이 등장하는 환상적인 이야기를 학생들에게 들려주면서 시간을 보냈었다. 그 동물들 이야기를 대화 형식으로 만들어 「전원시」라고 이름 붙였던 것이다. 시는 세 부분으로 나뉘어 있었다. 하지만 그날 피에로트 씨의 집에서는 1부만 읽었다. 여기에 그 부분만 옮겨 쓰려 한다. 그 부분이야말로 바로 '내 자전적 이야기'를 여실히 나타내 보여주고 있는 것이다.

담홍색의 작은 응접실 안에 둥그렇게 앉아 있는 점잖은 사람들 앞에

320

서 시를 읽으려니 적잖이 긴장되었다. 나는 떨리는 목소리로 시를 읊어 내려갔다.

어느 푸른 나비의 모험담

무대는 전원. 시간은 저녁 6시. 해는 이미 넘어갔다. 막이 오르면 둘 다 수놈인 푸른 나비와 무당벌레가 가느다란 고사리 가지 위에 말 타듯 걸터 앉아 얘기를 나누고 있다. 둘은 아침에 만나서 하루 종일 함께 있었다. 날이 어두워지자 무당벌레는 가려고 한다.

나비 : 뭐야? 벌써 가려구?

무당벌레 : 이런! 돌아가야 해. 봐, 너무 늦었잖아.

나비 : 잠깐 기다려, 제기랄! 집에는 천천히 돌아가도 늦지 않아. 난 집에 있으면 답답해. 넌 안 그래? 문이니 벽, 유리창, 이런 게 왜 있는지 몰라? 밖에 나가면 태양도 있고, 이슬도 있고, 개양귀비꽃도 있고, 포근한 공기도 있고, 다 있는데. 넌 개양귀비꽃 안 좋아하니? 그럼 얘기해.

무당벌레 : 어, 난 개양귀비꽃 좋아해.

나비 : 그래? 그럼 가지 마라, 얘. 나랑 같이 여기 있자, 응? 날씨도 좋고 공기도 포근하잖아.

무당벌레 : 그건 그렇지만······.

나비 : (무당벌레를 풀밭으로 떠밀고 가며) 자, 풀밭에서 굴러봐. 풀밭은 우리 거야.

무당벌레 : (몸부림치며) 안 돼! 놔줘, 제발. 난 꼭 가야 한다구!

나비 : 쉿! 들리니?

무당벌레 : (놀라며) 뭐가?

나비 : 자그마한 메추라기가 옆쪽 포도밭에서 거나하게 취한 채 노랠 하고 있잖아……. 흐음! 오늘같이 아름다운 여름밤에 잘 어울리는 노래야. 여기서 들으니 그럴듯한데!

무당벌레 : 그렇긴 한데…….

나비 : 조용히 해.

무당벌레 : 또 뭐야?

나비 : 인간들이야.

(인간들이 지나간다.)

무당벌레 : (잠시 침묵이 흐른 뒤 낮은 목소리로) 인간들은 아주 못됐어, 안 그러니?

나비 : 아주 못됐지.

무당벌레 : 인간이 걸어다니다가 날 밟아서 납작하게 만들까 무서워. 인간
　　들의 발은 무지하게 큰데 내 허리는 무척 연약하거든. 넌 크진 않지만 날
　　개가 있어. 엄청나게 큰 날개가 말이야!

나비 : 제기랄! 저 둔한 농부들이 무섭다면 차라리 등으로 기어다녀라. 야!
　　난 허리힘이 무지하게 세! 내 날개는 얇디얇은 잠자리 날개랑은 달라.
　　그래서 난 네가 원하는 곳으로 데려다 주고 싶어. 네가 원하는 만큼 오랫
　　동안 말이야.

무당벌레 : 오, 고맙긴 한데 사양할래! 그리고 싶은 생각이 들지 않아!

나비 : 내 등에 기어오르기가 힘들어서 그러는 거니?

무당벌레 : 아니, 하지만……

나비 : 그럼 기어올라가 봐, 이 바보야!

무당벌레 : 넌 물론 날 우리 집에 데려다 주겠지. 만일 네가 날 안 데려다
　　주면…….

나비 : 금방 도착할 거야.

무당벌레 : (나비에게 기어오르며) 밤에 우리 집에서 기도를 하거든. 내 말 알
　　았지?

나비 : 걱정 마……. 좀더 뒤로 가. 그래, 거기……. 이제 조용히 해! 날아오
　　를 테니. (짠! 그들은 날아오른다. 대화는 공중에서 계속된다.) 얘, 정말 놀랍
　　다!. 전혀 무섭지 않아.

무당벌레 : (놀라서) 아, 저런…….

나비 : 음, 뭐야?

무당벌레 : 더 이상 아무것도 안 보여……. 머리도 어지럽고. 내렸으면 좋
　　겠어…….

나비 : 바보 같으니라구! 머리가 어지러울 땐 눈을 감아야 하는 거야. 감

왔니?

무당벌레 : (눈을 감으며) 응…….

나비 : 괜찮아?

무당벌레 : (애를 써가며) 좀 나아진 것 같아.

나비 : (속으로 웃으며) 너희 무당벌레들은 기구(氣球) 같은 것도 제대로 못
타지?

무당벌레 : 응, 그래…….

나비 : 기구를 잘 타는 법을 가르쳐줄 안내인을 아직 못 찾아냈다고 해서
그게 너희들 잘못은 아냐.

무당벌레 : 그래, 맞아.

나비 : 자, 나으리, 다 왔습니다. (나비가 은방울꽃 위에 내려앉는다.)

무당벌레 : (눈을 뜨며) 미안해. 근데…… 여긴 내가 사는 곳이 아니야.

나비 : 알아. 하지만 아직 이른 시간이라서 널 내 친구들이 있는 은방울꽃
네 집으로 데려온 거야. 입 좀 축이고 가자구! 괜찮지?

무당벌레 : 아, 난 시간이 없는데…….

나비 : 무슨 소리야! 1초면 된다고.

무당벌레 : 게다가 거기선 날 받아주지도 않을 거야…….

나비 : 이리 와. 난 널 내 사생아로 소개할 거거든. 그럼 널 받아줄 거야.
가자!

무당벌레 : 게다가 시간도 늦었어.

나비 : 에이, 아냐! 아직 안 늦었어. 매미 우는 소릴 들어보라구.

무당벌레 : (낮은 소리로) 그리고…… 난… 돈도 없어…….

나비 : (무당벌레를 억지로 끌고 가며) 가자, 은방울꽃이 한턱낼 거야. (둘은 은
방울꽃 속으로 들어간다.)

막이 내려간다.

　2막. 막이 오르면 무대는
어두컴컴하다. 두 친구가 은방울
꽃 속에서 나온다. 무당벌레는 약간 취해 있다.

나비 : (등을 내밀며) 자, 이제 길을 떠나자.

무당벌레 : (용감하게 기어오르며) 그래, 가자.

나비 : 음, 은방울꽃 어떤 것 같아?

무당벌레 : 호감이 가던데. 잘 알지도 못하는데 포도주를 대접하다니…….

나비 : (하늘을 바라보며) 오, 오! 달님이 얼굴을 내밀었잖아. 서둘러야겠는
　　데…….

무당벌레 : 서두른다고? 왜?

나비 : 넌 너희 집에 빨리 돌아가야 되는 거 아냐?

무당벌레 : 아, 기도 시간에만 맞추면 돼. 게다가 우리 집은 멀지도 않
　　고……. 바로 뒤편인데 뭘.

나비 : 네가 급할 게 없다면 나도 서두를 이유가 없지.

무당벌레 : (감격해서) 넌 정말 좋은 친구야. 그런데 왜 땅위에는 네 친구가
　　아무도 없는지 모르겠어. 누가 그러더라구. 넌 보헤미안이고 반항아라
　　구. 시인이라구. 방정맞게 깡충깡충 뛰어다닌다구.

나비 : 아니, 뭐야? 누가 그런 말을 했어?

무당벌레 : 이런! 저기…… 풍뎅이가…….

나비 : 아이고! 그 잘난 뚱땡이가 날더러 깡충이라고 했다구? 자긴 배불뚝 이인 주제에…….

무당벌레 : 풍뎅이만 널 싫어하는 게 아냐…….

나비 : 그래? 또 누가 날 싫어한다는 거야?

무당벌레 : 달팽이도 네 친구가 아냐. 알겠니? 전갈도 네 친구가 아니고, 심지어는 개미도 네 친구가 아니라구.

나비 : 정말?

무당벌레 : (은밀하게) 거미 맘에 들려고 괜히 애쓸 필요 없어. 그 친군 네가 정말 못됐다고 생각하고 있으니까.

나비 : 나에 대해 잘못 알고 있어서 그런 거야.

무당벌레 : 흠! 딱정벌레도 좀 그런 식으로 생각하고 있던데…….

나비 : 그럴 거야……. 말해봐, 네가 살고 있는 세상에서는…… 어쨌든 넌 애벌레의 세계에 속해 있지는 않으니까……. 내 평판이 그렇게 안 좋니?

무당벌레 : 흐음, 그건 다 나름이지. 젊은 친구들은 널 괜찮게 생각하고 있어. 늙은이들은 대부분 네가 도덕심이 좀 부족하다고 생각하고 있지.

나비 : (서글프게) 날 이해하는 친구가 별로 없다는 건 나도 알고 있어. 결국…….

무당벌레 : 정말 그렇더라구. 이봐, 쐐기풀은 네게 악의를 품고 있어. 두꺼비도 널 증오하지. 귀뚜라미까지도 네 얘길 할 때면 '그 나, 나, 나비 녀석!'이라고 하지.

나비 : 너도 그 녀석들처럼 날 미워하는 거야?

무당벌레 : 난…… 난 널 좋아해. 네 어깨 위에 있으면 정말 편안해. 게다가

넌 날 항상 은방울꽃의 집에 데려다 주잖아. 참 재미있었어. 그러니 혹시 나 때문에 피곤하면 어디 가서 잠깐 쉬었다 가자……. 피곤한 거 아니지?

나비 : 조금 무겁게 느껴지긴 하지만 크게 부담 가는 건 아니야.

무당벌레 : (은방울꽃을 가리키며) 자, 저기 들어가서 좀 쉬도록 해.

나비 : 아, 고마워……. 은방울꽃은 그게 그거야. 난 옆집이 훨씬 더 좋아…….

무당벌레 : (얼굴을 붉히며) 장미꽃네 집에? 오, 안 돼! 절대로…….

나비 : (무당벌레를 잡아끌며) 가자구! 아무도 우릴 못 볼 거야. (그들은 조심조심 장미꽃의 집으로 들어간다.)

막이 내린다.

제3막에서는…….

응접실에 모인 사람들뿐만 아니라 나 자신도 그 긴 시를 낭송하는 게 아주 지루하게 느껴졌다. 아무리 재미있는 시라도 낭송 시간이 길어지면 점점 더 흥미를 잃게 마련이다. 그래서 여기서는 3막에서 5막까지 간단히 내용만 간추려 밝힌다.

제3막의 무대는 칠흑 같은 밤이다. 두 친구는 장미꽃의 집에서 함께 나온다. 나비는 무당벌레를 자기 부모 집에 데려가려고 한다. 하지만 무당벌레는 거절한다. 고주망태가 된 무당벌레는 요란한 소리를 내지르며 풀밭 위에서 깡충깡충 뛴다. 나비는 무당벌레를 집까지 데려다 준다. 두 친구는 가까운 시일 안에 다시 만나기로 약속하고 무당벌레의 집 앞에서 헤어진

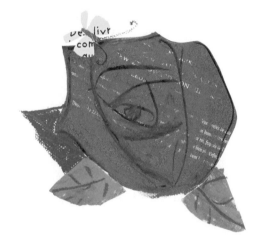

328

다. 나비는 밤길을 혼자 돌아간다. 나비도 약간 취했다. 하지만 그는 슬프다. 무당벌레가 귀띔해준 이야기를 떠올린 나비는, 아무에게도 해를 끼친 적이 없는데 왜 모두들 날 싫어할까? 하고 씁쓸해한다.

하늘에는 달도 없고, 바람 부는 들판은 완전히 어둠에 잠겨 있다. 나비는 무섭고 춥지만 친구가 따뜻한 침대 속에서 잘 자고 있으리라는 생각을 하니 기분이 좋아진다. 그때 커다란 밤새들이 어둠을 뚫고 소리 없이 무대로 날아든다. 번개가 친다. 바위 밑에 숨어 있던 못된 동물들이 나비를 가리키며 히죽거린다.

"혼내주자!"

겁에 질린 불쌍한 나비가 길을 가는데 엉겅퀴꽃이 나타나 그를 칼로 찌르고, 전갈은 발톱으로 그의 배를 가른다. 커다란 털투성이 거미는 나비의 푸른색 날개 외투자락을 찢어버린다. 마지막으로 박쥐가 날개로 후려치는 바람에 허리가 부러진 나비는 그만 큰 상처를 입고 쓰러진다. 나비가 풀밭 위에서 헐떡거리는 동안 그 곁에서는 쐐기풀이 즐겁게 놀고 있었고, 개미 두 마리는 "잘됐다!"라고 말한다.

새벽이 되어 일을 나가던 개미들은 길가에서 죽은 나비를 발견한다. 개미들은 힐끔힐끔 바라볼 뿐 묻어줄 생각도 않고 가버린다. 개미들이란 쓸데없는 일은 안 하니까……. 다행히도 송장벌레들이 그곳을 지나게 된다. 시체를 묻는 일을 직업으로 하는 자그맣고 새까만 송장벌레는 정성스럽게 나비를 묘지로 끌고 간다. 모두들 호기심 때문에 나와 보고는 큰 소리로 한마디씩 한다. 자기 집 문 앞에서 햇볕을 쬐고 있던 갈색 귀뚜라미는 심각하게 말한다.

"꽃을 너무 좋아해서 저렇게 된 거야!"

"밤에 너무 나다녀서 저렇게 된 거야!"

달팽이도 이렇게 한마디 거든다. 금빛 옷을 입은 배불뚝이 풍뎅이는 몸을 흔들며 중얼거린다.

"너무 문란하게 생활해서 저렇게 된 거야. 너무 문란했다구!"

죽은 나비를 측은하게 생각해서 애도의 뜻을 표하는 이는 하나도 없다. 인근의 벌판에서 문을 닫아건 건 오직 백합꽃뿐이고, 노래를 중단한 건 오직 매미뿐이다.

마지막 장면은 나비의 묘지에서 일어난다. 송장벌레들이 일을 끝마치고 나면 근엄한 표정의 풍뎅이가 묘지 구덩이로 다가가서 등을 대고 누운 채 죽은 나비에게 찬사를 보내기 시작한다. 불행하게도 풍뎅이의 기억력은 형편이 없다. 풍뎅이는 그렇게 누운 채 한 시간 동안 버둥거리면서 횡설수설한다.

연설이 끝나면 모두들 물러가고 묘지에는 개미 새끼 한 마리 얼씬거리지 않는다. 처음에 등장했던 무당벌레가 무덤 뒤에서 나타난다. 무당벌레는 눈물을 펑펑 쏟으며 차가운 땅바닥에 무릎을 꿇고는 거기 잠들어 있는 불쌍한 친구를 위하여 감동적인 기도를 올린다.

넌 도자기나 파는 게 어울려

　내가 「전원시」의 마지막 행까지 낭송을 끝마치자 자크 형이 열광하며 벌떡 일어나서는 브라보를 외쳤다. 그러다가 주위를 휘둘러본 형은 다른 사람들의 놀란 표정을 보자 흥분에 들뜬 몸짓을 우뚝 멈췄다.

　그들의 표정을 보면서 나는 『요한계시록』에 나오는 불의 말[옮긴이 주 — 9장 7절, 시간의 종말을 알리는 계시]이 담홍색의 그 작은 응접실에 느닷없이 뛰어든다 해도 내 푸른 나비만큼 그들을 아연실색하게 만들지는 못할 거라는 생각이 들었다. 파사종 부부와 푸즈루 부부는 내 「전원시」를 듣고 몹시 놀랐는지 머리털은 온통 곤두서고 두 눈은 동그랗게 뜬 채 나를 바라보고 있었다. 푸루이아 형제는 서로 뭐라고 손짓을 했다. 아무도 입을 열지 않았다. 내가 얼마나 불편했을지 상상해보라.

　다들 그렇게 망연자실, 침묵을 지키고 있는데 별안간 유령의 외침처럼 메마른 노인의 목소리가 피아노 뒤쪽에서 울려오는 바람에 의자에 앉아 있던 나는 흠칫 놀라 몸을 떨었다. 새머리 라루트 영감이 10년 만에 처음으로 입을 연 것이었다. 심술궂은 표정으로 각설탕을 갉아먹던

331

그 기이한 노인이 외쳤다.

"나비가 죽은 건 정말 잘된 일이야. 난 나비를 안 좋아하거든!"

모든 사람들이 폭소를 터뜨리며 내 시에 대해 한두 마디씩 촌평을 늘어놓기 시작했다.

형 프루이아는 시가 좀 긴 것 같다며 한두 개의 짤막한 풍자시로 줄이는 게 좋겠다고 권유했다. 자연과학자인 파사종 부부의 아들은 무당벌레에게 날개가 있다는 사실을 무시한 것 때문에 내가 지어낸 시의 진실성이 결여됐다고 평가했다. 형 프루이아는 아무리 생각해도 내 시를 어디선가 읽어본 적이 있다고 박박 우겨대었다.

자크 형이 내게 소곤거렸다.

"신경 쓸 거 없어. 네 시는 걸작이야."

피에로트 씨는 아무 말도 하지 않았다. 무언가를 골똘히 생각하고 있는 듯했다. 내가 시를 낭송하는 동안 그는 자기 딸 곁에 내내 붙어 앉아 감동으로 떨리고 있는 딸의 자그마한 손과 이글이글 타오르는 검은 눈동자를 바라보며 몹시 놀란 듯했다. 피에로트 씨의 말마따나 이건 이런 경우에 꼭 들어맞는 말인데, 그날따라 이상하게도 그가 아주 이상한 표정을 지은 채 저녁 내내 딸 옆에만 꼭 붙어 있는 통에 검은 눈동자 아가씨에게 단 한마디도 건넬 수가 없었다. 그 탓에 나는 형 프루이아가 낭송하는 짤막한 풍자시를 듣는 것조차 내키지 않아서 일찌감치 그곳을 빠져나왔고, 형 프루이아는 이 일에 앙심을 품고 결코 나를 용서하지 않게 될 것이다.

내 삶에서 결코 지워지지 않을 시 낭송의 밤이 지나고 나서 이틀 뒤에 피에로트 양이 짧지만 의미심장한 쪽지를 보내왔다.

'빨리 오세요. 아버지가 모든 걸 알고 있어요.'

그리고 내 사랑하는 검은 눈동자는 그 밑에다 '당신을 사랑해요' 라고 덧붙였다.

솔직히 나는 이 쪽지를 읽고 다소 당황했다. 이틀 전부터 나는 내 시를 출판해줄 사람을 찾아다니느라 검은 눈동자보다는 내 시에 더 정신을 팔고 있었다. 게다가 피에로트 씨에게 카미유와의 관계를 설명해야 한다는 게 영 내키지 않았다. 그래서 검은 눈동자로부터 급한 전갈을 받았음에도 불구하고 얼마 동안 '거기' 가지 않은 채 마음 한구석에 찜찜하게 남아 있는 불안을 없애려고 종종 이렇게 생각했던 것이다.

'시가 팔리면 가지 뭐.'

그러나 불행히도 나는 시를 팔지 못했다.

그 당시(지금도 그런지 그건 잘 모르겠다)의 출판업자들은 매우 친절하고 정중하고 관대하고 상냥했다. 그런데 그들은 한시도 집에 붙어 있지 않는다는 한 가지 치명적인 결점을 갖고 있었다. 천문대의 대형 망원경을 통해서만 볼 수 있는 아주 자그마한 별처럼 그들은 사람들 앞에 모습을 나타내지 않았다. 찾아갈 때마다 언제나 부재중이었고, 들려오는 건 오직 나중에 다시 오라는 대답뿐이었다.

제기랄! 나는 정말 발바닥에 불이 나도록 쫓아다녔다. 수없이 많은 서점(옮긴이 주 – 이 당시의 서점은 출판사를 겸하는 경우가 대부분이었다)의 문손잡이를 돌렸다. 출판사 간판 앞에 선 채 뛰는 가슴을 억누르며 들어갈까 말까 망설인 적이 한두 번이 아니었다. 출판사 안은 더웠다. 갓 인쇄된 새 책에서 풍기는 냄새 때문이었다. 그곳은 늘 바쁜 키 작은 대머리 남자들로 가득 차 있었는데, 그들은 판매대 뒤쪽의 쌍사다리에 올라서서 돌아다보지도 않은 채 건성으로 묻는 말에 대답만 할 뿐이었다.

어쨌거나 출판사 사장을 만나기란 하늘의 별 따기였다. 매일 저녁

나는 슬프고, 지치고, 짜증나는 심정으로 집에 돌아오곤 했다. 자크 형은 안타까운 표정을 지으며 나를 위로했다.

"용기를 내. 내일은 성공할 테니까."

다음날이 되면 나는 다시 원고뭉치로 무장하고 전선에 나섰다. 날이 갈수록 원고뭉치는 더 무겁고 귀찮게 느껴졌다. 처음에는 원고뭉치를 새로 산 우산처럼 자랑스럽게 겨드랑이에 끼고 다녔다. 하지만 나중에는 그게 부끄러워져서 외투 속에 안 보이게 숨긴 뒤 단추까지 채우고 다녔다.

한 주일이 이렇게 지나가 버렸다. 일요일이 되었다. 평상시대로 자크 형은 피에로트 씨 집으로 저녁을 먹으러 갔다. 보이지도 않는 별을 쫓아다니느라 지쳐 있던 나는 하루 종일 집에 누워 있었다. 저녁때 집에 돌아온 형은 침대 끝에 걸터앉아 있는 내게 가볍게 투덜거렸다.

"야, 다니엘. 네가 오늘 거기 안 간 건 정말 잘못이야. 카미유가 울면서 몹시 섭섭해했단 말이야. 네가 보고 싶어 죽겠다는 거야. 오후 내내 네 얘기만 하더라구……. 아, 그 애는 널 얼마나 좋아하는지 몰라!"

불쌍한 형은 이렇게 얘기하면서 눈물을 흘렸다.

"피에로트 씨는? 피에로트 씨는 뭐라고 그랬어?"

나는 머뭇거리며 물어보았다.

"아무 말도 안 했어. 네가 안 나타나니까 꽤 실망하는 표정이더라……. 다니엘, 꼭 거기 가봐라. 갈 거지?"

"내일 당장 갈게, 형. 약속해."

우리가 이야기를 나누고 있는 동안 집에 돌아온 쿠쿠블랑이 노래를 부르기 시작했다. 톨로코토티냔, 톨로코토티냔……. 형이 갑자기 웃기 시작하더니 소곤거렸다.

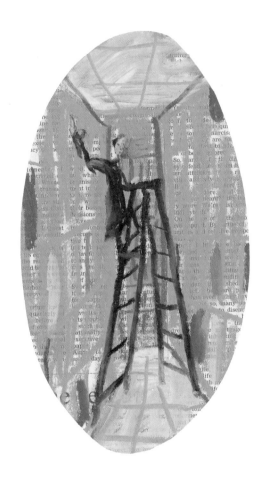

"카미유가 저 여자를 질투하고 있다는 거, 너 모르지? 그 애는 쿠쿠블랑이 자기 라이벌이라고 생각하고 있어. 사실대로 얘기해줬는데도 전혀 믿으려고 하질 않더라구……. 쿠쿠블랑을 질투하다니, 참 웃기는 일이지?"

나도 형처럼 웃는 척했다. 하지만 속으로는 만약 검은 눈동자가 쿠쿠블랑을 질투한다면 그건 순전히 내 잘못이라는 생각이 들어서 몹시 부끄러웠다.

그 다음날 오후에 나는 피에로트 씨 집을 찾아갔다. 원래는 곧장 5층으로 올라가서 검은 눈동자와 얘기를 나눈 다음 피에로트 씨를 만날 생각이었다. 하지만 그가 문 앞에서 나를 기다리고 있었기 때문에 그럴 수가 없게 되었다. 나는 하는 수 없이 가게 안으로 들어가 카운터 뒤편에 있는 그의 옆자리에 앉았다. 가게 뒷방에서 이따금씩 플루트 소리가 들려왔다.

피에로트 씨가 이번에는 더듬거리지 않고 거침없이 말했다.

"다니엘, 내가 묻고 싶은 건 아주 간단하니 굳이 말을 돌리지 않겠네. 이건 이런 경우에 꼭 들어맞는 말인데…… 우리 딸은 자네를 사랑하고 있는데, 자네 역시 그 아이를 진정으로 사랑하고 있나?"

"물론입니다. 피에로트 씨."

"그렇다면 됐네. 한 가지 제안을 하겠는데, 내 딸이나 자네나 나이가 아직 어리니 결혼은 3년 뒤에나 하기로 하지. 그러니 자네는 앞으로 3년 안에 직업을 구해 자리를 잡아야 하네. 자네가 앞으로도 계속 '푸른나비' 장사를 할 생각인지 어떤지 알 수 없지만, 만일 내가 자네 입장이라면 말이야……. 이건 이런 경우에 꼭 들어맞는 말인데…… 나라면 그 시 같은 건 팽개쳐버리고 라루트 상회에 들어가겠어. 그래서 도자기 장

336

사에 익숙해지고 나면 3년쯤 뒤에 피에로트의 사위도 되고 동시에 동업자도 되겠는데……. 응? 자넨 어떻게 생각하나?"

그러고는 피에로트 씨는 나를 팔꿈치로 툭툭 치더니 킥킥 웃기 시작했다. 그는 자기를 도와 도자기를 팔라고 하면 내가 좋아서 펄펄 뛸 거라고 믿고 있었다. 내게는 화를 낼 용기는커녕 대답할 용기조차 없었다. 아니, 나는 두려워졌다.

접시와 형형색색의 컵들, 둥글고 흰 대리석들, 이 모든 것들이 내 주위에서 춤을 추고 있었다. 카운터 앞쪽의 진열대 위에는 초벌구이를 한 연한 색깔의 질그릇들이 놓여 있었는데, 거기 그려진 남녀 목동들이 비웃는 듯한 표정으로 나를 바라보다가 지팡이를 휘두르면서 이렇게 외치는 것 같았다.

"넌 도자기나 파는 게 어울려!"

그보다 조금 더 뒤쪽으로 긴 자주색 옷을 입고 있는 사기 인형들도 목동들의 말에 장단을 맞추려는 듯 커다란 머리를 흔들어댔다.

"그래, 그래……. 넌 도자기나 파는 게 어울려!"

가게 뒷방에서도 나를 비웃는 듯한 플루트 소리가 슬며시 흘러나오고 있었다.

"넌 도자기나 파는 게 어울려! 넌 도자기나 파는 게 어울린다니까!"

미칠 것만 같았다.

피에로트 씨는 내가 흥분과 기쁨 때문에 말을 잇지 못하는 거라고 믿는 듯했다. 그는 내게 확신을 주듯 한마디 덧붙였다.

"그 얘긴 오늘 밤에 다시 하기로 하세. 지금은 가서 딸애를 만나보도록 하게나. 이건 이런 경우 꼭 들어맞는 말인데…… 그 아이는 아마 지금쯤 자네를 애타게 기다리고 있을 거야."

나는 피에로트 양에게 올라갔다. 그녀는 트리부 부인과 함께 담홍색 응접실에서 아버지의 슬리퍼에 수를 놓고 있는 중이었다. 그날따라 유난히 그녀는 자기 아버지 피에로트 씨를 영락없이 빼다 박은 듯이 보였다. 태평스럽게 바늘을 빼내더니 몇 코나 수놓았는지 큰 소리로 세고 있는 그녀의 모습을 보자 있는 대로 부아가 치밀어 올랐다.

자그맣고 불그스레한 손가락, 화색이 도는 두 뺨, 평화스러운 표정의 그녀는 '넌 도자기나 파는 게 어울려!'라고 소리치던 그 도자기 속의 여자 목동과 꼭 닮아 보였다. 다행히 검은 눈동자의 그녀도 아직 거기 있었는데, 다소 풀이 죽은 듯 우울해 보이기는 했지만 그래도 무척 흥분한 내 모습을 보니 즐거운 모양이었다. 하지만 그것도 잠깐이었다. 피에로트 씨가 곧장 내 뒤를 따라 들어온 것이다. 아마도 우리를 감시하는 트리부 부인이 믿음직스럽지 않아 올라온 모양이었다.

바로 그 순간부터 검은 눈동자는 사라지고 도자기 속의 여자 목동 같은 피에로트 양만 남았다. 피에로트 씨는 너무 좋아서 어쩔 줄 모르며 수다를 떨었다. '이건 이런 경우에 꼭 들어맞는 말인데……'라는 말이 소낙비처럼 쏟아졌다. 시끌벅적한 식사가 평소보다 훨씬 더 오래 계속되었다. 식사를 끝마친 뒤 피에로트 씨는 나를 따로 불러내더니 조금 전 내게 했던 제안을 상기시켰다. 나는 겨우 마음을 진정시킨 다음 침착한 표정으로 이렇게 중요한 문제는 깊이 생각해볼 필요가 있으므로 대답은 한 달 뒤에 하겠다고 대답했다.

세벤느 지방 출신의 이 노인은 내가 자신의 제안을 선뜻 받아들이지 않는 걸 무척 놀랍게 생각하는 듯했으나 그렇다고 해서 그걸 내색하지는 않았다.

"알았네. 한 달 뒤에 대답을 듣기로 하지."

    그러니 이제 더 이상 아무것도 문제될 게 없었다. 아니다! 나는 이미 큰 충격을 받았다. 끔찍하고 치명적인 '넌 도자기나 파는 게 어울려'라는 말이 오후 내내 계속해서 내 귓전을 울렸다. 아내의 부축을 받으며 들어와 피아노 옆에 자리잡은 새머리 노인이 각설탕을 갉아먹는 소리에서도 그 말을 들었으며, 금발 청년이 플루트로 룰라드 곡(曲)을 연주할 때도, 심지어 피에로트 양이 피아노 앞에 앉아 「로즐렌의 꿈」을 연주할 때도 그 말을 들을 수 있었다.

    또한 거기 모여서 꼭두각시처럼 살아가는 부르주아들의 몸짓에서도, 벽지의 그림에서도, 시계추에 새겨넣은 조각(장미꽃을 따고 있는 비너스 신과, 그 장미에서 날아오르는 도금이 벗겨진 사랑의 신)에서도, 가구의 형태에서도, 매일 저녁 똑같은 사람들이 모여 똑같은 이야기를 하고 매일 저녁 똑같은 피아노가 똑같은 명상곡을 연주하며 단조롭게 살아가는 그 담홍색의 끔찍한 응접실에 자리잡고 있는 온갖 자질구레한 물건에서도 그 말을 들을 수 있었다. 아름다운 검은 눈동자여, 도대체 그대는 어디 숨어 있단 말인가?

    그 지겹기만 한 밤 시간을 마치고 집으로 돌아온 나는 형에게 피에로트 씨의 제안을 이야기했다. 그러자 형은 나보다 더 심하게 분개했다. 그는 화가 나서 새빨개진 얼굴로 말했다.

    "다니엘 에세트가 도자기 장사를 한다고? 생각해보렴! 그건 영락없이 라마르틴한테 성냥을 팔라거나 생트 뵈브[옮긴이 주—1804~1869. 낭만주의 시대의 가장 유명한 비평가이자 저명한 시인]더러 말총 빗자루를 팔라는 얘기나 다름없어. 바보 같은 피에로트 씨 같으니라구! 하지만 그 양반을 원망할 필요는 없어. 뭘 몰라서 그러는 거니까. 네 시집이 성공을 거두고 네 이름이 신문을 온통 장식하면 그 양반도 생각을 확 바꿀 거야."

"그럴지도 모르지, 형. 하지만 신문에 이름이 오르려면 내 시집이 출판되어야 하는데, 그건 가능성이 없잖아……. 왜 그러는지 알아? 출판업자를 찾을 수가 없는데다 또 그 사람들은 시인이라면 아예 만나려고 하질 않아. 그 위대한 바가바도 자기 돈을 들여서 시집을 인쇄해야 했다니까."

그러자 자크 형이 주먹으로 식탁을 톡톡 두드리며 말했다.

"음, 우리도 그 사람처럼 하자. 자비로 네 시집을 출판하는 거야."

나는 놀란 눈으로 형을 바라보았다.

"우리 돈으로?"

"그래, 우리 돈으로 출판하는 거야. 마침 후작님이 요즘 회고록 1부를 인쇄하고 있거든. 그래서 내가 회고록의 출판업자를 매일 만나고 있단다. 딸기코에 어린애처럼 순진한 알자스 사람이야. 틀림없이 네 시집을 외상으로 인쇄해줄 거야……. 그렇고 말고! 인쇄비는 네 시집이 팔리는 대로 갚으면 돼. 자, 됐어! 당장 내일이라도 내가 그 사람을 만나볼게."

이튿날, 자크 형은 정말 그 사람을 만나러 가더니 희색이 만면해서 돌아왔다. 형이 의기양양한 표정으로 말했다.

"됐어! 네 시집은 내일부터 인쇄할 거야. 돈은 한 9백 프랑쯤 들 것 같아. 큰돈은 아니지. 한 달에 3백 프랑씩 세 달에 걸쳐서 갚기로 했어. 이제 계획을 좀 세워보자. 1천 부를 찍어서 한 부에 3프랑씩 파는 거야. 그럼 네 시집을 팔아서 3천 프랑을 벌 수 있는 거지. 3천 프랑을 말이야. 그 돈으로 출판업자에게 빚을 갚은 다음 시집을 팔아주는 서점에 권당 1프랑씩 넘겨주고 신문기자들에게도 몇 부 주고 나면…… 우리한테는 1천1백 프랑이 떨어질 거야. 알겠니? 그렇게만 되면 데뷔치곤 성공적이지."

그렇게 성공적인 데뷔만 하게 된다면! 더 이상 보이지도 않는 별들을 쫓아다닐 필요도 없고, 출판사 문 앞에서 창피하게 기다릴 필요도 없으며, 게다가 우리 집을 재건하기 위해 1천1백 프랑을 저금할 수가 있다. 그날 생제르맹 종탑 옆의 우리 방은 기쁨으로 충만하였다. 멋진 계획과 화려한 꿈!

그 다음날부터 나는 출판사에 가서 교정지를 고치고, 표지 색깔을 의논하고, 잉크도 채 안 마른 인쇄본을 보고, 두세 번이나 제본소를 뛰어다녔다. 그리고 드디어 나는 내 처녀 시집을 받아 들고서 떨리는 손끝으로 페이지를 넘겼다. 자! 세상에서 이보다 더 즐거운 일이 어디 있겠는가?

나는 『전원시』의 첫 권을 검은 눈동자 아가씨에게 바치고 싶었다. 바로 그날 저녁, 나는 시집을 들고 의기양양한 표정의 형과 함께 피에로트 씨 집으로 향했다. 형과 나는 기쁨에 들떠서 당당한 태도로 담홍색 응접실에 들어섰다. 다들 거기 있었다. 나는 세벤느 출신 노인에게 말했다.

"피에로트 씨, 제 첫 작품을 카미유에게 바칠 수 있도록 허락해주십시오."

나는 이렇게 외치고 기쁨으로 떨고 있는 사랑스럽고 자그마한 손 위에 내 시집을 올려놓았다. 검은 눈동자는 표지에 쓰여 있는 내 이름을 보자 반짝반짝 광채를 발하며 감격스러워했다. 피에로트 씨는 검은 눈동자 아가씨만큼 기뻐하지는 않았다. 기뻐하기는커녕 그런 식으로 책을 찍어내면 얼마나 돈을 벌 수 있는지 자크 형에게 묻는 것이었다. 자크 형은 자신 있게 대답했다.

"1천1백 프랑은 너끈히 벌 수 있죠."

그러고는 자크 형은 피에로트 씨와 함께 낮은 목소리로 오랫동안 얘기를 나누었지만, 나는 그들의 이야기에 귀를 기울이지 않았다. 비단처럼 부드럽고 긴 속눈썹을 내리깐 채 내 시집을 읽다가 감탄어린 표정으로 나를 바라보곤 하는 검은 눈동자를 보고 있는 게 너무너무 기뻤던 것이다. 내 시집! 검은 눈동자의 그녀! 이 두 가지 즐거움을 내게 안겨 준 사람은 바로 어머니 같은 자크 형이었다.

그날 밤, 집으로 돌아가기 전에 우리는 『전원시』가 서점에서 어떤 반응을 얻고 있는지 알아보기 위해 오데옹 상점가 근처를 어슬렁거렸다. 자크 형이 말했다.

"기다려. 얼마나 팔렸는지 보고 올게."

나는 길을 이리저리 서성대며 형을 기다렸다. 서점 진열대 안에 검은색 줄이 쳐진 내 시집의 초록색 표지를 힐끔힐끔 곁눈질하면서 말이다. 형은 잠시 후에 돌아왔다. 그의 얼굴은 흥분한 나머지 백지장처럼 창백했다.

"야, 벌써 한 권 팔렸어. 이건 좋은 징조야."

나는 아무 말 없이 형의 손을 꼭 쥐었다. 너무도 흥분되어 말이 나오지 않았다. 하지만 마음속으로는 이렇게 생각했다.

'파리의 누군가가 지갑에서 3프랑을 꺼내 내 머릿속에서 나온 이 작품을 사서 읽고 나를 평가한다. 과연 그 사람은 누굴까? 꼭 한 번 만나 보고 싶은데……'

아아! 얼마 뒤에 나는 이 사람을 만나서 불행의 골짜기로 굴러 떨어지게 될 것이다.

시집이 나온 다음날, 그 사나운 사상가 옆에 앉아 저녁을 먹고 있는데 자크 형이 숨을 헐떡거리며 식당으로 뛰어들어왔다. 그는 나를 밖으로 잡아끌며 말했다.

"깜짝 놀랄 소식이야! 나 오늘 저녁 7시에 후작님과 함께 떠나게 됐어……. 니스에 사는 후작님 누님의 임종이 가까워졌다나봐. 어쩌면 오래 머무르게 될지도 몰라. 네 생활비 걱정은 하지 마. 후작님이 내 봉급을 두 배로 올려주셨으니까. 한 달에 1백 프랑씩 네게 보내 줄 수 있을 거야……. 왜 그래? 안색이 안 좋구나. 자! 다니엘, 어린애처럼 굴지 마. 다시 안에 들어가서 마저 식사를 하면서 보르도산(産) 포도주를 반 병쯤 마시면 용기가 날 거야. 난 피에로트 씨에게 달려가서 작별인사를 하고, 출판업자에게 미리 알리고, 네 시집을 신문사에 보내도록 하겠어. 시간이 없어. 5시에 집에서 만나도록 하자."

형이 성큼성큼 생브누아 가를 내려가는 뒷모습을 바라보다가 나는 다시 식당 안으로 들어갔다. 하지만 더 이상은 먹지도 마시지도 못했다. 포도주는 그 사상가가 벌써 다 마셔버렸다. 몇 시간 뒤면 어머니 같은 자크 형과 떨어져 살아야 한다고 생각하니 온몸에 힘이 쭉 빠졌다. 내 시집과 검은 눈동자를 생각했지만, 머릿속에는 자크 형이 떠나고 나면 나 혼자서 모든 일을 처리하고 책임져야 한다는 생각뿐이었다.

형은 약속한 시간에 나를 만나러 왔다. 그 자신도 무척 걱정스러운 상황이었지만 그럼에도 형은 마지막 순간까지 즐거운 표정을 잃지 않았다. 떠나는 그 순간까지 내게 관대한 마음씨와 나에 대한 열정적인 사랑을 보여주었던 것이다. 형은 오직 나와, 나의 행복과, 나의 생활만을 걱정하고 있었다. 자기 짐을 꾸린다는 핑계로 형은 내 속옷과 옷가지들을 하나하나 챙겨주었다.

"네 셔츠는 이 안쪽에 있고……. 잘 봐, 다니엘. 손수건은 이쪽 넥타이 뒤에 있어."

"지금 뭐 하는 거야, 형? 짐을 꾸려야지. 그건 내 옷장이라구."

내 옷가지를 챙겨주고 자기 짐도 다 꾸리자 형은 마차를 불렀다. 우리는 역을 향해 출발했다. 가는 도중에 자크 형은 내게 온갖 종류의 충고를 해주었다.

"글을 꾸준히 쓰도록 해. 그리고 네 시집을 다룬 기사가 나오면 전부다 내게 보내줘. 특히 귀스타브 플랑쉬가 쓴 기사는〔1808~1857. 비평의 아카데미즘과 엄격함으로 유명하였다. 문인들에게 있어 그는 무시무시하고 유력한 신탁의 신이었던 것이다〕 내가 수첩을 만들어서 하나도 빠짐없이 보관할 테니까. 그 수첩은 에세트 가문의 가보가 될 거야……. 그건 그렇고 세탁부가 화요일마다 오는 건 알지? 성공에 너무 눈이 어두워지면 안 돼. 넌 분명히 엄청난 성공을 거둘 거야. 하지만 파리에서의 성공이란 대단히 위험한 거야. 다행히도 카미유가 모든 유혹으로부터 너를 지켜줄 거야……. 다니엘, 특히 부탁하고 싶은 건 거기 자주 가고 카미유를 울리지 말라는 거야."

그때 마침 우리는 동물원 앞을 지나가고 있었다. 형이 킬킬대며 웃기 시작했다.

"밤중에 우리가 이 앞으로 지나갔던 일 생각나니? 한 4, 5개월쯤 전에 말이야. 어때? 그때의 다니엘과 지금의 다니엘은 너무나 많이 달라졌지? 아! 넌 넉 달 만에 성공을 거둔 거야."

착한 자크 형은 내가 큰 성공을 거두었다고 믿고 있었다. 나 역시 바보처럼 그렇게 확신하고 있었다.

우리는 역에 도착했다. 후작은 벌써 와 있었다. 흰 고슴도치 같은 머리 모양을 한 자그마한 괴짜 노인이 대합실 안을 이리저리 뛰어다니고 있는 모습이 먼발치로 보였다.

"자, 이제 작별이다!"

자크 형은 커다란 손으로 있는 힘껏 서너 번쯤 내 머리를 쓰다듬고 나서 후작에게 뛰어갔다.

사라지는 형의 모습을 지켜보면서 나는 이상한 느낌에 빠져들었다.

형이 떠나면서 내 뼈의 골수와 힘, 대담함, 그리고 내 키의 절반을 가져가버린 것처럼 나 자신이 별안간 더욱 작아지고, 더욱 연약해지고, 더욱 소심해지고, 더욱 어린애 같아진 듯했던 것이다. 문득 주위 사람들이 무섭게 느껴졌다. 나는 다시 꼬마가 되어버린 것이다.

날이 어두워졌다. 그날 밤, 나는 인적이 끊긴 강변을 따라 일부러 천천히 먼 길을 돌아서 지붕 밑 방으로 돌아왔다. 휑뎅그렁하게 빈 방에 혼자 있어야 된다고 생각하니 끔찍하게도 슬퍼졌던 것이다. 그럴 수만 있다면 아침이 될 때까지 그냥 밖에 있고 싶었다. 하지만 내 발걸음은 우리 방으로 향하고 있었다. 수위실 앞을 지나려는데 관리인이 내게 소리쳤다.

"에세트 씨, 편지가 와 있어요!"

수를 놓은 것처럼 부드럽고 고상해 보이는 편지지에서는 향기가 풍겨나왔다. 여자의 필체였는데, 검은 눈동자의 그것보다 더욱 섬세하고 우아해 보였다. 그런데 도대체 누가 이런 편지를 보낸 것일까? 서둘러 봉투를 뜯어낸 나는 층계의 가스등 불빛에 비춰가며 편지를 읽었다.

　　이웃 친구에게

　　『전원시』는 어제 이후로 제 책상에 놓여 있습니다. 하지만 유감스럽게도 헌사가 빠져 있답니다. 오늘 저녁에 오셔서 헌사를 직접 써주시고 차라도 함께 드신다면 저로선 무한한 영광이겠어요……. 아시다시피 예술가들끼리 말이에요.

2층에 사는 이르마 보렐

'2층에 사는 이르마 보렐'이라는 서명을 보는 순간 내 온몸은 후들 후들 떨리기 시작했다. 언젠가 아침에 비단옷을 입고 층계를 내려오던 그 여자의 모습이 떠올랐다. 입가에 작고 하얀 흉터가 있는 그 여자는 아름답지만 차갑고 고압적이었다. 그런 여인이 내 시집을 샀다고 생각 하자 내 가슴은 자부심으로 가득 차 올랐다.

나는 편지를 손에 든 채 한참 동안 층계에 서서 곧장 내 방으로 올라가야 할 것인지, 아니면 2층에서 걸음을 멈춰야 할 것인지 생각했다. 그때 문득 자크 형의 충고가 떠올랐다. '다니엘, 카미유를 울리면 절대 안 돼.' 만일 2층에 사는 부인 방에 가게 된다면 검은 눈동자의 그녀가 울게 될 거고 자크 형 또한 고통스러워할 것이라는 예감이 뇌리를 스치고 지나갔다. 나는 단호한 표정으로 그 편지를 호주머니에 집어넣고 중얼거렸다.

"가지 않겠어."

이르마 보렐

절대 안 걸 거라는 맹세를 하고 난 지 겨우 5분도 되지 않아서 나는
이르마 보렐이 사는 집의 문을 두드렸다. 문을 열어준 사람은 쿠쿠블
랑이었다. 그 끔찍한 흑인 하녀는 나를 보자 기분이 좋은 듯 식인귀같
이 능글능글 웃으면서 번쩍번쩍 빛나는 검은 손으로 들어오라고 손짓
했다.

쿠쿠블랑은 나를 데리고 으리으리한 방을 두서너 개 지나더니 신비
로운 분위기를 풍기는 문 앞에 멈춰섰다. 안에서는 쉰 고함소리, 흐느
낌소리, 주문을 외우는 소리, 발작적인 웃음소리 같은 것이 어렴풋이
흘러나왔다. 쿠쿠블랑이 문을 두드리자 곧 대답이 들려왔고 나는 방 안
으로 들어갔다.

그 방에는 연보랏빛 비단 커튼이 드리워져 있었고 불도 휘황찬란하
게 켜져 있었다. 이르마 보렐은 혼자서 큰 걸음걸이로 왔다갔다 하면서
무언가를 큰 소리로 읽고 있었다. 레이스가 달린 풍성한 하늘색 실내복
때문에 마치 구름이 그 여자 주위를 감싸고 있는 것처럼 보였다. 한 쪽

348

옷소매를 어깨까지 걷어붙이고 있어 순백색의 팔이 드러나 있었다. 한 손엔 종이칼을 들고 단검인 양 휘두르고 있었고 다른 쪽 손에는 책을 들고 있었다.

나는 꼼짝 않고 서 있었다. 그처럼 아름다운 여자는 일찍이 본 적이 없었던 것이다. 처음 보았을 때보다는 덜 창백했고 베일에 감춰진 듯 신선한 장밋빛을 띠고 있는 얼굴은 마치 예쁜 편도나무 꽃송이 같았다. 그 때문인지 입가의 하얀 상처도 더욱 희게 보였다. 자신감이 넘쳐 날 카로운 인상을 풍기던 얼굴도 아름답게 빛나는 머리칼 때문에 부드럽 게 보였다. 분을 바른 듯한 부드러운 머릿결 때문에 그 여자의 모습에 선 마치 머리 주위에 황금빛 안개가 피어오르는 것 같은 환상적인 분위 기가 풍겼다.

그 여자는 나를 보자 낭독을 멈추고 들고 있던 책과 종이칼을 뒤에 놓인 의자에 내던졌다. 그러고는 한껏 교태를 떨어가며 무례하리만큼 당당하게 손을 내밀었다.

"안녕하세요, 친구!"

그 여자는 부드러운 미소를 지으며 말했다.

"한창 비극의 세계에 몰입해 있었는데, 당신이 이렇게 찾아왔군요. 난 지금 클뤼타임네스트라(옮긴이 주 - 고대 신화에 등장하는 인물)의 역 을 연습하고 있던 중이에요. 아주 감동적이지 않아요?"

그 여자는 나를 소파에 앉히더니 자기도 내 옆에 앉았다.

"연극에 심취하셨나봐요, 부인?"

나는 감히 친구라고 부를 수 없었다.

"아, 당신은 환상이 뭔지 아시는 것 같군요. 난 조각과 음악에도 열 중한 적이 있었죠. 하지만 이번에는 완전히 사로잡힌 것 같아요……

생각만 해도 가슴이 두근거리는 테아트르 프랑세 극장에서 화려하게
데뷔할 거예요."

그 순간 거대한 노란색 오디새 한 마리가 후드득 날갯짓 소리를 내
며 머리 위를 아슬아슬하게 스쳐 지나갔다.

"아, 무서워 말아요."

그 여자는 내가 질겁한 꼴을 보고 웃으면서 말했다.

"내 앵무새랍니다. 마르키즈 군도에서 데려왔어요."

그 여자는 새를 안고 쓰다듬으면서 스페인어로 몇 마디 하더니 한쪽
구석에 놓인 황금색 횃대 위에 올려놓았다. 나는 내심 감탄하며 눈을
동그랗게 떴다.

'흑인 하녀, 테아트르 프랑세 극장, 마르키즈 군도……. 참 특이한
여자야!'

그 여자는 다시 내 옆자리에 와 앉더니 조잘거리기 시작했다. 처음
에는 내 『전원시』를 화제에 올렸다. 그 여자는 그 시집을 어젯밤부터
쉬지 않고 계속 읽어서 거기 나오는 시구들을 거의 외다시피 했으며 열
정적으로 그 시구들을 낭독했다. 내 허영심을 만족시킬 정도였다. 그렇
게 완벽한 향연은 처음이었다. 그 여자는 내 나이가 몇 살인지, 어느 지
방 사람인지, 어떻게 살고 있는지, 사교계에 드나들고 있는지, 사랑을
해본 적이 있는지 등 나에 대해 많은 것을 알고 싶어했다.

그 모든 질문에 나는 아주 천진난만하게 솔직히 대답했다. 그래서
한 시간 남짓 지났을 때 이르마 보렐은 자크 형, 에세트 가문의 내력,
우리 집에 몰아닥친 불행, 그리고 우리 집안을 다시 일으켜 세우려고
무척 애쓰고 있다는 사실까지도 자세히 알게 되었다. 그러나 나는 피에
로트 양에 대해서는 한마디도 하지 않고, 다만 나를 향한 일편단심으로

열병을 앓으며 죽어가고 있는 상류사회의 한 젊은 아가씨가 있는데 그 여자의 아버지가 그 여자의 열렬한 사랑을 방해하고 있다고만 얘기해 두었다.

이런저런 이야기가 한창 무르익었을 때 누군가가 방 안으로 들어왔다. 그 여자에게 조각을 가르치던, 백발을 치렁치렁하게 늘어뜨린 늙은 조각가였다. 그는 심술궂은 눈초리로 나를 쳐다보면서 속삭이듯 그 여자에게 말했다.

"당신이 말한 그 나폴리 산호 채집꾼인가?"

"맞아요."

그 여자는 웃으면서 말하더니, 그렇게 불린 것에 당황하고 있는 나를 쳐다보았다.

"우리가 처음 만났던 그날 아침, 생각 안 나요? 셔츠를 풀어헤치고 머리도 산발을 해가지고선 손에는 또 항아리를 들고……. 나폴리 해변에서 흔히 볼 수 있는 산호 채집꾼을 보고 있는 느낌이었어요. 그래서 그날 저녁에 내 친구들에게 그 얘기를 했죠. 하지만 우린 그 어린 산호 채집꾼이 위대한 시인이란 사실을 믿어 의심치 않았지요. 그리고 그 물항아리엔 분명히 당시의 전원시가 들어 있었을 거라고 생각했던 거예요."

그 말을 듣고 나는 내가 그들에게 존경과 감탄의 대상이 되고 있다는 느낌이 들어 무척 기뻤다. 나는 고개 숙여 정중하게 인사를 한 뒤 겸손한 몸가짐을 가지려고 애썼다. 쿠쿠블랑이 또 한 명의 손님을 안내해 왔다. 그는 다름 아닌 바가바였다. 바가바는 들어오면서 곧장 그 여자에게로 다가가 초록색 표지의 책 한 권을 내밀었다.

"당신이 말한 그 푸른 나비 어쩌구 하는 시집을 가져왔소. 참 해괴망

측한 시야!"

그 여자가 손짓을 해 보이자 그는 하던 말을 멈췄다. 그는 시의 저자가 그 자리에 있음을 알아차렸고 계면쩍은 웃음을 지어 보이며 주위를 둘러보았다. 분위기가 잠시 어색해졌다. 그때 세 번째 손님이 도착하여 다행히 분위기가 바뀌었다.

세 번째 손님은 그 여자에게 연극 대사의 발성법을 가르치는 선생이었다. 그는 안색이 몹시 창백하고, 붉은색 가발을 쓰고 있었으며, 웃을 때면 이가 다 드러나 보이는 꼽추였는데 모습이 아주 끔찍했다. 꼽추만 아니었더라도 당대의 위대한 연극배우가 되어 있을지도 모를 일이었다. 그러나 꼽추란 사실 때문에 그는 무대에 설 수가 없었다. 그래서 학생들이나 가르치고, 당대의 모든 배우들에 대해 악담을 늘어놓는 것으로 위안을 삼고 있는 사람이었다. 이르마 보렐은 그가 나타나자마자 큰 소리로 물었다.

"이즈라엘리트를 봤나요? 오늘 저녁엔 어땠어요?"

이즈라엘리트는 당시 최고의 인기를 누리던 유명한 비극 여배우 라셸(옮긴이 주 – 1820~1858. 19세기 전반에 고전 비극의 중요 등장인물들을 거의 대부분 연기하며 이름을 날렸다)을 가리키는 것이었다. 꼽추는 어깨를 으쓱해 보이며 말했다.

"그 여자는 갈수록 못해. 이젠 별 볼일 없다구. 그 여자는 창녀야. 진짜 창녀란 말이야."

"그래요? 진짜 창녀예요?"

그 여자가 맞장구를 쳤다. 그 여자 뒤에 서 있던 나머지 두 사람도 확실한 어조로 따라 말했다.

"진짜 창녀야……"

얼마쯤 지나서 사람들은 그 여자에게 뭐든지 낭송을 한 번 해보라고 했다. 그 여자는 주저하는 기색도 없이 자리에서 벌떡 일어나 종이칼을 쥐고 실내복 소매를 걷어붙인 뒤 낭송을 시작했다. 하지만 그게 잘하는 건지 못하는 건지 도무지 알 수가 없었다. 나는 오히려 순백색 팔과 고갯짓을 할 때마다 살랑거리는 그 여자의 금발에 매료되어 완전히 넋이 나간 사람처럼 눈만 멀뚱멀뚱 뜨고 있었다. 나는 그 여자를 똑바로 쳐다볼 수도 없었고, 아무 소리도 들을 수 없었다. 그러나 그 여자가 낭송을 끝마쳤을 때 나는 다른 누구보다도 더 크게 박수를 쳤고, 이번에는 내가 라셀은 진짜 창녀라고 큰 소리로 말했다.

그날 밤 나는 온통 순백색과 황금빛만 출렁대는 꿈을 꾸었다. 다음 날 여느 때와 마찬가지로 시를 쓰려고 탁자 앞에 앉았는데 그 황홀한 팔이 내 소매를 잡아당기며 유혹하는 통에 시를 쓸 수가 없었다. 외출도 하고 싶지 않았다. 나는 다 포기하고 자크 형에게 편지를 쓰기 시작했다. 편지는 2층 부인 이르마 보렐에 대한 얘기로 채워졌다.

아, 자크 형! 이르마 보렐은 굉장한 여자야! 모든 걸 다 알고 있어. 소나타도 작곡하고 그림도 그려. 벽난로 위에는 테라코타로 만든 산비둘기가 있어. 자기 작품이래. 석 달 전부터는 연극을 하고 있는데 그 유명한 라셀……, 라셀은 정말 창녀처럼 보여. 그 라셀보다 훨씬 잘해. 정말이지, 형은 꿈속에서라도 그런 여자를 보지 못했을 거야.

그 여자는 안 본 게 없고, 또 안 가본 데가 없어. 갑자기 그 여자가 이렇게 얘기하는 거야. "내가 상트페테르부르크에 있었을 때엔……." 그랬다간 또 "나폴리 항보단 리우 항이 더 좋지"라고 말하는 거야. 마르키즈 군도에서 데려온 앵무새도 있고, 흑인 하녀는 포르토프랭스를 지나다 만나게 되었는데……, 형도 잘 알지? 왜, 그 쿠쿠블랑 말이야. 좀 사나워 보이긴 해도 조용하고 얌전하고 성실해. 썩 괜찮은 여자야. 돈키호테의 사람 좋은 산초처럼 속담을 섞어가며 말을 하는 게 버릇인가본데, 평소엔 말수도 적어서 거의 말을 안 하지.

그런데 사람들이 이르마 보렐에 대해서 알아보려고 유도 질문을 하거나 하면, 가령 결혼을 했는지, 어디엔가 남편이 있는 것인지, 소문처럼 진짜 그렇게 부자인지 물어볼라치면 쿠쿠블랑은 특유의 은어로 이렇게 대답하지. "염소가 하는 일을 양(羊)이 알 리 없지"라든가 "양말에 구멍이 났는지를 알아보려면 구두를 벗어봐야 한다"라고 말이야. 그 여자는 이런 속담들을 백 개도 넘게 알고 있어서 입방아 찧기 좋아하는 사람들도 당해낼 수가 없어…….

그런데 말이야. 내가 이르마 보렐의 집에서 어떤 사람을 만났는지 알아? 글쎄, 바가바를 만났지 뭐야? 그치는 그 여자한테 푹 빠져 있는 것 같았어. 그 여자를 콘도르 독수리나 백련, 물소에 비교하는 아름다운 시를 지어 바치지. 하지만 그 여자는 그런 따위의 찬양엔 신경도 안 써. 게다가 그 여자는 그런 아부에는 아주 익숙해져 있거든. 그 여자 집에 드나드는 예술가들 가운데는 아주 유명한 사람들도 있는데, 모두 그 여자를 사랑하고 있어.

그 여자는 아름다워. 뭔가 아주 독특한 아름다움을 지니고 있지……. 나는 내 마음이 벌써 그 여자에게 사로잡힌 것 같아서 겁이 나. 다행스럽게도 아직은 검은 눈동자의 그녀가 날 지켜주고는 있지만 말이야. 그 사랑스러운 검은 눈동자! 오늘 저녁은 그녀를 만나서 형 이야기를 해야겠어.

내가 편지를 다 써갈 무렵 누군가가 조용히 문을 두드렸다. 이르마 보렐이 쿠쿠블랑을 시켜 그 창녀의 연극을 보러 테아트르 프랑세 극장에 가자고 초대한 것이었다. 나는 그 초대를 받아들이고 싶은 마음은 간절했지만 입고 갈 옷이 마땅치 않아서 거절할 수밖에 없었다. '자크 형이 나한테 옷은 한 벌 사주고 갔어야 하는데…… 꼭 필요한데 말이야. 내가 쓴 시가 신문에라도 소개되면 기자들한테 고맙다는 인사도 하러 가야 하고 말이야. 옷이 없으니 어떻게 하지?'

나는 기분을 잡쳐버리고 말았다.

저녁에는 피에로트 씨 집에 들렀다. 하지만 기분이 좋아지지는 않았다. 피에로트 씨는 아무것도 아닌 일에 껄껄댔고, 카미유도 오늘따라 유난히 가무잡잡해 보였다.

"날 사랑해줘요!"

검은 눈동자가 그렇게 부드럽게 속삭였지만 소용없는 일이었다. 나는 배은망덕하게도 별처럼 아름다운 속삭임도, 그 어떤 것도 듣고 싶지 않았다. 저녁식사 뒤에 라루트 부부가 외출에서 돌아와 나를 반겼을 때도 나는 한쪽 구석에 앉아 슬프고 침울한 표정을 짓고 있었다. 그리고 소곡을 연주할 때는 이르마 보렐이 순백색 팔로 부채를 흔들면서 귀빈석에 앉아 있는 모습과, 조명을 받아 눈부시게 반짝일 황금빛 머리칼 등 생각만 해도 황홀한 그 여자의 모습이 눈앞에 어른거려 참을 수가 없었다. 내 머릿속은 온통 그 여자에 대한 생각으로 가득 차 있었던 것이다.

'그 여자가 만약 여기 이렇게 초라하게 앉아 있는 내 모습을 본다면…… 생각만 해도 부끄러운 일이야!'

별다른 일 없이 며칠이 흘렀다. 이르마 보렐은 어떻게 지내고 있는지 기척도 없었다. 2층과 5층 사이에 건널 수 없는 강이 흐르고 있는 것 같았다. 밤마다 나는 책상 앞에 앉아 그 여자의 마차가 돌아오는 소리를 들었다. 귀를 기울이지 않아도 마차가 굴러오는 무거운 소리, 쿠쿠블랑을 부르는 종소리가 들려왔다.

나는 무심코 앉아 있다가 종소리에 소스라치게 놀라곤 했다. 쿠쿠블랑이 현관문을 열어주고 자기 방으로 올라가는 소리까지 고스란히 들을 수밖에 없었다. 내게 용기가 있었더라면 그 여자의 소식을 물어 보러 갈 수도 있었을 텐데…….

그러나 아무리 그래도 내 주인은 여전히 검은 눈동자였다. 나는 많은 시간을 그 검은 눈동자와 함께 보냈고 나머지 시간에는 방에 처박혀 시를 쓰며 지냈다. 이따금 이 지붕 저 지붕에서 원을 그리며 날아든 참새들 때문에 깜짝깜짝 놀라곤 했다. 이 도시의 참새는 기품 있는 부인과도 같아서 학생들의 다락방 위로 날아와서는 그들을 유혹하는 것이었다.

그러나 카르멜 수도회 수녀들처럼 수도원 한구석에 다소곳이 서서 한마디 불평도 없이 종을 울려대는 충실한 생제르맹 종탑의 종들은 절친한 친구인 내가 변함없이 책상에 앉아 있기를 바라며 열심히 종을 울려댔다. 종들은 내 용기를 북돋우려는 듯 더욱 아름다운 소리를 냈다.

내가 그렇게 방황하고 있을 때 자크 형의 편지가 도착했다. 형은 니스에 자리를 잡았다며 자세한 소식을 알려 왔다.

다니엘, 이곳은 참으로 아름답단다. 네가 내 방 창문 아래쪽으로 펼쳐져 있는 바다를 본다면 절로 시상(詩想)이 떠오를 텐데! 난 그런 걸 전혀 즐기지 못하고 있어. 외출을 거의 못하고 있거든……. 날이면 날마다 후작이 불러주는 걸 받아써야 해. 아, 너무 지루해. 받아쓰면서도 때때로 고개를 들어 수평선 위를 떠가는 붉은 돛단배들을 쳐다보곤 하지만 곧 종이 위로 돌

357

아와야 해. 다크빌 양은 여전히 아프단다. 2층에선 끊임없이 기침하는 소리만 들려와. 나 역시 배에서 내리자마자 심한 감기에 걸려서 고생하고 있어.

그리고 나서 형은 이런저런 얘기를 하다가 2층 부인에 대해 언급했다.

내 충고를 고깝게 생각하지 말았으면 좋겠다. 이젠 그 여자 집에 가지 말렴. 그 여자는 너무 복잡 미묘하단 말이야. 그리고 이런 말을 네게 해도 될지 모르지만, 내가 보기에 그 여자는 약간 끼가 있는 것 같더구나.
그런데 말이다. 어제 나는 항구에서 네덜란드 돛단배 한 척을 보았어. 세계 여행을 마치고 방금 돌아왔는데, 돛대의 천은 일본에서 짠 거고, 받침대는 칠레산 목재로 만든 거고, 또 얼룩덜룩한 색깔의 장비들이 갖춰져 있었단다. 잘 들어봐. 나는 너의 그 이르마 보렐이 이 배를 닮았다고 생각했단다. 배는 그 험난한 여행을 치러낸 배가 좋겠지만, 여자는 안 그래. 일반적으로 그렇게 많은 나라를 본 여자들은 다른 사람에게 깊은 고통을 주는 법이야……. 조심해, 다니엘. 조심해야 해. 무엇보다도 부탁하고 싶은 것은 카미유를 절대 울리지 말라는 것…….

그 마지막 말이 내 가슴에 찡하게 와닿았다. 자신을 사랑하기를 거부했던 여자의 행복에 신경을 쓰는 자크 형의 인간미에 나는 정말 감격하고 말았다.
'자크 형, 걱정 마. 그녀를 울리진 않겠어.'
나는 그렇게 다짐하며 이제는 더 이상 2층 부인에게 가지 않겠다고 굳게 맹세했다.

그날 저녁 마차가 현관에 도착했을 때 나는 거의 신경을 쓰지 않았다. 쿠쿠블랑의 노랫소리도 전처럼 내 기분을 돋우어주지 못했다.

비바람이 몰아치는 음산한 9월의 밤이었다. 나는 방문을 반쯤 열어놓은 채 공부를 하고 있었다. 얼마나 지났을까. 내 방으로 이어진 나무 층계가 삐걱거리는 소리를 내는 것 같았다. 가벼운 발자국 소리와 옷자락이 스치는 소리가 들려왔다. 누군가가 올라오고 있었다. 누구일까?

쿠쿠블랑은 자기 방으로 돌아간 지 오래됐는데…… 어쩌면 이르마 보렐이 쿠쿠블랑에게 할 말이 있어서 오는 건지도 모르지…….

이르마 보렐이라고 생각하자 내 가슴은 마구 뛰기 시작했다. 나는 책상 앞에 그대로 앉아 꼼짝도 하지 않았다. 발자국 소리는 점점 가까워지고 있었다. 문득 발자국 소리가 멈추더니 침묵이 이어졌다. 이어서 쿠쿠블랑의 방문을 가볍게 두드리는 소리가 들려왔다. 대답 소리는 들리지 않았다.

"그 여자야."

나는 온 신경을 문 밖에 집중시키고 중얼거렸다. 순간, 환한 불빛이 내 방으로 스며들어왔다. 문이 활짝 열리면서 누군가가 들어섰다. 나는 고개도 돌리지 않은 채 떨리는 목소리로 물었다.

"누구십니까?"

하트 모양의 사탕

떠난 지 두 달이 흘렀지만 자크 형은 여전히 돌아올 수가 없었다. 안타깝게도 다크빌 양은 죽었고 후작은 상중(喪中)임에도 불구하고 여전히 형을 데리고 이탈리아 구석구석을 누비고 다녔다. 그는 자신의 회고록을 구술하는 지긋지긋한 일을 단 하루도 쉬지 않았다. 그 일에 혹사당하느라 자크 형은 내게 편지를 쓸 여유마저 없었고, 그나마 배달된 편지에도 짤막하게 몇 줄만 쓰여 있을 뿐이었다. 봉투에는 로마, 나폴리, 피사, 팔로마 등지의 소인이 찍힌 다양한 우표가 붙어 있었지만 편지 내용은 한결같이 똑같았다.

"공부 열심히 하니? 카미유는 잘 지내는지 궁금하구나. 귀스타브 플랑쉬의 기사가 신문에 소개됐는지……. 요즘 이르마 보렐의 집에는 안 가지?"

언제나 똑같은 이런 질문들에 대해 나는 변함없이 공부 열심히 하고 있으며, 책도 잘 팔리고 있고, 그 여자도 잘 지내고 있다. 그리고 이르마 보렐은 그 뒤로 다시는 만나지 않았고 귀스타브 플랑쉬 건에 대해서는 들은 바 없다고 답장을 썼다.

그러나 답장 내용처럼 그렇게 별다른 변화 없이 흘러간 나날은 결코 아니었다. 폭풍우가 몰아치는 어느 날 밤, 나는 장문의 편지를 자크 형에게 썼다. 털어놓지 않으면 터져버릴 것 같은 내 마음을 토로하기 위해서였다.

자크 형에게
일요일 밤 10시
형! 난 거짓말을 했어. 지난 두 달 동안 형한테 거짓말만 늘어놓은 거야. 열심히 공부하고 있다고 썼지만, 사실 두 달 전부터 내 잉크병은 말라붙어버렸어. 내 시집이 잘 팔리고 있다고 했지만, 사실대로 말하자면 지난 두 달 동안 단 한 권도 팔리지 않았어. 이르마 보렐은 더 이상 만나지 않는다고 썼지만, 사실은 단 한 순간도 그 여자 곁을 떠난 적이 없어. 검은 눈동자의 그녀로 말하자면……. 아, 정말! 자크 형, 왜 난 형 말을 듣지 않았을까? 왜 난 그 여자 집에 다시 갔을까?

형 말대로 그 여자에겐 끼가 있었어. 처음에 난 그 여자가 지적이라고 생각했지. 하지만 그렇지 않더군. 그 여자가 말하는 건 전부 다 남에게서 주워들은 거였어. 그 여자는 영리하지도 않고 인간적이지도 않아. 그러기는커녕 교활하고, 파렴치하고, 악독해. 화가 치밀어 오르자 쿠쿠블랑을 채찍으로 사정없이 때리고 방바닥에 넘어뜨려서는 발로 짓밟는 걸 본 적도 있다니까, 글쎄.

그 여자는 하느님도 악마도 믿지 않으면서 커피 찌꺼기 같은 걸로 점이나 치는 몽유병자의 예언은 또 무조건 믿는 지독한 인간이야. 그 여자에게 비극배우가 될 만한 재능이 있다고? 천만에. 아무리 꼽추 선생의 강의를 들

362

어봤자 향상되는 모습은 전혀 찾아볼 수 없고, 입에 꽈리를 문 채 하루 종일 방 안에 처박혀 있는 꼴을 보면 그 여잘 쓰겠다는 극장은 절대 없을 것 같아. 예를 들어 사생활을 보면 그 여자는 완전한 희극배우야.

선한 것과 소박한 것을 그토록 좋아하던 내가 어쩌다 그렇게 그 여자의 손아귀에 들어가버렸는지 알다가도 모르겠어, 자크 형. 이번엔 진심으로 맹세하는데, 난 그 여자의 마수에서 벗어났고 모든 건 다 끝났어. 다 끝났다구…… 내가 그 동안 얼마나 비겁했는지, 그리고 그 여자가 날 어떻게 다뤘는지 형이 알게 된다면…….

난 그 여자에게 모든 걸 다 이야기했어. 형 얘기, 우리 어머니 얘기, 그리고 검은 눈동자 얘기까지 모조리 다 말이야. 아, 정말 쥐구멍에라도 들어가고 싶을 정도로 부끄러워. 나는 그 여자에게 내 온 인생을 다 바쳤고 속마음을 송두리째 털어놨었지. 하지만 그 여자는 결코 자기 속마음을 내보이려 하지 않더군. 그래서 그 여자가 도대체 어떤 사람인지, 어디 출신인지 아직도 몰라. 언젠가 그 여자한테 결혼했냐고 물었더니 마구 웃어대는 거야. 입가의 그 작은 상처도 자기 나라인 쿠바에서 칼에 찔려 입은 거라나? 누가 그런 짓을 했느냐고 물었지. 그랬더니 '파체코라는 이름을 가진 스페인 남자'라고 한마디하곤 그만이야. 세상에 이런 경우가 어디 있어? 파체코가 누군지 내가 어떻게 알아? 무슨 설명이든 해줘야 할 게 아냐? 칼에 찔린다는 게 보통 일이야?

그런데 그 여자 주변에 몰려드는 어줍잖은 예술가란 작자들이 그 여자에게 이방인이란 별명을 붙여줘서 그때부터 그 여자는 그렇게 불리고 있지. 아, 그 예술가란 사람들, 내가 그치들을 얼마나 증오하는지 알아? 그치들이 어떤 작자들이냐면 말이야……, 동상이나 그림 따위하고만 살다 보니 이 세상엔 그런 것들밖에 없는 줄 알아. 언제나 형태가 어쩌구, 선이 어쩌

363

구, 색상이 어쩌구, 그리스 예술이 어쩌구, 판테온 신전이 어쩌구, 평면이 어쩌구, 돌출부가 어쩌구 하며 주절주절 늘어놓는 거야.

그치들은 다른 사람의 코와 팔, 턱을 뚫어지게 쳐다보지. 그 사람이 어떤 타입인지, 멋진 몸매나 무슨 특징을 갖고 있지는 않은지 찾아내려는 거야. 하지만 우리 가슴속에서 뛰고 있는 것, 즉 우리의 열정이라든가 눈물, 번뇌 같은 것에 대해선 눈곱만치도 관심이 없어. 그치들이 나더러 뭐라는지 알아? 내 얼굴에는 특징이 있지만 내 시에는 그런 게 전혀 없다는 거야. 그러면서 날 격려하더라구!

날 처음 봤을 때 그 여자는 자기가 어떤 비범한 사람, 말하자면 아직 알려지지 않은 위대한 시인 한 사람을 찾아냈다고 생각했었나봐. 내가 다락방 같은 데나 있을 인물이 아니라며 얼마나 추켜세우던지……. 하지만 주변의 예술가란 치들이 내가 형편없는 시인이라고 하도 떠들어대니까 이젠 그나마 내 얼굴의 특징 때문에 날 가만히 내버려두는 것 같아.

근데, 이 특징이라는 게 사람에 따라 달라지더라니까. 어떤 화가는 내가 이탈리아 사람 같다면서 플루트 부는 포즈를 취해달라고 하기도 하고, 또 어떤 화가는 제비꽃을 파는 알제리 상인의 포즈를 취해달라고 하기도 하고, 또 어떤 화가는……. 뭐가 뭔지 내가 어떻게 알겠어? 거의 대부분은 그 여자랑 같이 포즈를 취했는데, 그 여자 맘에 들려고 어깨에다 번쩍거리는 장식을 달고는 앵무새 옆에 하루 종일 서 있기도 했지.

우리는 거의 그런 식으로 시간을 보냈어. 터키 사람으로 변장한 내가 긴 의자의 한쪽 끝에 앉아 긴 파이프 담배를 피우면 그 여자는 꽈리를 입안에 다 집어넣고 대사를 외우는 거야. 그러다가 이따금씩 대사를 멈추고 이렇게 말하더군. "다니 단, 당신 얼굴은 정말 특징적이에요!" 내가 터키 사람 분장을 하면 그 여자는 날 다니 단이라고 부르고, 이탈리아 사람 분장을 하면 다니엘로라고 불렀지. 절대 다니엘이라고는 부르지 않았어…….

영광스럽게도 얼마 안 있으면 나를 모델로 한 작품이 다음번 그림 전시회에 선을 보일 것 같아. 팸플릿엔 이렇게 쓰여지겠지. '젊은 플루트 연주자, 이르마 보렐 부인에게 바침.' '젊은 농부, 이르마 보렐 부인에게 바침.' 근데 바로 이게 나란 말야. 정말 창피해 죽겠어!

잠깐 쉬어야겠어, 자크 형. 창문을 열고 밤공기를 좀 마셔야 될 것 같아. 숨이 막혀……. 더 이상 어떻게 해야 할지 모르겠어.

밤 11시.

밤공기를 쐬니까 좀 나아. 창문은 그대로 열어둔 채 계속 편지를 쓰고 있어. 밖은 어둡고 비가 내리고 있어. 종소리가 들려오네. 이 방은 너무도 쓸쓸해……. 이 작은 방! 옛날에는 이 방을 너무나 좋아했었는데 지금은 싫증이 나. 날 이렇게 만든 건 바로 그 여자야. 제집 드나들듯 들락거리면서 날 가지고 놀았던 거야. 어려운 일은 아니었지. 아, 이제 이 방은 공부방이 아냐.

그 여자는 내가 방에 있든 없든 상관 않고 아무 때나 들어와서는 온통 들쑤셔놓는 거야. 언젠가 저녁에는 내 상자를 뒤지고 있더라구. 내가 세상에서 가장 아끼는 것들, 어머니의 편지와 형의 편지, 검은 눈동자의 편지를 넣어둔 상자를 뒤지더라니까. 형도 생각나지? 황금색 상자 말이야. 이르마 보렐이 그 상자를 들고 막 뚜껑을 열려는 참에 내가 방에 들어간 거지. 나는 잽싸게 몸을 날려서 간신히 상자를 그 여자 손에서 낚아챘지.

"아니, 지금 여기서 뭘 하는 거예요?"

나는 분개해서 고함을 쳤어.

그 여자는 지을 수 있는 한 가장 비극적인 표정을 짓더군.

365

"당신 어머니의 편지에 손을 댄 적은 없어요. 하지만 그 편지는 이제 내 거예요. 그걸 보고 싶어요. 그 상자를 돌려줘요."

"대체 이걸 어떻게 하려는 겁니까?"

"그 안에 든 편지를 읽어보고 싶어요."

"절대 안 돼요. 난 당신에 대해서 아무것도 모르는데 당신은 나에 대해 모든 걸 다 알고 있어요."

"오, 다니 단!"

그날은 내가 터키 사람으로 분장하는 날이었지.

"오, 다니 단! 그렇다고 그렇게 날 비난할 수 있는 거예요? 당신도 원할 때 언제라도 내 방에 들어오잖아요? 또 내 방에 오는 모든 사람들에 대해서도 잘 알고 있잖아요?"

그 여자는 그렇게 온갖 아양을 떨어가며 내 손에서 상자를 빼앗아가려고 했지.

"그렇담 좋아요. 이왕 이렇게 됐으니 상자를 열어도 좋아요. 단, 한 가지 조건이 있어요."

"어떤 조건이죠?"

"매일 아침 8시에서 10시 사이에 어디에 가는 건지 말해봐요."

그러자 그 여자는 얼굴이 하얗게 질리더니 내 눈을 뚫어지게 쳐다보더군. 나는 단 한 번도 그 여자에게 이런 질문을 한 적이 없었지. 그러고 싶은 생각이 없어서 그런 건 아니었어. 다만, 그 입가의 상처와 파체코란 사람뿐만 아니라 매일 아침 되풀이되는 외출도 그렇고 그 여자의 안개에 휩싸인 듯한 생활을 보면서 한편으로는 호기심을 느꼈지만 또 한편으로는 불안했지. 한편으로는 알고 싶으면서도 또 한편으로는 알기가 두려웠던 거야. 이 모든 것의 배후에 도사리고 있는 어떤 추악한 수수께끼를 알게 되

면 어쩔 수 없이 내가 그녀를 떠나야 된다는 예감이 든 것이었어. 하지만 그날은 결단을 내려 감히 그걸 물어보게 된 거지. 그녀는 깜짝 놀란 표정을 짓더군. 잠시 망설이다가 들릴 듯 말 듯 기어들어가는 목소리로 애써 말했어.

"내게 그 상자를 주세요. 그럼 다 말할 테니까."

그래서 나는 상자를 주었지. 자크 형, 이거야말로 낯부끄러운 일이지, 안 그래? 그 여자는 기쁨으로 몸을 떨며 상자를 열더니(그 안엔 편지가 스무 통 남짓 들어 있었어) 천천히 낮은 목소리로 한 줄도 건너뛰지 않고 편지를 읽기 시작했어. 그 여자는 그 순결하고 정숙한 사랑 이야기에 큰 흥미를 느끼는 것 같았어. 물론 이미 그녀에게 내 사랑 이야기를 하긴 했었지만, 검은 눈동자 아가씨가 상류 귀족 가문의 영양(令孃)으로서 그녀의 부모님이 다니엘 에세트라는 보잘것없는 천민과의 결혼을 승낙하지 않는다는 등 내 멋대로 꾸며댔었거든. 형은 내가 우스꽝스런 허영덩어리라는 사실을 잘 알고 있을 거야.

그 여자는 편지를 읽다가 때때로 이렇게 말하기도 하더군. "어머, 이거 참 잘된 일이네!" "어머, 귀족 처녀치고는……." 그 여자는 편지를 다 읽고 나면 촛불에다 갔다대고는 그게 타들어가는 모습을 보면서 악의에 찬 미소를 짓더군. 하지만 난 그냥 내버려두었어. 날마다 아침 8시에서 10시 사이에 그 여자가 대체 어디를 가는 건지 꼭 알고 싶었던 거야.

그런데 그 편지들 가운데 라루트 상회의 상호가 인쇄된 종이에다 쓴 편지도 하나 있었어. 위쪽에 작은 초록색 접시 그림이 세 개 있고, 그 밑에 '도자기 크리스털 제품, 라루트의 후계자 피에로트'라는 글귀가 인쇄되어 있는 종이 말이야. 불쌍한 검은 눈동자! 아마도 어느 날 아침, 내게 편지를 쓰고 싶었던 그녀의 눈에 그 종이가 띄자 아무 생각 없이 집어들었던 거겠지…….

이르마 보렐에겐 이게 얼마나 굉장한 발견이었겠어! 그 여자는 그때까지만 해도 대영주를 부모님으로 가진 귀족 처녀와 사랑을 나누고 있다는 내 얘기를 정말이라고 믿고 있었던 거야. 하지만 이 편지를 보고는 모든 걸 다 알아차린 그 여자는 마구 웃으면서 이렇게 지껄이는 거야.

"그랬군요. 그 귀족 처녀, 그 귀족 동네의 진주……. 그 여자가 이름은 피에로트고 소몽 가에서 도자기를 판다 이 말이죠……. 아, 이제는 왜 당신이 이 상자를 주지 않으려 했는지 알 것 같아요."

그러고 나서는 웃고, 또 웃고…….

아! 그 뒤로 내가 어떻게 했는지 나도 잘 알 수가 없어. 수치심, 경멸감, 그리고 분노……. 더 이상 눈에 보이는 게 없었어. 편지를 빼앗으려고 그 여자에게 달려들었지. 그 여자는 겁이 났는지 뒤로 물러서다가 옷자락에 걸려 넘어지자 비명을 지르더군. 그러자 무시무시하게 생긴 흑인 하녀가 옆방에서 비명소리를 듣고는 즉각 달려왔는데, 옷도 입지 않아 검은 피부를 그대로 드러내고 머리는 산발을 한 채 아주 흉악한 몰골이었어. 나는 그 흑인을 들어오지 못하게 하려고 했지만, 그 무시무시한 여자는 기름을 바른 듯 반질반질하고 솥뚜껑처럼 엄청나게 큰 손으로 나를 벽 쪽으로 밀어붙이더니 나와 자기 주인 사이에 버티고 서는 거야.

이르마 보렐은 다시 일어나서 훌쩍거리더군. 아니면 우는 척했는지도 몰라. 그 여자는 울면서도 계속 상자 속을 뒤적거리더라구. 그러면서 그 흑인 여자한테 이렇게 말하는 거야.

"왜 저 사람이 날 때리려 했는지 알아? 저 사람이 좋아한다는 귀족 아가씨가 사실은 귀족이 아니라 길가에서 접시 파는 여자라는 걸 내가 알아냈거든……."

그러자 그 흑인 여자가 꼭 무슨 판사라도 되는 양 한마디 거들더군.

"박차(拍車)를 달고 다닌다고 해서 다 말 장수는 아니지요."

이 비극배우가 다시 입을 열었어.

"어머, 이것 좀 봐. 그 접시 파는 처녀가 준 사랑의 정표를 좀 보라니까. 머리카락 네 개와 값싼 제비꽃 한 다발이라……. 쿠쿠블랑, 불 좀 이리 가져와봐."

흑인 하녀가 불을 갖다 주었어. 그리고 머리칼과 꽃이 탁탁 튀면서 타올랐지. 난 그냥 내버려두었어. 완전히 얼이 빠져 있었거든.

이르마 보렐이 비단 종이를 펼쳐보면서 말했어.

"아, 이건 뭐지? 이빨인가? 아니야! 사탕 같아 보이는데……. 맞아, 그래. 이건 사랑을 상징하는 사탕이야. 하트 모양의 사탕……."

언젠가 프레 생 제르베에서 열린 시장에 갔을 때 검은 눈동자가 이 자그마한 하트 모양의 사탕을 사서 내게 준 적이 있었지. 이렇게 말하면서 말이야.

"당신에게 내 마음을 드릴게요."

쿠쿠블랑이 그걸 부러운 눈초리로 쳐다보고 있더군. 그러자 주인이 말했어.

"갖고 싶은 모양이지, 쿠쿠? 자, 받아……."

그러면서 강아지에게 던져주듯 그걸 쿠쿠블랑의 입안에 던져 넣지 뭐야? 그냥 웃고 넘길 수도 있었겠지. 하지만 그 흑인 여자가 사탕을 깨무는 소리를 듣는 순간 나는 머리끝부터 발끝까지 치를 떨었지. 이빨까지도 검어 보이는 그 괴물 같은 여자가 희색이 만면해서 깨물어 먹는 사탕이야말로 카미유의 순수한 마음이라는 생각이 들었거든…….

자크 형, 형은 그걸로 우리들 사이가 완전히 끝장났을 거라고 생각하겠지? 근데, 근데 말이야……. 그 일이 있은 다음날도 나는, 그 여자가 꼽추 선생과 에르미온느 역을 연습하는 동안, 젊은 터키 사람 다니 단으로 분장해서 방 한쪽 구석에 있는 앵무새 옆에 쭈그리고 앉아 내 키보다 세 배는 더 길어 보이는 파이프 담배를 피우고 있었다니까!

자크 형, 형은 정말 묻고 싶겠지? 그런 치욕을 당해가면서까지 알아내고자 했던 것, 즉 그 여자가 아침 8시에서 10시 사이에 어딜 가는지, 그걸 내가 알아냈냐고 말이야. 드디어 난 그걸 알아냈어. 하지만 그걸 알아낸 건 오늘 아침에 그 무시무시한 일이 일어나고 난 다음의 일이야.

자, 이제부터 얘기해줄게……. 쉿! 누군가가 올라오고 있어. 만약에 그 여자라면, 또다시 날 달달 볶으려고 오는 거라면? 오늘 아침에 그런 일이 있었지만 아랑곳하지 않고 충분히 그럴 수 있는 여자니까……. 잠깐, 문을 단단히 잠가야겠어. 두려워하지 마. 그 여자는 안 들어올 거야.

그 여자가 들어오게 해서는 절대 안 돼.

자정.

그 여자는 아니었어. 쿠쿠블랑이었어. 하지만 그래도 좀 놀라긴 했어. 그 여자의 마차가 돌아오는 소리를 듣지 못했거든. 쿠쿠블랑이 방금 자리에 누웠어. 벽을 통해서 술병에서 술이 콸콸 흘러나오는 소리와 '톨로코토티냔! 톨로코토티냔!'이라는 무시무시한 소리가 들려오는군. 코를 골고 있어. 거대한 벽시계의 추가 왔다갔다 하는 것 같아.

그럼 이제부터 우리의 슬픈 사랑이 어떻게 막을 내렸는지 얘기해줄게.

한 3주일쯤 전에 꼽추가 그 여자에게 비극을 하면 큰 성공을 거둘 수 있을 만큼 원숙해졌다고 말했지. 그러면서 자기 제자들이랑 같이 연극에 출연시켜주겠다고 했어.

그 여자는 뛸 듯이 기뻐했지. 극장을 빌릴 수 있는 여건이 안 되기 때문에 그 집에 드나드는 작자들 중 한 명의 작업장을 극장으로 개조하고 파리의 모든 극장 지배인들에게 초대장을 보내기로 했지. 데뷔작은 오랜 논란 끝에 「아탈리」〔옮긴이 주 ─ 라신의 비극 작품〕를 올리기로 결정했어. 꼽추의 제자들이 여러 레퍼토리 가운데서 가장 잘 알고 있는 게 바로 그 작품이었거든.

그들과 호흡을 맞추려면 같이 모여서 연습을 해야만 했어. 이르마 보렐은 너무나 지체가 높으신 귀부인이어서 감히 이리 가라 저리 가라 할 수가 없었기 때문에 연습은 그 여자 집에서 하기로 했지. 꼽추 선생은 날마다 제자들을 데리고 왔는데, 13프랑짜리 캐시미어 숄을 목에 두른 채 점잔을 빼는 야윈 처녀들이 네댓 명, 그리고 영락없이 난파당한 사람처럼 생긴 얼굴에 검게 물들인 종이옷을 입고 있는 사내녀석들이 서너 명 있었어. 연습은 하루 종일 계속되었지. 아침 8시에서 10시 사이는 제외하고 말이야. 왜냐하면 그 바쁜 연습 스케줄에도 불구하고 그 불가사의한 외출은 중단되지 않았거든.

어쨌든 이르마와 꼽추 선생, 그리고 제자들 모두가 열심히 연습을 했지. 앵무새 먹이 주는 것을 이틀 동안이나 잊어버릴 정도로 말이야. 젊은 다니단 따위에게는 신경도 쓰지 않았어……. 간단히 말해 모든 게 잘 되어나갔지. 아틀리에도 단장하고, 무대도 만들고, 의상도 준비하고, 초대장도 모두 발송했지. 그런데 공연을 3, 4일쯤 남겨두고 있을 때 어린 엘리아생 역을 맡은 꼽추의 조카인 열 살짜리 여자아이가 앓아누워버린 거야. 그래서, 그래서 어떻게 했는지 알아? 사흘 만에 그 역을 소화할 만한 능력을 가진 어린애를 어디서 찾아냈는지 아느냐구? 실로 경악할 노릇이지만, 글쎄 갑자기 이르마 보렐이 내 쪽을 보는 것이었어.

"다니 단, 당신이 이 역 한번 안 해볼래요?"

"내가요? 농담도 참. 내 나이가 몇 살인데!"

"아무도 당신을 어른이라고는 안 할 거예요. 이것 봐요. 당신은 열다섯 살쯤밖에 안 보인다구요. 더더구나 의상을 입고 분장을 해서 무대에 서면 열두 살쯤으로밖에 안 보일 거라구요. 게다가 그 역은 당신 얼굴하고도 잘 맞는단 말이에요."

극구 사양을 했지만 소용없었어. 언제나 그랬듯이 그 여자가 원하는 대로 해야만 했지. 난 너무 무기력해……

그렇게 해서 드디어 연극의 막이 올랐지. 아, 내게 웃을 여력이 있다면 그날 이야기로 형을 즐겁게 해줄 수 있을 텐데……. 짐나즈 극장 지배인과 테아트르 프랑세 극장의 지배인이 관람할 것으로 기대를 하고 있었는데 그들은 다른 데 볼 일이 있었던 모양이야. 극이 끝날 무렵에야 모습을 드러낸 근교의 극장 지배인 한 사람으로 만족해야 했지.

이 가족극이 크게 실패한 건 아니었어. 이르마 보렐은 대단한 박수갈채를 받았지. 난 이 쿠바 여인이 아탈리 역을 좀 과장되게 연기했으며, 표현력도 부족했고, 불어를 꼭 스페인산 꾀꼬리같이 구사했다고 생각했지. 그런데 그 여자와 친구 사이인 예술가란 작자들은 별로 자세히 살펴보지 않았나봐. 그 여자 의상이 진짜 같았다는 둥, 그 여자 발목이 가늘었다는 둥, 그 여자가 입고 있던 상의의 칼라가 잘 여며져 있더라는 둥 시시껄렁한 얘기들을 떠벌리더라구. 하기야 그 작자들은 이따위 것들을 중요하게 생각하니까.

나 역시 내 독특한 얼굴 때문에 큰 성공을 거두었어. 벙어리 유모 역을 맡은 쿠쿠블랑보다는 못했지만 말이야. 확실히 쿠쿠블랑의 얼굴은 내 얼굴보다 훨씬 독특해. 그 여자가 5막에서 엄청나게 큰 흰 앵무새를 주먹 위에 없고 나타나서는 (이르마 보렐은 자기랑 다니 단, 쿠쿠블랑, 앵무새가 동시에 무대에 등장하기를 원했었지.) 놀란 표정으로 무척 사나워 보이는 허연 왕방울 눈을 굴리자 장내는 박수갈채와 환호로 들끓었어. 그러자 이르마 보렐이 말하더군. "엄청난 성공이야!"

자크 형, 자크 형! 그 여자의 마차가 돌아오는 소리가 들렸어. 아, 파렴치한 여자! 이렇게 늦은 시각에 어디서 오는 걸까? 아마도 저 여자는 그날 아침의 그 끔찍한 일을 잊어버렸나봐. 나는 아직도 그 생각만 하면 온몸이 떨리는데!

문이 닫혔어. 저 여자가 여기로 올라오지 않아야 할 텐데! 저처럼 가증스러운 여자가 이웃에서 산다는 건 끔찍한 일이야!

새벽 1시

조금 전에 말한 연극 공연은 사흘 전에 있었어.

이 사흘 동안 그 여자는 명랑하고, 다정하고, 온순하고, 매력적이었어. 쿠쿠블랑도 한 번 안 때리고 말이야. 요즘 형이 어떻게 지냈는지, 지금도 여전히 기침을 하는지 내게 여러 차례나 묻곤 했지. 하지만 그 여자가 형을 좋아하지 않는다는 건 분명한 사실이야. 그때 뭔가를 알아챘어야 하는 건데.

오늘 아침에 9시 종이 울리자 그 여자가 내 방에 들어오는 거였어. 9시에 말이야! 난 그 시간에 그 여자를 본 적이 한 번도 없었어. 그 여자는 내게로 다가오더니 웃으면서 말했어.

"9시예요."

그러고는 갑자기 엄숙한 표정으로 바뀌더군.

"자, 친구, 내가 당신을 속였어요. 우리가 처음 만났을 때 나는 자유의 몸이 아니었어요. 내 인생에는 한 남자가 있었죠. 그 남자 덕분에 난 사치와 여가 등 내가 가진 모든 걸 누릴 수 있죠. 그런데 당신이 거기 끼어들었어요."

자크 형, 그 불가사의함 속에는 뭔가 야비한 게 숨겨져 있다고 내가 여러 번 말했지.

"당신을 알게 된 날부터 난 그 관계에 역겨움을 느꼈죠……. 내가 그 얘기를 당신에게 하지 않았던 것은, 당신은 나를 다른 남자와 공유한다는 사실을 용납하기에는 너무 자존심이 강한 사람이라고 생각했기 때문이었죠. 그리고 그 관계를 청산하지 못했던 것은, 나한테 그렇게도 잘 어울리는 그 게으르고 화려한 생활을 포기할 용기가 없었기 때문이었어요. 이제 더 이상 그런 식으론 살아갈 수 없어요. 그 허황된 생활이 나를 짓누르고, 내가 스스로를 배반하고 있다는 느낌 때문에 난 미칠 것만 같아요. 이렇게 고백했는데도 당신이 여전히 날 원한다면 난 모든 걸 포기하고 당신이 원하는 곳에서 살 준비가 되어 있어요……."

그 여자는 나지막한 목소리로 '당신이 원하는 곳'이라고 속삭이듯 말하더군. 내 입술에 거의 닿을락말락 날 마취시키려는 듯 말이야…….

다행히도 내겐, 나는 가난하고, 생활비도 벌지 못하며, 자크 형의 도움을 받아서까지 당신을 먹여 살릴 수는 없다고 아주 냉정하게 대답할 수 있는 용기가 남아 있었어.

이 대답을 듣자 그 여자는 당당하게 고개를 쳐들었어.

"그래서 말인데요, 만일 당신과 나 둘이 서로 헤어지지 않고서도 먹고 살아갈 확실하고 정당한 방법을 찾아냈다면 어떡하겠어요?"

그러면서 그 여자는 호주머니에서 필적이 난해한 편지 한 장을 꺼내서 읽기 시작했지. 그것은 우리 두 사람을 근교의 극장에서 채용하겠다는 계약서였어. 그 여자에겐 월 1백 프랑을, 내겐 50프랑을 주겠다는 거였어. 우리가 서명만 하면 일이 말끔하게 해결되는 거였지.

나는 공포에 사로잡혀 그 여자를 쳐다봤지. 나는 그 여자가 나를 암흑의 구렁텅이로 끌고 간다고 느꼈어. 그리고 순간적이나마 내겐 저항할 힘이 남아 있지 않다고 생각했지. 대답할 시간적 여유도 주지 않은 채 알아보기 힘든 편지를 다 읽고 나더니 그 여자는 열에 들뜬 듯이 연극이라는 직업의 화려함과, 우리들이 앞으로 누리게 될 영광스러운 인생에 대해 떠들기 시작하는 거야. 자유롭고 자신에 찬, 그리고 모든 세속적인 것과 결별을 고하고 오직 우리의 예술과 우리의 사랑만을 위해 살아가게 될 그런 인생을 말이야.

그 여자는 너무 오랫동안 말을 많이 했지. 그게 실수였어. 그 동안 나는 정신을 좀 차리고 내 마음속 깊은 곳에 자리잡고 있는, 항상 어머니 같았던 자크 형을 생각할 시간적 여유를 가질 수 있었으니 말이야. 그 여자의 장광설이 끝났을 때 난 아주 냉정하게 딱 잘라 말했어.

"난 배우가 되고 싶지 않아요……."

물론 그 여자는 잡았던 고삐를 늦추지 않았어. 그 여자는 더욱 열렬하게 달콤한 장광설을 늘어놓기 시작했지.

하마터면 넘어갈 뻔했어. 그 여자가 내게 하는 모든 말에 대해서 내 대답은 오직 한 가지뿐이었어.

"나는 배우가 되고 싶지 않아……."

드디어 그 여자는 자제력을 잃기 시작했어. 안색이 창백해지면서 말하더군.

"그럼 당신은 내가 날마다 8시에서 10시 사이에 늘 거기에 그렇게 가고 모든 게 하나도 변함없이 예전과 똑같기를 바라는 건가요?"

그 말에 나는 좀 수그러져서 대답했어.

"난 그 어느 것도 바라지 않아요. 내가 바라는 것은 당신이 스스로 돈을 벌게 되기를……. 그 신사가 8시에서 10시 사이에 베푸는 관용에 더 이상 의지하지 않는 것이 당신에겐 더 명예로운 일이라고 생각해요. 다시 말하지만 난 연극에 대해선 눈곱만큼도 사명감 같은 걸 느끼지 못하기 때문에 절대로 배우가 되지 않을 겁니다."

이 말을 듣자 그 여자는 폭발하고 말았어.

"아, 그래! 당신은 배우가 되고 싶지 않다, 이거지. 그럼 대체 뭐가 될 거야? 설마 당신이 시인이라고 생각하는 건 아니겠지? 시인이라고 생각하다니! 당신에겐 시인이 될 소질이 전혀 없어. 가엾은 미치광이! 당신이 그 잘난 시집, 어느 누구도 사보고 싶어하지 않는 시집을 찍어냈기에 하는 소리야. 당신은 자신이 시인이라고 믿고 있겠지……. 멍청하군. 불행하게도 당신 시집은 엉망이야. 모두들 그렇게 얘기하고 있어. 두 달 동안 그 책은 딱 한 권이 팔렸을 뿐이야. 그 한 권의 책마저도 바로 내가 사주었단 말이야.

자, 시인, 그래서 어쨌다는 거지! 그런 어리석은 사실을 믿고 있는 건 당신 형밖에 없다구. 그치 역시 천진난만한 가엾은 멍청이지! 당신한테 그 잘난 아름다운 편지를 써 보내는 그치 말이야. 그 귀스타브 플랑쉬의 기사는 우스워 죽을 지경이라구. 그걸 기대하면서 당신 형은 널 먹여 살리느라 기진맥진해 있구 말이야. 그런데 넌, 그 동안 넌, 넌…… 과연, 당신은 뭘 했지? 그걸 알고 있어? 당신 얼굴이 좀 독특하다는 것, 당신은 그걸로 만족해야 해. 당신은 그따위 터키 옷차림이나 하고 모든 게 다 잘 되어간다고 생각했겠지! 얼마 전부터는 당신 얼굴의 독특함마저도 사라져가고 있다는 걸 알려줘야만 하나? 당신은 추해, 정말로 추하다구. 자, 당신 모습을 한번 똑바로 보라구……. 당신이 그 피에로트인지 뭔지 하는 여자에게로 돌아간다 해도 받아들이지 않을걸. 하기야 당신 둘은 서로 잘 맞기는 하지. 당신 둘 다 소몽 가에서 한 발짝도 벗어나지 못하고 도자기나 팔 운명을 타고났다구. 배우가 되는 것보다 장사를 하는 게 당신한테는 더 잘 어울린단 말이야!"

그 여자는 입에 거품을 물고 숨을 몰아쉬었어. 형은 아마 그런 미치광이의 모습을 한 번도 본 적이 없을 거야. 나는 아무 말도 못하고 넋을 잃고 그 여자를 쳐다보기만 했어. 그 여자가 말을 끝내자 난 그쪽으로 다가갔어. 온몸이 떨리더군. 그리고 조용히 말했어.

"난 배우가 되고 싶지 않아."

이렇게 말하고 난 다음 문 쪽으로 다가가 문을 열었어.

"나가달라 이건가?"

그 여자는 여전히 히죽거리며 말했어.

"난 아직 당신한테 할 얘기가 많은데……."

이번에야말로 그 여자에 대한 애착이 완전히 사라져버리는 느낌이었어. 일시에 피가 얼굴로 확 솟구치는 것 같더라구. 벽난로에서 장작 받침쇠 하나를 집어들고 그 여자를 향해 달려갔지. 도망치더군……. 형, 그 순간 나는 파체코라는 스페인 남자를 이해할 수 있었어.

나는 모자를 집어들고 층계를 뛰어내려 그 집을 나와버렸어. 그리고 하루 종일 술 취한 사람처럼 사방팔방을 헤매고 다녔지. 형이 그때 있었더라면……. 일순 피에로트 씨 집으로 가야겠다는 생각이 들었어. 검은 눈동자의 그녀, 그녀의 발 아래 엎드려 용서를 빌고 싶었어. 나는 그녀의 가게 문 앞까지 갔지만 감히 들어갈 수는 없었어. 그 집에 두 달 동안이나 찾아가지 않았거든. 그녀가 편지를 보내왔지만 난 답장도 안 했어. 날 찾아오면 숨어

379

버렸거든. 그런데 어떻게 그녀가 날 용서해주기를 바랄 수가 있었겠어? 피에로트 양은 카운터 앞에 앉아 있었어. 슬퍼 보이더군……. 나는 유리창에 기대어 선 채 그 여자를 바라보다가 울면서 그 자리를 떠났어.

밤이 깊어서야 집으로 돌아왔지. 창가에서 한참 동안 울었어. 그러다 형에게 편지를 쓰기 시작한 거야. 이 밤을 꼬박 새워 형에게 편지를 쓸 거야. 형이 내 옆에 있는 것 같아. 나와 마주 앉아 이야기하고 있는 것 같은 기분이 들어. 그렇게 느껴지니까 무척 안심이 돼.

그 괴물 같은 여자! 어쩌면 그 여자는 날 그렇게 마음대로 주무를 수 있다고 생각했을까. 형은 이해할 수 있어? 나를 근교의 극장에서 연극이나 하게 하려고 했단 말이야. 형, 뭐라고 말 좀 해줘. 난 이제 지쳤어. 너무 힘들어……. 그 여자는 날 괴롭힐 만큼 충분히 괴롭혔어.

아, 이젠 더 이상 나 자신을 믿지 못하겠어. 나 자신에 대해 회의가 들고……. 나도 내가 무서워. 뭘 해야 하지? 공부? 그래! 그 여자 말이 맞아. 난 시인도 아니고 내 시집은 팔리지도 않아……. 이런 보잘것없는 나를 뒷바라지하기 위해 형은 또 얼마나 오래 고생해야 하지?

내 인생은 엉망진창이 되어버렸어. 뭐가 뭔지 모르겠어. 창 밖은 캄캄하고……. 세상에는 숙명을 타고난 이름이 있어. 그 여자의 이름은 이르마 보렐. 보렐은 사형집행인을 의미하는 단어지. 사형집행인 이르마! 그 여자한테 딱 어울리는 이름이야. 이사를 가고 싶어. 이제 이 방은 지긋지긋해. 그 여자가 올라오기만 하면……, 하지만 그 여자는 오지 않을 거야……. 그 여자는 나를 잊어버렸겠지. 그 여자에게는 그 여자를 위로해줄 예술가들도 있으니까…….

아니, 세상에! 저게 무슨 소리지?

자크 형, 그 여자야! 그 여자가 오고 있어. 여기로 오고 있다구. 그 여자의 발자국 소리야. 그 여자가 아주 가까이 있어. 그 여자의 숨소리도 들리는걸……. 열쇠 구멍에 눈을 갖다 대고 날 쳐다보고 있어. 날 태워버리려고 말이야. 날…….

결국 나는 이 편지를 부칠 수가 없었다.

톨로코토티냔

드디어 나는 내 이야기의 가장 어두운 장(章)에 도달하였다. 그 당시, 나는 파리 근교에 있는 어느 극장의 여배우가 된 이르마 보렐과 함께 수치와 불행의 나날을 보내고 있었다. 이상한 일이다! 지금도 온갖 소용돌이에 휩싸인 채 소란을 피우며 파란만장하게 살았던 그때를 생각하면 아련한 추억이 떠오르기보다는 회한이 먼저 나를 감싸곤 한다.

내 기억의 편린들이 두서없이 온통 뒤범벅되어 아무것도, 전혀 아무것도 보이지 않는 것이다.

하지만 기다리라! 눈을 감고 '톨로코토티냔! 톨로코토티냔!' 하는 이상하고도 구슬픈 후렴을 두서너 차례 읊조리면, 마치 마술에 걸린 듯 잠들어 있던 기억이 깨어나고 죽었던 시간들이 무덤 속을 빠져나와 나는 예전의 꼬마로, 몽파르나스 가에 갓 지은 초라한 아파트 방에 처박혀 맡은 배역을 연습하는 이르마 보렐과 끊임없이 '톨로코토티냔! 톨로코토티냔!' 하고 노래를 부르는 쿠쿠블랑 사이에 끼여 살던 그 꼬마의 모습으로 되돌아가는 것이다.

후유, 정말 끔찍한 아파트였다! 지금도 생각난다. 수천 개도 넘는 창문, 끈적끈적한 걸로 더러워진 초록색 난간, 활짝 열려 있는 하수반(下水盤), 일련번호가 죽 붙여진 문짝들, 페인트 냄새를 풍기는 을씨년스러운 흰 복도……. 지은 지 얼마 되지도 않았는데 아파트는 벌써 더럽기 짝이 없었다. 아파트에는 자그마치 방이 108개나 있었고, 방마다 한 세대씩 살았다. 이러니 사는 꼴들은 또 어떻겠는가? 날마다 다투는 소리, 비명 소리, 물건 깨지는 소리, 서로 죽이네 살리네 싸워대는 소리가 안 들려오는 날이 없었다. 밤이며 밤마다 어린애들은 빽빽 울어대고, 맨발로 타일 바닥을 걸어다니고, 아이들을 요람에 넣고 흔들며 부르는 암울하고 단조로운 자장가 소리가 들려왔다. 때때로 변화를 주려는 듯 경찰이 찾아오기도 했다.

이르마 보렐과 내가 사랑의 도피처로 삼은 곳이 바로 이 끔찍한 7층짜리 싸구려 아파트였다. 초라한 숙소였지만 나처럼 보잘것없는 주인의 입장에서 보면 그것도 감지덕지였다. 우리가 그 아파트를 택한 것은 극장이 가까웠기 때문이었다. 또한 당시 서민을 위해 새로 지은 아파트들은 대부분 집세가 그리 비싸지 않았다. 덕분에 40프랑을 주고 3층에 가두리 달린 발코니가 길거리 쪽으로 나 있는 꽤 쓸 만한 방 두 개를 구할 수 있었던 것이다.

우리는 날마다 연극이 끝나고 자정이 되어서야 집으로 돌아오곤 했다. 파리에 갓 올라온 농부들이나 모자를 안 쓴 가난한 처녀들, 긴 회색 외투를 걸친 경찰들이 어슬렁거리다가 이제는 인적이 끊겨버린 그 넓은 거리를 통해서 집으로 돌아간다는 건 정말 처량한 일이었다.

우리는 차도 한가운데를 종종걸음쳤다. 그 시간에 집에 돌아오면 차갑게 식은 고기 몇 점이 식탁 위에 놓여 있었고, 쿠쿠블랑은 그때까지

384

안 자고 우리를 기다리고 있었다. 아침 8시에서 10시 사이에 은총을 베풀어주던 신사는 마차와 식기, 가구를 모두 도로 가져가고 마부도 데려가버렸다. 이르마 보렐은 쿠쿠블랑과 앵무새, 보석 몇 점, 그리고 옷가지들을 챙겨왔다. 이 옷가지들에 달린 자락은 길거리를 쓸고 다니라고 만들어진 게 아니었기 때문에 오직 무대에서밖에는 써먹을 수가 없었다. 방 하나는 그 옷들로 꽉 들어찼다. 그 옷들은 모두 쇠로 된 옷걸이에 걸려 있었고, 화려한 색상과 비단 주름들은 불그죽죽한 타일이라든지 빛바랜 가구와 기이한 대비를 이루고 있었다. 쿠쿠블랑은 의상을 넣어둔 그 방에서 잠을 잤다.

그 방에는 속에 짚을 넣은 싸구려 매트리스와 편자, 그리고 브랜디병 따위 쿠쿠블랑의 짐이 있었다. 그 여자는 불을 몹시 무서워해서 등도 켜지 않은 어두운 방 안에서만 지냈다. 그래서 밤늦게 우리가 돌아올 때면 쿠쿠블랑은 달빛을 받아 신비롭게 보이는 옷들에 둘러싸인 채 짚을 넣어 만든 매트리스에 웅크리고 앉아 있곤 해서, 꼭 푸른 수염의 마법사에게 목이 매달려 죽은 일곱 명의 아내를 감시하라는 명령을 받은 늙은 마녀처럼 보였다[옮긴이 주 – 페로의 콩트 「푸른 수염」에 나오는 장면. 그러나 원작에는 목이 매달려 죽은 아내가 여섯 명이며, 마녀도 등장하지 않는다].

나와 이르마 보렐은 그보다 작은 방에서 앵무새와 함께 지냈다. 침대 하나, 의자 세 개, 탁자 하나, 그리고 커다란 황금색 횃대가 놓여 있는 그 방은 더 이상 발 디딜 자리가 없을 정도로 비좁았다.

우리가 사는 집은 비록 너무 초라하고 좁았지만 우리는 결코 이곳을 벗어나지 않았다. 연극에 출연하는 시간을 제외한 나머지 시간에는 여기서 각자 맡은 배역을 연습했는데, 맹세코 그건 정말 눈뜨고는 볼 수 없을 정도로 난장판이었다. 우리가 외쳐대는 소리가 집안 구석구석에서 터져나오곤 했다.

"내 딸, 내 딸을 돌려줘요!"

"여기예요, 가스파르!"

"그…… 그…… 보잘……것……없는…… 이름……!"

그러고 나면 앵무새의 찢어지는 듯한 울음소리, 끊임없이 '톨로코토티난! 톨로코토티난!' 하고 읊조리는 쿠쿠블랑의 날카로운 목소리가 들려왔다.

이르마 보렐, 그 여자는 행복해했다. 이런 식의 삶을 마음에 들어했던 것이다. 가난한 예술가 부부 행세 하는 걸 즐기는 모양이었다.

"나는 하나도 후회하지 않아요."

그 여자는 종종 이렇게 내뱉곤 했다. 하지만 언젠가는 반드시 후회하게 될 것이다. 가난이 지긋지긋해지는 그날, 값싼 1리터들이 포도주를 마시는 게 싫증나는 그날, 싸구려 식당에서 배달해 오는 갈색 소스를 친 그 끔찍한 식사에 신물이 나는 그날, 교외의 초라한 극장에서 연극하는 일이 지겨워지는 바로 그날, 그 여자가 자신의 옛 생활을 그리워하리라는 것을 나는 잘 알고 있었다. 그 여자는 손가락 하나만 까딱하면 잃어버린 모든 걸 되찾게 될 것이다.

그렇기 때문에 그 여자는 "난 아무것도 후회하지 않아요"라고 서슴없이 말할 수 있는 것이다. 그 여자는 아무것도 후회하지 않았지만, 나는 결코 그렇지 못했다.

그 여자와 나는 「어부 가스파르도」〔옮긴이 주 - 조제프 부샤르디의 1837년도 4막짜리 희곡으로서 큰 성공을 거두었다〕로 연극에 발을 들여놓았는데, 이 작품은 멜로드라마 중에서 가장 괜찮은 편이었다. 이 연극에서 그 여자는 굉장한 박수갈채를 받았다. 그건 그 여자가 가진 재능 때문이라기보다는 (사실 그 여자의 목소리는 연극에 부적합했으며 제스처 또한 우스꽝스러웠다.) 그 여자의 순백색 팔과 비로드 의상 때문이었다. 그곳에 오는 관객들은 그처럼 눈부시게 아름다운 육체와 미터 당 40프랑씩 하는 호화로운 의상을 쉽게 구경할 수가 없는 사람들이었던 것이다.

"공작부인처럼 생겼어!"

사람들은 이렇게 수군댔고, 불량기 있어 보이는 젊은이들은 귀가 터져나갈 듯 휘파람을 불어대며 박수를 쳤다.

그러나 나는 그런 성공을 거두지 못했다. 사람들은 나를 난쟁이 취급했으며, 나 자신도 관객 앞에 나서는 게 두렵고 수치스러웠다. 나는 은밀한 고백이라도 하는 사람처럼 낮은 목소리로 대사를 읊조리곤 했다.

"더 크게 해! 더 크게 하라구!"

관객들은 야유하며 소리를 질렀다. 하지만 목구멍이 꽉 막혀 말이 제대로 나오지 않았다. 사람들은 휘파람을 불어대며 난리를 쳤다. 그래봤자 아무 소용없었다. 이르마가 귀가 닳도록 얘기했지만, 내게는 연극적 소질이라는 게 아예 없었던 것이다. 시 나부랭이나 끼적대는 하찮은 시인이 훌륭한 배우가 되기란 쉬운 노릇이 아니었다.

"사람들은 당신 얼굴에서 풍기는 독특한 분위기를 이해하지 못하는 거예요……."

그 여자는 종종 그렇게 말하며 나를 위로하곤 했다. 지배인은 내 독특한 얼굴을 잘 알아보았다. 그가 두 번의 공연이 휘파람과 야유가 뒤범벅되어 소란스레 끝난 뒤 조용히 나를 사무실로 불렀다.

"이것 봐. 멜로드라마는 자네한테 안 맞는 것 같아. 자넨 지금 길을 잘못 들어선 거야. 통속 희극을 한번 해보도록 하지. 아주 잘 어울릴 것 같은데."

나는 다음날부터 통속 희극배우가 되었다. 나는 우스꽝스러운 젊은 이 역이나, 사람들이 샴페인 대신 로제 레몬수[옮긴이 주 – 체내의 불순물 을 제거하는 효능을 갖고 있음]를 마시게 하면 배를 움켜쥐고 무대 위를 뛰어다니는 얼빠지고 어설픈 멋쟁이 역, 붉은색 가발을 쓰고 꼭 황소처 럼 웃어대는 바보 역, 여자한테 한눈에 반해서 멍청해 보이는 눈을 깜 박거리며 "야그씨, 증말로 좋아하는구먼유! 증말유. 무지무지하게 좋 아한다니께유"라고 말하는 시골뜨기 청년 역 같은 것을 했다.

나는 바보라든가 겁쟁이같이 못생기고 우스꽝스런 역을 맡았는데, 사실 나 자신은 내가 아주 못한다고 생각했다. 하지만 불행하게도 나는 성공을 거두었다. 사람들을 웃게 만들었던 것이다.

얼굴에 회반죽을 바르고 주름살을 그려넣고 번쩍거리는 싸구려 장 식품을 단 채 무대에 설 때마다 나는 자크 형과 검은 눈동자를 생각했 다. 인상을 쓰거나 익살을 부리는 도중에 내가 사랑하는 그 모든 사람 들, 내가 비겁하게도 배반한 그들의 모습이 돌연 눈앞에 떠오르는 것이 었다.

어느 날 저녁, 나는 우스갯소리로 장광설을 늘어놓다 말고 별안간 꿀 먹은 벙어리처럼 아무 말 없이 입을 헤벌리고 선 채 관객들을 둘러 보았다. 순간, 내 육신을 빠져나온 내 영혼은 무대를 박차고 날갯짓을 하며 극장의 천장을 뚫고 멀리멀리 날아가서 자크 형과 어머니에게 입 맞춤을 하고, 또 원치도 않는 배우 노릇을 해야 하는 자기 신세를 애절 하게 한탄하며 검은 눈동자에게 용서를 빌었다.

"오메, 증말유! 무지무지하게 좋아하는구만유!"

갑자기 대사를 읽어주는 사람의 목소리가 들려왔고, 그 순간 나는 꿈에서 깨어나 하늘에서 떨어져버린 듯한 비참한 표정으로 주위를 두리번거렸다. 그런데 내 그 표정에 너무도 자연스럽고 우스꽝스러운 불안이 담겨 있어 온 장내는 웃음바다가 되었다. 연극용어를 동원하자면 극적 효과라고 하는 것을 자아낸 것이었다. 일부러 원하지 않았는데도 내가 그런 극적 효과를 창조해낸 것이다.

우리가 속해 있던 극단은 여러 도시를 돌아다니며 공연했다. 유랑극단처럼 그르넬과 몽파르나스, 세브르, 소, 생클루 등 이곳저곳을 전전했다. 다른 지방으로 갈 때면 극단 합승마차에 빼곡하게 끼여 앉아 이동하곤 했는데, 그것은 폐결핵에 걸린 말이 끄는 밀크커피 색깔의 낡은 마차로서 원래는 공용마차였던 것을 극단에서 사들인 것이었다. 단원들은 마차 속에서 노래도 부르고 카드놀이도 했다. 아무런 배역도 맡지 못하고 극단을 쫓아다니는 사람들은 마차 안쪽에 자리를 잡고는 구겨진 팸플릿을 폈다. 나도 그들과 함께 앉아 그 일을 도맡아했다.

나는 마치 위대한 희극배우라도 되는 양 동료 단원들이 내뱉는 음담패설에는 귀를 막은 채 시종일관 침묵을 지켰다. 비록 바닥에까지 굴러떨어졌다 해도 합승마차를 타고 다니며 엉터리 배우 노릇이나 하는 게 내게 어울리는 일이라는 생각은 들지 않았다. 나는 내가 그런 극단에 속해 있다는 사실이 수치스럽게 느껴졌다.

여자들은 하나같이 아무짝에도 쓸모없는 자존심으로 꽉 찬데다가 광대뼈가 툭 불거진 초췌한 얼굴에 짙은 화장을 해서 보기에도 흉했으며, 지껄이는 말 속에는 허풍과 거짓말이 흘러넘쳤다. 미래에 대한 이상도 없고 철자법도 모르는 무식한 남자 단원들은 흔히 볼 수 있는 미용사나 망한 장사꾼 후손들로서, 대부분은 할 일이 없거나 게을러서,

아니면 옷에 장식용으로 붙은 금속조각이라든지 화려한 무대 의상이 좋아서, 그리고 연한 색깔의 타이츠나 수와로프[옮긴이 주 - 나폴레옹과 맞서 싸워서 유명해진 러시아의 장군] 풍의 외투를 입은 자신의 모습을 무대에 드러내기 위해서 연극에 투신하였다.

이 호색꾼들은 언제나 옷맵시에만 신경을 쓰며 한 달치 봉급을 머리 손질하는 데 날려버리는가 하면, 다섯 시간 내내 2미터짜리 기름 먹인 종이로 연극에 사용할 루이 15세풍의 장화 한 켤레를 만들면서도 "오늘 일 참 많이 했다"라고 확신에 찬 어조로 말하는 그런 사람들이었다. 이런 합승마차에서 초라한 꼬락서니로 있으려고 음악이 흐르는 피에로트 씨의 응접실을 비웃었던가······

말도 없고 무뚝뚝하고 거만해 보이는 나를 동료 단원들은 좋아하지 않았다. 그들은 나를 볼 때마다 "저놈, 엉큼한 놈이야"라고 말하곤 했다. 반대로 그 여자는 모든 사람의 마음을 휘어잡았다. 꼭 남자 복 많은 공주님처럼 마차에 삐기고 앉아 고르고 흰 치아를 보이며 웃었고, 고운 목덜미를 드러내 보이기 위해 머리를 뒤로 젖히기도 했으며, 아무하고나 말을 트고 지냈다. 이르마 보렐은 상대가 남자건 여자건 무조건 애칭을 써서 스스럼없이 불렀으며, 심술궂은 사람들마저도 "저 여자, 괜찮은 여자야"라고 말하게 만들 줄 아는 여자였다. 괜찮은 여자라니, 이 얼마나 가당찮은 얘기인가?

그렇게 웃고 유치한 농담을 열심히 지껄이는 사이에 마차는 굴러굴러 다음 공연할 곳에 도착했다. 그리고 공연이 끝나면 익숙한 솜씨로 의상을 벗어던진 다음 재빨리 파리로 돌아가는 마차에 올라탔다. 그때쯤이면 이미 날이 어두워져 있었다. 사람들은 컴컴한 마차 속에서 무릎을 맞대고 앉아 낮은 목소리로 이야기를 주고받았다. 극단 마차는 멘느

의 입시(入市) 세관에 멈추어 말을 떼어냈다. 그러면 모두들 마차에서 내려 이르마 보렐을 호위해서는 집 앞까지 바래다주는 것이었다. 집에서는 쿠쿠블랑이 술에 취해 널브러진 채 슬프게 노래하며 우리를 기다리고 있었다.

"톨로코토티난! 톨로코토티난!"

늘상 붙어 다니는 우리를 보고 사람들은 우리 두 사람이 서로를 사랑하는 것이라고 여겼을 것이다. 하지만 그건 사실이 아니었다. 우리는 서로 사랑하지 않았다. 사랑하기에는 서로를 너무도 잘 알고 있었다. 나는 그 여자가 냉혹하고 인정머리 없는 거짓말쟁이라는 것을 알고 있었으며, 그 여자는 내가 나약하고 비겁할 정도로 우유부단하다는 것을 알고 있었다. 그 여자는 이렇게 생각하며 늘 불안해했다. '어느 날 아침, 저 사람 형이 찾아와 내게서 저 사람을 빼앗아갈 거야. 그래서 도자기 파는 그 여자한테 데려가겠지.' 나 또한 그 여자에 대해 이런저런 생각을 하며 초조해했다. '이러다가 지금 생활에 싫증이 나면 8시에서 10시에 만나던 그 사내에게 날아가버리겠지. 그럼, 난 이 진흙탕 속에 혼자 남게 될 거고…….' 서로를 잃게 될지도 모른다는 끊임없는 불안이 우리들 사랑을 가로막는 가장 확실한 공통분모였다. 우리는 서로를 사랑하지 않았음에도 불구하고 서로를 질투하고 있었던 것이다.

사랑이 존재하지 않는 곳에 질투가 존재할 수 있다니, 참으로 기이한 일 아닌가? 언제나 그랬다……. 그 여자가 극단에서 일하는 누군가와 허물없이 이야기하는 모습만 봐도 내 안색은 창백해졌다. 내가 편지라도 한 통 받을라치면 그 여자는 잽싸게 달려들어 떨리는 손으로 겉봉을 뜯어보곤 했다. 편지는 대부분 자크 형에게서 온 것들이었다. 그 여자는 히죽거리면서 편지를 끝까지 읽고는 아무 데나 획 내던져버렸다.

"늘 똑같은 얘기야." 그 여자는 경멸하는 투로 이렇게 말했다. 그렇다! 언제나 자크 형은 변함없는 친절과 관용, 희생으로 가득 찬 편지를 보내왔다. 그 여자가 그토록 자크 형을 미워했던 것은 바로 그 때문이었다.

착한 자크 형은 이런 사실을 전혀 눈치채지 못했다. 그는 아무것도 의심하지 않았다. 나는 모든 것이 다 잘 되어가고 있으며, 『전원시』도 4분의 3쯤 팔렸고, 어음 지불기간이 돌아오더라도 갚아야 할 돈쯤은 서점에서 거둬들일 수 있을 거라고 답장을 썼다. 남을 잘 믿는 사람 좋은 형은 한 달에 한 번씩 보나파르트 가로 1백 프랑씩 꼬박꼬박 돈을 부쳐왔고, 그때마다 쿠쿠블랑이 가서 돈을 찾아오곤 했다.

자크 형이 부쳐오는 1백 프랑과 극장에서 받은 봉급은 특히 가난뱅이들만 모여 사는 우리 동네에서는 충분히 살아갈 수 있을 만큼 넉넉한 돈이었다. 하지만 나도 그렇고 그 여자도 그렇고, 돈이란 게 뭔지 알지 못했다. 나로 말할 것 같으면 한 번도 돈이란 것을 가져본 적이 없었고, 그 여자는 항상 너무 많은 돈을 갖고 있었으니까. 그렇기 때문에 돈을 엄청나게 낭비했던 것이다.

매달 5일이 되면 금고(사실은 자바 섬에서 옥수수 짚으로 만든 작은 슬리퍼)는 벌써 텅 비어 있었다. 먼저, 장정 한 사람 분량을 먹어대는 앵무새를 먹여 살려야 했다. 그리고 백묵과 미묵(眉墨), 화장분, 치약, 분첩 등 연극 분장에 필요한 도구 일체를 사야 했다. 게다가 그 여자는 연극 팸플릿이 너무 빛이 바래고 낡았다며 새 팸플릿을 만들어 싶어했다. 그녀에게는 또 꽃이 필요했다. 먹을 걸 못 먹는 한이 있어도 꽃병에는 꼭 꽃을 꽂아둬야만 직성이 풀리는 여자였던 것이다.

두 달 만에 우리는 빚더미 위에 올라앉았다. 집주인에게도 빚을 졌고, 식당 주인에게도, 극장의 수위에게도 돈을 빌렸다. 때로는 물건을 외상으로 대준 사람이 기다리다 못해 아침부터 찾아와 소란을 피우기도 했다. 그런 날이면 우리는 어찌해볼 도리가 없어 『전원시』를 출간해준 출판업자에게 달려가 형 이름을 대고는 몇십 프랑씩 겨우 빌려오곤 했다.

앞서 언급한 다크빌 후작의 회고록 2권에 대한 판권을 갖고 있는 출판업자는 자크 형이 여전히 후작의 비서로 일하고 있다는 걸 알고 있으므로 별 의심 없이 돈을 빌려주었다. 그렇게 한 푼 두 푼 빌린 것이 어느새 4백 프랑이 됐고, 『전원시』를 출간할 때 빌린 돈 9백 프랑까지 합하면 형 이름으로 빌린 돈이 총 1천3백 프랑이나 되었다.

불쌍한 자크 형이 돌아오면 자기를 기다리고 있는 이 끔찍하고 엄청난 일을 어떻게 감당할 것인가! 나는 어디론가 증발해버렸고, 검은 눈동자는 눈물로 세월을 지새우고 있으며, 시집은 한 권도 팔리지 않았고, 갚아야 할 빚은 1천3백 프랑이나 되니 말이다. 도대체 어떻게 해야 한단 말인가?

이르마 보렐은 그다지 불안해하지 않았다. 그렇지만 나는 좀처럼 불안을 떨쳐버릴 수가 없었다. 아니, 그 같은 걱정거리들은 강박관념으로 내 머릿속에 박혀 한시도 떠나지 않고 날 괴롭혔다. 걱정거리를 조금이라도 잊어버리려고 일에 몰두해보기도 하고, 새로운 익살극을 연습하기도 했으며, 거울 앞에서 참신한 표정을 연구해보려고 별 짓을 다해보았지만 허사였다. 거울을 보면 내 모습은 온데간데없고 불쌍한 자크 형모습만 어른거렸다. 내가 해야 할 역할인 랑글뤼모나 조시아스, 또 다른 통속희극의 등장인물 대신에 자크 형의 얼굴만 떠오르는 것이었다.

아침이면 나는 겁에 질린 표정으로 달력을 쳐다보며 어음 만기일을 계산하곤 했다. 그러면서 떨리는 목소리로 나도 모르게 이렇게 중얼거렸다. "이제 한 달밖에 안 남았어……. 이제 3주일밖에 남지 않았군!" 어음 만기일이 되면 모든 게 훤히 드러나게 되고 바로 그날로 형이 희생양이 되어야 한다는 사실을 나는 누구보다도 잘 알고 있었다. 나는 잠자리에서까지 이 생각에 시달리며 괴로워했다. 때로는 눈물과 땀으로 흠뻑 젖은 채 소스라치게 놀라면서 끔찍하고 기이한 꿈에서 깨어나곤 했다.

똑같은 악몽이 거의 매일 밤 나를 엄습했다. 처음 보는 어떤 방 안이었는데, 덩굴 모양의 낡은 편자가 박힌 큰 장롱이 놓여 있었다. 그 방의 소파에 자크 형이 무시무시하게 창백한 얼굴로 누워 있는 것이었다. 그는 조금 전에 숨을 거두었다. 카미유 역시 같은 방 안에 있었는데, 수의를 꺼내려고 장롱 문을 붙잡은 채 애쓰고 있었다. 그러나 카미유는 장롱을 열지 못했다. 그녀는 열쇠를 자물통에 맞추려고 갖은 노력을 다하면서 비통한 목소리로 중얼거렸다. "문을 열 수가 없어……. 너무 울어서…… 아무것도 안 보여……."

무슨 수를 써서든 꿈을 꾸지 않으려고 해보았지만 이성의 힘으로도 도저히 어찌할 수가 없었다. 눈을 감는 순간부터 자크 형이 소파에 드러누워 있는 모습과 장님이 된 카미유가 장롱 앞에 서 있는 모습이 선명히 떠오르는 것이었다. 그 모든 회한과 공포가 나를 하루하루 더욱 침울하고 신경질적인 사람으로 만들어갔다.

이르마 보렐 역시 참을성이 없어져갔다. 더욱이 그 여자는 어디로 도망치는지는 모르지만, 내가 자기 품안에서 빠져나가고 있음을 어렴풋이 느끼고 있었고, 그래서 더욱 자주 짜증을 내곤 했다. 우리 사이에는 꼭 세탁선(洗濯船) 안에 들어온 것처럼 끔찍한 장면과 고함소리, 욕

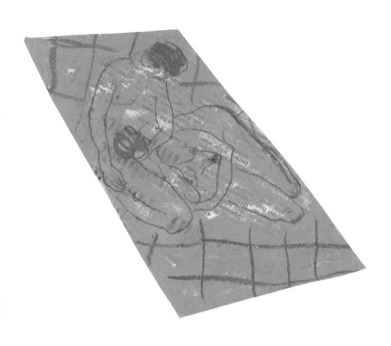

지거리가 끊임없이 이어졌다.

"네 그 도자기 파는 피에로트에게나 가버려. 그래서 하트 모양의 사탕이나 달라고 그러지 그래!"

그 여자는 이렇게 고래고래 소리를 질렀고, 나 또한 거기에 질세라 외쳐댔다.

"파체코한테나 가보지 그래. 가서 입술이나 찢어달라고 그래!"

그녀는 나를 '속물'이라고 불렀고, 나는 그녀를 '바람둥이'라고 불렀다.

그러다가 둘 다 주르륵 눈물을 흘리며 서로를 관대히 용서해주고 다음날 또 새로이 시작하는 것이었다.

우리는 그렇게 살았다. 아니, 그런 식으로 함께 썩어가고 있었다. 꼭 철판에 꼼짝 못하게 고정된 것처럼, 같은 배를 탄 사람들처럼 서로에게서 단 한 발자국도 벗어나지 못한 채……. 지금도 쿠쿠블랑이 흥얼대던 기이하고 우수에 찬 후렴을 읊조리다 보면 어느새 내 눈앞에는 그 진흙투성이의 삶, 그 비참했던 시절이 떠오른다.

'톨로코토티냔, 톨로코토티냔!'

납치극

어느 날 밤 9시쯤 몽파르나스 극장. 첫 회 공연에서 내 차례를 마치고 분장실로 올라가던 참이었다. 그러다가 나는 무대로 들어가고 있는 이르마 보렐과 마주쳤다. 셀리멘느〔옮긴이 주 – 몰리에르의 「인간 혐오자」에 등장하는 등장인물〕처럼 한 손에 부채를 들고 두터운 레이스가 달린 비로드 드레스로 정장을 한 그 여자는 눈이 부시도록 아름다웠다.

"객석에 가서 봐요. 나 지금 나가거든요……. 굉장히 예뻐 보일 거예요."

내 곁을 스쳐 지나가면서 그 여자가 이렇게 말했다.

나는 서둘러 분장실로 돌아와 재빨리 옷을 벗었다. 다른 동료 단원 두 명과 함께 쓰는 분장실은 천장이 낮고 창문마저 없어서 혈암유(頁巖油) 등을 켜놓은 조그만 방이었다. 밀짚을 넣은 의자 두서너 개뿐, 다른 가구는 일체 없었다. 벽을 따라서 조각난 거울과 웨이브가 펴진 가발, 번쩍이는 금속조각이 박힌 누더기, 빛바랜 비로드 의상, 바랜 금박 따위가 걸려 있었고, 바닥 한구석에는 뚜껑도 없는 루주 통이며 다 낡

은 화장분첩들이 널려 있었다.

내가 거기서 화장을 지우고 있는데 아래쪽에서 무대장치가 한 사람이 나를 불렀다.

"다니엘 씨! 다니엘 씨!"

나는 분장실을 나와 축축한 나무 난간으로 몸을 내민 채 물었다.

"무슨 일인데요?"

아무 대답도 들려오지 않았으므로 나는 노란색 가발을 눈썹까지 내려쓰고 분가루와 루주를 덕지덕지 칠한 채 벗다 만 광대 옷을 걸치고는 그대로 뛰어 내려갔다.

층계 아래쪽에서 어떤 사람이랑 마주칠 뻔했다. 나는 뒤로 물러서며 소리쳤다.

"자크 형!"

그것은 자크 형이었다……. 우리는 잠시 아무 말 없이 바라보기만 했다. 이윽고 자크 형이 내 손을 잡더니 눈물을 글썽이며 부드러운 목소리로 속삭였다.

"오, 다니엘!"

그것으로 충분했다. 나는 가슴속 깊은 곳까지 감동을 느끼며 겁 많은 아이처럼 주변을 두리번거리다가 나지막한 목소리로 말했는데, 소리가 너무 작아서 간신히 알아들을 정도였다.

"날 여기서 데리고 나가줘, 형."

자크 형은 떨면서 내 손을 잡고 밖으로 데리고 나갔다. 마차 한 대가 문 앞에서 기다리고 있었다. 우리는 마차에 올라탔다.

"바티뇰 구역의 담 가로 가 주시오."

자크 형이 마부에게 소리쳤다.

"그렇잖아도 거긴 내 구역인데!"

마부가 즐거운 표정으로 대답하더니 마차를 출발시켰다.

자크 형은 이미 이틀 전에 파리에 돌아왔다. 피에로트가 석 달 전에 부친 편지 한 통을 팔레르모에서 받고 곧장 달려온 것이었다. 쓸데없는 군더더기가 모두 생략된 이 짧은 편지를 읽고 그는 내가 증발해버렸다는 사실을 알게 되었다.

편지를 읽은 자크 형은 모든 사정을 짐작했다.

"녀석이 어리석은 짓을 저질렀군……. 내가 가봐야겠어."

자크 형은 곧장 후작에게 달려가 휴가를 신청했다.

후작은 펄쩍 뛰면서 소리쳤다.

"휴가라고! 자네 미쳤나? 내 회고록은 어떻게 하고?"

"갔다가 돌아오는 시간까지 합쳐서 8일이면 됩니다. 후작님. 제 동생의 목숨이 달린 문제입니다."

"내가 자네 동생 문제를 우습게 여겨서 이러는 게 아닐세……. 하지만 자네를 채용할 때 내가 미리 말하지 않았나? 우리의 계약을 잊은 건 아니겠지?"

"아닙니다. 후작님. 하지만……."

"하지만이라는 말은 집어치우게. 자네도 다른 사람들이랑 마찬가지일 거야. 8일 동안이나 자리를 비우게 되면 다신 돌아오지 않을 걸세. 부탁이니 잘 생각해보게. 참, 생각을 하려거든 거기 앉아서 하게나. 내 말을 받아써야지."

"충분히 생각하고 말씀드린 겁니다. 후작님. 전 가겠습니다."

"그래? 그럼, 지옥에나 가버려!"

이렇게 말하고 난 이 고집불통 노인은 모자를 집어들더니 새 비서를 알아보러 프랑스 영사관으로 갔다.

자크 형은 바로 그날 밤 출발했다.

파리에 도착하자마자 형은 곧장 보나파르트 가로 달려갔다.

"내 동생 있어요?"

형은 마당의 우물 가장자리에 걸터앉아 파이프 담배를 피우고 있는 관리인에게 소리쳤다. 관리인은 웃음을 터뜨리며 짐짓 교활하게 말을 돌려댔다.

"달리기하기엔 좋은 날씨로군."

관리인은 입을 열려고 하지 않았지만 자크 형이 1백 수짜리 동전을 건네주자 입을 열었다. 그리고 6층에 사는 청년과 2층에 사는 부인이 꽤 오래 전에 어디론가 증발해버렸다는 것, 쿠쿠블랑이 매달 그들 앞으로 배달된 편지가 있는지 확인하러 오는 걸로 보아 분명히 파리 어딘가에 함께 숨어 살고 있으리라는 등의 이야기를 해주었다. 게다가 다니엘씨가 떠날 때 집을 나간다는 사실을 알려주지 않았기 때문에 다른 자잘한 비용은 접어두고라도 집세가 넉 달이나 밀려 있다는 말도 잊지 않고 덧붙였다.

"알았어요. 제가 모두 지불해드리죠."

그러고 나서 자크 형은 여독을 풀 겨를도 없이 곧바로 나를 찾아 나섰던 것이다.

형은 우선 출판업자를 찾아갔다 『전원시』의 보관소가 거기였으므로 다니엘이 종종 들르리라는 생각에서였다. 출판업자는 형이 들어서는 모습을 보자 대뜸 이렇게 말했다.

"그렇잖아도 편지를 쓰려고 했습니다. 나흘 뒤면 첫 번째 어음 만기 일이 된다는 건 알고 계시죠."

형은 태연하게 대답했다.

"알고 있습니다. 내일부터 서점들을 찾아다녀야죠. 수금을 좀 할 수 있을 거예요. 책이 아주 잘 나갔다고 하니까 말예요."

출판업자는 알자스인 특유의 푸른 눈을 휘둥그레 떴다.

"뭐라고요? 책이 많이 팔렸다고요? 누가 그런 말을 합디까?"

형의 안색이 창백해졌다. 재난이 다가오고 있음을 감지한 것이다.

"저길 좀 보세요. 저기 산더미처럼 쌓여 있는 책들을 좀 보란 말입니다. 저게 바로 『전원시』라구요. 다섯 달이 됐지만 팔린 건 딱 한 권뿐이에요. 결국 참다못한 서점 주인들이 나한테 반품한 거라우. 이제 이 책들은 종이 값이나 쳐서 되파는 수밖에 없어요. 정말 유감이야. 인쇄는 아주 잘됐는데 말이야."

출판업자의 말 한마디 한마디는 형의 가슴을 비수로 찌르는 듯했다. 하지만 그게 다가 아니었다. 형은 내가 형 이름으로 출판업자에게서 돈을 꾸었다는 사실까지 알게 되었다.

매정한 알자스 출판업자는 이야기를 계속했다.

"얼마 전에 다니엘 씨가 2루이를 빌려오라고 무시무시하게 생긴 흑인 하녀를 보냈더군요. 하지만 딱 잘라 거절했습니다. 우선은 얼굴이 영락없이 굴뚝 청소부같이 생긴 그 하녀가 미더워 보이지 않더라고요. 에세트 씨도 아시겠지만 난 부자가 아닙니다. 게다가 동생분이 꿔간 돈이 벌써 4백 프랑이나 된다 이 말씀입니다."

"알겠습니다. 너무 걱정 마세요. 그 돈은 곧 갚아드릴 테니까요."

형은 대담하게 말하고는 자신이 충격을 받았다는 게 드러날까봐 재빨리 그곳을 빠져나왔다. 길거리로 나온 형은 경계석(境界石) 위에 주저앉고 말았다. 두 다리에 힘이 빠져서 더 이상 걸을 수가 없었던 것이다. 도망가버린 동생, 잃어버린 일자리, 출판업자에게 갚아야 할 빚, 밀린 방세, 관리인에게 갚아야 하는 이런저런 자질구레한 비용, 모레로 다가온 어음 만기일, 이 모든 게 형의 뇌리를 맴돌며 윙윙거리고 있었다. 형은 불현듯 자리를 털고 일어났다.

"우선 빚을 갚아야 해. 그게 제일 급해."

내가 피에로트 씨에게 용서받지 못할 행동을 했음에도 불구하고 형은 주저 없이 그의 집으로 갔다.

라루트 상회에 들어서던 형의 눈에 얼굴이 누렇게 뜨고 푸석푸석하게 부은 사람이 계산대 뒤에 앉아 있는 모습이 띄었는데, 처음엔 누군지 알아보지 못했다. 하지만 문이 열리는 소리를 들은 그 사람은 자리에서 일어나더니 방금 들어온 사람이 누구인지 알아보고는 중얼댔다.

"이런 경우에 꼭 들어맞는 말인데……."

그 말을 듣는 순간 형은 그가 누구인지 단번에 알아챘다. 가엾은 피에로트 씨였다. 딸의 슬픔을 옆에서 지켜보다가 다른 사람이 되어버린 것이다. 그토록 쾌활하고 명랑하던 예전의 피에로트 씨의 모습은 간 곳이 없었다. 딸이 다섯 달 전부터 흘려온 눈물 때문에 그의 눈 또한 빨갛게 충혈되었고 뺨은 짓물러버렸다. 예전의 그 밝은 웃음은 이제 차갑고 소리 없는 웃음으로 바뀌어 꼭 과부나 버림받은 여인이 웃고 있는 것처럼 보였다. 이제 그는 더 이상 피에로트 씨가 아니었다. 그는 아리아드네〔옮긴이 주 – 테세우스에게 반했으나 낙소스 섬에서 그에게 버림받는 고대의 여주인공〕이, 니나〔옮긴이 주 – 시인인 단테 데 마자노를 미치도록 사랑한 이탈리아 여인〕가 되어버린 것이다.

가게 안에서 변한 것이라고는 피에로트 씨밖에 없었다. 진열대 위쪽에서는 채색된 목동들과 배가 불룩 튀어나온 보라색 중국 인형들이 여전히 보헤미아산 유리잔과 큼직한 꽃무늬가 그려진 접시들 사이에 서서 태평스럽게 웃고 있었다. 오목한 국그릇과 자기(磁器)에 색칠을 해서 만든 석유등도 변함없이 진열장 뒤쪽에서 반짝이고 있었고, 가게 뒷방에서는 예전의 그 플루트 소리가 여전히 은은하게 울려퍼지고 있었다. 형은 목소리에 힘을 주어 말했다.

"피에로트 씨, 접니다. 어려운 부탁을 좀 하러 왔어요. 1천5백 프랑만 좀 빌려주실 수 있을까요?"

피에로트 씨는 아무 대답 없이 금고를 열었으나 동전 몇 닢뿐이었다. 그는 서랍을 닫고는 조용히 자리에서 일어섰다.

"여긴 돈이 별로 없군. 좀 기다려보게나. 위층에 가서 찾아볼 테니."

그가 나가려다 말고 어색한 표정을 지으며 덧붙였다.

"자네한테 올라가보라는 얘기는 할 수가 없군. 딸애가 자네를 보면 너무 힘들어할 것 같아서 말일세."

형은 한숨을 내쉬며 대답했다.

"옳으신 말씀이세요. 피에로트 씨. 전 올라가지 않는 게 좋겠어요."

5분쯤 있다가 피에로트 씨는 1천 프랑짜리 지폐 두 장을 손에 쥐고 돌아왔다. 형은 그걸 받지 않으려 했다.

"1천5백 프랑만 있으면 됩니다."

형이 한사코 거절했지만 피에로트 씨 역시 고집을 부렸다.

"자크, 부탁이니 이걸 다 가져가게나. 2천 프랑을 꼭 주고 싶네. 자네 어머님이 나 대신 군대에 갈 사람을 사라며 내게 빌려줬던 그 돈이란 말일세. 만일 이 돈을 거절한다면……, 이건 이런 경우에 꼭 들어맞는 말인데…… 난 평생 자넬 원망하게 될 거야."

형은 더 이상 거절할 수가 없었다. 그래서 돈을 호주머니에 넣은 뒤 피에로트 씨 손을 잡고 짤막하게 말했다.

"안녕히 계세요, 피에로트 씨. 고맙습니다!"

피에로트 씨 역시 형의 손을 잡았다.

그들은 아무 말 없이 서로 얼굴만 마주 본 채 잠시 그렇게 서 있었다. 두 사람 모두 다니엘이라는 이름이 목구멍까지 올라왔지만 서로의 입장을 배려하느라 입 밖에 내지는 못했다. 아버지와 어머니 노릇을 해야 하는 형과 피에로트 씨는 서로의 처지를 너무도 잘 이해하고 있었던 것이다…….

형이 먼저 가만히 손을 빼냈다. 눈물이 쏟아졌다. 형은 서둘러 그곳을 빠져나왔다. 피에로트 씨가 큰길까지 따라나와서 배웅했다. 길가에 이르자 불쌍한 피에로트 씨는 가슴 가득했던 슬픔을 더 이상 참지 못하고 힐난하는 투로 이야기를 시작했다.

"오, 자크……, 자크……. 이건 이런 경우에 꼭 들어맞는 말인데……."

하지만 격한 감정에 휩싸여 있던 그는 말을 잇지 못한 채 같은 말만 되풀이했다.

"이건 이런 경우에 꼭 들어맞는 말인데……, 이건 이런 경우에 꼭 들어맞는 말인데……."

피에로트 씨를 남겨둔 채 형은 출판업자를 다시 만나러 갔다. 이 알자스인이 괜찮다고 사양했음에도 불구하고 형은 그 자리에서 내가 빌린 4백 프랑을 돌려주었다. 또한 알자스인이 걱정할까봐 지불 만기가 다 되어가는 어음 세 장도 미리 결제해주었다. 그러고 난 형은 한결 가벼워진 마음으로 중얼거렸다.

"이제 다니엘을 찾아야겠다."

불행하게도 나를 찾아나서기에는 너무 늦은 시각이었다. 게다가 여행으로 인한 피로와 충격, 오래 전부터 그를 괴롭혀온 기침 때문에 가엾은 자크 형은 완전히 기진맥진해서 잠시나마 휴식을 취하러 보나파르트 가로 돌아가야만 했다.

뉘엿뉘엿 넘어가는 10월의 저녁 햇살을 받으며 다락방에 들어서는 순간 형은 창가에 놓인 책상과 유리컵, 잉크병, 제르만느 신부의 짧은 파이프 등 모든 물건들이 나에 대해 얘기하고 있는 듯한 느낌을 받았다. 안개 때문일까, 좀 쉰 듯 느껴지는 생제르맹 종탑의 종이 울리고 삼종기도 종소리가 날아와 축축한 유리창에 부딪치자 형은 내가 그 서글픈 종소리를 몹시도 좋아했다는 생각이 들면서 마음이 저려왔다. 그것은 어머니가 되어봐야만 느낄 수 있는 감정이었으리라……

형은 혹시 도망가버린 동생의 흔적 같은 거라도 찾아낼 수 있을까 하는 희망에서 방 안을 두서너 번이나 둘러보면서 구석구석 살펴보고 장롱 서랍은 모조리 다 열어보았다. 하지만 장롱은 텅 비어 있었다. 낡은 속옷과 남루한 옷가지만 남아 있을 뿐이었다. 방 전체에서는 타락과 파탄만이 가슴이 서늘하도록 느껴졌다. 동생은 떠나버린 것이다. 도망쳐버린 것이다.

방바닥 한구석에는 촛대가 나뒹굴고, 벽난로에는 타버린 종이뭉치 밑에 금실로 묶은 하얀 상자 하나가 버려져 있었다. 형은 그게 어떤 상자인지 알아보았다. 그건 카미유에게서 온 편지를 넣어두던 상자였다. 그런데 그 상자가 잿더미 속에 내팽개쳐져 있다니, 이게 도대체 무슨 일이란 말인가!

여기저기 살펴보던 형은 책상 서랍에서 열에 들떠 마구 휘갈겨 쓴 듯한 필체로 빼곡히 채워진 종이 몇 장을 발견했다.

"아마 시일 거야."

형은 그걸 읽어보려고 창가로 다가갔다. 사실 그것은 한 편의 서글픈 시로서 이렇게 시작되고 있었다.

"형, 난 거짓말을 했어. 지난 두 달 동안 형한테 거짓말만 늘어놓는 거야……."

이 편지는 부쳐지지 않았다. 그랬는데도 수신인에게 도착한 것이다. 결국 운명의 여신이 우체부 역할을 맡은 셈이었다.

자크 형은 단숨에 편지를 읽어 내려갔다. 이르마 보렐이 아무리 강력히 주장해도 절대 받아들일 수 없다고 거부하는 몽파르나스의 계약서 얘기가 나오는 대목에 이르자 형은 뛸 듯이 기뻐하며 외쳤다.

"이제 다니엘이 어디 있는지 알았어!"

형은 편지를 호주머니에 집어넣고 조용히 잠자리에 들었다. 그런데 극도로 피곤했음에도 불구하고 잠을 이룰 수가 없었다. 게다가 그 빌어먹을 기침…… 서서히 찾아드는 차가운 가을 새벽녘, 형은 재빨리 잠자리에서 일어났다. 계획은 이미 다 짜놓은 상태였다.

형은 장롱 속에 남아 있던 옷가지들과 금실로 묶은 상자를 트렁크에 넣은 다음 낡은 생제르맹 종탑에 작별인사를 고하고 방문, 창문, 장롱문 할 것 없이 문이란 문은 다 열어놓은 채 그곳을 떠났다. 이제 다른 사람이 살게 될 그 방에 나와 함께 살았던 그 아름다운 삶의 흔적을 없애버리기 위해서였다. 아래층에 내려온 형은 방을 내놓겠다고 말하고 밀린 집세를 지불했다. 형은 호기심에 찬 수위의 엉큼한 질문에는 대꾸하지 않고 마침 지나가는 마차를 소리쳐 불러서 마부에게 바티뇰의 담가에 있는 필루아 호텔로 가자고 말했다.

호텔은 후작 집의 요리사인 필루아 씨의 동생이 경영하고 있었다.

이 호텔은 믿을 만하다는 추천을 받은 사람들에게만 3개월 단위로 방을 빌려주었다. 그래서 이 일대에서는 색다른 평판을 얻고 있었다. 그러므로 필루아 호텔에서 산다는 것은 생활이 착실하고 품행이 방정하다는 보증서나 다름없었다. 요리사의 신임을 받고 있던 형은 요리사가 동생에게 보내는 마르살라산(産) 포도주를 바구니에 넣어 들고 갔다.

이 포도주야말로 확실한 추천장이나 다름없었다. 필루아 씨는 형이 방 하나를 빌려야겠다고 수줍게 말하자 선선히 호텔 1층 정원 쪽으로 십자형 창문이 나 있어서 전망이 좋은 방을 내주었다. 정원은 그리 크지 않았다. 네모진 초록색 잔디밭과 아카시아나무 두세 그루, 열매가 열리지 않은 무화과나무 한 그루, 병든 포도나무 한 그루, 그리고 국화 몇 포기가 전부였다. 하지만 조금은 우울하고 습기 찬 방 분위기를 환하게 바꾸는 데는 그것만으로도 충분했다.

형은 단 한순간도 지체하지 않고 벽에 못을 박고, 속옷을 정리하고, 내 파이프 랙을 설치하고, 침대 머리맡에 어머니의 초상화를 걸고, 마지막으로 가구가 갖춰진 셋집 특유의 그 고만고만한 분위기를 바꾸기 위해 최선을 다하는 등 입주 준비를 서둘렀다.

웬만큼 준비를 마친 형은 대충 점심을 때운 다음 황급히 방을 나왔다. 그는 필루아 씨에게 그날 저녁만은 급한 일로 좀 늦게 돌아올 것 같다고 말해두고, 오래된 포도주와 2인분 식사를 방으로 갖다 달라고 정중하게 부탁했다. 사람 좋은 필루아 씨는 형의 특별한 부탁을 흔쾌히 수락하지 못하는 게 미안한 듯 부임한 지 얼마 안 되는 보좌신부처럼 귀밑까지 얼굴을 붉히며 당황스런 표정으로 말했다.

"저, 실은…… 전 잘 모르겠습니다만……, 호텔 규칙이…… 여기 계

410

신 목사님들이……."

자크 형은 빙그레 웃으며 말했다.

"아, 무슨 말씀인지 알겠습니다. 두 명분의 식사라는 말이 마음에 걸리시나보군요, 필루아 씨. 안심하십시오. 여자는 아닙니다."

몽파르나스 쪽으로 발걸음을 옮기면서 형은 중얼거렸다.

"다니엘이 여자였다면 정말 용기도 없는 연약한 여자일 테지. 사실 그 애는 절대로 혼자 내버려두면 안 될 철부지야."

자크 형은 어떻게 몽파르나스에서 나를 찾게 될 것이라고 확신하고 있었을까. 쓰기만 하고 부치지 않은 그 끔찍한 편지를 쓴 뒤로 내가 연극을 그만두었을 가능성도 있었고, 또 몽파르나스에 가지 않았을 수도 있었는데…… 하지만 아니었다. 모성본능이 자크 형을 이끌었던 것이다. 그는 바로 그날 저녁 몽파르나스에서 나를 찾아내서 데려올 수 있다는 확신 또한 갖고 있었다.

'그 애 혼자 있을 때 데려와야 해. 그 여자가 눈치채면 안 되니까.'

그는 이렇게 생각했고, 그의 이 같은 생각은 옳았다. 그래서 자크 형은 곧장 극장으로 찾아오지 않았다. 무대 뒤쪽은 말이 많은 곳이다. 한마디만 잘못했다가는……. 이렇게 판단한 형은 오히려 연극 포스터를 보고 언제 출연하는지를 먼저 알아내는 편이 한결 수월할 거라고 생각했다.

파리 근교의 연극 포스터들은 알자스 지방의 결혼식 안내문처럼 포도주 파는 가게의 문창살에 다닥다닥 붙어 있었다. 형은 그 포스터들을 훑다가 기쁨의 탄성을 질렀다.

그날 저녁 몽파르나스 극장에서 공연될 「마리 잔느」라는 5막짜리 연극 포스터에 이르마 보렐, 데지레 르브로, 귀느 등의 출연자 이름이 나

412

열되어 있었다. 그리고 안내 포스터에는 그에 앞서 「사랑과 자두」라는 단막 통속희극에 다니엘과 앙토냉, 레오틴이 출연한다고 나와 있었다〔옮긴이 주 – 그 당시 큰 성공을 거둔 가벼운 희곡작품들〕.

"잘됐어. 둘이 같은 연극에 등장하지는 않는군. 만사가 잘 풀릴 것 같은데……."

형은 룩셈부르크 공원의 한 카페에 들어가 납치 시간이 다가오기를 기다렸다.

이윽고 저녁때가 되자 그는 극장으로 갔다. 공연은 이미 시작되었다. 그는 시(市) 경비원들이 지키고 서 있는 복도와 문 앞을 한 시간 동안이나 서성거렸다.

때때로 박수 소리가 꼭 아득한 우박 소리처럼 극장 안에서 들려오곤 했고, 사람들이 그렇게 박수를 쳐대는 게 동생이 지어내는 갖가지 얼굴 표정 때문일 거라는 생각에 자크 형은 가슴이 저려왔다. 9시쯤 되자 사람들이 떠들썩하게 길거리로 쏟아져 나왔다. 통속희극이 방금 끝난 모양이었다. 길가에 나와서까지 계속 웃는 사람들도 있었다. 그들은 휘파람을 불기도 하고, 서로 이름을 불러대기도 했다. "어이, 필루이트! 랄레투!" 꼭 파리 동물원에 갇혀 있는 동물들이 울부짖는 듯하였다. 하기야, 여기가 이탈리아 극장〔옮긴이 주 – 파리 시내 한가운데 있는 극장으로서 고상한 관객들이 드나들었다〕 앞은 아니니까.

자크 형은 혼잡한 틈바구니에서 좀더 기다렸다. 막간 휴식 시간이 끝나고 사람들이 모두 장내로 들어갈 때쯤 형은 배우가 드나드는 어둡고 습한 통로로 미끄러져 들어가서 이르마 보렐에게 할 말이 있으니 불러달라고 부탁했다.

"안 돼요. 지금 공연 중이거든요."

자크 형은 속임수를 썼던 것이다. 침착한 어조로 형은 다시 말했다.

"이르마 보렐 부인을 만날 수 없다면 다니엘 씨를 불러주세요. 부인에게 전할 말이 있어서 그러는데, 다니엘 씨한테 대신 해도 되니까요."

그렇게 해서 잠시 뒤 자크 형은 내가 밖으로 나오자마자 재빨리 마차에 태우고는 파리의 반대편으로 데려간 것이다.

꿈

"자, 다니엘. 잘 봐."

필루아 호텔방에 들어서는 순간 자크 형이 말했다.

"네가 파리에 처음 올라왔던 바로 그날 밤 같잖아!"

정말 그날 밤처럼 깔끔하게 차려진 밤참이 눈처럼 새하얀 식탁보 위에서 우리를 기다리고 있었다. 맛좋은 냄새를 풍기는 파이, 무척 오래되어 보이는 포도주, 유리잔에 비친 촛불의 영롱한 불꽃……. 그렇지만……, 그렇지만 예전과는 달랐다. 그 시절의 행복이 다시 시작될 수는 없는 것이다.

밤참은 그때와 다름없이 차려져 있었지만, 우리가 그때 함께 식사를 하면서 느꼈던 온갖 감정들, 즉 파리에 도착했을 때의 열정도, 무슨일을 하겠다는 계획도, 영광에 대한 환상도, 웃음을 불러일으키고 시장기를 느끼게 해주던 신성한 신뢰감도 없었다. 오, 정말이지 단 한 가지 감정도 느껴지지 않는 것이었다. 과거에 함께 밤을 새웠던 두 형제중 그 누구도 필루아 호텔방에는 오려고 하지를 않았다. 그들은 둘 다 생제르맹 종탑 속에 남아 있는 것이다. 그때처럼 서로에게 속마음을 털어놓으며 즐거워할 수 있는 기회가 다시는 찾아오지 않을 거라는 생각이 들었다.

오, 아니다. 더 이상 그때 같지가 않았다. 그 사실을 너무나 분명히 깨달았기 때문에 나는 흥겨워하기는커녕 나를 유심히 살펴보는 자크 형의 눈길을 느끼며 눈물을 펑펑 쏟았던 것이다. 분명히 자크 형 역시 마음속으로는 목 놓아 울고 싶었으리라. 하지만 그는 의연하고도 용기 있게 자신을 억제하면서 쾌활하게 말했다.

"이봐, 다니엘, 실컷 울었잖아. 넌 한 시간 동안 계속 울기만 했어. (난 마차 안에서 형이 얘기하는 동안에도 그의 어깨에 기대어 계속 울었다.) 참, 이상한 환영 파티도 다 있네! 널 보니 옛날 생각이 난다. 그 풀단지 하며, 아버지가 날더러 얼간이라고 야단치시던 시절 말이다. 자, 이제 그만 눈물일랑 닦고 거울 좀 봐. 웃음이 나올 테니까."

나는 거울을 보았다. 하지만 웃음은 나오지 않았다. 아니, 부끄러웠다. 노란 가발이 이마에 착 달라붙어 있었고, 양쪽 뺨은 하얀 분(粉)과 빨간 루주로 범벅이 되어 있었다. 그 위로 땀과 눈물이 흘러내려서 얼룩진 모습은 볼썽사납게 흉측했다. 그게 혐오스러워 나는 가발을 벗어 던지려다 말고 잠시 생각을 한 다음 조심스레 벽 한가운데 걸어놓았다.

자크 형이 깜짝 놀라서 날 쳐다보았다.

"그걸 왜 거기다 걸어놓는 거니, 다니엘? 그 가발, 아파치족 전사(戰士)들의 전리품 같아서 기분이 영 나쁘다. 야……. 머리가죽 같다니까."

나는 아주 심각하게 대꾸했다.

"아니, 자크 형. 이건 전리품이 아냐. 이건 내 회한(悔恨)의 모습이

416

야. 만질 수 있고 볼 수 있는 내 회한이란 말이야. 그래서 늘 볼 수 있도록 여기 걸어놓고 싶은 거야."

쓸쓸한 미소가 자크 형의 입가를 스쳐 지나갔다. 하지만 그는 금방 즐거운 표정을 되찾았다.

"그래, 그럼 그건 그냥 내버려두자꾸나. 이제 넌 어리석은 꿈에서 깨어났고, 난 네 귀여운 얼굴을 다시 보게 되었잖니. 자, 우선 굶주린 배를 채우자. 배고파 죽겠다."

형의 말은 사실이 아니었다. 형도 배가 고프지 않았고, 나 역시 뭘 먹고 싶은 마음이 없었다. 그래도 나는 형을 생각해서 억지로라도 기분 좋은 얼굴을 해 보이려고 했다. 하지만 음식이 목구멍에 걸려 넘어가지를 않았다. 결국 나는 참지 못하고 파이 위에 눈물을 쏟고 말았다. 자크 형이 나를 곁눈질하더니 말을 꺼냈다.

"왜 우니? 여기 온 걸 후회하고 있는 거냐? 널 억지로 데려왔다고 해서 날 원망하는 거야?"

나는 우울한 목소리로 대답했다.

"자크 형, 그런 말 하지 마! 물론 형은 내게 무슨 말이든 할 권리가 있지만 말이야."

우리는 아무 말 없이 얼마 동안 식사를 계속했다. 아니, 그냥 먹는 시늉만 했을 뿐이다. 결국, 우리가 서로에게 보여주고 있는 이 희극을 보기가 더 이상 힘들었는지 자크 형이 접시를 밀어놓고 자리에서 일어났다.

"밥이 제대로 안 들어갈 것 같구나. 차라리 잠이나 자는 게 낫겠어……"

우리나라 속담에 '번뇌와 졸음은 잠자리 친구가 아니다' 라는 말이 있다. 그날 밤 나는 이 속담을 실감했다. 어머니 같은 자크 형은 내게 착한 일만 했는데, 나는 형을 힘들게 하는 일만 했으니……. 생각하면 생각할수록 괴로웠다. 형의 끝없는 희생과 나의 이기주의, '이 세상에서 유일한 행복은 다른 사람의 행복을 위해 사는 것'이라는 믿음으로 살아가는 형의 헌신적인 영혼과 나의 비겁하고 어린애 같은 영혼을 비교하는 일은 진정 견디기 힘든 고통이었다.

'이제 내 인생은 엉망이 돼버렸어. 자크 형의 사랑도, 검은 눈동자의 사랑도, 내 자존심마저도 잃어버리고 말았으니 말이야……. 이제 난 어떻게 될까?'

이렇듯 번뇌에 번뇌를 거듭하며 뜬눈으로 밤을 새우다 보니 어느덧 창밖이 희끄무레하게 밝아오고 있었다. 자크 형 역시 잠을 이루지 못했다. 형이 밤새 이리저리 뒤치며 계속 마른기침을 해대는 바람에 내 눈이 얼얼할 정도였다. 나는 아주 조심스럽게 물었다.

"자크 형, 기침을 그렇게 심하게 하는 걸 보니 어디 아픈가봐?"

"괜찮아. 어서 잠이나 자렴……."

형의 태도로 보아 겉보기보다 훨씬 더 내게 화가 나 있는 것 같았다. 그렇게 생각하니 나는 더욱 가슴이 미어지면서 그만 슬픔이 복받쳐 이불을 뒤집어쓰고 소리 죽여 울다가 어느 결엔가 잠이 들고 말았다. 고통은 잠을 방해했지만 눈물은 마취제처럼 잠을 몰고 왔다.

잠에서 깨어나 보니 날이 훤하게 밝아 있었다. 내 옆자리에 있어야 할 자크 형의 모습이 보이지 않았다. 나는 형이 벌써 나간 줄 알았다. 그런데 커튼을 열려다 보니 형이 방 한쪽 구석의 소파에 창백한 얼굴로, 아주 창백한 얼굴로 잠들어 있는 것이었다. 순간, 불길한 예감이 뇌리를 스치고 지나갔다. 나는 형의 품에 뛰어들며 소리쳤다.

"자크 형!"

형은 깊은 잠에 빠졌는지 내가 소리쳐 불러도 깨어나지 않았다. 이상한 일이었다. 잠들어 있는 형의 얼굴에는 일찍이 보지 못했던 슬픈 고통의 그림자가 짙게 배어 있었다. 뼈만 앙상한 야윈 몸매, 홀쭉해진 얼굴, 창백한 뺨, 병색이 완연할 만큼 핏줄이 환히 보이는 손, 마음이 아파서 형의 그런 모습을 바라보기가 힘들었다.

자크 형이 저렇게 아팠던 적은 단 한 번도 없었는데. 눈 밑에 푸르스름한 반점 같은 게 생긴 적도 없었고, 얼굴이 저렇게 뼈만 앙상한 적도 없었는데……. 그렇다면 도대체 나는 언제 어디서 형의 그런 환영(幻影)을 보았던 것일까? 그 순간, 날 그토록 짓눌렀던 악몽이 문득 되살아났다. 그렇다! 무시무시할 정도로 창백한 자크 형이 소파에 누워 죽어 있던 바로 그 꿈, 형을 죽인 건 다니엘 에세트 바로 나였다…….

그때, 회색을 띤 한 줄기 햇살이 창문을 통해 살그머니 스며들어와 죽은 듯이 누워 있는 형의 창백한 얼굴 위를 꼭 도마뱀처럼 기어다녔다. 오, 그 포근함! 이윽고 자크 형이 눈을 비비며 잠에서 깨어나 자기 앞에 서 있는 나를 바라보더니 상냥한 미소를 지었다.

"안녕, 다니엘! 잘 잤니? 계속 기침이 나오더라구. 그래서 널 깨울까 봐 소파에서 잤어."

형은 아무렇지도 않은 듯 이렇게 말했지만 방금 형의 끔찍한 모습을 본 나는 다리가 후들거렸다. 나는 마음속으로 계속 울부짖고 있었다.

'하늘에 계신 하느님 아버지, 제발 자크 형을 지켜주세요!'

깨어날 때는 침울했지만 아침나절이 되자 기분이 꽤 유쾌해졌다. 마직 반바지, 땅바닥까지 옷자락이 끌리는 긴 빨간 조끼 등 간밤에 극장을 빠져나올 때 입고 있었던 무대의상만을 입고 있는 내 모습을 보니 옛날처럼 밝은 웃음이 터져나오기까지 했다.

자크 형이 말했다.

"저런, 준비가 부족했군. 세련되지 못한 돈 주앙들이나 미녀를 납치할 때 옷 생각을 하지[옮긴이 주 – 몰리에르의 희극「돈 주앙」에서 돈 주앙은 자기가 유혹한 여성이 여행복을 입고 있다며 나무란다]……. 하지만 걱정하지 마. 새 옷을 사러 가야겠다. 네가 파리에 처음 왔을 때도 그랬었지."

자크 형은 나를 즐겁게 해주려고 이렇게 말했지만, 그 역시 우리가 예전 같지 않다는 걸 느끼고 있었다.

내 얼굴이 어두워지는 것을 보고 형이 말했다.

"자, 다니엘. 지나간 일은 더 이상 생각하지 말자. 이제부턴 미래의 새로운 인생만 생각해. 후회하거나 자기를 비하하는 따위의 생각은 지워버리고 인생을 다시 시작하는 거야. 지나간 전철을 다시 밟지 않도록 노력하면 된단 말이야. 이제부터 뭘 하려는지, 그건 묻지 않겠어. 하지만 너, 다시 시 쓰고 싶지? 이 호텔방이야말로 시 쓰기엔 더없이 좋은 곳이야. 주위도 조용하고 정원엔 새들이 지저귀거든. 창가에다 책상을 갖다 놓으면……."

나는 형의 말허리를 끊고 외쳤다.

"아니야, 형! 이제 시는 안 쓸래. 그 한낱 헛된 꿈 때문에 형이 너무나 많은 희생을 치렀어. 이제 내가 원하는 건 형처럼 일을 해서 돈을 버는 거야. 그래서 형이 우리 집을 일으키는 걸 있는 힘껏 돕겠어."

형은 웃음을 지으며 조용히 말했다.

"좋은 계획이로구나. 하지만 내가 원하는 건 그게 아냐. 돈을 버는 게 문제가 아니라구……. 그만두자꾸나. 그 얘긴 나중에 하기로 하고 네 옷이나 사러 가자."

나는 외출을 하기 위해 자크 형의 외투를 뒤집어 입어야만 했는데, 외투자락이 발목까지 내려온 모습이 하프만 하나 들면 영락없는 피에 몬테 지방의 음악가 같았다. 몇 달 전만 해도 이런 괴상한 옷차림을 하고 거리에 나섰다면 아마도 나는 창피해서 죽으려고 했을 것이다. 하지만 이제 난 달라졌다. 여자들이 우스운 몰골로 지나가는 나를 보고 웃어댄다 해도 몇 달 전 다락방에서 순수하게 살던 시절의 내가 느꼈던 그런 수치심은 더 이상 느껴지지 않았다……. 그렇다, 나는 변해버린 것이다.

헌옷가게를 나오면서 자크 형이 어머니처럼 말했다.

"자, 이제 널 필루아 호텔에 데려다줄게. 난 장부 정리를 해주던 철물점 주인한테 가봐야겠어. 아직 나한테 일을 시킬 생각이 있는지 알아봐야지. 앞으로 살아갈 수 있을 만큼 충분한 돈을 피에로트 씨한테 빌린 건 아니니까 이제 먹고살 길을 찾아봐야 하지 않겠니?"

'알았어, 형. 그럼 철물점에 가봐. 나 혼자서도 호텔에 돌아갈 수 있으니까.'

나는 형에게 이렇게 말하고 싶었다. 하지만 형이 무슨 생각을 하는지 알고 있었기 때문에 말을 꺼내지 못했다. 형은 행여 내가 몽파르나스로 돌아갈까봐 걱정하고 있었던 것이다. 형이 내 마음을 읽을 수 있으면 좋으련만!

형을 안심시키기 위해 나는 호텔까지 얌전히 따라갔다. 하지만 형이 나가자마자 나는 밖으로 나왔다. 나 역시 볼일이 있었던 것이다.

내가 필루아 호텔로 돌아왔을 때는 꽤 늦은 시간이었다. 어두운 정원을 검은 그림자 하나가 불안하게 서성거리고 있었다. 자크 형이었다. 곧이어 형의 떨리는 목소리가 들려왔다.

"다니엘, 마침 왔구나. 그렇잖아도 몽파르나스에 가보려는 참이었는데……"

나는 짐짓 화를 내며 소리쳤다.

"날 의심하는군, 자크 형. 너그럽지 못하게 왜 그러는 거야? 우리 계속 이래야 해? 이제 나를 믿지 않기로 한 거야? 맹세코, 형이 생각하고 있는 거기서 온 게 아니야. 그 여자는 이제 내게 죽은 존재야. 다시는 그 여자 안 만날 거야. 맹세할게. 이제 형은 나를 다시 찾은 거라구. 그 끔찍했던 날들은 내게 통한(痛恨)으로 남아 있어. 형의 도움으로 난 거기서 탈출할 수 있었어. 미련 같은 건 손톱만큼도 없어……. 무슨 말을 해야 형이 날 믿어주지? 정말 야속해! 내 가슴속을 열어 보일 수만 있다면 좋겠어. 그럼 내가 거짓말을 하는 게 아니란 걸 알 수 있을 텐데 말이야."

자크 형이 뭐라고 대답했는지는 기억나지 않지만 그가 '그래, 나도 널 믿고 싶다……' 라고 말하려는 듯 어둠 속에서 쓸쓸하게 고개를 끄덕이던 모습은 지금도 눈에 선하다. 그때 나는 속으로 정말 진지하게 모든 것을 되짚어보고 새로운 생활에 대해 각오를 다지고 있었다. 아마도 나 혼자였다면 결코 그 여자에게서 빠져나오지 못했을지 모른다. 그 여자와 나를 얽어맸던 사슬이 끊어져버리자 나는 말할 수 없을 만큼 마음이 가벼웠다. 꼭 연탄가스로 목숨을 끊으려다가 죽음이 눈앞에 성큼 다가서자 불현듯 삶에 대한 미련이 짙어지면서 자살을 후회하는 사람처럼 말이다.

질식 상태에 빠져 숨은 헐떡이고 몸은 점점 마비되어갈 때 이웃사람이 달려와 문을 활짝 열어젖혀 구세주 같은 신선한 공기가 방 안에 퍼진다. 그러면 가엾은 자살 미수자는 허겁지겁 새 공기를 들이마시고 아

직도 살아 있다는 것에 대해 감사하면서 다시 새롭게 삶을 살아야겠다고 다짐한다.

이처럼 나도 다섯 달 동안 도덕적인 질식 상태를 보내고 난 뒤 성실한 삶이라는 강렬하고 순수한 공기를 깊숙이 들이마셨던 것이다. 나는 그 공기로 내 허파를 가득 채우고 또다시 타락의 길에 들어서지 않겠다고 하느님 앞에 맹세했던 것이다. 하지만 자크 형도 그걸 믿지 못했는데 하물며 다른 사람들이 어찌 내 진심을 믿을 수 있었겠는가.

형과 나는 불가에 앉아 그날 밤을 지새웠다. 방 안은 습기가 차 있었고 정원의 안개가 뼛속까지 파고들 정도로 찌뿌드드하게 추운 날씨였다. 슬플 때는 무엇보다 불꽃을 바라보고 있노라면 마음이 훈훈해지고 아늑한 기분이 느껴지는 법이다.

자크 형은 장부를 정리했다. 형이 없는 동안 철물점 주인은 손수 장부를 정리했는데 그게 아주 엉터리라서 차변(借邊)과 대변(貸邊)이 뒤죽박죽 되어버리는 바람에 그걸 제대로 정리하자면 족히 한 달은 걸릴 정도로 큰일거리가 되어 있었다. 나는 형의 일을 도와줘야겠다고 생각했으나 경리들이 하는 셈을 전혀 이해하지 못했다. 빨간 선과 상형문자처럼 생긴 숫자로 꽉 찬 두꺼운 상업 장부와 한 시간쯤 씨름하다 결국 펜을 던져버리고 말았던 것이다.

자크 형은 복잡하게 얽힌 그 일을 참을성 있게 해냈다. 그는 빽빽하게 들어찬 숫자 속에다 머리를 묻고 아무리 복잡한 문제와 부딪쳐도 머뭇거리지 않고 일했다. 그러다가 이따금 고개를 들어 꿈꾸고 있는 듯한 표정으로 침묵을 지키고 있는 내가 걱정스러운 듯 말을 건네곤 했다.

"괜찮지? 심심하지 않니?"

나는 심심하지 않았다. 다만 그렇게 열심히 일하고 있는 형의 모습에서 묘한 슬픔과 쓰라림을 느꼈다. '나는 왜 살아가는 것일까? 이 멀쩡한 두 팔로 아무것도 할 줄 아는 게 없다니…… 인생의 절정기에 내 앞가림도 못하고 있잖아. 그저 날 사랑하는 사람들한테 고통만 주고 있다니……' 그런 생각을 하며 나는 검은 눈동자를 떠올렸다. 그러자 금실로 묶인 작은 상자 쪽으로 자연스레 눈길이 향했는데, 자크 형이 일부러 그걸 괘종시계 위에 얹어놓은 듯했다. 작은 상자는 내게 참으로 많은 것들을 말해주고 있었다.

'검은 눈동자는 네게 마음을 주었어. 근데 넌 어땠지? 넌 그걸 짐승의 사료로 썼어. 쿠쿠블랑이 먹게 내버려뒀잖아.'

나는 마음 한구석에는 아직도 아쉬움이 남아 있어 내 손으로 지워버린 옛 행복을 떠올려보려고 했다. 그러면서 내 잘못을 좀 줄여보려고 위안하듯 생각했다.

'내가 아냐! 쿠쿠블랑이 먹은 거야! 쿠쿠블랑이 먹은 거라구!'

벽난로 앞에서 형은 일을 하고 나는 공상을 하며 보낸 그 길고 우울한 밤은 바로 우리가 앞으로 살아가게 될 새로운 삶의 모습 그대로였다. 다가올 나날들도 모두 그날 밤과 엇비슷한 모습이리라……. 물론 자크 형이 공상에 잠겨 있었던 건 아니다. 형은 열 시간 동안이나 숫자 속에 파묻혀 두꺼운 장부와 씨름했다. 그가 일하는 동안 나는 불을 쑤셔 일으키며 금실로 묶인 작은 상자와 대화를 나누었다.

'검은 눈동자, 우리 이야기를 하자. 괜찮니?'

자크 형에게는 차마 검은 눈동자 얘기를 꺼낼 수가 없었던 것이다. 형은 이런저런 이유를 들어가며 일부러 그 이야기를 피하곤 했다. 피에로트 씨에 대해서조차 단 한마디도 하지 않았다. 단 한마디도……. 그래서 나는 그런 형에게 복수를 하는 심정으로 작은 상자와 이야기를 나누었고, 나와 작은 상자 사이의 대화는 끝도 없이 이어졌던 것이다.

대낮이 되어 형이 일에 몰두하고 있는 걸 보면 나는 고양이처럼 살그머니 문 쪽으로 걸어가서 이렇게 말하면서 슬쩍 밖으로 나가곤 했다.

"잠깐 나갔다 올게, 형."

형은 어디 가느냐고 단 한 번도 묻지 않았다. 그러나 나는 형의 서글픈 표정에서, "나가니?"라고 걱정스럽게 묻는 말투에서 그가 나를 전적으로 믿고 있지는 않는다는 걸 느낄 수 있었다. 형은 그 여자에 대한 생각을 떨쳐버리지 못했던 것이다.

'다니엘이 다시 그 여자를 만나게 되면 우린 끝장이야.'

형은 이렇게 생각하는 듯했다. 그런데 누가 알랴? 어쩌면 그의 생각이 옳은지도 몰랐다. 형의 생각처럼 만약 마녀 같은 그 여자를 다시 보게 된다면, 정말이지 어쩌면 나는 그 황금빛 머리칼과 입가의 하얀 흉터에 매혹되어 다시 한 번 그 여자에게 빠져버릴지도 모를 일이었다.

하지만 다행스럽게도 그 뒤로는 그녀를 만나지 못했다. 틀림없이 아침 8시에서 10시 사이에 선심을 베푸는 신사를 다시 만나면서 다니 단을 잊어버렸으리라. 그 여자에 대한 소문도, 쿠쿠블랑에 대한 소문도 다시는 내 귀에 들려오지 않았다.

형에게 나가는 이유를 밝히지 않고 외출을 거듭하던 나는 어느 날 저녁 방에 들어서자마자 너무 기뻐서 형에게 소리쳤다.

"자크 형! 자크 형! 좋은 소식이 있어. 일자리를 찾았어. 형한텐 아무 말 안 했지만 일자리를 구하려고 열흘이나 길거리를 휘젓고 다녔거든. 드디어 됐어. 일자리를 구했다구. 내일부터 몽마르트르에 있는 울리 학원 사감으로 일하게 됐어. 여기서 아주 가까운 곳이야. 아침 7시부터 저녁 7시까지 일하게 될 거야. 형하고 함께 지낼 수 있는 시간은 줄어

들었지만 이제는 나도 돈을 벌게 됐어. 조금이나마 형을 도울 수 있을 거야."

자크 형은 숫자 속에 파묻었던 얼굴을 들고 냉정을 잃지 않으려고 애쓰면서 대답했다.

"나를 도와주겠다니 정말 고맙구나……. 요즘 들어선 나 혼자서 집 안 살림을 감당하기가 좀 힘겹다는 생각이 들었단다. 왜 그런지는 확실히 모르지만 얼마 전부터 몸이 별로 안 좋은 것 같아."

심한 기침 때문에 형은 더 이상 말을 잇지 못했다. 그러더니 펜을 힘없이 내려놓고 소파 위에 쓰러지듯 드러눕는 것이었다. 무시무시할 정도로 창백해진 형이 그렇게 소파에 누워 있는 모습을 보자 또다시 꿈에 보았던 끔찍한 모습이 눈앞에 떠올랐지만, 그건 극히 짧은 순간에 지나지 않았다. 자크 형은 당황해하는 내 얼굴을 보더니 눕기 무섭게 몸을 일으켜 앉으며 웃음을 터뜨렸던 것이다.

"아무 일도 아니야, 이 소심한 녀석아! 좀 피곤할 뿐이야. 요즘 들어 일을 너무 많이 한 것 같아. 이제 네가 일자리를 구했으니 좀 휴식을 취해야겠다. 그럼, 한 일주일 뒤면 말짱해질 거야."

형이 활짝 웃음을 지으며 아주 자연스러운 말투로 이렇게 말했기 때문에 나의 불길한 예감은 말끔히 자취를 감추었고, 그 슬픈 예감이 검은 날개를 퍼덕이는 소리도 더 이상은 들려오지 않았다.

다음날 나는 울리 학원에 들어갔다.

울리 학원은 군이 학원이라고 부르기에는 좀 뭐할 정도로 규모가 무척 작은 학원으로서, 아이들이 '원장 아줌마'라고 부르는, 동그랗게 말아올린 머리칼을 얼굴 양쪽으로 늘어뜨린 노부인이 운영하고 있었다. 학원에는 스무 명쯤 되는 어린 꼬마들이 다녔는데, 옷자락이 흘러내리는 것도 모르고 간식 바구니를 손에 든 채 천방지축 뛰어다니는 개구쟁이들이었다.

이 아이들이 바로 우리 학생들이었다. 울리 부인은 아이들에게 찬송가를 가르쳤고, 나는 그들을 알파벳의 신비 속으로 입문시켰다. 그리고 학원 정원에 아이들이 몹시 무서워하는 암탉 몇 마리와 칠면조 한 마리가 있어서 나는 쉬는 시간에도 그들을 지켜보고 서 있어야만 했다.

'원장 아줌마'가 감기라도 걸렸다 하면 교실 청소 따위의 사감이 하기에는 민망한 자질구레한 일들도 모두 내가 해야만 했지만, 나는 한 번도 짜증내는 일 없이 그 일들을 열심히 해냈다. 내가 돈을 벌 수 있다는 사실이 가슴 뿌듯하게 느껴졌던 것이다.

저녁이 되어 필루아 호텔에 돌아오면 형은 저녁식사를 차려놓고 나를 기다리고 있었다. 식사 뒤에는 형과 함께 정원을 몇 차례 돈 다음 벽난로 가에서 도란거리며 밤을 보내곤 했다. 형과 나는 그렇게 살았다. 이따금 아버지와 어머니로부터 편지를 받았는데, 그것이야말로 우리 두 사람에게는 가장 큰 즐거움이었다. 어머니는 여전히 바티스트 외삼촌댁에 살고 있었고, 아버지는 포도주 회사 일로 늘 여행 중이었다.

아버지가 하시는 일은 그럭저럭 잘 되어가는 모양이었다. 아버지는 리옹에서 진 빚 가운데 4분의 3을 갚았다. 1, 2년만 지나면 빚 문제가 말끔히 해결되어 온 가족이 함께 모여 살 수도 있을 것 같았다.

나는 빚을 몽땅 청산하기 전에 일단 어머니라도 필루아 호텔로 모셔와 같이 사는 게 어떻겠냐고 자크 형에게 물어본 적이 있었지만, 형은 그렇게 하려고 하지 않았다.

"안 돼! 아직은, 아직은 안 돼……. 잠시만 기다려."

이런 식의 대답을 들을 때마다 나는 마음이 몹시 상했다.

'형은 아직도 나를 믿지 않는 거야. 어머니가 이곳에 와 계시는데 내가 또 무슨 미친 짓거리라도 하면 어떡하나 걱정하는 게 분명해. 그래서 좀더 기다리자고 하는 걸 거야……'

하지만 그건 잘못된 생각이었다. 자크 형이 기다리자고 했던 것은 절대 그 때문이 아니었던 것이다.

　　　　· · · · · ·

　아주 강한 정신력을 가지고 있는 사람이라면, 이상한 꿈을 꾸어도 그냥 웃어넘기고 마는 사람이라면, 뭔가 미래의 일을 예감하고 고함을 지르고 싶을 만큼의 불안에 시달려본 적이 결코 없는 사람이라면, 그리고 현실만 인정하고 미신 따위는 절대로 없다는 믿음을 한순간도 버리지 않는 냉철한 두뇌의 실증주의자라면, 그래서 그 어떤 경우에도 초자연적인 것은 믿지 않고 논리로 설명해낼 수 없는 것은 절대 인정하지 않는 사람이라면, 이제부터 펼쳐지게 될 나의 추억을 읽지 않을지도 모르겠다. 하지만 내가 지금부터 하려고 하는 이야기는 영원한 진실만큼이나 사실이다. 여러분은 안 믿겠지만······.

　12월 4일이었다.

　나는 평소보다 일찍 울리 학원을 나왔다. 아침에 몹시 피곤하다며 신음하는 자크 형을 집에 홀로 남겨두고 나왔기 때문에 몹시 걱정이 되어 일이 손에 잡히지를 않았던 것이다. 허둥지둥 필루아 호텔의 정원을 가로질러가던 나는 그만 실수로 무화과나무 옆에 서 있는 필루아 씨의 발을 밟고 말았는데, 그는 장갑 단추를 잠그려고 무진 애를 쓰는 키가 작고 뚱뚱한 한 남자와 이야기를 나누고 있었다.

내가 미안하다고 사과하고 그냥 지나치려는데 필루아 씨가 나를 붙잡았다.

"잠깐만요, 다니엘 씨!"

그는 뚱뚱한 사람에게로 몸을 돌리며 덧붙였다.

"이 청년이 바로 그 사람 동생입니다. 이분에게 말씀해 두시는 것이 좋을 것 같은데요."

나는 몹시 당황하여 그 자리에 멈춰 섰다. 이 뚱뚱한 사람이 과연 내게 무얼 알려주겠다는 거지? 자기 손에 비해 장갑이 너무 작다는 걸 알려주겠다는 건 아니겠지? 그건 굳이 말하지 않아도 벌써 알고 있는데 말이야……

잠시 어색한 침묵이 흘렀다. 필루아 씨는 고개를 위로 쳐든 채 열리지도 않은 무화과를 찾기라도 하듯 무화과나무를 쳐다보고 있었다. 장갑을 낀 남자는 여전히 단추를 채우려고 애쓰고 있었고……. 그러다가 결국 그는 말을 하기로 작정한 모양이었다. 하지만 그는 여전히 장갑 단추를 만지작거리고 있었다.

"나는 20년 전부터 필루아 호텔의 주치의로 일해왔습니다. 그래서 감히 말씀드리자면……."

나는 그의 말이 다 끝날 때까지 참고 기다릴 수가 없었다. '의사'라는 말만으로도 모든 걸 짐작할 수 있었던 것이다. 나는 떨리는 목소리로 물었다.

"제 형 때문에 오셨군요……. 형이 많이 아픈 거지요?"

난 그 의사가 나쁜 사람이라고 생각하지는 않는다. 하지만 그 순간 그는 장갑에만 온통 정신이 팔려서인지 자기가 지금 환자의 동생에게 얘기하고 있다는 생각이나, 듣는 사람의 충격을 조금이라도 줄여보기 위한 노력은 해보지도 않은 채 이렇게 내뱉고 마는 것이었다.

"아프냐구요? 아픈 정도가 아니에요……. 오늘 밤을 넘기기가 힘들 겁니다."

그럴 수가! 너무나도 엄청난 충격이었다. 집이, 정원이, 필루아 씨가, 그리고 의사까지, 모든 게 빙글빙글 도는 것 같았다. 나는 무화과나무에 몸을 기댔다. 필루아 호텔 주치의의 주먹은 바위처럼 단단한 모양이었다. 더구나 그는 전혀 아무것도 눈치채지 못한 듯 여전히 장갑 단추를 끼우려고 애쓰면서 아주 차분하게 말을 이어갔다.

"급성 질구성 결핵입니다……. 어떻게 손을 써볼 도리가 전혀 없어요. 게다가 나한테 너무 늦게 알려주는 바람에……. 대부분 다 그렇긴 하지만……."

"그, 그건 내 잘못이 아닙니다. 의사 선생님."

사람 좋은 필루아 씨가 눈물을 보이지 않으려고 여전히 조심스럽게 무화과를 찾는 시늉을 하며 말했다.

"제 잘못이 아니에요. 나는 저 불쌍한 에세트 씨가 아프다는 걸 오래 전부터 알고 의사를 찾아가보라고 여러 번 충고했지요. 하지만 도대체 병원에 가려고 하질 않는 거예요. 물론 동생이 겁을 먹을까봐 그랬던 것이지요……. 참 대단한 우애를 가진 형제들이지 않습니까?"

도저히 억제할 수 없는 절망적인 흐느낌이 나의 가슴 저 밑바닥에서 솟아나오고 있었다.

의사가 내게 말했다.

"이봐요, 용기를 가져요. 또 누가 압니까! 의학적으로는 불치의 병이

라 할지라도 자연의 오묘한 이치는 아직 모르는 거라오. 내일 아침에
다시 오지요."

그러고는 의사는 몸을 돌리더니 만족스러운 듯 숨을 내쉬며 멀어져
갔다. 드디어 장갑 단추 하나를 채웠던 것이다.

나는 잠시 넋을 잃고 서 있다가 눈물을 닦고 마음을 좀 진정시켰다.
그런 다음, 있는 용기를 다 동원하여 결연한 표정으로 우리 방에 들어
갔다.

그러나 막상 문을 열었을 때 나는 파랗게 질리고 말았다. 자크 형은
내가 침대를 쓰도록 하려는 뜻이었는지 소파 위에 요를 깐 다음 바로
거기에 무시무시하게 창백한 모습으로, 꿈속에서 보았던 바로 그 모습
그대로 누워 있었다.

당장 달려가서 형을 침대로 안고 가야겠다는 생각이 먼저 들었다.
어디라도 좋으니 어쨌든 소파가 아닌 다른 데로 형을 옮겨야 한다는 생
각뿐이었다. 하지만 곧 또 다른 생각이 떠올랐다. '아니, 넌 못할 거야.
자크 형은 너무 크단 말이야.' 꿈속에서 그가 죽어가던 바로 그 장소에
형이 누워 있는 걸 보는 순간 내 용기는 깡그리 사라져버렸다.

형을 안심시키기 위해 억지로 명랑한 표정을 짓고 있던 나는 도저히
더 이상은 견딜 수가 없어서 소파 옆에 무릎을 꿇고 앉아 마침내 폭포
수 같은 눈물을 쏟아내기 시작했다.

자크 형이 힘들게 내 쪽으로 몸을 돌렸다.

"너로구나, 다니엘……. 의사를 만난 거지? 널 낙담시킬 말은 하지
말아달라고 그렇게 신신당부했건만……. 네 표정을 보니 의사가 내 부
탁을 들어주지 않은 것 같구나. 넌 모든 걸 다 알고 있는 모양이지…….
손 좀 줘보렴, 다니엘. 누가 이렇게 될 줄 생각이나 했겠니? 누구는 니

스로 폐병을 고치러 가는데 난 거기 갔다가 병에 걸려 왔으니 말이다. 참 기가 막힌 일이지…….

너도 알겠지만, 네가 그렇게 상심하는 모습을 보이면 나도 용기가 안 난단다. 나 그렇게까지 용감한 사람 아니거든. 오늘 아침에 네가 나가고 난 다음에 난 내 명이 다했다는 걸 알아차렸어. 그래서 생 피에르 성당 주임신부님을 모셔오라고 사람을 보냈다. 좀전에 신부님이 왔다 가셨는데, 이따가 다시 오셔서 종부성사를 베풀어주실 거다. 나한테는 기쁜 일이란다. 알겠니? 그 신부님, 아주 좋은 분이야……. 그분 이름이 네가 사를랑드 중학교에 있을 때 알게 됐다던 신부님 이름하고 같더구나……."

형은 더 이상 말을 잇지 못하고 배게 위에서 몸을 뒤로 젖히더니 눈을 감았다. 나는 그가 숨을 거두려는 줄 알고 미친 듯이 큰 소리로 형의 이름을 불렀다.

"자크 형! 형! 아, 자크 형……."

형은 아무 말도 하지 않은 채 조용히 하라고 몇 차례 손짓을 했다.

바로 그때, 문이 열리더니 필루아 씨가 한 뚱뚱한 남자와 함께 방으로 들어왔고, 이 남자는 꼭 공처럼 굴러서 소파 쪽으로 달려오며 소리쳤다.

"이게 웬일이야, 자크! 이건 이런 경우에 꼭 들어맞는 말인데……."

"안녕하셨어요, 피에로트 씨?"

형이 눈을 뜨면서 힘없이 말했다.

"피에로트 씨, 전 당신이 이렇게 금방 달려오실 줄 알고 있었어요……. 다니엘, 자리 좀 비켜줄래? 피에로트 씨랑 할 얘기가 있어."

피에로트 씨가 다 죽어가는 자크 형의 새파랗게 질린 입술에 그 큰 얼굴을 갖다댔고, 그들은 나지막한 목소리로 오랫동안 그렇게 이야기를 나누었다. 나는 방 한 가운데 꼼짝 않고 서서 그 모습을 지켜보았다.

내가 여전히 겨드랑이에 책을 끼고 서 있자 필루아 씨가 조심스레 책을 빼주면서 뭐라고 말을 했지만, 내 귀에는 아무 소리도 들려오지 않았다. 그는 촛불을 켜더니 탁자 위에 하얀 식탁보를 깔았다. 그걸 물끄러미 바라보면서 나는 생각했다. 왜 식탁보를 까는 것일까? 식사를 하려는 건가? 하지만 난 배고프지 않아!

밤이 되었다. 호텔에 사는 사람들이 정원 쪽에서 우리 방을 가리키며 손짓하는 게 창 너머로 보였다. 자크 형과 피에로트 씨는 여전히 이야기를 계속하고 있었다. 때때로 피에로트 씨는 예의 그 굵은 목소리로 울먹이면서 대답했다.

"그래, 자크. 그래……."

하지만 나는 감히 그쪽으로 다가갈 수가 없었다. 드디어 형이 나를 부르더니 자기 머리맡의 피에로트 씨 옆에 앉혔다. 긴 침묵이 흐르고 난 뒤에 형이 입을 열었다.

"다니엘, 널 남겨두고 떠나야 하다니 뭐라 말할 수 없이 슬프구나. 하지만 한 가지 안심되는 게 있다. 널 혼자 남겨두진 않을 거야. 피에로트 씨가 네 곁에 있게 될 거다. 피에로트 씨가 널 용서하고 나 대신 널 돌봐주기로 약속하셨단다……."

"그럼, 그렇고 말고! 내 약속하지. 이건 이런 경우에 꼭 들어맞는 말인데…… 내 약속하네."

"불쌍한 다니엘. 너 혼자의 힘으로는 결코 우리 집을 다시 일으켜 세우지 못할 거야. 네 마음을 아프게 하려고 하는 소리가 아니라 넌 우리 집을 일으켜 세우기엔 적합하지 못해……. 하지만 피에로트 씨가 도와

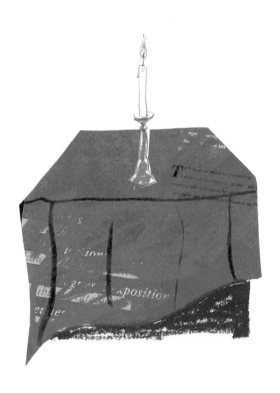

주신다면 우리 꿈을 실현시킬 수 있을 거야. 너더러 어른이 되도록 애쓰라고 요구하진 않겠다. 제르만느 신부님 말처럼, 넌 영원히 어린애 같을 거라고 생각해. 하지만 부탁하건대, 부디 언제나 착하고 용감한 아이가 되어야 한다. 그리고 무엇보다도……, 좀 가까이 오렴. 이 얘긴 네 귀에다 대고 해야겠다……. 절대로 카미유를 울리면 안 돼……."

여기까지 말을 하고 난 형은 잠시 숨을 돌렸다. 곧 형의 말이 이어졌다.

"모든 게 끝나면 부모님께 편지를 쓰도록 하렴. 하지만 한 가지씩 한 가지씩 알려드려야 한다. 한꺼번에 모든 걸 알게 되시면 큰 충격을 받으실 테니까……. 이제 알겠니? 왜 내가 어머니를 이곳에 안 모셔왔는지를 말이야. 난 어머니가 여기 계시는 걸 원치 않았던 거야. 이런 일은 그 어떤 어머니에게도 엄청난 고통이란다……."

형은 말을 멈추더니 방문 쪽을 바라보았다.

"하느님이 도착하셨구나!"

형은 웃으면서 그렇게 말했다. 그러고 나서 그는 우리더러 비켜달라고 손짓을 했다.

성량(聖糧)을 가져온 것이었다. 신부는 흰 식탁보 위에 있는 양초에 불을 붙이고 그 사이에 성체 빵과 성유(聖油)를 올려놓았다. 그런 다음, 신부는 침대 쪽으로 다가가서 의식을 시작했다.

의식은 영원히 끝날 것 같지 않을 것처럼 참으로 길게 느껴졌다. 의식이 끝나자 형이 조용히 나를 불렀다.

"날 안아다오."

형의 목소리는 어찌나 작은지 저 먼 곳에서 들려오는 것처럼 느껴졌다. 아, 사실 그 무서운 질구성 결핵이 야윈 형의 등뒤로 달려들어 형을

438

가차 없이 죽음의 나라로 끌고 가기 시작했던 열두 시간 전부터 형은 이미 너무 멀리 가 있었다……

형을 안으려고 가까이 다가가 손을 잡아보니 형의 손은 죽음을 맞이하는 무시무시한 고통으로 말미암아 땀에 흥건히 젖어 있었다. 나는 형의 손을 꼭 붙들고 더 이상 놓아주지 않았다……. 우리는 한참 동안이나 그러고 있었다. 얼마나 시간이 흘렀는지 모른다. 한 시간, 아니면 영원이란 시간이 이미 흘러가버렸는지도 모를 일이었다.

형은 더 이상 날 바라보지도 않았고, 내게 말을 하지도 않았다. 단지 내가 잡고 있는 형의 손이 마치 '아직도 네가 내 곁에 있구나'라고 말하기라도 하는 것처럼 몇 번 움직였을 뿐이었다. 그러다가 갑자기 형의 가련한 몸이 머리끝에서 발끝까지 경련을 일으켰다. 형은 번쩍 눈을 뜨더니 누군가를 찾는 것처럼 주위를 둘러보았다. 그때 나는 고개를 숙인 채 형을 보고 있었기 때문에 형이 아주 작은 목소리로 두 번 이렇게 말하는 걸 알아들을 수 있었다. "자크, 넌 당나귀처럼 멍청한 놈이야……. 자크, 넌 당나귀처럼 멍청한 놈이라니까!" 그러고는 더 이상 아무 소리도 들리지 않았다. 형이 숨을 거둔 것이다.

아, 그 꿈이…….

그날 밤은 바람이 심하게 불었다. 동짓달의 싸락눈이 바람을 타고 날아와 유리창을 마구 때렸다. 은 십자가가 방구석에 놓인 탁자 위에 꽂힌 두 개의 촛불 사이에서 빛나고 있었다. 십자가 앞에 무릎을 꿇고 앉은 낯선 신부가 바람소리에 아랑곳하지 않고 큰 목소리로 기도를 올렸다.

나는 기도를 하지 않았다. 울지도 않았다. 내 머릿속에는 사랑하는 자크 형의 손을 꼭 쥐고 언제까지나 덥혀줘야 하겠다는 오직 한 가지 생각뿐이었다. 오, 그러나 아침이 가까워질수록 형의 손은 얼음장처럼 차갑고 무거워져만 갔다.

저쪽에서 라틴어로 기도를 하고 있던 신부가 갑자기 일어나더니 내게 다가와서 어깨를 두드렸다.

"기도를 해보게나. 좀 나아질 테니……"

그제야 나는 그가 누구인지 알아보았다. 사를랑드 중학교 시절의 내친구, 흉터가 나 있긴 하지만 잘생긴 용모에 신부복 자락을 펄럭이며 하늘을 나는 용처럼 날렵하게 걷던 바로 그 제르만느 신부였다. 극도의 고통으로 인해 기진맥진해 있던 나는 신부님을 보고도 놀라지 않았다. 그 모든 일이 내게는 그저 하찮은 일로만 여겨졌던 것이다. 그런데 그는 어떻게 형의 임종에 참석하게 되었을까.

내가 학교를 떠나던 날, 제르만느 신부는 파리에 형이 있다고 말한 적이 있었다. "내게도 파리에 형님이 한 분 계시지. 선량하고 인자한 신부님인데, 자네가 가서 만나 뵈면 좋을 텐데……. 하지만 자넨 지금 정신이 얼얼할 테니 형님 주소를 가르쳐준들 곧 잊어먹을 거야."

사람의 운명이란 정말 알 수 없는 것이다. 제르만느 신부의 형이 바로 몽마르트르에 있는 생 피에르 성당의 신부였고, 자크 형이 자신의 종부성사를 보아달라고 부른 신부가 바로 이분이었던 것이다. 그리고 마침 그때 제르만느 신부는 파리에 들러 사제관에 묵고 있었다. 12월 4일 밤, 그의 형이 제르만느 신부에게 말했다.

"여기서 아주 가까운 곳에서 죽어가고 있는 가엾은 젊은이의 종부성사를 해주고 오는 길이야. 그를 위해 기도해주게나."

"내일 미사를 올리면서 기도하도록 하지요. 그 청년 이름이 뭔가요?"

"글쎄……, 남부지방 출신인 모양인데, 외우기 꽤 힘든 이름이었
어……. 자크 에세…… 아, 맞아. 자크 에세트라고 하더군."

제르만느 신부는 이 이름을 듣자 자기가 알고 있던 자습감독을 떠올
렸다. 그는 지체 않고 필루아 호텔로 달려왔다. 들어오면서 신부는 형
의 손을 꼭 쥐고 서 있는 사람이 바로 나라는 것을 알아챘다고 한다.

그는 슬픔에 빠진 나를 방해하고 싶지 않아서 나와 함께 밤을 새우
겠노라고 말한 뒤 다른 사람들을 방에서 내보냈다. 그런 다음, 무릎을
꿇고 앉아 밤새 기도하다가 내가 너무 오랫동안 꼼짝 않고 있는 게 걱
정되어 내 어깨를 두드렸던 것이다.

그러고는 무슨 일이 있었는지 잘 기억나지 않는다. 그 고통스러운
밤이 지나자 날이 밝았고……. 밤과 낮이 바뀌며 숱한 날들이 흘러갔어
도 희미하고 모호한 기억만 남아 있을 뿐이다. 내 기억 속에 커다란 구
멍이 하나 나 있는 것이다. 다만 검은 마차 뒤를 따라 파리의 진흙탕 속
을 끝없이 걸어가던 일은 마치 몇백 년 전의 과거사처럼 희미하게 생각
난다.

나는 모자도 쓰지 않은 채 피에로트 씨와 제르만느 신부 사이에서
걷고 있었다. 진눈깨비가 섞인 차가운 빗방울이 우리들의 얼굴을 후려
쳤다. 피에로트 씨는 큰 우산을 들고 있었다. 하지만 그가 우산을 똑바
로 들고 있지 않았고 빗줄기가 너무나 세차게 쏟아지는 바람에 제르만
느 신부의 사제복이 흥건하게 젖어서 반짝거리고 있었다. 비가 내렸다.
쉬지 않고 비가 내렸다.

마차 옆을 따라서 검은 옷을 걸치고 흑단 지팡이를 든 키 큰 신사가
걷고 있었다. 그 사람이 바로 장례를 관장하는 사람으로서 말하자면 죽
음의 시종이었다. 시종들이 무릇 그렇듯 그 또한 비단 외투에 짧은 바

지를 입고 칼을 찼으며 동그랗고 긴 모자를 쓰고 있었다.

환각이었을까? 그 신사를 보는 순간, 나는 사를랑드 중학교의 주임교사인 비오 씨를 떠올렸다. 키가 매우 크고 한쪽 어깨로 고개가 약간 기울어진 모습하며, 나를 바라볼 때 입가에 번지던 위선적이고 차가운 미소도 꼭 같았다. 분명 비오 씨는 아니었지만, 어쩌면 그의 그림자였을지도 모른다.

검은 마차는 계속해서 앞으로 굴러갔다. 천천히, 천천히……. 영원히 장지에 도달하지 못할 것 같은 생각이 들었다. 드디어 우리는 발목까지 푹푹 빠지는 노르스름한 진창길을 지나서 음산한 묘지에 다다랐다. 우리는 커다란 구덩이 앞에 가서 멈추어 섰다.

짤막한 외투를 걸친 남자들이 굉장히 무거워 보이는 관을 옮겨와서 조심스레 구덩이 옆에 내려놓았다. 하관 작업은 힘이 들었다. 밧줄이 비에 흠뻑 젖어 도무지 미끄러지지를 않았던 것이다. 나는 남자들 중한 명이 외치는 소리를 들었다.

"발을 앞으로 내려! 발을 앞으로 내리라니까!"

맞은편에서는 비오 씨의 그림자가 고개를 약간 옆으로 기울인 채 여전히 내게 미소짓고 있었다. 큰 키에 야윈 얼굴, 목이 꽉 낄 정도로 상복을 죄어 입은 모습이 마치 비에 젖은 검은 메뚜기처럼 회색빛 하늘을 배경으로 또렷하게 그 모습을 드러냈다.

이제 나는 피에로트 씨와 단둘이만 남게 되었다. 우리는 몽마르트르 언덕을 내려왔다. 피에로트 씨가 마차를 잡으려 애썼지만 허탕만 쳤다. 나는 모자를 손에 든 채 그의 옆에서 걸었다. 여전히 영구마차 뒤를 따라 걷고 있는 기분이 들었다……. 사람들은 울면서 마차를 잡으려고 뛰어다니는 뚱뚱한 피에로트 씨와, 억수같이 쏟아지는 굵은 빗줄기 속을 모자도 쓰지 않은 채 묵묵히 걷고 있는 나를 힐끔힐끔 쳐다보았다.

　우리는 쉬지 않고 걸었다. 피곤했고 머리도 무거웠다. 드디어 소몽 가가 나타났다. 저만치에 빗방울이 송송 맺혀 빛나고 있는 라루트 상회 의 진열장이 보였다. 우리는 가게에는 들르지 않고 피에로트 씨 집으로 곧장 올라갔다.

　2층에 올라서는 순간 내 온몸에서는 힘이 쏙 빠져나갔다. 나는 층계 에 주저앉았다. 도저히 더 이상 올라갈 수가 없었다. 머리가 몹시도 무 거웠다. 그러자 피에로트 씨가 나를 안아들었다. 그가 거의 죽은 사람 처럼 오한으로 덜덜 떨고 있는 나를 안고 자기 집으로 올라가는 동안, 내 귀에는 탁탁거리며 창문에 와 부딪치는 싸락눈 소리와 정원에 떨어 지는 요란한 빗방울 소리가 아스라이 들려왔다……. 비가 내렸다. 쉬지 않고 비가 내렸다. 오, 차가운 겨울비가 쉬지 않고 내렸다.

환상의 끝

나는 아팠다. 죽어가고 있었다. 이틀에 한 번씩 소몽 가에 밀짚이 넓게 뿌려지는 걸 보자[옮긴이 주 – 부유한 사람들은 집에 중환자가 있을 때에는 길거리를 지나다니는 마차의 바퀴소리를 줄여보기 위해서 도로에 밀짚을 뿌렸다] 동네사람들은 이렇게 수군댔다. "저 위에 사는 어떤 돈 많은 늙은이가 죽어가는 모양이야……." 하지만 정작 죽어가는 것은 돈 많은 늙은이가 아니라 바로 나였다.

모든 의사들이 가망이 없다는 선고를 내렸다. 몸은 허약할 대로 허약해지고 정신은 지칠 대로 지친 내게 2년 사이에 두 번씩이나 장티푸스를 앓는다는 건 너무나 혹독한 시련이었다. 자, 빨리 검은 마차에 말을 달도록 하시오! 의전장(儀典長), 그대는 흑단 지팡이와 슬픔에 가득 찬 미소를 준비하라! 나는 아팠다. 죽어가고 있었다.

피에로트 씨의 집안사람들 또한 모두 침통하고 우울한 나날을 보내고 있었다. 피에로트 씨는 더 이상 잠을 자지 않았다. 검은 눈동자 아가씨는 절망과 비탄에서 헤어나지 못한 채 상심하고 있었다. 평소에 많은 선행을 베푼 트리부 부인은 저 소중한 환자에게 다시 한 번 기적을 베풀어주십사 캉프르[옮긴이 주 - 장뇌(樟腦)라는 뜻. 라스파유가 추천하는 장뇌의 치료효과가 발휘되도록 비는 일종의 말장난] 성인께 기도하며 라스파유[옮긴이 주 - 1794~1878. 프랑스의 정치인 겸 학자로서 의학을 대중화시킨 『가정의학』, 『건강요람』 등의 책을 썼다]의 저서를 한 장 한 장 탐독했다.

담홍색 응접실에는 죽음의 그림자만 감돌 뿐, 피아노와 플루트의 선율은 더 이상 흐르지 않았다. 하지만 그 누구보다도 비통해하는 사람은, 아침부터 저녁까지 한마디 말도 없이 눈물만 뚝뚝 흘리며 집안 한 구석에서 뜨개질을 하고 있는 검은 옷의 여인이었다.

피에로트 씨의 식구들이 이처럼 밤낮으로 슬퍼하고 있는 동안, 나는 주변 사람들이 나 때문에 눈물 흘리고 있다는 사실은 알아채지도 못한 채 커다란 닭털 침대에 식물인간처럼 누워 있었다. 눈은 뜨고 있었지만 아무것도 보이지 않았다. 물체가 내 영혼에까지 도달하지 않는 것이었다. 꼭 소라껍데기를 귀에 갖다대면 들려오는 것처럼 뭔가가 희미하게 윙윙거리는 소리, 우르릉거리는 소리뿐 다른 소리는 전혀 들려오지 않았다.

나는 말도 하지 않았고, 생각도 하지 않았다. 마치 한 떨기 병든 꽃처럼 말이다. 내가 원하는 건 차가운 물수건을 이마에 얹어주거나 입안에 얼음조각을 넣어주는 것, 오직 그것뿐이었다. 얼음조각이 다 녹거나 물수건이 불덩이 같은 이마에서 말라버릴라치면 나는 신음소리를 냈다. 그것만이 내가 나눌 수 있는 유일한 대화였다.

며칠이나 지났을까……. 오직 혼돈뿐, 시간을 알 수 없는 나날들을 얼마나 헤맸을까……. 어느 날 아침, 문득 야릇한 느낌이 들었다. 마치 누군가가 나를 바다 깊숙한 곳에서 끄집어낸 듯한 느낌이었다. 눈에 무

언가가 보였다. 말소리도 들려왔다. 숨도 고르게 쉬었다. 의식이 돌아온 것이다.

그때까지 깊이 잠들어 있던 생각하는 기계의 미세한 톱니바퀴가 서서히 깨어나 삐걱거리며 움직이기 시작했다. 처음에는 천천히, 그러고 나서는 점점 더 빨리, 잠시 후에는 미친 듯이 빠른 속도로 돌아가서 모든 걸 몽땅 부숴버릴 기세였다. 딱! 딱! 딱! 이 신통한 기계는 잠이라는 걸 잊은 채 이제까지 잃어버렸던 시간을 몽땅 보상하려는 것 같았다. 딱! 딱! 딱! 생각들이 서로 엇갈리고 비단실처럼 엉켰다.

'여기가 어디지? 이 큰 침대는 또 뭐야? 저기 창가에 앉아 있는 세 여인은 도대체 뭘 하고 있는 걸까? 등을 돌리고 앉아 있는 저 검은 옷의 여인은 내가 아는 사람 같은데? 그래, 꼭……'

어디선가 본 듯한 그 검은 옷의 여인을 더 잘 보기 위해서 나는 팔꿈치를 침대에 괸 채 일어나려 힘을 주었다가 공포에 사로잡혀 그만 뒤로 넘어지고 말았다. 철구(鐵具)가 달린 호두나무 장롱이 방 한가운데에 놓여 있다가 나를 향해 달려드는 듯했던 것이다. 나는 그 장롱이 어떤 장롱인지 기억해냈다. 그건 꿈속에서, 무시무시한 꿈속에서 본 바로 그 장롱이었다. 딱! 딱! 딱! 생각하는 기계는 쏜살같이 돌아갔다.

아, 그제야 모든 것이 기억났다. 필루아 호텔, 자크 형의 죽음, 장례식, 그리고 비를 맞으며 피에로트 씨 집으로 왔던 일……. 모든 게 다 떠올랐다. 모든 게 다 생생하게 되살아났다. 아, 나는 이제 막 고통 속에서 다시 태어난 것이다. 그리고 그의 입에서 처음 나온 것은 신음소리였다.

내 신음소리를 들었는지 저쪽 창가에서 일을 하고 있던 세 여인이 소스라치게 놀랐다. 그중에서 가장 나이가 어려 보이는 여인이 자리에서 일어나며 외쳤다. "얼음, 얼음!" 그리고 그녀는 재빨리 벽난로 쪽으로 가서 얼음조각을 집어들고 내게 가져왔다. 하지만 내가 원하는 건 그게 아니었다. 나는 내 입술을 찾는 그녀의 손을 살그머니 밀어냈다. 그 손은 환자를 간호하기에는 너무 가냘파 보였다. 나는 떨리는 목소리로 말했다.

"안녕, 카미유……."

카미유는 다 죽어가던 내가 말을 하자 너무나 놀라고 당황한 나머지 두 팔을 축 늘어뜨리고 손을 벌린 채 멍하니 서 있었는데, 얼음조각이 그녀의 장밋빛 손가락 끝에서 떨리고 있었다. 나는 말을 계속했다.

"안녕, 카미유. 나, 당신 알아볼 수 있어요……. 이젠 완전히 의식을 되찾았다구요. 근데, 당신 지금 나 보고 있는 거예요? 나 볼 수 있냐구요?"

카미유의 눈이 휘둥그레졌다.

"그럼, 보이구말구요, 다니엘! 이렇게 당신을 보고 있잖아요."

그러자 나는 꿈속의 장롱은 환각이고, 카미유 피에로트는 장님이 아니며, 그 무서운 꿈이 더 이상 현실화되지 않았다는 사실에 다시 용기를 내고 감히 다른 질문을 던졌다.

"내가 몹시 아팠지요, 안 그래요, 카미유?"

"그래요, 다니엘. 무척 아팠어요……."

"누워 있은 지 오래됐나요?"

"내일이면 꼭 3주째예요."

"세상에, 3주씩이나! 그럼 불쌍한 자크 형이 죽은 지도 3주가 되었……."

나는 말끝을 흐리며 베개에 얼굴을 파묻은 채 흐느끼기 시작했다.

바로 그때 피에로트 씨가 방으로 들어왔다. 또 다른 의사를 데리고 온 것이었다. (만일 내가 계속 병을 앓았다면 의학 아카데미 회원 전부가 이 방을 거쳐 갈 뻔했다.) 새로 온 의사는 브로움 브로움이라고 불리는 유명한 의사로서, 성격이 호탕하고 일처리가 빠르며 환자 머리맡에서 장갑 단추나 채우는 일 따위로 시간을 낭비하는 의사는 아니었다. 그는 내게로 다가와 맥박을 재고 눈과 혀를 살펴본 뒤 피에로트 씨 쪽으로 돌아섰다.

"도대체 무슨 말씀을 하신 겁니까? 이 청년은 다 나았는데요."

"다 나았다구요?"

사람 좋은 피에로트 씨가 두 손을 맞잡은 채 외쳤다.

"환자는 이제 다 나았으니 이 얼음일랑 창 밖에 던져버리고 생테밀리옹 포도주를 넣은 닭날개 요리를 먹이도록 하세요. 자, 귀여운 아가씨, 이젠 상심 말아요. 죽을 고비를 넘긴 이 청년은 일주일 뒤면 건강을 되찾을 테니까. 내가 장담하지. 이젠 이 사람이 조용히 침대에 누워 있도록 해주시오. 정신적인 충격을 주거나 흥분시키면 안 됩니다. 명심하세요. 나머지는 자연의 힘에 맡겨두면 됩니다. 자연은 아가씨나 나보다 이 청년을 훨씬 잘 치료해줄 테니까 말이오."

이렇게 말하고 난 저명한 의사 브로움 브로움은 죽을 고비를 넘긴 내 얼굴을 손가락으로 가볍게 튕기고는 카미유에게 미소를 지어 보인 다음 기쁨의 눈물을 감추지 못하고 있는 피에로트 씨의 배웅을 받으며 후다닥 방을 빠져나갔다. 피에로트 씨는 그를 따라가면서 계속해서 같은 말을 되풀이했다.

"이런 경우에 꼭 들어맞는 말인데요, 의사 선생님…… 이런 경우에 꼭 들어맞는 말인데요, 의사 선생님……"

카미유는 나를 재우려고 애썼다. 하지만 나는 완강하게 거부했다.

"가지 말아요, 카미유. 제발…… 날 혼자 내버려두지 말아요. 어떻게 내가 이토록 큰 슬픔을 간직한 채 잠들 수 있겠어요?"

"다니엘, 자야 해요. 잠을 자야만 해요. 지금 당신에겐 휴식이 필요해요. 의사 선생님도 그렇게 말씀하셨잖아요…… 이봐요, 이제 냉정을 되찾아요. 눈을 감고 아무것도 생각하지 말고…… 가끔 올게요. 당신이 잠을 자고 있으면 안 가고 옆에 오랫동안 앉아 있겠어요."

"알았어요…… 잘게요."

나는 이렇게 말하고는 눈을 감았다. 그러다 갑자기 생각이 나서 물었다.

"한 가지만 더, 카미유! 조금 전에 저기 있던 검은 옷을 입은 부인은 누구예요?"

"검은 옷의 부인이라구요?"

"그래요, 검은 옷의 부인 말이에요. 당신이랑 같이 창가에 앉아 뜨개질을 하던 검은 옷 입은 키 작은 부인 말이에요…… 지금은 안 보이는군요. 하지만 조금 전에 분명히 봤는데…… 확실해요."

"아니, 다니엘! 잘못 본 거예요. 난 아침 내내 트리부 부인이랑 여기서 뜨개질을 했는걸. 당신도 아시잖아요. 왜 당신이 착한 일을 많이 한 부인이라고 늘 칭찬을 아끼지 않던 분 말이에요. 하지만 트리부 부인은 검은 옷 안 입었는데…… 항상 초록색 옷만 입으시거든요. 분명해요. 이 집엔 검은 옷이 없어요. 꿈을 꾼 게 틀림없어요…… 자, 난 이제 가볼게요. 푹 주무세요."

카미유는 왜 그런지 거짓말을 한 사람처럼 얼굴이 벌개져서는 황급히 방을 빠져나갔다.

나는 혼자 남았다. 하지만 깊이 잠들지는 못했다. 미세한 톱니바퀴를 가진 기계가 머릿속에서 난장판을 벌였던 것이다. 다시 비단실이 꼬이고 엉켰다. 나는 몽마르트르 묘지에 잠들어 있는 자크 형을 생각했다. 하느님이 나를 위해 일부러 켜준 것 같은 그 아름다운 불빛, 그 반짝이는 검은 눈동자도 생각했다.

바로 그때, 누군가가 들어오려는 듯 문이 살그머니 열렸다. 그와 동시에 카미유의 낮은 목소리도 들려왔다.

"들어가지 마세요. 깨어나면 충격을 받아서 건강을 해치게 될 거예요······."

곧 처음에 문이 열렸을 때처럼 문이 다시 살그머니 닫혔다. 그런데 공교롭게도 검은 옷자락이 문틈에 끼여버렸다. 그 순간, 나는 검은 옷의 여인이 누군지 알게 되었다.

나의 심장은 두근두근 뛰고 눈은 환하게 빛을 발했다. 팔꿈치를 괴고 몸을 일으킨 나는 큰 소리로 외쳤다.

"어머니! 어머니! 왜 절 안아주시지 않는 거예요?"

그 즉시 문이 열렸다. 검은 옷의 여인이 방 안으로 뛰어 들어왔다. 그러나 그녀는 침대 쪽으로 오지 않고 방 반대편으로 가서 두 팔을 벌리고는 나를 부르는 것이었다.

"다니엘! 다니엘!"

"여기예요, 어머니······."

나는 어머니를 향해 팔을 내밀고 웃으면서 소리쳤다.

"여기예요, 어머니! 이쪽이라니까요! 제가 안 보이시는 거예요?"

그제야 어머니는 침대 쪽으로 몸을 반쯤 돌리고는 떨리는 손으로 주위를 더듬으면서 비통한 목소리로 말했다.

"오, 내 귀여운 아가……. 난 네 모습을 볼 수가 없단다. 이제는 영영 네 모습을 볼 수가 없어……. 난……, 난 눈이 멀어버렸단다."

그 말을 듣자 나는 큰 소리로 비명을 지르며 베개 위에 도로 쓰러지고 말았다.

자식 둘이 죽고, 가정은 풍비박산이 나고, 남편과는 생이별을 하는 등 불행과 고통으로 점철된 20여 년의 세월을 보내는 동안 가엾은 어머니의 눈은 저렇게 눈물로 타버린 것이다. 어찌 그리 되지 않을 수가 있겠는가? 그렇다. 꿈! 어쩌면 그렇게도 꿈과 현실이 꼭 맞아떨어지는 것일까. 운명의 여신은 나를 강타하기 위해 이런 엄청난 충격을 미리 마련해놓고 있었던 것인가? 그리하여 이제는 마지막으로 내게 죽음을 안겨주려는 것인가?

아니, 그럴 수는 없다! 나는 절대 죽지 않을 것이다. 아니, 죽어서는 안 된다. 내가 죽고 나면 눈먼 어머니는 어떻게 하란 말인가? 셋째 아들마저도 죽어버리면 그 고통을 어떻게 감당한단 말인가? 포도주 회사의 부속품처럼 완전히 자기 자신을 내던져야 했던 가엾은 희생자 아버지는? 포도밭을 돌아다니느라 아픈 자식을 보러 올 시간도, 죽은 자식에게 꽃 한 송이 바치러 올 시간도 없는 아버지는 어찌 되겠는가? 내가 죽으면 누가 우리 집안을 다시 일으킬 것인가? 나중에 부모님이 여생을 보낼 수 있는 따뜻한 가정은 누가 일으킬 수 있단 말인가?

안 돼! 절대 안 돼! 난 죽고 싶지 않아. 누가 뭐래도 악착같이 살 거야. 더 빨리 회복되고 싶으면 아예 생각이라는 걸 하지 말라고 했지? 그래, 아무 생각도 안 할 거야. 말도 하지 말라고 했으니 말도 안 할 거야. 울어서도 안 된다고 했으니 울지도 않을 거야. 평온한 표정으로 두 눈을 뜬 채 털이불 가장자리의 술 장식을 만지작거리면서 시간을 보내는 것도 재미가 있으리라. 점차 회복되어 간다는 증거일 테니…….

집안 전체가 내게 조용한 분위기를 만들어주기 위해 여념이 없었다. 어머니는 내 침대 발치에 앉아 뜨개질을 하면서 하루하루를 보냈다. 눈이 멀었어도 어머니는 긴 대바늘에 익숙해져 있어 눈이 멀지 않았을 때만큼 뜨개질을 잘했다. 선량한 트리부 부인도 늘 옆에 있어 주었다. 피에로트 씨도 자주 찾아오곤 했다. 그 금발의 플루트 연주자까지도 하루에 네댓 번은 문안차 올라오곤 했다.

하지만 분명히 밝혀두고 싶은 사실이 한 가지 있는데, 그 플루트 연주자가 나 때문에 하루도 빠짐없이 올라오는 건 아니었다. 트리부 부인 때문에 그렇게 뻔질나게 들락거렸던 것이다. 카미유가 자신은 물론이요, 자신의 플루트 연주도 원하지 않는다는 걸 공개적으로 선언하자 분격한 그 연주자는 과부인 트리부 부인에게로 방향을 돌렸던 것이다. 트리부 부인은 피에로트 씨의 딸보다는 덜 예쁘고 재산도 적었지만 그렇다고 해서 전혀 매력이 없다거나 무일푼은 아니었다.

플루트 연주자는 이 환상적인 분위기의 귀부인과 밀고 당기느라 굳이 시간을 낭비하지는 않았다. 항간에는 이미 결혼 소문이 나돌았고, 사람들은 부인이 저금해둔 돈으로 롬바르디 가에 건재상(乾材商)을 차리게 될 거라는 추측을 하고 있었다. 이 좋은 계획을 진행시키기 위해 금발 청년은 그처럼 자주 모습을 보였던 것이다.

그럼 피에로트 양은? 웬일인지 아무도 그녀에 대해 얘기하는 사람이 없었다. 그녀가 집안에 없어서 그랬던 것일까? 아니다. 그녀는 늘 집안에 있었다. 단지 환자가 위험한 고비를 넘긴 뒤로는 거의 내 방에 들어오지 않았던 것이다. 그녀가 그 방에 들어오는 것은 단지 눈먼 어머니를 식탁으로 데려가려 할 때뿐이었다. 하지만 내게는 일체 말을 건네지 않았다.

핑크빛 장미처럼 황홀했던 시절, '당신을 사랑합니다'라고 말하기 위해 검은 눈동자가 비로드 꽃처럼 반짝이던 시절은 이미 지나가버린 아득한 옛일이었다. 나는 침대에 누운 채 한숨을 내쉬며 이제는 지나가 버린 지난날의 행복했던 순간들을 떠올렸다. 그녀가 더 이상 나를 사랑하지 않고 나를 멀리하고 있다는 건 분명해 보였다. 나는 서글펐다. 하지만 일을 이 지경으로 만든 것은 바로 나 자신이었다. 내게는 불평할 권리가 없었다.

그렇게 깊은 슬픔과 비탄에 잠긴 생활 가운데에서도 마음을 푸근하게 해주는 사랑을 조금이나마 간직하고 있다는 설렘은 내게 얼마나 신선한 행복감을 주었던가. 외로울 때 기대어 울 수 있는 다정한 사람이 있다는 것이 내게 얼마나 많은 위안이 되었던가.

'그래, 이미 저질러진 일이고 다시는 돌이킬 수 없는 엎질러진 물이 아닌가! 연연해하지 말자. 걱정도 당분간은 하지 말자. 이제 나 혼자만의 행복 같은 걸 염두에 두어선 안 돼. 내가 앞으로 해야 할 일은 내 의무를 다하는 거야. 내일 피에로트 씨에게 한번 부탁해봐야지.'

다음날, 새벽부터 커튼 뒤에서 동정을 살피던 나는 피에로트 씨가 가게로 내려가려고 살금살금 방을 가로질러가는 걸 보고 조용히 그의 이름을 불렀다.

"피에로트 씨, 피에로트 씨."

그가 내 침대 곁으로 다가왔다. 나는 그때 매우 흥분이 되어 있었기 때문에 그를 올려다보지도 못한 채 말했다.

"피에로트 씨, 전 지금 차츰차츰 회복되어가고 있습니다. 그래서 이것저것 진지하게 말씀을 좀 나누고 싶은데요. 제 어머니와 제게 잘해주신 데 대해 어떻게 감사를 드려야 할지……."

그가 재빨리 말을 가로막았다.

"아, 그런 말이라면 안 해도 괜찮네, 다니엘. 난 내가 해야 할 일을 했을 뿐이니까. 자크와의 약속을 지킨 것뿐이야."

"전 거기 대해서 누가 무슨 말을 하든 피에로트 씨께선 항상 같은 대답을 하시리라는 걸 알고 있답니다. 그렇기 때문에 전 그 말씀을 드리려고 하는 게 아니라…… 부탁을 한 가지 드리려고 하는데요. 라루트 상회의 점원 하나가 곧 그만둘 거라고 알고 있는데, 절 그 후임으로 써주시면 안 될까 해서…… 피에로트 씨, 제 말을 끝까지 들어주세요. 제발 끝까지 들어보지도 않고 안 된다고는 하지 말아주세요……. 알아요, 제가 그렇게 비열한 행동을 해놓고도 당신들이랑 같이 살겠다고 나서는 게 얼마나 뻔뻔스러운 짓인 줄 압니다. 제가 이 집에 있음으로 해서 고통스러워하고 저를 역겨워할 사람이 있다는 것도 잘 알고 있습니다. 당연한 일이지요. 하지만 그 사람 눈에 띄지 않도록 조심하고, 또 절대 여기엔 안 올라오고 늘 가게에만 있겠어요. 집안에는 들어오지 않고 마당에만 있는 개처럼 있는 듯 없는 듯 조용히 지내겠다는 약속을 드릴게요. 그런 조건으로 절 받아주실 수는 없겠습니까?"

피에로트 씨는 그 큰 손으로 내 곱슬머리를 꼬옥 쓰다듬어주고 싶은 모양이었다. 하지만 그는 자신을 자제하며 조용히 대답했다.

"저런, 다니엘. 내 말 좀 들어보게. 뭐라고 대답하기 전에 딸애랑 상의를 하는 게 좋을 것 같군. 나야 자네 제안을 받아들이고 싶은 마음이 굴뚝같지만 딸애가 어떨지 몰라서……. 어쨌거나 한번 보자구. 그 애가 지금쯤 일어났을 텐데……. 카미유! 카미유!"

꿀벌처럼 부지런한 카미유는 응접실 벽난로 위에 놓인 붉은 장미에

물을 주고 있는 중이었다. 실내복 차림에 머리를 중국풍으로 틀어올린 그녀는 싱싱하고 어여쁜 한 떨기 꽃 같았다. 피에로트 씨가 딸에게 말했다.

"애야, 다니엘이 우리 집에서 이번에 그만두는 점원 대신 일하고 싶어하는구나. 그런데 다니엘은 자기가 있으면 혹 네가 너무 힘들어하지 않을까 걱정이 되는 모양인데……."

"너무 힘들어할 거라구요?"

카미유는 안색이 확 변해서 그의 말을 가로막았다.

그녀는 거기 대해서 더 이상 긴 말을 하지 않았다. 그녀의 검은 눈동자가 말을 대신했던 것이다. 그렇다, 깜깜한 밤처럼 깊고 별처럼 환히 빛나는 그 검은 눈동자가 나타나서 불같은 정열로 '사랑! 사랑!' 이라고 외치자 내 마음은 뜨겁게 불타올랐다.

피에로트 씨는 딸이 뭘 하려는지 알아차린 듯 미소를 지으면서 말했다.

"그럼, 둘이 알아서 잘해봐……. 무슨 오해가 있을지도 모르니까."

그러더니 그는 유리창을 손으로 두드리며 세벤느 지방의 농민들이 좋아하는 춤곡의 박자를 맞추었다. 그런 다음 그는 두 사람이 충분히 서로를 이해했다고 생각했는지(오, 세상에! 우리는 겨우 세 마디밖에 나누지 않았는데 말이다) 우리 쪽으로 다가왔다.

"자, 어떻게들 됐나?"

나는 그에게 두 손을 내밀며 말했다.

"오, 피에로트 씨, 카미유도 피에로트 씨만큼이나 착하군요. 절 용서해주었답니다."

바로 그 순간부터 내 병은 한 걸음에 30리를 가는 장화를 신은 것처럼〔옮긴이 주 - 페로의 콩트 「엄지동자」에서 식인귀의 장화를 신으면 한 걸음에 30리를 간다〕 빠르게 회복되기 시작했다. 검은 눈동자는 내가 있는 방에서 더 이상 움직이지를 않았다. 우리는 앞날의 계획을 세우며 시간을 보냈다. 결혼과 일으켜 세워야 할 집안에 대해서도 얘기했고, 사랑하는 자크 형에 대해서도 얘기를 했는데, 자크 형의 이름만 입에 올려도 저절로 눈물이 쏟아졌다.

하지만 피에로트 씨네 집에는 사랑이 우러나와 집안을 가득 채웠다. 비탄과 눈물 속에서도 이처럼 사랑이 꽃을 피울 수 있는 것인지 의아해하는 사람이 있다면, 묘지에 가서 무덤에 피어나는 작고 예쁜 꽃들을 한번 보라고 말해주고 싶다.

사랑에 빠졌다고 해서 내가 나의 의무를 잊어버리거나 소홀히 한 건 아니었다. 어머니와 검은 눈동자의 간호를 받으며 침대에 누워 있기는 했지만 어서 빨리 회복되어 자리에서 일어나 가게로 내려갈 수 있게 되기를 간절히 바랐던 것이다. 물론 도자기만 파는 일에 많은 관심을 집중시켰던 건 사실이다. 하지만 나는 거기에 그치지 않고 예전에 자크 형이 모범을 보여주었던 희생과 노동의 삶에 대해서도 진지하게 고민해보았다.

어쨌거나 일찍이 비극배우 이르마가 말했던 것처럼, 울리 학원에서 청소를 하거나 몽파르나스 극장에서 야유를 받는 것보다는 도자기 파는 일이 내게 훨씬 더 어울리는 일이라 생각되었다. 뮤즈 여신에 대해서는 더 이상 얘기하지 말자. 나는 여전히 시를 좋아했지만, 내 시는 좋아하지 않았다.

언젠가 팔리지도 않는 『전원시』를 999권이나 자기 집에 보관하는 게 지겨워진 출판업자가 그 시집들을 소몽 가로 가져왔을 때 왕년의 시인이었던 나는 용기를 내어 이렇게 말했다.

"모두 태워버려야 해요."

그러자 보다 더 사려 깊은 피에로트 씨가 말했다.

"이걸 다 불에 태워 없앤다고? 절대 안 돼! 가게에다 보관해두면 좋겠는데…… 쓸모가 있을 거야. 이런 경우에 꼭 들어맞는 말인데…… 얼마 안 있어서 마다가스카르에 반숙계란 담는 그릇을 보내줘야 하거든. 그 나라 사람들은 한 영국인 선교사의 아내가 달걀을 반숙으로 해서 먹는 걸 본 뒤로는 다른 식으로는 먹으려고 하질 않는다는구먼. 자네가 허락한다면 그 책으로 반숙계란 그릇을 포장했으면 하는데……"

2주일 뒤 내 『전원시』는 그 유명한 라나볼로〔옮긴이 주 – 마다가스카르의 왕인 라나발로나 1세(1790~1861)는 유럽인들을 추방하고 기독교도들을 학살한 것으로 악명 높았다〕의 나라를 향해 떠나갔다. 그곳에 가면 파리에서보다는 큰 성공을 거두게 되겠지!

자, 독자 여러분. 이 이야기를 마무리짓기 전에 여러분을 다시 한 번 그 담홍색의 응접실로 안내하고 싶다. 건조하고 춥기는 했지만 햇빛이 가득 내리비치는 어느 겨울날 일요일 오후였다. 피에로트 씨 집에서는 환하게 빛이 나는 듯했다. 내가 완전히 회복되어 처음으로 자리에서 일어났던 것이다. 이 즐거운 사건을 기념하는 뜻에서 아침에는 의술(醫術)의 신 아이스클레피오스에게 투렌산(産) 백포도주를 친 굴 열두어 개를 제물로 바쳤다. 모두들 응접실에 모여 있었다. 날씨도 좋았고, 벽난로에서는 불꽃이 타오르고 있었다. 태양은 성에가 낀 창문 위에 은빛으로 빛나는 풍경을 비춰주었다.

나는 벽난로 앞에서 선잠이 든 눈먼 어머니의 발치에 걸상을 갖다놓고 거기 앉아서 낮은 목소리로 카미유와 담소를 나누고 있었다. 카미유

의 얼굴은 그녀의 머리에 꽂힌 붉은 장미꽃보다도 더 붉어 보였다. 그럴 만도 한 것이, 그녀는 불 옆에 너무 가까이 앉아 있었던 것이다. 이따금 쥐가 무언가를 갉아먹는 듯한 소리가 들리곤 했는데, 그건 라루트 영감이 한쪽 구석에서 각설탕을 깨물어 먹는 소리 아니면, 카드놀이에 져서 건재상을 차릴 돈을 잃고 있는 트리부 부인이 내는 소리였다. 돈을 딴 라루트 부인의 의기양양한 표정과 돈을 잃은 플루트 연주자의 불안한 미소를 독자 여러분들께서도 보았으면 좋았을 텐데……

그럼, 피에로트 씨는? 아, 그는 멀지 않은 곳에 있다. 응접실의 커다란 담홍색 커튼에 반쯤 가려 잘 보이지는 않지만, 창가에 앉아 땀을 뻘뻘 흘리며 아까부터 무슨 일엔가 매달려 있다. 조그만 원탁 위에 컴퍼스와 연필, 자, 직각자, 잉크, 붓 따위를 늘어놓고는 긴 천에 무슨 글귀 같은 걸 적고 있는 모양이었다. 일을 하는 그의 모습이 아주 즐거워 보였다. 5분마다 한 번씩 그는 고개를 들고 약간 옆으로 기울인 채 자신이 서투르게 써놓은 글씨를 만족스러운 표정으로 바라보며 웃곤 했다.

도대체 무슨 일을 하고 있는 것일까?

조금만 기다리시라. 그가 무슨 일을 했는지 이제 곧 알게 될 테니까…… 드디어 피에로트 씨가 일을 끝냈다. 그는 커튼 뒤에서 조용히 나와 카미유와 내 뒤쪽으로 다가왔다. 그러더니 갑자기 그 긴 플래카드를 우리 두 사람의 눈앞에 펼쳐 보이며 말하는 것이었다.

"자, 보라구, 연인들! 이걸 어떻게들 생각하나?"

우리는 동시에 탄성을 질렀다.

"오, 아빠!"

"오, 피에로트 씨!"

"무슨 일이에요? 그게 뭔데요?"

가엾은 눈먼 어머니는 소스라치게 놀라서 물었다.

그러자 피에로트 씨가 즐거운 목소리로 말했다.

"이게 뭐냐구요, 에세트 부인? 이건 이런 경우에 꼭 들어맞는 말인데…… 이건 몇 달 뒤 우리 가게에 내붙일 새 간판을 써본 거랍니다. 자, 이걸 큰 소리로 읽어보게나, 다니엘. 사람들이 어떤 반응을 보이는지 좀 보게 말이야."

그때 나는 마음속 깊은 곳에서 철없던 시절을 마감하듯 마지막 눈물을 흘리고 있었다. 그런 다음, 플래카드를 두 손으로 들고는—자, 이젠 정말 어른이 되어야지—나의 미래가 30센티는 족히 될 만큼 굵은 글씨로 쓰여 있는 가게 간판을 단호한 목소리로 크게 읽었다.

도자기 · 크리스털 글라스 제품 판매

에세트와 피에로트 상회〔구(舊) 라루트 상회〕

하나님은 당신에게 실망하셨다

마크 러셀 지음 | 섀넌 휠러 그림 | 김태령 옮김 | 에세이 | 130*190 | 352쪽 | 13,800원

유머와 독설의 카타르시스, 유쾌 상쾌 통쾌한 성경 에세이

마크 러셀의 유머 넘치는 글과, 미국의 풍자 슈퍼 히어로인 'Too Much Coffee Man'의 창작자로 널리 알려진 만화가 섀넌 휠러가 그 내용을 바싹 졸여 완성한 개성 넘치는 그림이 멋들어지게 어우러진 성경 에세이. 구약과 신약 66권을 모두 요약해서 알아야 할 이야기의 핵심을 알려주면서, 냉정하고 솔직한 문체로 다른 사람들이 (일부러?) 빠뜨린 부분도 모두 다 가르쳐준다.

인류의 기록유산으로서《성경》을 공부하고 싶은 이들,《성경》을 당연한 것으로 받아들인 교인들,《성경》을 처음부터 끝까지 읽어본 적이 없는 이들이라면 이 책에 주목해도 좋다. 이 책은《성경》을 조롱하거나 홍보하려는 것이 아니라, 좀 더 접근하기 쉽게 그것 나름의 방식으로 소개함으로써《성경》의 참모습을 가감 없이 드러내 보인다.

소설 나와 나타샤와 흰 당나귀
이승은 지음 | 소설 | 130*190 | 416쪽 | 15,000원

시인 백석과 그의 여인 김자야의 붉은 사랑 이야기

안도현 작가는 우리 현대시 가운데 사랑을 노래한 최고의 연시(戀詩)로 백석의 〈나와 나타샤와 흰 당나귀〉를 주저 없이 꼽았다. 이 소설은 이 아름다운 사랑시의 두 주인공 백석과 나타샤 김자야의 삶과 사랑을 오롯이 담았다. 우리 현대사의 굴곡으로 점철된 파란만장의 삶을 살다 간 백석과 그 시인을 사랑해버린 기생 김자야, 이 두 남녀의 짧지만 뜨겁고 강렬한 사랑 이야기가 스러져가는 시월의 백일홍 꽃빛처럼 애절하기만 하다. 그들의 붉은 사랑 이야기가 '가난하고 외롭고 높고 쓸쓸하니' 돋올하게 잘 새겨져 있다. 독자들은 매우 잘 짜인 상상력과 예술적 미덕을 지닌 이 소설 속에서 백석 시인과 호젓이 만나 그의 인간적 풍모와 문학적 감수성까지 두루 경험하게 될 것이다.

가짜화가 이중섭
이재운 지음 | 소설 | 145*200 | 304쪽 | 13,800원

가짜화가 이중섭을 통해 진짜화가 이중섭의 삶을 되살리다

작가 이재운은 대학 시절 이중섭의 절친 구상 시인으로부터 시를 배웠다. 구상 시인은 작가에게 가끔 이중섭 이야기를 해주었는데, 그때만 해도 이재운 작가는 화가 이야기에 별 관심이 없었다. 그렇게 세월이 흘러 작가는 이중섭 탄생 100주년이 되는 2016년, 소설《가짜화가 이중섭》에서 이중섭의 신산했던 삶을 되살려냈다.

이 소설의 주인공인 '가짜화가' 이허중은 이중섭이 청량리뇌병원에 입원해 있던 1956년 봄에 약 2개월 동안 같은 병실에 입원했던 청년 화가다. 이허중이 이중섭을 스승으로 모시면서부터 그에게는 이중섭이 겪은 것보다 더 큰 시련들이 잇따라 몰려오고, 습작으로 그린 이중섭 그림 모사품이 야쿠자의 손에 넘어가면서 파란만장한 현대사의 질곡 속으로 빠져든다.

나는 말도 하지 않았고, 생각도 하지 않았다.
마치 한 떨기 병든 꽃처럼 말이다.

-본문 중에서